那年代

（修订本）

阿　玖 ◎ 著

NA NIANDAI

时代出版传媒股份有限公司
安徽文艺出版社

图书在版编目（ＣＩＰ）数据

那年代/阿玖著. —合肥：安徽文艺出版社,2011.3
（2022.9 重印）
ISBN 978-7-5396-3615-3

Ⅰ．①那… Ⅱ．①阿… Ⅲ．①自传体小说－中国－当代
Ⅳ．①I247.5

中国版本图书馆 CIP 数据核字(2010)第 246102 号

出 版 人：姚　巍
责任编辑：汪爱武　　　　　　装帧设计：徐　睿

出版发行：安徽文艺出版社　　www.awpub.com
地　　　址：合肥市翡翠路 1118 号　　邮政编码：230071
营 销 部：(0551)63533889
印　　制：合肥创新印务有限公司　　(0551)64456946

开本：700×1000　1/16　印张：19.25　字数：350 千字
版次：2011 年 3 月第 1 版
印次：2022 年 9 月第 3 次印刷
定价：78.00 元

目　录

contents

第一章　应启明上学

应启明从有记忆起就和妈妈住在这里。这是一条狭窄、肮脏的巷弄中的一间破屋,家里就母子俩。爸爸呢? 有的,也在世,只是启明不认识,也不知道在哪里。他曾在他那有限的、迷离恍惚的、掺和了梦境的记忆里仔细搜寻过,毫无结果,爸爸没有留给他一点点印象,总之是个大男人是不会错的。

有一次,一个女人问妈妈:"……他爸有信吗?"

妈妈迟疑地说:"有过。"

"他现在在哪儿呢?"

"说是在东北一个什么地方。"

"啧,啧,啧,啧,啧!"那女人发出一长串叹息,说,"恁远的。"

启明曾经以为天底下最最远的地方就是东北。从那以后,他和小伙伴争论到天底下最最远的地方是哪里时,他就会以权威的、不容置辩的口气说:"东北。"

有一个时期,妈妈的脸色阴沉了。抽屉里有一封新拆过的信,显然是这封信使妈妈的情绪发生了变化。一看到这种脸色,懂事的启明就会谨慎起来,知道这种时候最好不要去打扰她,她会无端发怒的。

后来,又有一个女人问到他爸现在在哪里时,妈妈突然大声地说:"死了! 已经。"

人家吃一惊,但看到她满脸恼怒的神情后也就会意了,同情地说:"是不像话,好歹总是个家,就这样丢下不要了……"

早先,也就是启明还是婴儿时,妈妈每天一早用一幅宽布带把启明缚在背上就上砻坊去了(砻是一种像大石磨一样用来碾谷子的工具)。那是一栋大房子,满屋子哗哗地直响,烟尘斗乱,讲话也听不清。所有的东西都是黄的,人是黄的,空气也是黄的。妈妈砻着谷子,启明就在妈妈背上呼呼大睡。后来妈妈又把他放在一个垫了稻草和破棉絮的箩里。启明哭了的时候,妈妈一边继续推着砻，一边顺便用脚推一下箩，使它摇晃起来，借以制止他的啼哭。妈妈砻谷砻热了，她脱去自身的棉袄后也不忘记给小启明脱掉棉袄，这样，启明就着凉了，发着烧，啼哭不已。这事儿一度成了砻坊里那些大娘们的笑谈。

稍大一些，妈妈就随他跟巷子里的同龄孩子洪元他们玩去，只交代一声："不要走远了。"就锁上门，径自走了。

启明就和洪元他们在巷弄的一片瓦砾坦上玩捉迷藏、滚铜圆、飞香烟画片这些游戏，或者在火烧过的屋基上掏扭曲的、锈蚀的钉子和陶瓷的碎片。

只有饿了的时候，他才想到回家。家里的门总是锁着的，他就找到砻坊，找到妈妈，讨上三个铜板去买一个烧饼吃。他总是买那种回炉烧饼——就是卖剩下来的隔日烧饼，第二天在炸油条的油锅里熠一下的——回炉烧饼很硬，但很经吃，也很香脆。他慢慢地咬着，细细地咀嚼着，让烧饼在口中停留的时间尽可能长些。这是一种生活享受，而且是顶一顿午饭的。

启明从小就馋，馋得很，什么能吃的东西他都想吃，他从来没有过什么东西吃够了，吃腻了，不想吃了的时候。满街有那么多好吃的东西，没有一样不叫他垂涎欲滴，但他兜里没有一个铜板，什么也吃不到。他多么希望兜里有很多很多的钱。

桃子上市的时候，他和洪元就满地寻找人们吐下来的桃核，这时巷弄里的天地就不能有大作为了。他们就走进大街——这个妈妈曾经划定的禁区。街上到处有桃核可捡，有的桃核落在鹅卵石路面的缝隙里，还带着痰，很恶心，但是为了能换到钱也就顾不得了。他们把捡来的桃核用石头一个一个地砸，常常把手指砸得很痛。砸开外面的硬壳，里面有一粒瓜子仁大小的桃仁，如果能攒起一小捧来，可以拿到药店里换回两个铜板。那可真是不容易。

大街中间铺着石板，两侧砌着鹅卵石，很窄。说它窄当然是后来的看法，在那以前，启明并没有见过比它更宽的街道。街道两旁是一家挨一家的店铺，店铺里的老板或伙计可以隔着大街和对门店铺的人聊天。这些店铺大多是木结构的两层楼房，上面挑出长长的屋檐，屋檐下是和店面一样宽的有圆木栏杆的阳台。平时那上面总是堆着杂物，晾着衣被。到了灯节或者三月三的迎神赛会时，那上面就坐满了花枝招展的女眷和孩子们，他们闲舒地嗑着瓜子，谈笑风生地观赏、指点着下面街上的龙灯和各种玩意儿。那真是快活。启明是没有福分上那些地方的。在店铺的屋檐下，隔三岔五地摆着很多小摊子，大多是各种各样的小吃：烧饼、油条、豆浆、馄饨、糊汤、米豆腐、豆腐圆、生粉丸子……，锅里滚

腾着、散发出食物的香味。走过这些地方,启明总是不停地咽着口水,心想自己将来有了钱,一定要把这些统统吃个遍。

有一个大人说:"童年是人生的黄金时代。"启明能大体懂得这话的意思,世界上最最值钱的不就是金子吗? 可他不愿意当儿童,他只想尽快长大,尽快摆脱这个时代,使兜里有自己的钱,想吃什么就买什么,而且很多。这是启明在人生起步时的第一个愿望,接着也就有了第二个、第三个愿望。

洪元家出了什么事? 人们神色张皇地进进出出,都说洪元爹不行了。他爹是弹棉花的,得了痨病好几年了。洪元家启明是常来常往的,他也钻进里间去看热闹。床上躺着洪元爹,瘦得像骷髅一样的苍白的脸上毫无表情,嘴唇上还有没有拭净的血迹。他轻轻地喘着,眼里却噙着泪水,一些大人默默地围着他。

第二天,他死了。

妈妈曾经严厉禁止启明到有死人的地方去,但是,当她在砻坊时,这些禁令就失效了。

人死了,样子一定是很可怕的。启明想象死人的脸一定是绿色的或者是蓝色的,即使不是这样,也一定是和活人很不一样的,强烈的好奇心驱使他再次钻进洪元家看热闹。

堂屋里熙熙攘攘、烟灰缭绕,堂屋一侧,洪元爹像一截木头一样,一动不动地躺在一块两头架了长凳的门板上,脸上盖了一块白布,不让人看到脸是什么颜色的。

过了几天,人们把他装进一口漆了黑漆的棺材里,盖上又厚又沉的棺材盖子,盖得严严实实的,还嘭嘭嘭地敲上很大的棺材钉。那里面不是太黑了吗? 启明认为应该留一条缝就好了。几天后,人们把棺材抬走了。这一切都是在一片号哭声中进行的。有几个女人哭诉得很好听,唱山歌一样抑扬顿挫。洪元妈被几个女人架着,扭曲着身子号啕着。一些大男人也和小孩子一样呜呜地哭着,不停地擤着鼻涕。至于洪元呢,他也跟着哭,因为大家都在哭,但是哭得毫无感情,只像小孩子讨吃不遂那样嘤嘤地哭,他见到启明时还偷偷蹙了一下鼻子,做了一个鬼脸。

但棺材抬哪里去呢? 说是抬到山上,挖一个坑,埋进去,堆成一个坟。坟,启明见得多了,山上到处是坟,长满野草、蓬蒿,有的坟头沉下去都快辨认不出来了,这就是说,人死了就再也不能活了,永远永远不能活了。世上竟有这样可怕的事。

人为什么会死呢？

"为什么？"住在同一条弄堂里的，拉黄包车的祥生伯伯嘿嘿笑了两声，说，"人都会老的。从前我也像你这样小，以后呢，你也会像我这样老。老了统统都会死的。"

这一席话对启明真是振聋发聩。他总以为祥生伯伯从来就是这个样子的。他也不能想象自己将来也会变成像他那么一副模样：满脸皱纹，胡子拉碴，特别是嘴角两边两溜弯弯的胡须使他总是显出一副要笑不笑的滑稽样子。但愿不是像他说的那样，但是，启明又无端地认为一定是像他说的那样，那么妈妈也会死了，也会给装到棺材里，抬到山上，埋进坟里；他——启明将来也会老的，也会死的。虽然还会有很长很长，长得数不清的日子，但总归有一天会死的。他也会像一截木头一样，一动不动地躺在门板上，也会给装进漆黑的棺材里，盖上厚厚实实的盖子，敲上钉子，抬到山上，埋进土里。

知道了人终归都是要死的，启明简直要哭起来了。还好，他终究没有哭，他还没有见过有哪个人为这样的事哭过。无缘无故地哭，要给人笑话的。虽然没有哭，他的心里从此却像鲠上一枚鱼刺。想起将来有一天自己也会死，心里总有些沉甸甸的，好在这种事是很少想起来的。

人要能活一千岁、一万岁多好。不，一万岁也总会到头的。人要是能不死，永远永远活着多好。他曾经认为，人还不如一块石头。石头不会死，几万年后还是一块石头，永远存在。但是叫他变成一块石头，他又不愿意。

祥生伯伯还说，杨老令婆是一个和天地同寿的人，一千多岁了，现在还活着。每隔一百年跟蝉儿一样蜕一次壳，又变成一个大姑娘。

这真好，太好了。那么，她在哪里呢？能不能找到她呢？能不能求她想办法把我们也变成像她那样的人呢？祥生伯伯说不知道在哪里，知道了也去不成，因为据说鸡毛到了她那里也会沉到水里去的。祥生伯伯还说：人吃了灵芝草就会长生不老。灵芝草是什么形状的？哪里有呢？他也不知道。启明问过妈妈。妈妈说："不要听他的，他胡乱说的。"（就连这一点希望、这一点安慰也不留给他。）

腊月的一天，妈妈借了几个小木盆，装了供品，小心翼翼地摆进篮子里提着，要启明跟着去忠靖王庙谢年。启明听人说，忠靖王菩萨，还有很多其他菩萨和神仙都是不会死的。他曾经非常强烈地希望自己能成为一个菩萨或者神仙——这大概是他的人生道路起步后的第二个愿望了。

那年代

启明七岁那一年,终于绕也绕不过地到了这一天,妈妈笑容可掬地对他说:"启明,你去读书去!"

这简直就是当头一个响雷。

能识字固然好,他羡慕过那些识字的大人,他们拿着那些没有画儿的书或报纸能聚精会神、津津有味地看半天,有的人看着看着还会莫名其妙地笑起来。也有一个人看着看着突然大怒,把报纸撕得粉碎扔到地上。在左邻右舍的大人中,识字的不多。人们尊称那些识字的文质彬彬的人为"读书人"。启明由羡慕产生了模仿。有一次,墙上贴了一张布告,几个识字的大人围着看。他也挤到前面,仰着头,倒背着手看着布告,还微微嚅动着嘴唇,表明他也识字,正在不出声地念着布告。可是他又听说学校里要处罚学生,要罚立正、罚跪,还要打手心。他当时对学校的畏惧就像后来的人对劳改队的畏惧。所以,一听说要他上学,他马上用一种要哭的声音,含糊地抗拒说:"我……不去。"

一向慈祥、温和的妈妈,这一次却马上收起笑容,金刚怒目地大喝一声:"什么!读书能不去的吗?"这种气势一下子就解除了启明的武装。他尽管不懂事,但听大人讲的意思,好像不愿读书是一种大逆不道的行为,抗拒一定也是徒劳的。充分估量了可能的结果,他就自动偃旗息鼓,告别了自由自在的幼儿生活去上学了。

学校坐落在城东。大院墙里传出朗朗的读书声、风琴伴奏的唱歌声和操场上体育活动的喧闹声。在那里,启明意识到自己已经是学生了,是读书人了。他开始受着纪律的约束,接受着系统的教育。他学讲国语(虽然人家讽刺他们洋腔怪调的),在日记和作文里模仿大人使用的词语。他懂得了礼貌,早上见了先生,他会鞠躬问好,而且这一切都使他觉得高兴。这以后,他再看到洪元这些没有上学的同伴还用那些粗野的话,在街上打打闹闹地玩滚铜圆、飞香烟画片这些玩意(学校里有秋千、跷跷板、滑梯和各种球类),他便产生了优越感、自豪感。妈妈则把对启明的全部希望都寄托在让他好好读书上,那故事和戏曲里多少灿烂、辉煌的人间乐事都是经过这条路实现的。她听人说早上读书记得牢,于是每天天还不亮就起来,点了灯,热了饭,把启明从被窝里拽出来,督促他吃了上学,从来不用家务事耽误他读书。注意到他的心全在学校里,每天看到他兴兴头头地放学归来时嘴唇和手指上沾上的墨渍,妈妈有说不出的快慰。

可启明从此总是睡不足,常常从暖乎乎的被窝里起来,穿好衣服后又靠在板壁上睡着了。其实每天没有必要那么早去上学的,学校七点半钟才做早操,去早了也只有坐在课桌前发愣。虽然这样,读书的生活也比以前的生活丰富多了、快乐多了。学校生活的乐趣除了获取新的知识,除了有更多的小伙伴在一起玩,还在于他常常受到褒奖。当别的同学在日记上只能写"今天早上我去上学,看见两只小狗在打架,后来我就到学校里去了",启明却能模仿高年级壁报上那些文章,写道:"在西北风呼呼的夜里……",或者"光阴过得真快,不知不觉又到了……"。使用了这些语言,日记便有一点文学味道,所以他的作业常常被选出来张贴在班级的壁报上。

启明低年级的时候生活是平静的,仿佛那生活主要是由阳光和歌声组成的。

后来,发生了战争,大人们都用恐惧和无奈的神情讲到它。其实战争早就发生了,只是离他们那里还远着呢。他只听说东洋鬼子打进了中国,杀人放火。沦陷区的老百姓四出逃难,到处流浪。这却使启明反而觉得遗憾,因为他的家乡没有沦陷,他没有去逃难,没有到处流浪。他想象的逃难和流浪一定是很有趣、很好玩的。他做作文、写日记也为缺少那种令人悲愤、激昂的经历可写而遗憾。

没过多久,战争也擂响了这座偏远山区县城的大门。首先降临的是空袭。起先还只是偶尔来几架飞机,向通往大山区的咽喉地段上扔下几个炸弹,炸死几个倒霉的人。虽然这种轰炸让全城的人们都惊恐万状,应启明却一点都不怕,在飞机临空时,对那些害怕得失去常态的大人,他觉得可笑。他想:那么大一个地方,那么多人,炸弹却偏偏要落到他的头上,他才不信世界上的事会有那么凑巧(这真是"无知者无畏",他把炸弹和石头等同起来了)。至于防空警报发布后,他也和其他小朋友一起跟着跑,也钻防空洞,那是因为好玩,而且妈妈和老师们都是这样要求的。

等到省会沦陷,省党政机关纷纷向这座山区县城搬家时,学校里就出现了一些穿着洋气、说官话(国语)的同学,他们在本地同学面前常常表现出优越感。此后,空袭也就突然变得频繁、激烈起来了。这时,战争就以毫不含糊的面貌:那带着尖厉的呼啸俯冲下来的飞机、那震人心肺的炸弹爆炸声、那腾空而起遮天蔽日的滚滚烈焰和遇难者那血淋淋的扭曲的尸体一起赫然呈现在应启明眼前时,他开始害怕了,尤其是看到他的同学被炸死的惨状时,他感觉到了死亡的威胁,知道在死神面前,像参加抽签,他和所有人,包括抱在怀里的婴儿被摄去

的机会都是一样的,他无法独善其身。

频繁的空袭给师生们的教学活动平添了一项经常性的、压倒一切的活动——逃警报。

当然,并不是每一次防空警报发布后都有飞机临空,都受到空袭的,多半倒是什么事也没有发生,这时的小学生没有先生和父母的管束,没有功课负担,倒也是很快活的。所以,当遇到那些只会照本宣科的先生讲一些繁难、枯燥、令人十分厌倦的课程时,当暖洋洋的春风透进教室的窗户时,当夏日的蝉声叫得人昏昏欲睡时,好动的启明倒希望听到防空警报声。这种希望并不都是落空的。

第二章　空袭警报发布后

光阴荏苒,转眼间应启明从读书和逃警报的交替活动中进入了四年级。

这是一个很平常的日子。酷暑刚被几场暴雨驱走,教室外面是一个阳光灿烂的世界。在这冷暖适宜的季节里,人仿佛被融化在这明媚的秋光里了。这样的季节,到城外跑跑,或者去捉鱼、挖地蚕,或者到平江边扑腾它半天多快活、多有趣。可是,他必须老老实实地坐在自己的位置上听课,而教室里只有一个平板、机械的声音在四壁之间嗡嗡回旋,就像老和尚念经一样,把全班学生都催眠得昏昏欲睡了。

这是一节算术课,由张会计兼任教师,正在讲解寒暑表上华氏和摄氏的换算。

会计自然会算术,他就是靠这个混饭吃的。可是会算术不一定会讲算术课,何况又是这些生活中几乎毫无应用价值的内容,加以——应启明这样猜测——他恐怕就没有好好准备,那结果也就只能这样了。好在他的亮晶晶的近视眼镜一直盯着手中的课本,念一段,讲几句,横竖听不听由你,讲不讲由我。这样,教室里反倒很安静,孩子们只一心盼着尽快熬过这一节课。

突然,应启明的好朋友向为平(启明在班里有两个最要好的朋友,一个就是这个向为平,另一个叫张来福)举起了手,启明愕然。向为平是个很老实的人,老实得常常会做出别人不会做、不敢做的傻事。好端端的,举什么手呢? 看来要自讨没趣了。

张会计抬起眼来,问道:"什么事?"

"没……没有懂。"向为平放下手说。

"你站起来!"看到向为平还端坐在自己座位上,张会计厉声喝道。向为平只好很不情愿地站了起来。

他又问道:"你哪里不懂?"

"……统统……没……没有懂。"向为平一着急就结巴,倒不是因为怕。

那年代

启明在心里摇头。向为平也太没有眼色了,谁管你懂不懂,他自己也不一定懂了呢。启明突然生气地想:"还不如叫我上去讲呢!"他自信,如果让他上去讲,一定比张会计讲得好。他是确实懂了,不是听懂的,是自己翻弄课本琢磨懂的。

好像向为平在刁难他,张会计严厉地说:"那,你好好给我听着!"也不让向为平坐下,又把才念过的一大段又那么一字不落地念了一遍,边念边讲,其实等于没有讲。然后问向为平:"懂了没有?"

向为平赶紧点头说:"懂……懂了。"张会计这才示意他坐下来。

黄兴国偷偷做了一个鬼脸,抿着嘴窃笑了一下。他不知道自己的举动都在那发亮的眼镜片后面那双眼睛的视线内。张会计讲课时总是一边讲,一边走来走去。这时他仍旧一边讲着,一边不动声色地走了过去,突然以迅雷不及掩耳之势一把拧着黄兴国的耳朵,拖出座位,拖到教室后面罚立正。

黄兴国"哎哟!哎哟!"地叫着,耳朵给拧得通红。于是,那些昏昏欲睡的学生也都挺起了身子,强睁大眼睛,与睡魔进行搏斗了。

这样的内容,像他这样讲课,全班不会有几个能听懂的,虽然除了向为平外,没有人再敢说自己没有听懂了。就说那个张来福吧,他端端正正地像个菩萨一样坐在前面位置上,那个神情就像听课听得出神。以前也有老师表扬他,说他守纪律,听课专心。可启明最清楚,他人坐在教室里,心早就飞到天边去了。课后,你如果问他,张会计讲了些什么?可以肯定地说,他一句都说不上来。

国语课里有一篇什么:一寸光阴一寸金,寸金难买寸光阴……。谁在浪费光阴呢?不专心听课的学生,还有不负责任的老师。

应启明悄悄伸了一个懒腰,厌烦透了。课桌下面的抽斗里那本刚借来的外国画册在向他招手。他翻过几页,上面有大海、颠簸在溅起水花的巨浪里的帆船、贴着海面飞翔的白鸥,还有草原、大风、远处地平线上冒起的烽烟,近处,有挥着军刀、跨着战马的军人;还有大河、落日、码头、旋涡——遥远的、神奇的、色彩绚丽的异国风光。这些引诱得他觉得不看它几眼实在难熬。将来,他当然会有机会要去那些地方看看;现在,他只想悄悄抽出来偷看几眼,但是他还是克制住了,因为和他同桌的是个女同学。

他讨厌这个女同学,她叫张珍英,一天到晚总是撅着个嘴,难看死了;两根小辫子弯弯的,像水牛的两只角。他就给她取了一个"牛头"的不雅称号。他倒不是怕她检举。她哪里敢呢？这些女同学，一个个穿得干干净净的，连用了一个学期的课本、作业本都跟新的一样；她们成天都是战战兢兢的，胆子又小，又爱哭，她哪里敢检举他呢？启明只是不愿意在女同学眼皮底下干偷偷摸摸、鬼头鬼脑的勾当。

实在是，在一个封建气氛非常浓厚的社会里，影响所及，连仅仅懂得男女的区别只在于女的有长头发，男的有小鸡子的小孩子中间也有男女授受不亲的风气，男女同学绝不交往。如果有一个男同学和一个女同学讲了一句话，马上就会受到其他同学的嘲笑，甚至会群起而羞辱他们，说他们是两公婆，这就莫名其妙地成了奇耻大辱了（倒是一年级的小孩子中没有这种怪风气）。一些聪明也可恶的先生就利用孩子们的这个弱点，在区分座位时，有意把每张课桌上都按男女学生一对一对搭配起来。因为女生比男生少得多，不够搭配，那就优先照顾那些顽皮的男学生（应启明也是一个受到这种优待的学生），免得他们——主要是男生——上课时交头接耳做小动作。这样做，从效果上看确实还是很好的，学生们上课都能正襟危坐，目不斜视，非常严谨的。

"这个门房瘟掉了，怎么还不打下课铃呢？"启明觉得这一节课怎么会这么长，要是来一次空袭警报就好了，已经有一个多星期没有来警报了。

他看了一眼窗外，临窗那乌桕树上的叶子，有红的、黄的，还有仍旧是碧绿的，在阳光中像透明的一样鲜艳极了。突然，所有叶子都闪动起来，一阵微风拂进教室，人们精神为之一振。启明却无奈地悄悄叹了一口气。

"应启明！"张会计点名了，"你懂了没有？"

启明只好站起来，说："懂了。"

"唔！那好，我看你东张西望的，看来是懂了。你上来，我出一道题，你在黑板上做一下。"

启明当然懂了，做就做，他是有恃无恐的。只是因为说他东张西望才要他做，他觉得这是带惩罚性的，他又很不情愿。

正在这时，突然高声喊了一声："警报。"果然，"当！当当！当！当当……"传来一阵空袭预备警报的钟声。

"呜啊！"（相当于俄罗斯人喊"乌拉"）教室里一片欢腾。于是，不论是学生还是先生，如果皇帝的老子在这里也不例外，立即自行中止正在进行的一切活动，不顾一切地冲出教室，冲出校门，向城郊奔跑。

这个警报来得真是时候，仿佛是他启明呼唤来的。他兴高采烈地一马当先

冲出校门百十步。他回头看了一眼，他那两个形影不离的好朋友：向为平、张来福都还没有出来。他放慢步子又走了几十步，还是不见那两人出来，于是他站了下来。

人都跑完了，才看见向为平跟在哭丧着脸的张来福后面慢慢蹭来。应启明拍着手喊道："快啊！怎么的？等了你们老半天不出来。"

向为平有些木讷，他笑了笑，顿了一下，说："……才……才跑到操场，他就肚子痛起来了。"他又问张来福，"怎么样，还痛不？"

"痛！"

"我背你，怎么样？"

"不要。"张来福蹙着眉头，捂着肚子，一副可怜相，启明和为平俩只好跟着他慢慢向下江门走去。

穿过下江门城门洞，走过一座石桥，眼前是一大片菜园地。几只大白鹅在清澈的莲塘里悠闲地浮动，几个农民打赤膊在菜地里忙乎。只要敌机不临空，郊外的农民对于防空警报是无动于衷的。

三个人又习惯性地拐进尼姑庵旁的竹园里。一进入竹园，却见张珍英和本班另外两个女同学也在里面叽叽喳喳地说话，编毛线玩。

启明喊道："滚！滚！滚出去，这是我们的地盘。"

三个女同学都红了脸，板起面孔，嚅动着嘴皮低声回骂着。张珍英勇敢地喊道："偏不滚，这是你买下来的吗？"

"别！别！别这样。"向为平慌忙悄悄制止启明这种粗暴横蛮的行为，笑着，友好地对她们喊道，"不要走，不要走，地方大着呢，一边一半。"

张来福这时肚子也不痛了，他蹙了一下鼻子，抿着嘴窃笑一下。这个向为平竟敢当着他们两个人的面向女同学讨好，一点都不害臊。

启明却赧然。他的强横确实是做作的违心的。他只是想在他的两个好朋友跟前摆摆男子汉的派头，并且表明自己划清了男女界限。倘从内心来说，这样平白无故地欺侮女同学他也有些于心有愧的。

但是她们还是赌气走了。

"哎呀！"启明喊了一声，躺倒在铺着一层厚厚的枯竹叶的松软而有弹性的地上，伸展开手脚，觉得快活极了。没有女同学在跟前，他自在多了。为平也挨着启明并排躺了下去，并对来福说："躺下来，这多爽。我家里床上面还没有这么软和。"

来福不肯躺下来。他有点矜持，他穿得比他们两个好一些，也干净一些。他只小心地坐在为平旁边。

透过浓密的竹子枝叶，仰望深远的蓝天，启明觉得畅快。突然他打了一连串喷嚏："阿嚏！阿嚏！阿……阿……阿嚏！"

"好……好吃什么，那么有味道？"为平转过身来笑着问他。

启明揉揉鼻子，咂咂嘴，笑了笑。他突然问道："你们说，世界上最好吃的东西是什么？"

为平反问他："你说呢？"

启明说："我说是肉。"说来惭愧，启明还没有吃过比猪肉更好吃的东西。妈妈有时也买几两肥猪肉，剁得细细的掺在豆豉里蒸了下饭，挖一调羹可以下一大碗饭，味道很鲜美。

为平摇摇头说："最好吃的是鸡。"他家里养了七八只鸡，过年过节总要杀一只的。

"哼！"来福摇摇头，觉得他们两个真可怜，他说，"最最好吃的是人参、燕窝。"他妈妈和奶奶就常常对一种来福很贪吃的食物，用不屑一顾的口气说："这有什么好吃的？又不是人参、燕窝。"

启明问他："人参、燕窝是什么样的？你吃过没有？"

来福红了脸，只好承认自己没有吃过这些，人参还在药店橱窗里看到过，燕窝是从来没有见过的。

"你没有吃过，怎么知道它们最好吃？"为平驳斥了他，接着又问，"世界上什么事情最快活了？"启明马上说："打喷嚏。"

来福笑着说："掏耳屎。"

为平说："不要胡乱说。世界上最快活的是坐飞机。"

来福马上说："你坐过飞机没有？你又没有坐过飞机，你怎么知道坐在上面最快活？"

启明说："从飞机上摔下来那才真是快活了。"

三人又哈哈笑了一阵。

"那么，什么东西最好看呢？"为平笑过后坐起来又问。

"看戏。"启明抢先说。

"我说，枪毙人最好看。"为平模仿行刑队的号声，"嗒、嗒滴，嗒、嗒滴，嗒嗒滴，嗒、嗒、嗒……砰！"他向后一仰，倒了下去。

又是一阵大笑。

启明觉得,他们三个在一起是多么好玩、多么有趣、多么快活。

"哎!"他翻过身来仰着头说,"我们三个是最好的朋友。我们也像关公、刘备、张飞那样,结拜兄弟好吗?"

向为平、张来福都高兴地连声说好。但是,怎么结拜呢? 要举行什么仪式,拟定什么誓词,履行什么义务呢? 不知道,就这样说说就行了。

启明又说:"为平比我大一岁,是刘备,我就是关公。"他做了一个瘪嘴的表情,两手捋了捋虚拟的大胡子,接着说,"张来福比我小一岁,是张飞……"

张来福断然拒绝了,说:"去你的。我才不当张飞呢。"张飞——当然是戏台上的张飞,他看过《古城会》这一出出戏——给他的印象太差了:黑花脸,胡子拉碴的,又难看,做事又鲁莽、愚蠢,还动不动就哇哇哇地表示生气。他才不干呢! 何况他张来福白白净净的,很文气,和张飞毫无共同之处,如果要他当赵子龙还差不多。

启明说:"当张飞不好吗? 你正好也姓张。"

为平说:"张飞本事可大呢,他上来就给你三板斧,谁都架不住。"(那是《隋唐演义》中的程咬金。)

"不是的,两只手怎么拿三把斧?"启明纠正说,"他是拿两把斧头的。武松那么有本事的人才打死一只老虎就那么出名,他一个人就打死了四只老虎。"(那是《水浒传》里的李逵。他们把平时听到的大人讲的一些故事的片段搅和到一起并且进行了同类项合并,其实张飞使用的武器是蛇矛。)

为平看着来福的脸,抿着嘴笑道:"他是个络腮胡,你也有一点,不正好吗?"

启明笑得在地上打滚——他做什么事都喜欢做得很夸张。

来福觉得诧异,抬手擦了一下腮帮,果然手背上有一点墨。他一向认为,他们三个好朋友中,启明和为平尤其要好一些,所以对他们两个交替着耍弄他,他很敏感,也很委屈。于是他"嗯! 嗯!"地拿拳头用力地捶为平的背。为平笑着,一边"哎哟、哎哟"地装着很痛的样子叫着,挺挺地让来福捶他那敦敦实实的身板,还用和解的、带点讨饶的口气说:"好了,好了。我来当……当张飞,你来当刘备好了。你长得白,我长得黑,这样就好了罢。"

来福还不消气,还要给为平一点难堪。他说:"你和张珍英相好,你们是两公婆。"他以为这一下为平一定会红了脸,羞得无地自容。

可是,顿了一下,为平不但毫不羞涩,反而勇敢地说:"相好就……就相好,怎么啦,你们以后就不讨老婆啦?"当然,他也只在他们两个面前才敢这样讲。

启明马上说:"我就不讨老婆。"

为平蹩了一下鼻子,说:"哼!屁!不讨老婆,那不是要绝后代了吗?"为平把绝后代看得那么重大,启明却说:"绝后代就绝后代,又怎么啦?"

"那,你当和尚去算了。"来福也插了一句。和尚,虽然往往都是很有本事的,可不让讨老婆总不好,虽然他也不懂得男人为什么总归是要讨老婆的。

"当和尚就当和尚……"可一想到和尚是不准吃肉的,这一点他是做不到的,他马上又改口说,"要是可以吃肉,当和尚有什么不好?"

为平说:"算了,算了,不要争了。我们洗澡去吧。"

启明马上说:"去。"于是三人起来向竹园那一头走去。走出竹园,走过一段槐树林,越过坎坷不平的鹅卵石沙滩,这就是一年中给他们带来最多快乐的平江。到了水边,为平、启明勇敢地脱光了衣裤,踏进水里。水有点凉了,不过扑腾几下也就适应了。可是张来福不肯脱衣服,他蹲在水边的沙滩上任他们两个反复劝说、鼓励,死也不肯下来。他俨然一个大人,教训他们说:"水太凉了,要冻出病来的。"其实,他也知道水只是有一点点凉,哪里会冻出病来呢?他只是不肯脱衣服。他不像他们两个那样结实,他们在漫长的暑假里也只穿一条裤头。来福不行,他体质弱,瘦得跟酱鸭一样,肋巴骨像搓衣板,一根一根看得清清楚楚的。他不好意思打赤膊,觉得脱光了怪难看的,人家会笑他的。当然,他也不敢。因为平江里每年夏天都听说有人淹死,他妈给他下过一道死命令:绝对不准到平江里洗澡。而且这种活动也难隐瞒,妈一旦产生怀疑,只消拿指甲在他腿肚上划一下,如果出现一道白痕,那就铁证如山了,脑壳上就要挨几个毛栗子。那是最痛的家庭惩罚。

溪水清澈见底,半人深的水面上可以很清楚地看到水底的鹅卵石,看到自己的脚丫子和游动的小鱼。渴了,就着这溪水喝两口,水带一点甜味儿,清凉可口。他们可是在矿泉水的饮料中游泳。美中不足的是,平江(应该叫屏阳江)水的落差很大,水流很急。他们两个又只会狗刨式,两脚一蹬,扑腾、扑腾几下子就顺水给冲下去很远。向上是怎么也扑腾不上来的,两人只好站起身子走上来。在水底的鹅卵石上走起来又滑溜又硌脚,这样地游了几趟,两人很快就乏了。

接着,他们俩就在浅滩上捉起鱼来了。闹腾了半天,什么结果也没有。虽然这些小鱼儿就在胯下悠闲地钻来钻去,有时还在腿上吻一下,痒痒的,但是捉

住它却很难。启明拿自己的布衫当网，和为平四只手拽着四个角，把布衫沉到水里，待鱼儿游进来时，一起向上提。搞了几次还是不行，因为水渗漏得太慢了，鱼儿很快就跟着溢出去的水溜掉了。

启明朝岸上的来福喊道："你不洗澡，脱了鞋子下来捉鱼总可以吧。脚还会冻出病来吗？像个女生一样娇里娇气的。"

来福犹豫了一下，只好脱了鞋、袜（他是三个人中唯一夏天穿袜子的），卷起裤脚，小心地把一双白白的小脚踏进水里。按照启明的建议，三个人在溪边用卵石、泥沙垒起一个口袋形的小坝，捕捉游进来的鱼儿。就这样，他们嘻嘻哈哈地闹腾了半天，才捉住了三条只有小拇指头大的鱼儿。启明用一根狗尾巴草梗儿把它们串起来交给来福提溜着。为平、启明穿上衣裤，启明把湿布衫搭到背上晾晒，三人踩着卵石沙滩信步向城墙边走去。

为平突然想起来问道："昨天那个作文你们做好了没有？"昨天上午作文课，刘先生出了一个题目叫《我的志愿》。

启明说："昨天上午就写好了。"

"你呢，阿福？"

"马马虎虎。"来福漫不经心地回答说。

"糟糕，我才写了一半。"

启明问为平："你写的什么志愿？"

为平嘿嘿笑了两声，摇着头，惭愧地说："我胡乱写的。我写要当飞行员。"

"你呢，阿福？"

"也是的。"

"我也是的。"

真是"英雄所见略同"。三个人不禁哈哈大笑起来。其实，全班有一半人都写的要当飞行员。有这种巧合是因为三天两头逃警报，很多同学家里被烧了，亲人被炸死了，学生也有被炸死的。还因为当时他们刚学会唱一首"我的志愿多远大，想做飞行家，驾着飞机一架，飞行全天下……"的歌。

其实，那都是胡乱写的。大家也知道，哪有飞机给他们学着开呢？在这闭塞的山区里面，他们看到汽车也稀奇，常常围着抛锚的，正在检修的破汽车看个没完，还喜欢跟在汽车屁股后面跑，闻那好闻的汽油味。

走了一段路，来福把鱼儿递给启明说："喏！给你拿吧。"

启明闪开了，说："你拿着不就行了吗？这一点点鱼还会把你给累着了？"

"那我扔了。"

他们两个马上一起反对。为平说："捉了这半天，好不容易捉来的，怎么又扔了？"

他们光会说，又不肯拿，那么一点点鱼也不能烧来吃。来福觉得自己这么大个人，提溜着这么点儿大的几条小鱼，给人看见有点难为情的。

启明又问为平："那么，你真正的志愿是什么呢？"

"什么真正的志愿？"

"志愿嘛，就是做了大人后，你想干什么事情。"

"我不是写了吗？当飞行员啊。"

"那是你胡乱写的。你能当飞行员吗？也不照照镜子看。"

"那，我怎么知道呢？叫干啥就干啥呗。"

"阿福呢？"

"我……"来福欲言又止。他曾经想当一个剑侠，那当然是随便想想的。他还想做一个唱戏的人。他常常被大人夹带进戏园看戏。有一次，妈妈带他去戏园看戏，开台锣鼓还没有打，空袭警报就发布了，他和妈妈随人群挤出戏园到就近的城墙边躲避，不想却发现那些唱戏的也都逃在那里。很多人都站在一边直瞪着这些唱戏的，并且悄悄地议论着："这就是小生。""那个，那个手插在腰上的是花旦。""那个就是筱常艳。"……

这些没有上妆的唱戏人看起来其实也很平常，跟普通人没有什么两样，有的长得好看一些，也有的不但谈不上好看，甚至可以说难看死了。他们或站或蹲，有的在打闹嬉笑，有的独自一人在发呆，对人们的围观都毫不在意。可是，来福却盯着这些人不放，心中充满对他们的爱慕。人的一生也难得有一次能经历或令人可钦，或可叹，或可悯，或可悲的经历，他们却几乎天天在戏台上做这些：一会儿被坏人陷害了，一会儿要绑赴法场问斩了，而且常常表现出视死如归的悲壮情怀——在戏台上表现视死如归实在太容易了——当然，一会儿又得救了，一会儿又当上了状元，讨上漂亮的老婆，最后就大团圆了，叫人看得高高兴兴的……做一个被别人爱慕、钦佩、同情的人，最省力、最安全的道路就是学唱戏。当然，决不当小丑，小丑总是令人可笑、可恶的坏人；也不当大花脸，大花脸绝不可爱。总之决不做坏人，更不当龙套。"龙套"，哼！人家戴着大官的头盔穿着袍子，站在中间多气派；那些跑龙套的，像傻瓜蛋一样半死不活地站在两边发呆，最多吆喝几声——。当然，这也只是随便想想的。随便想想的当然不能

那年代

算志愿。来福只好说:"不知道。"

他们两个其实什么志愿也没有,除了他们老爹走着的路,他们从来没有想过要另外走什么路。

启明不一样,他虽然也没有想过要当什么飞行员,但是他确实是有志愿的。他曾经希望自己成为一个名人,只是不好意思说出口。那一次,刘先生上国语课时,讲到岳飞的事迹。他说,人,都会死的,不论什么人。但是岳飞精忠报国,虽然被秦桧害死了,可是名儿还在,几百年来,人们还崇敬他、纪念他。所以他是永垂不朽的。

这些话给启明留下了很深刻的印象。人不死,看来是做不到的;神仙也只是说说的,没有人亲眼见到过。可是做一个有名的人,替国家、替老百姓做很多好事,人死了,名字永远留下来,后来的人都纪念他,这多好。他希望自己将来能成为一个永垂不朽的人。有名的人都很有本事,启明自信将来会成为一个很有本事的人。

"你呢? 光……问我们。你有什么志愿?"为平逼着要他回答。

启明笑了笑,虽然不好意思,但毕竟是最好的朋友,而且还是结拜兄弟,说说也无妨。他终于说了:"我的志愿是要当一个有名的人。"

"你?"为平大惊小怪地嚷起来,并且爆发出一阵大笑。来福也抿着嘴哼哼哼地笑个不停。为平还说:"我还想当……当大官呢,又有钱,又神气,可就不是这个料。"说完又克制不住呵呵呵呵地笑。

有那么好笑吗? 启明不服气了,也有点恼了,说:"我又怎么啦? 人家做得到,我为什么一定做不到?"

"哦! 别人能做……得到的你都能做得到?"为平随口提出一个难题说,"别人能做出飞机(他认为世界上做得最巧妙的莫过于飞机了),你也能做一架飞机给我们看看。"

来福插嘴说:"用纸摺一个还差不多。"和启明斗嘴,来福很少占上风,在为平和启明斗嘴中,插进去打一下太平拳,来福觉得很开心。

为平为自己的问题提得巧妙而笑得前仰后合。是啊,别人做出了飞机,你应启明不要吹,你也做一架出来飞给我们看看。

启明把嘴一瘪,他没有笑,心想:"为什么不能呢? 飞机不就是人造的吗? 当然不是现在,将来只要我学这个,还能做不起来? 跟这些人讲不到一块的。"

他们从一个村边插了过去。一只小猫从断墙后面跳了出来,跟在来福后面咪咪叫。来福意识到小猫对自己手中的那三条小鱼儿产生了兴趣,于是悄悄把它扔到路边了。

走到城墙边那一片坟地时,突然发生了战斗——不知道从哪里飞来一块土块,正好打在为平头上,扑哧一下碰碎了,落了他一脖颈的土。他弯下腰一边掸脖子里的土,一边说:"这是哪一个? 这么坏。"启明、来福也警觉地张望着搜索敌情。他们马上看到一个坟包后面的汪有寿得意忘形地在笑。还有朱伏龙、黄兴国几个分别躲在坟包后面向他们发起了攻击。这显然是有预谋的,他们事先埋伏好,等候他们三个进入这个伏击圈内便突然发起攻击。黄兴国到现在那耳朵还是通红的,就像饭店里刚卤出来的猪耳朵一样。他已经忘了这羞辱,正兴高采烈地投掷土块。这边三个也就地捡起土块进行还击,战斗持续了几分钟。

启明突然挺身而出,挥着手,大声喊道:"哎! 哎! 停一停,停一停,听我说,我们不要这样乱打一气。我们把人分成两半来打仗,沟那边算你们的地方,沟这边算我们的地方,土块打到哪个身上,哪个就算死了,就站到一边去看,不准打了,最后看哪边死光了就算哪边输了。这样玩有趣一些,好不好?"

"好! 好! 好!"双方齐声拥护。

对方有六个人,启明要他们过来一个。黄兴国、汪有寿见为平在这一边,也就很高兴地起义了,参加到这一边来。这样,那一边就少了一个。少一个就少一个,那边的朱伏龙是大个,一个顶俩。

新的战斗开始酝酿了。喜欢发号施令的启明看了看地形,从一些打仗的故事里得到启发,他悄悄对黄兴国说:"你偷偷从菜园那边小路过去,不要叫他们看见了,过了石桥,绕到他们背后,从背后打他们。"黄兴国说:"得令!"二话不说就去执行迂回任务了。启明又对为平说:"你偷偷从右手过去,从一边打他们。"为平点点头,对一旁的来福悄悄笑着说:"你别说,他还真……真是个当官的料呢。"

来福瘪了一下嘴,他才不服启明的,也不愿听他的调遣。

作战部署完成后,新的战斗开始了。双方各自依托自己的坟包向对方投掷土块。这种战斗因为不会死人,最多挨一块土块,而且这些沙土坷垃一碰就碎,打在身上也不很疼,所以交战双方都很勇敢。当然谁也不愿意挨土块,因为要被取消游戏资格的。

为平从右翼偷偷跃进几个坟包,在对方一侧占领阵地来袭击对方,马上被对方察觉了。于是,为了保障翼侧安全,朱伏龙马上来对付为平,为平的坟包太

那年代

小了,等于全身暴露在外,他也不请示报告就撤回到小沟这边。黄兴国却成功地隐蔽地迂回到对方侧后,出其不意地发起进攻,而且首发命中,一块土块正好打在对方主力朱伏龙那毫无遮蔽的背上。这一边发出欢呼,要朱伏龙退出战斗。

朱伏龙大怒,满脸通红地说:"哪里有从背后掼土块的道理?这根本不能算数。"

可是也没有哪个国际公约规定交战一方不得从侧后攻击另一方的。相反的倒是各个国家的战斗条令还特别提倡从侧后袭击对方。可是朱伏龙就是不执行原来的规则,坚决不承认自己已经阵亡了。这时汪有寿也挨了一块,他声称退出可以,但是朱伏龙也要退出,朱伏龙不下去,他也不下去。这种高昂的斗志:轻伤不下火线,固然可嘉,可是规则给破坏了。没有了输赢标准,也只有胡乱打闹一起了。

启明还在坚持重申:不论哪一方,只要挨了土块都算死了,都要站到一边去,不能再扔土块了。他只顾说话,一块土块正好打在他的腮帮上,打得还挺重的。他急得一边按着发烫的腮帮,一边捡土块还击,也就不再坚持他的那些规则了。

正在这非常有趣的战斗进行得难解难分时,一个老农民挑了两桶粪水从一边经过,发现中间一畦番薯地上的番薯藤被践踏得乱七八糟。老农民吼道:"你们找死啊!把番薯地踩成这个样子。"可是战斗正进行得难分难舍,没有人理睬第三方的责难。于是老农民大怒,放下粪桶,舀了一勺粪水介入这场战斗了。

当时,一勺粪水的威力和土块比起来,几乎相当于现代战争中化学武器较之于常规武器。看见老农民气冲冲地持着一勺粪水嘟嘟囔囔地走来,大家知道不妙,就顾不上胜负未决,一哄而散,像树蓬里飞出一群麻雀,把老农民的嘴都气歪了。

黄兴国他们是乌合之众,一跑就散伙了。这三个好朋友却还是跑在一起。他们其实不需要跑那么远的,那个老农民只不过吓唬他们一下,也就是进行一下心理战,赶跑就行了,他可没有工夫去追穷寇,也舍不得这一勺粪水。

三人停下来后,想起刚才的游戏都呵呵笑了,也都为这场最有趣的游戏给冲散了觉得惋惜。在那战乱年代,参加打仗,做一个勇敢的军人,对孩子们来说是很有诱惑力的。

他们继续向前走着,三人并列像军人一样迈着整齐的步伐,在蓝天白云之

下,在这长满灌木丛的小丘上行进。来福用喉音唱起了《游击队之歌》:

> 我们都是神枪手,
> 每一颗子弹消灭一个仇敌;
> 我们都是飞行军,
> 哪怕那山高水又深。
> 在密密的树林里,
> 到处都安排着兄弟们的宿营地……

为平和启明也跟着唱了起来,在歌声中,他们心中都涌起一股豪迈、勇壮的感情。不是吗? 他们才打过仗,都很勇敢,现在撤离了战场,这只是战斗的间隙。他们还要去迎接更艰苦、更残酷的战斗啊!

警报还没有解除,再到哪里去玩呢? 馋嘴的启明提议道:"我们去打些板栗来吃吃,好吗? 肚子有点饿了。"

为平点点头。

来福狐疑地问:"到哪里去打?"

启明这个老手胸有成竹地说:"这你不用管,你跟着来就行了。"

于是三人离开大路,向一条小路走去。走着走着,启明站住了,不动声色地说:"看到没有?"他的嘴一努,前面的一幢两层独立农舍前有一棵大毛栗树,树上密密匝匝的满是毛栗。"乖乖!"他赞赏着并掏出弹弓,命令道,"我打,你们捡。为平把褂子脱下来,铺在地上,把栗子都捡到褂子里。要是给人看见了,我们卷起来就逃。逃到没有人的地方再砸出来分。"

三人继续走过去,刚走到栗子树前,啪的一声,启明的弹弓已经发射了,真是弹无虚发,毛栗应声而落。为平脱下褂子铺在地上,和来福把接二连三落下来的毛栗小心地捡到褂子上。

捡了有十多个了,农舍的门打开一条缝,一个黄毛丫头从门缝里张望并且叫道:"奶奶,奶奶,他们偷板栗来了。"接着门啪地被拉开来,一个老太婆颤颤巍巍地迈出门来,骂道:"这些死不了的,又来偷了。"

来福吃一惊,想逃跑,却发现为平、启明都若无其事地我行我素,根本不当回事儿。启明只收了弹弓,帮为平他们搜寻散落在草丛里的毛栗,把它们捡到褂子上。

老太婆气得直哆嗦，她朝路北那边的菜园地喊："联玉！联玉……"没有应声，她训斥那女孩道，"死了吗？还不叫你爹来。"

形势严峻了，于是三人拔腿就跑。

由于事先没有计划，撤退是慌乱的。为平说了声："快跑！"就卷起褂子里的栗子和启明向南面溪滩方向快步离开。而来福这时却在树的北边，听到为平说快跑，他晕头转向地向来时的路上跑，他以为这是理所当然的，为平他们也会跟过来。他才跑了几步，就在墙角拐弯处撞到一个中年农民身上，给揪住了手臂。背后的老太婆喊道："联玉！把他吊起来，用藤条抽他一顿。好人不做，做贼。"来福挣扎了几下，发现为平他们不知道跑哪里去了，就哭了。

且说为平跑出去百十步，听不到背后有脚步声，回头一看，来福没有跟上来，也没有人追来。他站了下来，听到有哭声、训斥的声音，说："糟了，来福给人逮去了。"他把包着毛栗的褂子朝启明手上一塞，转身就往回跑。启明愣了一下，也只好踽蹒着跟过来。

那边，一个大人把来福推进门，自己背朝外站在门槛外面，说："小孩子，还是读书的，不学好……"

为平快步走去，挤进屋子里说："你们打……打他干什么？是……是我打几个栗子吃，不行吗？"边说边把来福拉到自己背后。

老太婆吼道："就这个，就这个大的最可恶，都是他领的头，别叫他逃了。"她还嘟嘟囔囔说，"怎么说也不听，你说你的，他偷他的，你看可恶不可恶……"

为平撅着嘴，不服气地站着，护着来福。

对于为平的自动投案，这个农民倒有些意外，也觉得有点好笑，但还是忍住了。他板着面孔挖苦地说："唔！你本事还不小，自己偷不算，还带上几个徒弟来偷，还会耍赖。"又喝道，"谁打他啦？"

为平嘟囔说："这算偷吗？我们又……又没有到你屋里偷东西。那是树上自……自己长的。"

"还不算偷。那是你家的树上长的吗？"中年人这回真的有点生气了，顿了一顿，说，"你自己看，怎么办吧？"

为平说："我把弹……弹弓赔给你就是喽。"他也有个弹弓，这时掏了出来，恋恋不舍地放到桌子上。小女孩马上说："奶奶！我要弹弓。"

老太婆说："那不行，联玉！不能就这样放了他们。这些小鬼坏透了，三天两头来偷，看也看不住。还没有全熟呢，你看树上还剩下几个。"

为平不服地说:"那又不都……都是我们打的。"他坚持不承认这是偷。

中年人对老太婆说:"不放,您能把他们怎么办?送派出所?"他倒先笑起来了,说,"那,您老人家去送吧,我可没有工夫。人家也不尿你这些事儿。"他语气缓和了一些,盯着为平端详了半晌,若有所思地突然问道,"你家住哪里?"

为平说:"……下江门。"

"你骗我吧?"

为平摇摇头。

"你爹干啥的?"

"种田的。"

"叫什么名字?"

"……"

"说吧,我不会告诉他的。"

"……"为平还是不肯说。"说吧,我不为难你。"

犹豫了半晌,为平只好含含糊糊地说了:"向……宗华。"

"喔!"仿佛意料之中,在一阵哑然失笑后,所有的恼怒从这个中年人身上都消失得无影无踪,剩下的只有怜爱。

"你就是老向的儿子,我看也像。"他盯着为平半晌,颇有感触地沉思了片刻,和蔼地轻轻地点头说,"回去吧,啊!以后要想吃栗子尽管来,跟我说一声就行了。"

为平觉得意外。他是准备替来福挨几下的。他偷偷瞄了中年人一眼,认定不是假话后就牵着还在抽抽搭搭的来福向外走。才走了两步,为平试探性地回头轻声说:"弹弓还给我好吗?"

中年人点点头,说:"好,好,拿去吧。"

为平顾不得老太婆的絮叨,抓起弹弓拽着来福冲出门外。

在不远的路旁,启明不安地等候在那里,又担心,又惭愧,因为他是这场不光彩活动的发起人,手上还捧着那包赃物。见到两个朋友被释放了,他才放心了,迎了上来说:"这些毛栗子怎么办?扔了算了吧。"

为平说:"怎么扔了呢?给我。"他接过褂子,回到那家屋后,没有人,于是他把褂子里的十多个毛栗子倒在墙根下,回来又啪嗒啪嗒地甩抖了褂子,还仔细检查了一遍有没有毛刺才穿上。

因为来福像老鼠一样给人逮住了,受了委屈,所以为平、启明一边一个搭着

他的肩膀拥着他向前走,这是孩子们表示亲密、同情和安慰的动作。刚才还高高兴兴地,雄赳赳、气昂昂地唱着"我们都是神枪手……",一下子却什么也不是了,成了贼。要论罪魁祸首,那就是这个馋嘴的启明出的好主意。

启明小心地、带点歉意地问来福:"他们打你了?"

来福摇摇头,但他还是哭丧着脸,一言不发。初出茅庐,不是博望烧屯,而是初战就打了个败仗,当了俘虏,难怪他伤心的。但是,他对为平不顾一切地冲进去保护他是充满了爱戴和感激的,于是他也抬起手来揽着为平的腰向前走。

脱险出来的三人继续游荡着。

第三章　大轰炸

"唉!"启明叹了一口气,说,"也没有来飞机,怎么还不解除警报? 肚子都饿瘪了。"

为平说:"说不定警……报已经解除了,忠靖王庙离这里太远了,钟声这里听不清。"

刚说罢就听远处传来嗡的一下钟声,为平还来不及说"这不就解除了吗",却听见一阵急促的连续不断的钟声:嗡! 嗡! 嗡! ——是紧急警报,钟声还没有停下来,飞机已经临空了。飞机发动机沉重的轰鸣声震荡着空气,有过这方面经历的孩子们也知道这是轰炸机群临空了。

启明仰头看去,竟有十几架飞机从北边飞来,他兴奋地喊道:"乖乖!"就向旁边一棵槐树上爬上去。因为每一次空袭,总是挤在黑暗、拥挤、潮湿、气闷的防空洞内,就是不在防空洞里,也总有大人横加干预,没有机会亲眼看一次大轰炸的景况,这可是难逢的一次机会。

为平把来福推进旁边的一个很浅的土坑里,自己也跳了进去。他喝道:"启明! 你……你想死啦! 下来!"

启明说:"我看一会儿就下来。"

机群在上空盘旋一周,然后散开来,开始轰炸。飞机略作俯冲,发出一阵令人惊心动魄的怪叫,然后从飞机上弹出一个黑点,仿佛停顿了一瞬间,向着飞机的前行方向呈弧线快速坠落,传来一声震耳欲聋的爆炸声,于是一处屋顶上冒出一股白烟,接着冒出黑烟,随之火舌就冲出屋顶,浓烟腾空而起,遮天蔽日。接二连三的爆炸声在县城周围的大山之间来回碰撞,产生不绝于耳的隆隆声。大地都在震动。来福惊恐万状地趴在为平背后,这是他第一次在空袭时暴露在几乎毫无遮挡的野外,所以特别害怕。以前在防空洞里,挤在黑暗、拥挤的人群中间虽然不好受,在听到飞机俯冲和炸弹爆炸的声音时也害怕,但是多少还有一点安全感。看见启明还试图向更高的晃晃荡荡的树枝上爬,他带点哭腔向启

明轻声喊道:"启明,你下来不好吗?"

"马上,马上,马上下来。"启明一边说,一边继续向晃动的树枝上爬。

"麒麟街那边烧起来了……""我们学校里落了一个炸弹……""府前街也烧起来了……"他不断地俯身向下面的两个人报告情况,虽然没有人要求他这样做。

"是不是我们的那个教室给炸了?"为平问道。他还想到他没有完成的作业。

"看不清楚。上江门外的那些毛竹棚统统都烧起来了。"

其实,即使在县城周边的山上居高临下地看,在那些连成片的千篇一律的黑色瓦背和黄土泥墙上辨别街区也不容易,而启明所在的地方,更是看不出什么名堂的。他却俨然防空观察哨,不断把自己估量的情况告诉下面两个人,免得他们老是催他下来。

上江门外那些以竹、篾、箬叶为材料的窝棚的灰烬被火焰冲上天空,又纷纷飘落在四方,也有一些落到他们几个躲避的地方。多个烟柱连成了片,遮住了半个天空,把一轮金光四射的太阳变成了毫无生气的红日。

当一架飞机几乎直朝着启明这个方向俯冲下来时,启明也连滚带爬地滚落到土坑里。轰的一声,冲天而起的浓烟就像一片黑云从头顶上降下来。这一颗炸弹显然落在离他们很近的地方。启明抖索一下竟还在笑呢,给为平蹬了一脚。

机群完成它们的施虐任务后还在天空中盘旋,欣赏它们这壮观的业绩,然后编队返航。空气清净了,但是人们的耳根还在嗡嗡地响着。

当然,这次对和平居民的屠杀只是日军一次小小的军事行动,绝对不会引起它们本土的举国欢腾的。

待了一阵后,启明站了起来,为平也把来福拉了起来。三人拍打着身上的泥土,带着沉重的心情呆呆地站了一会儿,都没有讲话。他们总算过来了,家里人呢?

"怎么样,回去吧?"看见为平和来福犹豫的样子,启明说,"完了,今天是不会再来的。"

为平说:"这里离上江门近一些。我们从上江门进城吧。"三人朝上江门走去。路上还有不少惊疑不定的人不敢往回走。

上江门外一片狼藉,从城门口到渡口路边的两排窝棚统统烧了,余火尚未燃灭。

启明突然惊叫了一声："哎呀！"三人都看见在一片热气蒸腾的火烧场上，横七竖八地仰着、爬着好几段还冒着烟的人形的焦炭，蜷着手脚，面目、五指都不能辨认，其中一个从体形上看，还是个小孩子。

来福吓得赶紧把头歪到一边不敢看。这都是人哪！刚才还都是有思想、有感情的活生生的人，在空袭下为了求生也是惊恐万状的，现在被活活烧死了，烧成了这么可怕的形状。火烧场旁一些幸存者都木然地站在一旁，麻木了。

在城门口，他们被警察拦住了。警报还没有解除，不准进城。他们只得往回走。

为平说："不让从城门口走，我家旁边城墙下面有一个水窨洞，可以钻过去的。"

在为平的带领下，三人沿着城墙外杂树林中的小路往回走，走到有一湾水汊的地方，为平说："就从这里蹚进去。"他坐到地上，脱了鞋，卷起裤脚，踏进水里，并且招呼启明、来福两个跟他来。

这水汊是残留下来的古护城河，在茂密的槐树丛掩蔽下，不到跟前还真看不出来。涉过水汊就是块石砌筑的爬满藤萝的古城墙，下面有一个矮小的出水口，就是为平说的水窨洞。为平弯腰引导他们两个钻进这阴森、潮湿的水窨洞里。这个水窨洞大约两尺五见方，两侧是块石砌筑，上面是条石顶盖。由于长年没有疏浚，底下烂泥淤积，有一处一侧已经崩塌，断裂的条石顶盖斜搭下来，只留下一个三角形的口子。一股潺潺的水流穿过，水有些凉，水底下很滑溜。三人提着裤脚，腋下紧紧夹着鞋子，弯着腰涉过水窨洞，从城墙那一面的一个长满灌木、杂草的洞口钻了出去。

"喔唷！"好像发现了新大陆，启明叫道，"原来是这里啊。"在明亮的阳光下，右手不远处就是为平家那伴着一棵大枫杨树的、四不靠的一栋两间朝北的住屋。原来屋前那座石桥下的河沟里的水就是通过这里流出城外的。为平和蔼地问还有些惊魂未定的来福："你怎么办呢，回家吗？"

来福已经有好半天没有开腔了，这时他点一下头。他不愿意离开他们，又挂念家里。于是为平、启明先送来福回家。他们走过的整条街都变成了焦土，刺鼻的热气炙人，眼前的景象变得有些奇异，视野开阔了，在热气蒸腾中可以通视很远的地方。这些家业被毁的人们，一个个苦着脸，或者还在挑水浇灭瓦砾

上那些余烬未灭的焦木头,有些在瓦砾中挖着、刨着,把一些日常熟悉的现在已经被烧得扭曲变形的金属物件掏出来,堆放在一边。在这泰山压顶的灾难面前,人们反而安静了,听不到平时为了琐事吵吵嚷嚷的声音。在鼓楼畔,一个女人已经没有眼泪了,在几个女人的搀扶下,面对着瓦砾,为还没有被挖掘出来的小女儿号啕着。

路上,他们碰到了兴兴头头的黄兴国,告诉他们,在县立小学的分部和县医院那里,有一个炸弹坑比李家湖还要大,他刚跑去看了回来。

为平、启明把来福送到离他家不远的地方,看着来福进到门里才转身。

来福一进家门,看见妈妈也刚从防空洞里回来。她跑在奶奶前面回到家里,焦虑的神情都写在脸上。见了来福,她嘘了一口气,半晌,说:"饿了吧? 妈马上生火。"她手忙脚乱起来。

来福提醒说:"警报还没有解除,不让生火的。"妈妈唔了一声,又问道:"轰炸的时候你跟谁在一起?"

"跟向为平。"来福有气无力地回答。

"就是那个黑黑的同学? 人倒是挺老实的。"来福点了一下头。

这边,启明对为平说:"我们也去看看县小分部那个炸弹坑去。"他总是能在灾难中找到兴趣的。

为平说:"不去了,我要回家了。"

"回家干啥?"启明是不太顾念妈妈的,也不去想妈妈这个时候可能正在为自己牵肠挂肚。

为平说:"不知道家里人怎么样。也有两个月没有下雨了,刚才我看我家后面那块番薯地干得很了,得给润润水了。"启明不愿意放为平走,这时只好跟为平一起到他家里。他爹、妈和妹妹都不在家,恐怕还都在防空洞里。他们搞了两副粪桶,为平去桥头挑水,启明替他浇屋后那几垧番薯地。

正在干着,为平爹回来了。看见两个孩子在浇地,他问启明:"你回过家吗?"启明说:"没有。"他笑着夺下启明手中的粪勺子,叫启明赶快回去,说:"真不懂事,轰炸后要赶快回家看看你妈,她会很着急的。"

第二天,他们还是照常去学校。

学校的音乐教室挨了一颗炸弹,一面墙倒了,半边屋顶塌了下来,一架风琴被砸得稀烂。

他们进到自己的教室，课桌上是厚厚一层灰土，是轰炸时震落下来的，糊在窗子上的纸都给震破了。这一天，到校的学生不到一半。

上课的时候，刘先生照样平静地走进教室，他没有带教材、粉笔，在黑板前站定后，一开始就讲起昨天的大轰炸。他说："日本鬼子这一次轰炸就是专门来杀害平民百姓的，因为城里没有任何军事目标。日本人知道这些地方的民房都是木结构的，炸弹的破坏力远不如燃烧弹的威力大，所以他们对县城的几次轰炸大部分使用了燃烧弹，一烧就是一条街，一大片。他们就是向我们示威，要我们屈服，我们能屈服吗？"他还说，"一颗炸弹就落在邮政局旁边的防空洞洞口旁，八十几个大人、女人小孩统统死在防空洞里，多数是窒息而死的，我也去看了。我们班也有同学的亲人死在里面。"讲到这里，坐在后面的陈世泽双手蒙着脸号啕大哭起来。上课前，人们并没有注意到他有异常的表现。

刘先生走了过去，不知所措地站在他旁边，然后俯下身子用手轻轻地抚摸陈世泽的头。他的眼也湿润了。陈世泽拼命忍着哭，趴在课桌上气噎不止地啜泣着。他的父亲、弟弟都死在那个防空洞里。

刘先生回到黑板前，转过身子。这个一向十分温和的不善于流露感情的人，突然做了一个很强烈的手势，喊道："不要忘记，永远不要忘记这些禽兽的血债。这些疯狗想灭亡我们中国，他们是做梦，中国永远不会亡。中国必须要强盛起来，要靠你们，要好好读书，要有知识才能……"这时，他哽咽了，眼眶里渗出了泪水。半晌，他又宣布了学校的决定：考虑到大轰炸还会持续一段时间，学校决定明天开始停课。什么时候复课听通知。刘先生又讲，大家回去后，要跟爸爸、妈妈讲，如果乡下有亲戚，就尽量去乡下避一避。他还布置了作业，在停课期间把国语课第几页到第几页都抄写一遍。还说，轰炸时不可大意，不要爬到树上看热闹，那样危险性很大。有坑坑洼洼的地方可以利用的就充分利用，尽量躲到地势低的地方；防空洞并不安全，这里的很多防空洞都是不牢固的……

启明想，难道昨天大轰炸时他爬到树上被刘先生看见了？

这一次停课后，接下来的不单是持续的轰炸，而是日军的入侵。于是学校变得空荡荡的，失去了往日的喧闹。慢慢地，操场上、阶沿下、走廊边都长满了杂草。

第四章　张来福

　　张来福交替生活在两个世界里,一个是现实世界,一个是幻想世界。他在现实世界中的苦恼、烦忧可以到幻想世界中寻求解脱。

　　那些仍旧冒着烟、蜷着身子的,面目、五指都不能辨别的人形的焦炭不时出现在他的眼前而挥之不去时,他想过,即使是全身心地保护他的妈妈和奶奶也不能保证他和她们不会在下一轮大轰炸中也变成这种形状。他曾经不小心,手指给火钳烫了一下,很痛,而且痛了很长时间,而且一点办法都没有。他难以想象这些被活活烧死的人,曾经受到怎样惨烈的痛楚的煎熬。他害怕极了,觉得这个世界极其凶险、可怕。他在家里或者到亲戚家里,总喜欢蹲在阴暗的角落里,阴暗给他带来些许安全感。晚上,他钻进被窝,蒙着头,于是这个黑暗而又温暖舒适的被窝在他的幻想中变成了一个大山洞,是一个绝对安全的安乐窝,什么炸弹、炮弹、燃烧弹都不能伤害他。于是,他在一种虚幻的安全感中放心地睡去了。

　　他之所以想当剑侠,就是因为在现实世界里他有很多愤懑和不平,只有幻想世界里的剑侠可以帮他摆平,从而获得安宁。

　　张来福的家境比向为平和应启明好多了。他只有当吃饭时间到了而空袭警报还没有解除时才有过些微的饥饿感觉。他的罩衫也不褴褛,书包里有为平、启明羡慕的带橡皮头的整支铅笔、带铜套的毛笔和带盖的砚台。下雨天,他有一双矮帮的橡胶雨鞋,不必像为平、启明那样再冷的天气也只能打赤脚。但是,向为平他们也有张来福更羡慕的东西,那就是自由。

　　一放学,他总是被妈妈看牢在家里。也不是要他做作业,那时的小学生并没有什么课外作业,总之不准外出。理由很简单,因为她只有这一个儿子。虽然还有一个老大,但那是来福爹前面那个女人生的,已经成年,跟着他爹在外地做手艺,不用她操什么心。她只要把来福管好就行了。她担心他着凉,担心他中暑,担心他走路给板车撞了,担心他下河玩水淹死了;还担心他学坏了,变野了，不听话了，好像大门外的整个世界都布满了陷阱。虽然她更担心日本人的炸弹会炸死她的儿子，但是对此，她无能为力，只能听天由命。她担心这担心那，就是不担心他长大以后怎么适应这个世界。什么适应不适应，船到桥头自然直。现在，只要他听话就行了，其他的都无足轻重。为了防止意外，她唯一的办法就是把他紧紧攥在手心中，不让他到处乱窜，除了上学、逃警报外，有事没事都得老老实实待在家里。

确实，除非发生地震，没有比这更安全的办法了。

在家里，来福只能在妈妈的目视范围内活动，所以他也只能剪剪画画，哼哼唱唱，或者傻坐在门口的竹椅上，仰望着蓝天白云，随心所欲地、天马行空地胡思乱想，慷慨地消磨他的黄金时光。

于是，素昧平生的剑侠走进了他的生活。他首先获得的是一本《江湖游侠传》，那是他用自己手中唯一的一本《隋唐演义》小人书和朱伏龙交换来看的。他马上被书里面的故事情节吸引住了。世界上竟会有那么有本事的人、那么有趣的事，他高兴得简直要发狂。

他不敢把这本书带到学校里去，知道一旦被先生发现，它就会被没收的。

在学校里，他无心听课，总是急不可耐地等着放学。终于熬到放学，他又恨不得一步到家。一进家门，他扔下书包就捧起《江湖游侠传》，把自己沉溺到那些离奇的胡说八道的故事情节中去，看得连饭都不想吃，直到天暗下来看不清字为止。他没有注意到妈妈和奶奶发现他突然变得如此好学，在背后以欣慰的神情赞赏她们这个将来会有大出息的宝贝孩子。

固然，人们都希望自己是一个勇敢的人，来福也不例外，尤其在这战争年代，一个勇敢杀敌的军人是多么受人尊敬、被人爱慕啊。读二年级时，他就描过一幅画，画中一个小孩子举着一支小枪，旁边写着："这是勇敢的小朋友。"他大胆地把它投进稿箱，这幅画竟被选中了，贴在学校的壁报的下方。可见他从小就向往自己是个勇敢的人。

可是人并不是想勇敢就能马上勇敢得起来的。人的勇敢、无畏总得有所恃，有恃才能无恐。而张来福凭借什么呢？他在襁褓中就生过一场大病，病得已经叫大人绝望了，后来不知怎的又莫名其妙地活了下来。虽然活了下来，体质却一直很弱，真正是弱不禁风，当然也就手无缚鸡之力，所以也胆小得很。和同学相处，他也只好事事忍让一点。他怕和人吵架，怕因为吵架引起打架。如果说"战争是政治的继续"，那么，打架当然也是吵架的继续。在打架上，说来惭

那年代

愧,在他个人的军事史上还没有过胜利的记录。

只有和为平、启明在一起时,他才是轻松愉快的,也容忍自己任性起来,常常为一点小事情和为平怄气,甚至对为平动手动脚。而为平总是笑着,还用和解的口气向他求饶,从来也不还手,也没有恼过。张来福当然知道,论力气,他在为平面前只是一个小卒,他和为平、启明成为好朋友以后,和其他同学相处就显得理直气壮起来,因为再没有人敢无端欺负他了。

在那一次大轰炸后,又有过几次小规模的轰炸。平静了一段时间后,战争的隆隆声突然又在耳边震天价响起来了。

当日本兵从省会南下,占领了山区外的铁路线时,省党政机关就向更深远的大山区里转移了。当张来福想起来已经有很长时间没有听到防空警报的钟声而纳罕时,他不知道这座山区县城和日本人占领区之间已经没有缓冲地带了。

初夏,盘踞在铁路线上的日本兵向山区出动了。那些保安队真丢人,都扛着大枪,抢在老百姓前面渡过平江向大山里转移,一点也没有来福在书上和画上看到的那样勇敢杀敌,不怕牺牲。三个好朋友也只得分手,跟随各自的父母各奔东西逃难去了。

日本兵占领县城期间,人们在受难,有很多人暴死于日本兵的枪弹、炮弹和炸弹之下;也有很多人给日本兵或者本国军队抓去当民夫,一去便再也没有生还了;还有很多人虽然逃离了火线,却在饥饿和疾病中丧生。

日本兵几乎天天下乡烧、杀、掳、掠,两个多月后,这些人样的禽兽对已经制造出来的灾难还嫌不足,在撤退时又潜伏下他们的别动队——鼠疫细菌。于是更多的人——那些日本兵占领时期的幸存者,回城后又死于这场瘟疫。直到秋深天凉了,瘟疫才被抑制住。

这期间,城里的老百姓成天惶惶不安,自发地筹钱雇请法师送纸船,还请出忠靖王菩萨游街。这些盛事,来福都无缘观赏。

在日本人占领县城期间,张来福跟随全家逃难到楼门口北弄的大伯伯家。此后也一直住在这远离县城的山坳小村里。这里虽然贫瘠,却安静得像世外桃源,日本兵和他们的鼠疫细菌都没有光顾过。一直到小学要复课了,来福才回到已经复苏的县城里。

刚结束山村的寂寞生活,来福高兴地发现城里比以前更热闹了,为了庆祝县城的光复(其实是日本军队自动撤退的),好几处搭起了戏台唱戏。人家讲,忠靖王庙头一天的戏是从晚上唱起,唱到第二天天亮,真是一派太平盛世的景象。

这种唱戏跟来福毫无关系,高兴的还是为平、启明他们,因为只有这种在露天演出的戏是可以不花一个钱地挤在人群中看的。虽然看得都不太懂,但也都能按照各自的猜测去理解它。

这都是一些从邻县聘请来的农民戏班子,农忙时在家种田,农闲时出来唱戏。虽然这样,戏班里面也还是有一些很有艺术气质,样子也漂亮的年轻戏子引人注目的。只是行头(戏装)太破旧了,人们嘲笑这些戏班子是"穿三件蟒袍,露出胳肢窝毛"。为平他们倒不在意,古代的人也不是人人都很有钱,天天都穿新衣裳的。何况,他们也从来没有进过戏园,没有看过行头更好的戏班子。有时戏班子演到李逵、武松这些江湖人物时,唱戏的人就干脆赤膊上场了——古代的人还能不打赤膊吗?而且,武把子也很有特色,有一种武打是打斗双方各持一根杂木棍,打得噼里啪啦地响,如果一方稍有疏忽,失手打到对手头上,那是会头破血流的,那就更逼真了,不过这样的事也没听说发生过。为平他们特别喜欢看这样的武打戏,而对才子佳人戏,则几乎是持敌视的态度,尤其是一些很老的唱戏人,老得牙齿都剩不了几颗了,唱起戏来,腮帮子一瘪一瘪的,都不关风了,还唱公子、小姐,谈情说爱,实在叫人肉麻。

在看戏上,来福就不能像逃警报那样和为平、启明一块儿玩了。靠戏台前的那一席地,虽然是看戏的最好地段,可那是壮汉的天地,小孩子没有力气,最好离得远一些。因为拥挤的人群常常会潮水般来回晃动起来,有些爱捣乱的年轻人就故意推波助澜,小孩子搞不好被挤倒了就有被踩死或踩残的危险,这样的事从前也发生过,所以,妈妈严禁来福到这些地方看戏。当然,来福若不是因为跟着为平他们好玩,他也不稀罕去这些地方看戏。他喜欢到戏园看戏,那里有座位,戏班子行头都很新,人也好看,只是不翻筋斗。

为平、启明这一阵子就快活了,一放学,吃过饭总能相邀去看戏,然后在第二天的课间休息或其他时间里兴高采烈地争论着戏里的情节,评论着戏子的优劣。

这一天清晨,路上还弥漫着晚秋的薄雾,三人已经约齐了走向学校。

启明一看到来福就眉飞色舞地说:"哎呀!昨天晚上你没有去看戏,真可惜啊!哎呀!太可惜了!"他叹着气,摇着头,跺着脚。来福不喜欢启明总是做出

这样很夸张的动作,他说得那样耸人听闻,无非是想叫你觉得惋惜,觉得遗憾罢了。来福偏不买账,淡淡地说:"有那么好看吗?"

"那当然了。"启明正色说,"前面三个折子戏都是武打的,特别是第三出,叫什么《杀僧打店》,打得真过劲。那个大花脸本领真好,翻筋斗就像喝稀饭一样不费劲,嗵!嗵!嗵!一连翻了十多个空心筋斗……"

"还有那个武旦呢,"为平也补充说,"三张方桌摞起来,他一个筋斗从上面翻了下来。"

连为平也这样讲,看来的确是很精彩了。可妈妈不让去,来福有什么办法呢?沉默了半晌,他又觉得奇怪,问道:"什么《嫂嫂打铁》?"

为平、启明一起笑了起来,把气都笑噎住了。启明说:"是《杀僧打店》。说的一个和尚,就是那个大花脸,带了一个小和尚,住进一家旅馆……"

为平说:"那……哪是什么旅馆,是客店。"

"喷!"启明不服地说,"旅馆、客店还不是一样的吗?也不是客店,是黑店。"

来福问道:"黑店是干什么的?"他几乎以为黑店只是晚上没有点灯的店。

启明说:"黑店嘛,就是专门把住进来的单身客人……"

为平又纠正道:"不……不一定是单身的。这个戏里的和尚还带了一个小……和尚呢。"为平对这个白鼻子小和尚印象特别深,一想起来就忍俊不禁。小和尚一蹦到台口的开场白就是得意地摸着自己剃得吊蛋精光的脑袋,摇头晃脑地说:"和尚,和尚,两头一样。"

这个平时话不多的为平今天怎么老是插嘴,老是挑刺?真叫启明烦,但是也没有理由反驳他,只好继续说下去:"……把住进来的客人灌醉,到夜里把他杀了,把他身上的银子夺来……"

为平补充道:"把人杀了,还要剁成肉酱当馅子,包成人肉包子卖给别人吃。"

来福瞪着眼睛,连忙问道:"那个和尚给杀了吗?"

启明说:"那当然给杀了。开黑店的老板娘也是一个梁山好汉,很有本事的。不过她一个人还不是那个和尚的对手,她是两口子打一个,打得好热闹,最后才咔地一刀杀了那个和尚。"

"那个和尚是好人还是坏人?"来福并不像他们两个那样只欣赏武功好不好、热闹不热闹。

启明转头看着为平,为平沉吟了一下,说不上来。虽然看那样子不像好人,但启明说:"是大花脸扮的……"如果是小花脸,当然是坏人,大花脸,那就难说了,有好的,也有坏的。

来福又问:"后来呢?"

启明说:"没了。"

"没有人给他报仇吗?"

"杀了和尚,这出戏就完了。下面就唱赵子龙的戏了。"

杀了就杀了? 一个无冤无仇、毫不相干的人,而且还把人家像猪一样宰了,把他剁成……还包包子卖给人吃。这样凶狠、恶毒的女人就让她这样下去? 还称她是梁山好汉呢,来福抵触起来了。

如果是整本戏,通常都有"善有善报,恶有恶报"的大团圆结局。悲天悯人的来福需要这样的结局,如果没有,他也要用想象去缀补一个,以求得心灵上的安宁。为平、启明好像倒没有什么想不开的,因为这些都是唱戏,又不是真的。他们感兴趣的只是打斗、翻筋斗。

说着说着,前面就是天后宫了,里面驻扎着师管区。庙门的匾额上覆盖了四个大字"精诚团结"。这是为平他们每天上学必经的地方,在那里常常能看到一些新鲜事。

"哎! 看哪,看哪。"启明低声地提醒他们两个注意左手边。在高台阶下面,一个长官不知为了什么事正在用竹鞭抽打一个士兵,竟然就在路边。

真不像话! 一个身强力壮的大汉一副老实巴交的样子,立正站在那里,一个军官手上捏着一根竹鞭在他身上刷刷地左一下、右一下地抽打着。那个士兵站在原地,只是扭着身子躲闪着。那么大一个人,还像小孩子给自己的爹娘敲打一样——其实还不如小孩子,小孩子哪有这样肉头呱唧地立正站着随人打的? 就是不还手,起码也可以逃跑。

三人慢慢地挪着步子,吃惊地看着这一幕,来福则是怒目而视。

他不能容忍这种丑恶的现象。他憎恶那个当官的,可怜这个当兵的,非常替他不平。他认为,小孩子被家里的大人,主要是自己的爸爸、妈妈敲打几下,大概是自古以来天经地义的。来福也不止一次地挨过妈妈的敲打,这种敲打也不过是拿巴掌在背上或屁股上拍几下,其分量和拍灰尘相差无几,要说痛,那是谈也谈不上的。即便那样,他也是要哭的。这种哭,一点也不是因为痛,而是……而是因为这是丢面子的。但是,一个大人是绝对不能允许别人打他的。

那年代

他如果当了大人，有人竟敢这样打他，他还立正。吊呢，他一辈子也要记住这个深仇大恨，一辈子也要报仇雪耻。

他要立即制止这种可恶的行为，能够使这个当官的就范的，当然只有比他更大的官。于是来福马上就想象自己是个地位比这个家伙高很多的人。他恼怒地从他背后走了过去，低声地、严厉地呵斥道："住手！"

这家伙昏了头了，也不回头看一看是谁，就狂妄地骂道："给我滚，小心老子揍你。"当然，他以为在他背后的也是一个小兵腊子。他仍旧向那个士兵身上抽鞭子。

来福跨上一步，一把夺下他的鞭子。

"你想死了是不是？"当他转身时，吓呆了，"啊！……长官，我……不晓得是您。"他话都说不利落了。

有几个过路的老百姓在暗笑。

"你为什么打他？他也是人啊，他不痛吗？还在路旁边，不难看吗？如果你是他，别人这样打你，你好过吗？"

远远站着看的人都点头，表示赞同。

"把竹鞭给他。"来福下命令道，"让他把你打回去。"

旁观的人们都抿着嘴悄悄笑了。

这家伙求饶了，说："长官，饶了我这一回吧，我以后再也不会打部下了。"他当众装出一副可怜相，真丢人。

来福心软了，说："这一次就算了，以后再打人就不跟你客气了。"

旁观的人们都开怀笑了起来，那个挨打的士兵也露出了笑容。来福也很满意地笑了……一场那么可恶、可恨的事情就这样轻松解决了。

"怎么的？"为平转头看了看他，诧异地问道，"你笑什么？一个人，无缘无故的。"

来福红了脸，嗫嚅着。为平看到他这个样子也就不追问了。

前面就是校门。为平拉着来福的手，三人一起跨进校门。

以后，每天上学、放学路过天后宫时，来福总想再看到那个挨过打的小兵，可一直没有看到。他常常在心里跟他讲话，安慰他、鼓励他。他很希望能够帮他做点什么事。

有一天放学的时候，为平被启明撺掇到忠靖王庙看戏去了。来福只好一个人回家,路过天后宫时,他意外地看到了那个挨过打的士兵。他简直不敢相信,这个看起来那么老实的人也一样会欺侮人。他一定大小也是一个什么长,大概是个小班长。这时正在天后宫大门前的场子上对八九个刚补充来的新兵进行队列训练。他装出很生气的样子(当然是装的,来福不相信人会为了这样的事生那么大的气),骂骂咧咧的,一会儿用拳头捶这个人的背,因为这个新兵背有点驼;一会儿用脚踢那个人的腿弯,因为那个新兵的腿没有绷紧。一个新兵冷不防给他踢跪倒了。而且,他每做一个动作都要伴一声"妈勒个比。"

来福眼圈红了,觉得委屈。他的好心,他那纯真的同情心竟这样地被践踏了。

他瞧不起这个人,也决心永远不做这种人,无论如何也不当兵。当兵,是没有人尊严的,好人也当坏了。他要做一个好人,做一个善良的人。一辈子无论如何,无论如何都不去欺侮人、虐待人、伤害人。

晚上,奶奶和妈妈在灯下谈论大伯伯的儿子宜华被抓壮丁的事。

宜华是大伯伯家的独生子,是大伯、大娘的宝贝,家里虽然穷,却也是在大人的爱抚中长大的,今年十九岁,年前才定了亲。几天前,给他阿婆送了一挑柴火,回来晚了一些,在路上给人绑走了。保长知道宜华是独生子,是免兵役的,也觉得奇怪,看来是过路部队干的无疑了,这样的事也常听说。现在,大娘已经疯了,大伯伯也顾不得场上的活儿,今天进城找镇长孙万倾帮忙找找他的儿子。

来福在楼门口时,也只有宜华这个堂哥哥可以交朋友的。这是一个个头高高的、样子挺漂亮的青年农民,成天一副笑嘻嘻的样子,怨不得大人都宠爱他。他气力又好,挑一百七八十斤重的担子走起山路来像一阵风。当来福很羡慕他的气力和他那宽厚健壮的体格时,不想,竟发现自己也同时被宜华所羡慕着。这大概是他们虽然年龄差一大截却能成为好朋友的原因。

事情是这样开始的。在来福闲极无聊时,有一次在带出来的作业簿上画画玩。他的画,在班级里还算不错,偶尔也能出现在班级的壁报上。没想到这个已经成年的大哥哥,见了他的画,竟会那样惊喜、赞叹。他还找来一张白纸,要他给画一张,还把这张只用蜡笔涂了色的画贴到他自己的床头上——这是一个单纯、天真得像儿童一样的大人。

有一次,他带来福到水碓上去春谷子。他挑了一百七十斤谷子过滚水坝时真是如履平地,来福虽然空着手,但在那哗哗的溅着白色水花的丁埠前,任那几

个玩水的放牛娃儿怎么嘲笑也挪不开步子。宜华发现后，马上放下担子，涉水过来，用他那宽厚的肩背，把来福平平稳稳地驮了过去。

在水碓上，来福没事可做，就在坝上的水面上打水漂玩，宜华看见了也过来跟他学打水漂。来福打出的水漂，瓦片只在水面上蹦几下就无力地滑到一边，沉了下去。宜华打出去的瓦片，在水面上发出啪啪的脆响，笔直地蹿上对岸。他捡来一摞瓦片，越打越来劲。

来福告诉宜华，蹦到那边岸上的瓦片，下面是湿的，上面是干的。

"是吗?"宜华不信，竟还跑到对岸找他打过去的瓦片。当他发现果真像来福说的那样，瓦片的上面是干的，他惊喜得不得了。

宜华很羡慕来福识字，把来福奉为神童，到处夸说城里的孩子就是聪明，随便画个东西，画啥像啥。这倒把来福说得不好意思起来，说得他讲话、做事都特别小心谨慎，生怕露了馅。

宜华干活时很愿意带来福去。他去打柴，就叫来福提个篮子跟他去捡松果蛋子;回来时，见来福提着篮子不带劲，干脆就替他一起挑回来;他去收花生，就叫来福提个竹篓跟他去捡漏在地里的花生，看他收获不大，就从自己箩里捧几把到他篓里，并且叮咛他不要叫大伯、大娘知道。宜华还带他去河沟里捞虾子，在干涸的塘里挖泥鳅。在那寂寞的山村生活中，宜华是他唯一的朋友，带给他很多新知识和乐趣。来福回城后还常常想念着他，希望再有机会见到他。没想到，他给抓了壮丁。

这以后，他每次走过师管区，总要向那森严的大门里张望。那里面经常关着成群的壮丁，他希望能在那里面看到宜华。只要知道宜华在那里面，他就告诉大伯伯，让大伯伯再找孙万倾想办法把他救出来。

这一天上学的路上，好像就是为了气气来福，启明又在吹昨天晚上的戏了。

"……昨天晚上，那个赵子龙真差劲，连个女的都打不过，还给人家捉了去，还跟人家拜堂、入洞房，真操蛋。"

"那……哪是赵子龙?"为平又不同意启明的述说。

"怎么不是? 当然是赵子龙喽。"启明坚持认为是赵子龙。凡是穿白色盔甲的年轻将领，他都认为是赵子龙，因为他只知道赵子龙是这样装扮的。

"不是的。"为平摇头说，"我听旁边一个大人说，是叫什么王……八蛋。"

"什么?"启明笑得前仰后合，话都说不连贯了，"王八蛋……那是骂人的话，哪里有……名字叫王八蛋的？"

"我记……记不清了，好像是叫王八当的。"（应该叫王伯当，是《隋唐演义》中的一个人物。）

这时的来福没有插嘴，只好听着。正说着，他们又走近了天后宫，正碰上从各地送来的壮丁在场子上开饭。三人放慢步子，在一定距离外瞅几眼。他们知道，走近了，或者站着看，卫兵会训斥并挥手撵你走的。来福悄悄地在那些壮丁中搜寻宜华。

真是如临大敌，两旁还架起了机关枪。那些壮丁一个个都很瘦弱，有的还一身疥疮，他们穿着不合身的粗布军装，像牲口一样被吆喝着驱赶出来在场上列队、开饭。

其实，他们连牲口的待遇也没有。来福在楼门口的那些日子里，知道种田人可是非常爱护牲口的，把它看成是家里的一个成员。牲口不吃食了，是要唉声叹气地发愁的；死了，也是要呼天抢地地号哭的。他还注意到，犁田的时候，尽管他们不停地吆喝、咒骂着，并且不断挥动鞭子，但那也只是吆喝吆喝罢了，鞭子是极少落到牛身上的。

接下去是每八九个壮丁围成一圈，中间摆一个碗，里面有一小撮盐。每人分到一碗糙米饭，用筷子沾一下盐下饭。来福想，这些人怎么熬得下去呢？他突然注意到每个壮丁的光脑袋上都留着铜钱大小的一撮头发。他悄悄问为平："这是干什么？要剃光头就统统剃光不好吗？留那么一小撮头发多难看呢。"

"嗨！哪管他们好看难看呢。走吧，走吧。"为平带着他们两个离开天后宫，一边走，一边说，"那是怕他们逃跑。这样，不论逃到哪里，人家一看就知道是个逃兵，马上就抓起来了。"

来福说："人家不会剃掉的吗？"

为平说："你倒说得撇……脱。谁敢？除非那……个剃头师傅想死了。要是被人家知道了，剃头师傅也跑不掉，年轻的抓去顶替；老的，砸了剃头担子不算，还要打个半死，抓去坐班房。"

壮丁——是那个时代最可怜的人群，没有人能搭救他们。他们不是罪犯，却要受虐待、受侮辱，还要他们去打仗，去拼命，去抵抗日本人的侵略。来福又替他的宜华哥哥发愁了，那样一个快活、单纯、备受大人宠爱的人，这样的日子，他怎么过得下去呢？

来福又想起那天看到的事，说："哎！有一次，我们看到有一个长官在这里

打一个小兵,你们还记得吗?前天我又看到他了。他还不是一个小兵呢,说不定还是一个小班长。那天,我看到这家伙也在打骂新兵……"来福摇摇头,又说,"还是这些小兵腊子最罪过了。"

启明却说:"有什么罪过的?他们出来也会打骂老百姓的。"启明被那些当兵的训过,也揍过。

"都这样吗?"来福又想起宜华,他不能想象宜华会学会打骂老百姓。

"差也差不多。你见过哪个当兵的对老百姓客气的?我就讨厌这些人,打死了也活该。"残酷的环境,把启明这样的小孩的心灵也炼得冷酷了。

为平说:"走吧,走吧。你们两个走到一起就斗嘴。启明你也是,人家不管讲什么,你都要跟人争。"启明嘿嘿笑了。

为平又说:"我问你们,明天礼拜天,我们怎么过?"

启明说:"不是说好了去清水埠钓鱼吗?"

"阿福能不能去?"为平还总想带来福出去玩玩。

来福当然也想去啊,都想死了。但是没有办法,妈妈的毛栗子总在头顶心悬着的。

启明说:"他哪能去呢。就我们两个去就是了。"

他们刚走到校门口,便碰到黄兴国和汪有寿两个人。黄兴国抢先告诉他们,在鼓楼桥下的臭河浜里,昨天夜里有人把两个光溜溜的死人扔在里面。他说的时候蹙着鼻子,脸面纠成一团,摇着头,一副恶心的样子。这当然是路过部队干的好事,这比抬到城外挖个坑掩埋要省事多了,横竖附近居民会筹钱雇人收殓的。

"哎!去看看去!"启明高兴地喊道,"跑快一点,看一看就回来。"

来福坚决反对,说:"赶不及的,要迟到的。"

启明说:"那你先进去,我和为平跑快一点,跑去看一看就回来。"

来福只好转身跟他们一起跑去。他不愿意看到总是他们两个玩在一起的。

鼓楼桥上有不少人正趴在桥栏杆上往下看。来福跑到桥上畏畏缩缩地向栏杆外探头看了一眼,仿佛挨了一击,他马上缩回头,嘟哝道:"天哪!啧!啧!啧!啧!这都是人啊!"

这样的景象只要看一眼就够了。目的达到了,启明也主张赶快走,他们又跑着赶到学校里,还是迟到了。

这一天,鼓楼桥下的景象总时时浮现在来福眼前。他又想起宜华,他觉得把这两具泡在臭河浜里的赤条条的、伸拳舒腿的可怕尸体和宜华那总是红扑扑的脸颊和笑吟吟的样子联系起来想，都是一种罪过。

罪过啊！罪过。糟蹋一粒饭粒也是罪过？

大概是，我们这个民族自古以来频繁发生的因为战争、灾患，加上土地的垄断导致的成群的人活活饿死的现象，使得人们对粮食的珍惜达到极端的程度。珍惜每一粒粮食是幼儿启蒙教育的首要内容。

来福从小家里大人就经常教导他要爱惜粮食，碗里的米粒要吃干净，不留一粒，落在桌上的饭粒都要捡起来吃了，否则就是一种罪过，糟蹋粮食会被雷公劈死的。有一个亲戚老人跟他讲过一个故事，说，一个人不小心把一个饭团掉到粪缸里，他马上捡起来在手上滚几下就一口吞了下去……来宾听了这些极端说教，虽然还来不及产生敬佩就联想屋粪缸里那蠕动的蛆从而恶心得要吐了，却也相信会有这种事，不再去想想，人怎么会蹲到粪缸上去吃饭呢？

来福总体上说，是个听话的孩子，幼儿时吃饭总有很多饭粒撒到桌上，他都很耐心地、一粒一粒捡到嘴里吃了。有一次，大伯伯进城赶集，家里留他吃饭。来福就跪在他旁边的板凳上；来福不但把自己落在桌上的饭粒捡起来吃了，还把大伯伯不小心落在桌上的两颗饭粒也捡过来吃了，把个大伯伯笑得很难堪。

现在，来福虽然长大了，他还是照常爱惜粮食，倒不是怕雷公打死他，那当然是迷信了，而是懂得农民种出来的粮食确是很辛苦的。在楼门口，他看到的，那么毒的大太阳底下，农民光着脊背、弯着腰，在烫人的水里插秧。来福戴着斗笠，站在树荫下还觉得透不过气。要说糟蹋粮食会给雷公打死，那么，这些军队、这些师管区连人都拿来糟蹋，也从来没有听说哪个遭了雷劈。

第二天是星期天，早上妈妈上街买菜，回来时脸色很不好，看见来福在玩香烟画片，就狠命地夺下来统统塞进了灶门，说："书不好好读，一早就玩这些。这能当饭吃吗？你到东岳宫看看，真可怜哪……"她转对奶奶说，"那些被抓回来的逃兵，也不过宜华那个年纪，赤身露体地吊在那里，真是罪过。"她又训斥来福说，"你不好好读书，将来也会有这样一天的，到时候有你苦头吃的。"

这突如其来的而且是莫名其妙的训斥使来福含着泪。去看看，他倒巴不得呢。他顾不得心疼那无端被焚烧的香烟画片，站起来就朝外跑。

东岳宫不久前才驻扎进一支部队，现在庙门外有不少人在围观。来福挤进人群，就看到庙门一侧的木栅栏上吊着一个只穿着一条裤头的年轻人。听围观

的人议论说，是刚从两江口抓回来的逃兵。一起逃跑的有三个，一个当场打死在江里，逃掉一个，这一个不会水，给抓回来了。

逃兵被反绑着两手，高高地缚在栅栏上。他只能弯着腰，俯首站立着，有时也仰起头来看看围观的人群，神态倒是平静的。

围观的人，有摇头叹息的，有连声说"罪过啊，罪过"的，也有的只是看看稀奇，像看一只刚捕获的野生动物。

来福呆了。他痴痴地站在那里，喘着气，他透过家庭、亲友之间那温情脉脉的人际关系，看到了人间的暴虐、凶残，只觉得眼前不像是人世间。

他又想起宜华哥哥，还想起自己，他只想哭。他将来难道也……他突然对妈妈的话反感起来，难道这个人只是因为没有好好读书，难道宜华也是因为没有好好读书？

离开东岳宫，他去找为平和启明，想告诉他们这个事，他们都不在家。他想起来了，他们到清水埠钓鱼去了。

这一天，逃兵的影子牢牢地盘踞在他心里，沉甸甸的。第二天，在教室里，先生讲的他一句也没有听进去，老是想着这个逃兵，半信半疑地自问："他们会枪毙他吗？"他听说过军队对逃兵的处置是很酷烈的。

一连两天，来福总是痴痴的，眼里充满恐怖。他更加感觉到了人生的凶险。尤其是晚上，一人独处时，他心里会腾起一种莫名其妙的恐惧，他觉得很孤独、很害怕。

白天，在学校里，一下课他就找为平和启明，和他们在一起，听他们高兴地说笑，他感到安全和温暖。

"你怎么啦？冷吗？"在一次课间休息时，为平看出来福异常的神色，他对启明说，"你看他，怎么嘴唇都发青？"

启明和气地说："是不是着凉了？你要是不舒服，就回家去歇着，我替你向刘先生请假。"

来福摇摇头，半晌才说："礼拜天，我去找过你们两个，没有找到……"

启明说："咦！我们两个钓鱼去了，你不是知道的吗？你横竖又去不了。"

来福把礼拜天在东岳宫看到的事，讲给他两个听。他问道："他们会枪毙那个逃兵吗？"

"那是一定的。"为平不知道这时的来福希望听到怎样的结果，知道了也没法说出他所希望的答案。

上课铃又响了。

坐在课桌前，来福紧张地想，怎么办？他必须马上去救这个逃兵，再不去就迟了。

怎么去救呢？那得有本事啊。于是，按照惯例，他马上想象自己是一个很有本事的人，是一个侠客，他会飞檐走壁。就在今天晚上，他去了，一个飞腿，他翻进东岳宫的高围墙，进了院子。果然，在暗中，他看到大殿的柱子上拴着一个人，就是那个逃兵，俯着头，一动不动的。周围一个人也没有，都睡觉去了。因为门口有卫兵，人又是拴着的，逃不了的。

来福蹑手蹑脚地走近那人，挨着他的耳朵，轻声说："你别怕，别出声，我救你来了。"那人一惊，很顺从地配合来福解掉了绳子。

"跟我来。"他引导这个人蹑手蹑脚地走到院墙跟前，说，"你抱着我的肩头。"这人就这样做了，霍地一下，他们已经站在墙外了。

来福说了一声："快走！"两人在黑暗中飞奔着离开东岳宫，跑出城外，跑到楼门口，跑到北弄，跑到来福捡过松果蛋的那个山洼里，天亮了，四周静悄悄的，只有一片松涛声。来福松了一口气，心想，怎么也不会有人追到这里来了，现在他们可以高声说话了。

来福问道："你知道他们要枪毙你吗？"

"知道。"

"那你为什么要逃跑呢？"

他哭了，说："我没有办法。我家里只有一个老娘，她是靠我养活的。我是独子，本来是免兵役的。我是夜里被他们从家里绑走的。我走了，我娘非饿死不可。"

原来是这样，来福不止一次听人讲到这样的事。有钱人家花个一两百大洋，可以买一个壮丁去顶替。宜华恐怕就是这样给人绑去顶替的。

来福这时身上当然是有钱的，他从兜里掏出一把钞票递给这个人，说："喏！你回家去吧，这些钱，你拿去买一件衣服穿吧。"

这人跪了下来。来福马上把他扶起来，和气地说："去吧，路上可要小心，再被抓住了就没命了。"

幻想告一段落，来福嘘了一口气，像打摆子退了烧一样轻松了。他卸了这个背负了几天的沉重的包袱。

过后几天，来福也就把这事忘了，也没有听说对那个逃兵怎么样。也许那

些当官的会发善心,最后还是饶恕了这个逃兵,叫他认个错就是了。真的,做人为什么要那么歹毒,好端端地非要把一个活蹦乱跳的人弄死不可呢?就让他们把他打一顿也好啊。这样的事也是常常有的,戏上、故事上都有这样的情节:一个人被绑出午门斩首,突然,皇帝变卦了,一道圣旨,又赦免了。所以,虽然戏里面常常要杀人,但被杀的人就像闹着玩的一样,不当回事儿。

又过去了几天。

一天晚上,来福去回生堂给奶奶买夏枯草。住在东岳宫旁边的做泥水的老李也在那里,他叫药店伙计给他着凉疼痛的肚皮拔火罐。就在那里,他把一场惨剧讲给回生堂老板听。来福捧着夏枯草,站在一旁听了他叙述的全过程。他害怕的事最后还是发生了,这个逃兵还是给虐杀了。

老李说:"那是初三,就是把那个逃兵抓回来的第二天。他们,那些当官的,把七八十个兵集合在天井里,里面有一多半是才补来的新兵。那个中队长——这个狗娘养的真狠——他先训话,足足骂了一个钟头。骂过了,就拖过那个逃兵,让四五个人把他按在地上,要那些兵一个一个上来用扁担抽三下屁股。有一个新兵手软,打轻了,那个中队长马上就叫这个新兵趴下去,他自己动手在这个新兵屁股上啪、啪、啪打了三扁担,要他照这样,重新来过。"

想到这个新兵当时的狼狈相,老板和伙计都扑哧笑了起来。

"……有几个老兵会打,扁担举得高高的,咬牙切齿的,看起来打得狠,打得唧唧地响,可是扁担头子是打在地上的。"偏是述说这些残酷的事情,还能穿插一些有趣的细节。药店老板、伙计都赞许地笑了,笑得轻松而有趣。

"……那天,扁担打折了一根,裤子上、地上都是血。"

"第三天,又把他架出来,推到凳子上站着,两只手腕反吊在梁上,要每个兵用皮带抽三下。这家伙就只会啊哟,啊哟地叫……"(对受到这样苦楚的人,这个老李还称他"这家伙",来福觉得非常奇怪和反感。)

药店老板说:"其实,喊喊好些,去火的……"

竟还有这样的经验之谈?

"那个中队长还嫌不过瘾,他呵斥大家停下来,他上去一脚把那个逃兵脚下的凳子踢翻了。哎呀!那个逃兵啊,全身向下一坠,反吊着的两只手腕连胳臂从后面翻上去,那关节就像毛竹别断了一样啪啦、啪啦响。"老李还以自己的形体动作辅助这一情节的叙说,"他这才像杀猪一样吼起来,流出眼泪,昏死过去。"讲到这里,老李也啧啧地摇头叹息了。

药店伙计突然问道:"干啥要这样呢?"

"干啥?杀鸡给猴看呗。"

老李停顿了片刻,点上一支烟,又接下去说:"后来,他们把他从梁上解下来,扔在后殿的稻草上,也没有人去管了,横竖也跑不了了。

"他身上没有一块好肉,打破的地方,后来都渗出水了……。

"一个老表,是个剃头兵,跟我说,这个人是不行了。他趴着也不行,仰着也不行,一直挨到初七。上半夜还听到他爬起来在后殿哼哼地走来走去,后来坐在一张凳子上靠到柱子,可能睡去了。下半夜,只听到他嗷叫一声,就没有声息了。天明,发现他坐在凳子上死了,背上的皮肉都粘连在柱子上了。这才把他放倒在后殿,摆了一天,天黑后,派几个人不知道抬到哪里胡乱埋了。"

老李讲完了。沉默了片刻,药店老板摇摇头说:"天哪!把人不当人。"发表了这一感慨后,这一场谈天就算结束了,话题又转到今年三月三的迎神赛会将会怎样的排场和热闹。

来福捧着那一包夏枯草回去了。

第二天,他没有等为平、启明来叫他,他一人就先走了。他没有直接去学校,他克制不住地去了东岳宫。

部队已经开拔了,里面静悄悄的,他壮了壮胆子进到殿里,那些据说能主宰人世祸福、能惩恶扬善的菩萨都保持着原来的神态,或坐,或站,或慈眉善眼,或金刚怒目,对曾经发生在他们鼻尖下的事都无动于衷。地上到处散乱着稻草、马粪。他进到后殿,这里也是一片狼藉。他走出大殿,湿润的天井旁有一棵桃树,树上正盛开着鲜艳的红花,有小鸟在树枝上叽叽喳喳地歌唱,上面是白云、明净的蓝天。他走出庙门,来到街上。街上还是那样人来人往、熙熙攘攘,高声谈笑,一切都照常。而且因为春天到了,暖和了,人们仿佛更活跃了,并不因为世界上发生了这样卑劣、凶残的暴行而有一点点改变。

"死了就死了"。这不是戏台上的《杀僧打店》,这是生活里实实在在的事,一个人只有一次的生命,就这样像在地上捏死一只蚂蚁一样随便给糟蹋了。想着想着,来福克制不住地流下了眼泪。为了那个逃兵,为了宜华,也为了自己。

第五章 向为平

一个惊天动地的好消息,在深夜里,伴着鞭炮声传进了各家各户。

"日本投降了。"

为什么是深夜里呢?因为一个被多次狂轰滥炸过的县城,不但没有电了,也没有一个收音机。

睡下的人们又起来了,走出门外,在夜暗中笑着、谈着,都认为这下可好了,总算过上太平日子了。启明的妈妈回忆起逃难的可怕日子,说:"只要日子太平,哪怕只有一口米汤喝,也总是在自己家里好。"她的话得到周围人的认可,都点头说:"是啊,是啊!"从这一场劫难中存活下来的人们,即便是一贫如洗,这时候见面都用"留得青山在,不怕没柴烧"这样的话来相互安慰、勉励。

接着,物价仿佛还降了一些。外地逃难来的人,为了返回家园,都廉价出售手头的衣物。那一时期,人们充满了欢乐和信心。

街上不时传来鞭炮声,空气中弥漫着幽微的火药味,到处搭起五彩缤纷的彩棚,又是提灯游行,又是搭台唱戏,真是一派太平盛世的景象,热闹了好一阵。为平他们三个也很高兴了一阵。

热闹过了,高兴过了,逃难来的外地人要重返家园,重整家业。他们几个土生土长的,还得回到原来的生活中去,原来怎么过,今后还得怎么过。

新学期开始了。这一天下午,向为平穿了一件新布衫高高兴兴地来到教室。

在取绰号成风的学校里,就是先生也不能幸免,何况向为平。他也有一个还不算粗俗的绰号,叫"养儿"。因为他是被下江门一个叫向宗华的种田人收养大的。

向为平在班里个子不算最高,力气却是最大的,所以尽管他性格温顺,但全班除了几个年龄相当的同学偶尔戏称他的绰号,其他小同学是不好意思叫的。可是来福有时恼了就直呼他"养儿",也没见他生过气。

人们一提起"养儿",往往就会认为那总是长得清瘦,穿得单薄,性情孤僻,常常挨打受骂,值得人同情的孩子。为平可不这样,他脸颊红润,性情快乐,长得敦敦实实,穿得也不赖,起码不比启明他们差。今天,他就穿了一件新缝制的黑洋布学生装,连扣子都是新的,更显得容光焕发、神采奕奕。

他一跨进教室,教室里就起哄了。因为穿新衣服在那个年代也算是一个大事件。

"喔唷!新郎官来了。"陈世泽呼叫起来,并且挨上来摸摸他的新衣服、新扣子,拍拍他的背。几个老同学也围上来,哑着嘴,搂的搂,抱的抱。

为平笑着,大大方方地让大家闹,闹了一阵子后,说:"好了,好了,你看你们那个手,那么龌龊,新衣服都给你们摸脏了。"

启明倒没有特别亲热的表示,因为整个暑假他们俩都几乎天天顶着骄阳在一起玩。前天他们还一起去吴家山打柴,路上还打死了一条足有四尺长的大蛇。

快两个月没有聚到一起了,所以大家都特别高兴,七嘴八舌的,有不少话讲。

"怎么没有看到刘排骨呢?""刘排骨"是刘先生的绰号,因为他很瘦。

"听人讲刘排骨家出了什么事,到现在还没有到学校里报到。"

"谁来当我们的班任主任?"

"上大人。"连没有见面的老师都预先给取了绰号了。因为墙上的课程表上都注记了每节课的先生的姓,这位先生担任的国语课上却注记了一个"上"字。大家都没有听说有人姓"上"的。于是"上大人"的绰号就出炉了,名次还排列在《孔乙己》的前面。其实,这位先生叫"聂上晋",抄写课程表的书记员嫌聂字笔画多,写不下,就注了个"上"字。

正闹着,上课铃响了,大家按照课桌角上新贴上的姓名标签就座。

进来了一位新来的先生。先生穿了一件藏青色的制服,笑容可掬地先作了自我介绍,并且说,他从外地来,对本地方言不太懂,希望同学们在上课时,尽量讲普通话。然后,他要全班学生挨个介绍他们父亲的职业,以便他熟悉这一班学生的家庭状况。他要求大家尽量说细一些。

这就热闹了。城里人混饭吃的行当是五花八门的,那些孩子的虚荣心也已经萌芽,有的理直气壮地说爸爸是开布店、开客栈诸如此类的行当的,也有的扭扭捏捏地不好意思回答。谁要是不肯讲,或者讲得不确切,就会有别的同学代

他讲,或者更正他。比如一个同学说他爸爸是卖卤猪头肉的,马上就会有一个知情的同学补充说,是卖死猪肉的。前面那个学生就辩解说不是死猪肉,那只猪只是不吃食了,宰的时候还是活的。聂先生制止了他们的争论。下面一个学生说他爸爸是做生意的,马上就有一个学生补充说,是当"牙郎"的。聂先生还不懂"牙郎"是什么,同学中也没有人能解释得清楚,只说是,赶集的时候,肩上扛一杆秤,拉着乡下人挑来的箩不放,硬要替人卖东西。聂先生虽然点着头,其实还是没有弄清楚。

当轮到和向为平同一张课桌的一个小同学孙洪福回答时,这个才十岁的孩子歪着头,说出他爸爸那非常出人意料的行当:"我爸爸是做官的。"

这总是家里大人日常教育、熏陶的结果。他爸爸就是县城里鼎鼎有名的孙万倾,大财主,城关镇镇长。他回答时虽然有些洋洋得意,却又不那么理直气壮,所以声音很低。偏偏聂先生又没有听清,还问道:"什么?是做棺材的?"教室里哄堂大笑起来。

向为平一向都很关照小同学的,不过这学期分到他一旁的孙洪福却是个不合群、不随和并且不屑于他关照的小同学。在学校里孙洪福总是悻悻地窝着一肚子气。他认为这些先生、同学好像都故意装成不知道他老爹是孙镇长,不知道他老爹走到哪里,人们凡坐着的都要站起来,凡站着的都要点头,凡走着的都要让路。他——孙洪福在学校却得不到一点点应有的尊敬,都把他当成可有可无的人,很少有人理睬他。而像向为平这样的,大家反而都跟他亲近,都围着他转,不知道向为平的爹还常常给他爹抬滑竿,也给他抬过。当大家都哄笑时,这个向为平竟然也敢这样放肆地跟着笑得前仰后合。他噘着嘴,很生气地重复了一遍:"我爸爸是做官的。"

聂先生终于听懂了,禁不住笑了起来,并不为人觉察地微微摇了摇头。

接着又问下一个学生——向为平。

全班好几个都知道"养儿"的亲爹早就殁了。他生前是干什么的,什么时候死的,怎么死的,向为平虽然也听到一些这方面的风言风语,但是详情都不清楚。即使传说属实,他也不好启齿。他最怕别人问他这事,聂先生偏是哪壶不开提哪壶,所以当向为平站起来时,非常作难,不知道该怎么回答。

聂先生见他嗫嚅,就问:"你爸爸在吗?"

向为平点点头,他这个爹当然在了。

"他是做什么行当的?"

口吃而木讷的为平还没有说出是种田的，一旁的孙洪福突然插了嘴。因为他知道，他听家里人说到过，他要说出来叫这个"养儿"好看。他抓住了这个时机，带点鄙夷的口气抢先说："他……他爹是当土匪的。"

又是一场哄堂大笑。班里出了一个小活宝，净说出谁也想不到的话来。

在哄笑声中，因为孙洪福亵渎了他的好朋友，坐在最后排的朱伏龙不平地、大声地用本地方言说："这个婊子养的，那么你表哥也是当土匪的喽？"他大概也听到过什么传说，又带出什么表哥不表哥的话来。

听了孙洪福的话，聂先生先是吃惊地喔唷了一声，板了一下面孔，却也撑不住呵呵地笑了。他笑弯了腰，一手捂着肚子，一手掏手帕擦眼泪，一点也没有注意到另一个被伤害的学生。

向为平起先愣了一下，张着嘴，没有完全反应过来，接着就转过身来，照着得意忘形的孙洪福的脸重重地打了一拳。这一拳确实打得不轻，于是哄堂大笑中插进了一个尖厉的大哭声，成了两重唱，只是很不和谐。这也惊动了隔壁教室，竟有人跑来看是出了什么事了。

孙洪福被自己淌出来的鼻血吓坏了，他大声地、旁若无人地号哭着，好像这不是学校的教室而是他自己家里。

聂先生抓住激愤得脸色发青、浑身颤抖的向为平的膀子。向为平不服地挣扎了一下，还是被他使了很大力气拖出座位，推到教室后面的墙角上罚立正。

聂先生回到黑板前，生气地说："怎么可以打人呢？这是不允许的。"又恼怒地喝令孙洪福，"不要哭了。谁叫你骂人家爸爸呢？"当然对一个正放开喉咙尽情大哭的人来说，哭的惯性作用不是说停就能停得下来的，只能逐步减缓，然后慢慢慢慢地停下来。

结束这最后一声啜泣，在众多学生的洗耳恭听中，要做得自然，不显突兀是不容易的。很多学生已经无心听课了，带着一触即发的笑，等候这一瞬间的到来。坐在后排的几个还在窃窃私语："还有一下子。""差不多了。"

孙洪福终于停止了哭泣，教室里又发出一阵哧哧的笑声。聂先生抬起头来，诧异地问大家笑什么。

聂先生也很尴尬，有点六神无主了。他是代课的，不想第一课就闹得沸反盈天，给同事们笑话。他也无心上课了，一听到下课铃声，便夹起教材像逃跑一样走了。一会儿，训导主任来教室带走了向为平。在教员办公室的墙角上，他被罚继续面墙立正。

同学们都同情受处罚的向为平,因为他是全班最老实、对人最友善的一个,都讨厌孙洪福。他本来就不招人喜欢,这一次又是他挑起的,虽然挨了一拳,还伤心地大哭了一场,大家也不同情他。孩子们也有他们表达爱憎的方式。聂先生前脚跨出教室,黄兴国就站出来,推了推前面挡住路的汪有寿,摇头晃脑地说:"让开,让开。"然后又歪着头,瘪着嘴,一字一板地、怪里怪气地说,"我爸爸是做官的。"

　　大家都笑了,连几个女同学也偷偷笑了。

　　朱伏龙挺起肚子说:"我的儿子也是做官的,你们这些家伙要不听话,我儿子叫邮政局(他故意把警察局说成邮政局)把你们一个个都关起来。"

　　马上一个也才九岁的小同学也大言不惭地宣称他儿子的儿子也是当官的。就这样你一言我一语,嘻嘻哈哈、七嘴八舌地贬低当官的。

　　孙洪福在坐蜡,他哭丧着脸,一声不吭地趴在课桌上。后来,实在是忍无可忍了,就用才哭过的发涩的喉咙,不敢正视人地提出警告:"你们再这样讲,我就告先生去。"

　　陈世泽用手指着他说:"你去,你去,你要不去就是我的孙子。老子才不怕你呢。"又威胁道,"以后在学校外面,你小心点,要是被我碰到,不揍你才怪呢。"

　　放学了,学生、先生们都走光了。训导主任把向为平忘在办公室里,也可能是有意不撤销对他的处罚。

　　启明和来福都是满腔不平地嘀咕着,人家向为平今天穿了新衣服,高高兴兴来上学,把人家这样处罚了,还不放人走。但是,他们也没有办法。放学后,他们在操场上等了很长时间,仍不见为平出来。最后他们约定先回家吃晚饭,吃了饭再来。

　　天暗下来了,学校里静悄悄的。已经面墙站了几个小时的向为平越想越生气,终于下定了破釜沉舟的决心。他擅自走出办公室,到教室里从课桌下掏出书包,然后一边哭泣,一边哧啦、哧啦地把新课本、新作业簿撕得粉碎,扔在地上,然后走出了校门。

　　他没有回家。他无家可归了。

　　如果为了这样的事给娘骂一通,或者揍几下,他还受得了。他受不了的是他该怎样面对他爹呢?他没有脸见他爹,那个对他寄予了厚望,从来没有给过他不好的脸色,从来没弹过他一指的爹。

他没有做过坏事，从来不调皮，不无理取闹，也不欺侮人。今天的事一点也不能算他的过错。虽然这样，他仍旧觉得自己有罪，感到羞愧。这天晚上，他心中充满了忧伤，出了校门后他就在街上游荡。

虽然抗战胜利了，但被炸了的电灯厂还没有修复，街上还是很暗，到处都是乱哄哄的。小店铺和住家都点着洋油灯或者桐油灯，射出昏黄的光亮；大店铺的汽灯招来成群的飞蛾和蝼蛄，惨白的光亮投射到的地段上，一群小孩子跑着、嚷着；算命的瞎子弹着如泣如诉的三弦，被一个东张西望的小孩子牵着走过去；一个小摊子后面的矮小茅棚里，两口子在扭打，吃了亏的女人喊着皇天，大声号哭着；酒楼上，喝醉了的人声嘶力竭地划拳、狂笑、高声喊叫着；一个警察站在阴暗的巷口，鬼一样地盯着人。

怎么办呢？逃了吧！逃到外乡，找个事情做做，总能找到一碗饭吃。可是去哪里呢？身上没有一点盘缠，外乡没有一个亲戚，又没有学会一点赚钱的手艺……为平还是茫然不知所措。

很迟了，有的店铺已经开始上店门了。突然，启明、来福影影绰绰地找来了，看见为平，他们是那么高兴，一边一个挽着他的胳膊。来福说："你到哪里去了？我们到处寻你，学校都找遍了。你爹也在找你，叫你回家去。"他已经把下午发生的事告诉了为平的爹。

为平不肯回家，他们两个推着他走也不行。他犟起来比水牛还犟，会不顾死活的，能做出一般小孩子不敢做的事。

不回去又怎么办呢？难道就睡在街上吗？启明和来福两个也不知道怎么办好了。

"回去吧！"来福哀求着。

正在拉拉扯扯无法开交时，突然，为平的爹也找来了。看到街角三个小孩子拉拉扯扯的人影，他走过去一看，果然是这三个。

"为平！"他喊了一声，安详地走拢来，伸手搭在为平背上，平静地说，"回去吧，饭都冰凉了。"没有一点点责备。为平马上变成一头温顺的绵羊，跟着他爹乖乖地走了。

启明、来福相视一下，都呵呵地笑了起来。

向为平再也没有来学校。这个学期，他的座位就一直空在那里。

为平人不笨，读书也很努力，可是功课却一般。在全班，可以数第一的是他

那年代

的力气,但是他不逞能,而且对人温顺、宽厚,因此在同龄人中最有吸引力,不但在三个好朋友中起核心作用,在全班,大家也都喜欢跟他在一起玩。现在他不在了,不但张来福和应启明很长时间不自在,全班很多同学也常常念叨他,骂"上大人"不公正,骂训导主任拍马屁,奚落那个当官的儿子。"我爸爸是做官的"变成了一个典故、一句口头禅,常常出现在吵架、挖苦和调侃中。

孙洪福当然也不好过。他成了众矢之的,"当官的儿子"成了他的外号。虽然他仍旧歪着头、瘪着嘴,装出一副不在乎、不妥协的架势,虽然外面大地方有的时髦玩意儿,他也很快就有了,比如美国产的玻璃雨衣、玻璃书包(这些今天被称为塑料和尼龙的制品,那时都是美国货,而且都被冠以"玻璃"的称呼。对启明这些土包子来说,初听说玻璃什么的,也不免惊讶:玻璃怎么能做成书包、雨衣?等到见到了,才知道也不过是像玻璃纸一样的雨衣和像新的橡胶雨鞋一样黑亮黑亮的书包罢了),但是,下课时孙洪福也只能一个人孤零零地坐在自己的座位上玩弄那些新巧别致的铅笔刀、蜡笔一类的文具。他想用这些可怜的玩意儿吸引别人来跟他玩,可很少有人搭理他。因此,有一个做官的爸爸也不顶用。后来,他转到玉山小学读书去了。

为平辍学后,启明一放学或星期天,总还要找他去玩,可是为平却没有工夫了。既然不读书了,他就得安心跟爹种田。这个贫苦农民的儿子,老天恩赐给他的只有一个好体格,祖辈遗传给他的是吃苦耐劳的精神。不读书就不读书,种田就种田,他本来就没有奢望什么。既没有美好的憧憬,也就没有因为梦想的破灭而烦忧,他从来也没有想过要当个什么人物,当个什么有名的人,或者当什么飞行员,就是给人当"养儿",他也从来没有觉得过不幸。

他亲爹恐怕早就死了,亲娘也不知道嫁到哪里去了。他对他们毫无印象,也谈不上有什么感情。何况,在这个世界上,他照样有个家,有一个爹——虽然人们都认为那只是他的一个养父。他不但有温饱,也有温暖。对这位待他比待亲生儿子还好的爹,为平爱戴他、孝顺他、崇拜他,听他的话,愿意为他去死。

苦,他不怕,也不觉得。有的人家穿得比他好,吃得比他好,可是不见得有这样的爹。他不能没有这个爹,没有这个家。离了这个家,他能到哪里去呢?

爹是个很快活的人,照娘嘀咕时的说法就是"穷开心"。不论生活怎么艰难,也难改变他快活的性情。他见人总是笑眯眯的,见了小孩子更是这样,不论是谁家的孩子。哪里有他在,哪里的天气好像都放晴了。爹一个人干活时,兴之所至会突然唱上一句:"我们是中国的义勇军……"于是戛然而止,因为他只会这一句;半晌,为了打破寂寞他又会重复这么一句。为平觉得他爹是很可爱的。

娘正好相反,是一个好唠叨的人,一年到头总是一副悻悻然的恼怒神情,好像世界上从来没有她满意的事。对娘的唠叨,爹有些放任,他把她也看成是个孩子,不屑于和她计较。如果这种唠叨越过了一定界限,或是他认为有必要时,爹的沉默,或略示一点恼怒,就足以使娘噤若寒蝉,并且悄悄地观察他的脸色,战战兢兢地侍候着他。

对为平,爹不但疼爱,还有其他做父亲的难以做到的平等态度。到田里去,为平已经习惯和爹肩并肩地走路(起先,为平也是跟在爹的屁股后面走的,可是爹多次坚持要他走在一边),也很喜欢听爹一边走,一边对他谈天说笑。这在其他当爹娘的看来,虽然也说不出错在哪里,但总认为没大没小的不像回事。至于为平娘对这种现象则非常厌恶。一看到爹儿俩并肩走着、说着、笑着,她就眉头打结,就会无端找碴子训斥为平,用这种方式表明自己的憎恶。可是,启明真是羡慕死了为平,羡慕他在家里的地位,羡慕他像大人一样和父亲平起平坐,并肩走路,说说笑笑,商量着什么。

他们家在下江门外的张井坳种了孙家九亩三分田,在住屋旁的城墙根还有自家几分地。

这天下午,父子俩在张井坳薅田,薅完两丘田块后,爹招呼为平说:"歇一会,歇歇再做。"说罢,便到田垄上找了个干净地方,掏出了烟袋准备熏几口。他蹲下来时突然惊叫了一声:"喔唷!"这时为平看到爹那破得不能再破的裤子的后裆裂开了一个大口,像小孩子穿的开裆裤一样,把那一向隐蔽起来的器官也暴露出来了。爹一边弯腰察看,一边又连声说:"不好了,不好了,这下回不去了。"他抬头笑着对为平说,"恁咋见人呢?"

为平说:"我马上跑回去,把你那一条裤子拿来给你换下来。"

爹说:"那一条昨天晚上才换下来的,这会儿怕还泡在脚盆里没有洗呢! ——这样吧,咱们今天多做一阵子,晏一些再归去。"

父子俩歇了一阵,又做,一直做到天发暗了,田头看不到一个人了才歇。为了尽量不碰到人,他们避开大路,沿城墙外的小路走回去。走着,走着,走到紫竹庵后头,偏偏却碰到了杨联玉。

杨联玉挑了一副空箩筐从城里归来,见到他们父子俩,老远就大声喊道:

那年代

"老向啊！爹儿俩怎么恁迟才归啊？是想靠那两亩田发财啊？"

爹笑了，悄悄腾出一只手沿裤腰带把裤子尽量向后捋了捋。"是哦！还想靠这几亩田造屋呢。日后发了财，再请你来帮忙。"说罢又对为平说，"是联玉叔。"

为平抿着嘴笑了笑。

杨联玉说："我们早就相识了。我一看，就觉得面熟，好像在哪里见到过的。你看他那眼睛、他那嘴，就像跟寿民在一个模子里倒出来的一样。"

打过招呼，他们擦身而过。爹赶紧跨到为平前面，为平会意，马上挨近爹，用身子遮挡他的后裆。

杨联玉走远了，爹回头问为平："你怎么认识联玉叔的？"

为平低头抿着嘴笑了笑。

"怎么呢？"爹又追问。

"……那一年……逃警报……我和启明、来福三个在他家门外那株板栗树上打板栗……"

"给他骂了？"爹笑着问道。

"没有……"为平不肯讲下去。

爹没有再问，只说："联玉这个人很好的，对人很有情义。"

"嗯！"为平点点头。

因为新近连下了几场大雨，城墙外到处是一弯一弯的水凼。父子俩绕了又绕，才从一处坍塌的缺口攀上城墙。

"为平！你看这些……"在城墙上，爹指点着城墙外断断续续的、映着晚霞的水沟说，"现在看得最清楚了。早年前这些水沟都是连在一起的，沿城墙外是一圈护城河，只有城门口有一个吊桥，人只能从城门口进出。打起仗来，把吊桥拽起来，攻城的就得蹚护城河，爬城墙。守城的就用箭射，用石头砸，用大刀、长枪把爬上来的人戳下去。我们这个府城的城墙听说还是永乐年间加修过得，周围七个县还就是我们这个城墙最高。现在，攻城的不用费这么大劲，大炮架在老远的地方，一炮就轰开一个大豁子。所以，城墙、护城河就没啥用了，也不去修了。年年涨大水，把护城河也填平了。不下大雨，这些护城河连影子也找不到了。"

为平很有兴趣听爹讲这些常识。他说："从前的人也很聪明的，想得也真周到。"

为了肯定这一点，爹又说："护城河还不止这一个用处。砌城墙要填很多土,沿城墙外面挖土填城墙,城墙砌好了,护城河也就挖好了。"

为平又问:"前年,日本人打来了,我们这些军队都没有怎么打,怎么就跑了?"

"哼!饭桶军队。那些当官的吃空名、克扣军饷,当兵的连肚子都填不饱,还要挨打挨骂,能好好打仗吗?当然,军火也没有人家好,日本人的小钢炮还是很厉害的。"

"怎么吃空名?"为平问道。

"吃空名就是一个部队应该有一千个兵,实际只有七百个,那三百个的军饷照领,领来当官的拿来分,团长分多少,营长分多少,连长分多少。打起仗来,兵太少,就到处抓民夫顶替。上次逃日本人,我们要是走迟一步,爹就会给抓去了,你怕也会给抓去。那些抓去的很少有活着回来的。"

爹摇摇头,接着说:"倒是老百姓里头有一些人敢跟日本人真干。你们学堂就有一个姓刘的先生……"

为平插嘴说:"我们班的级任先生就姓刘。"

"你们学校还有别的姓刘的先生没有?"

"没有听说。"

"那恐怕就是他。他没有跟你们说过什么吗?"

"说什么?没有啊!"

"我听联玉讲,日本人打到这里的时候,他就回到建阳的乡下老家。他们村子在大山里面,可是公路还就从离他们那里不太远的地方绕过去,他就带上村里十几个年轻人专门对付那些掉队的零零星星的日本兵。你知道日本兵走远路,当官的骑马,小兵也是走路的,扛着枪,背着东西,天气又热,有的兵吃不消就落下来了,从山上看下来都是清清楚楚的。等到这些人前后没有大部队时,山上发个信号,事先躲在路边的年轻人就拿着扁担、铡刀、斧头哗地冲出去。就这样,前前后后他们抓了八九个日本兵。审了一下,有两个讲话听不懂,恐怕是日本人,不知道怎么办,先把他们捆在山上的一棵大树上再说,结果给跑了。别的讲中国话的那些汉奸统统砍掉。听说,因为他们那一次缴了几支日本枪不肯拿出来,前个把月,政府去了一队兵,把他们村子包围起来,把枪起走了,把这个刘先生也抓进去了,说他是共产党,后来,还好,又保出来了。"

"那一定是我们刘先生。开学时,他没有来,都说他家里出了什么麻烦事。"

"他是个什么样子的人?"

"瘦瘦的，"为平笑着说，"调皮的同学背后就叫他刘排骨，看上去不像是个很有力气的人。他很有学问，教课教得很好的。他教的课我们都喜欢听，都听得懂，对我们学生也很好，从来不处罚学生，大家也偏都听他的。"

爹感慨地说："我就佩服这种人。前些日子，听说要把能爬上城墙的豁子都重新垒起来，以前挖在城墙上的防空洞都要堵塞起来。以后，我们回来，这条路就不通了。"

"为什么？"

"说是不让共产党进来。"

共产党是干什么的，为平倒没有兴趣，他说："我们屋后有个水窨洞可以爬过去的。"

"小孩子可以，大人怎么行呢？"

"那水窨洞是做什么用的？"

"我们门前桥下的小河，不就是和水窨洞相通的吗？下大雨，水就从水窨洞流到城外。我们屋的地势太低了，一下大雨，水走不及，屋前的水都漫进屋里了。以后有钱翻盖，一定要把屋基培高半尺才行。"

爹知道的事情很多很多，不论问他什么，他也都能说出个道道来。为平很敬佩他，虽然他识字不多。有一次，爹试图读一本叫《七侠五义》的书，但只翻了几页就抛开了，大概认得的字还没有不认得的字多。

"爹！你读过书吗？"

"嘿！"爹笑了，说，"读过一年半，没钱，只好拉倒了。"

"才一年半？"为平觉得仿佛应该不止的。

"还少吗？这下江门里外像爹这样种田的有几个读过一年半的？"

"您那时在哪个学堂读的？"

"就是你读的那个学堂，过去叫县学堂。我们现在这个镇长孙万倾，那时我们还是同班同学。"爹追忆逝去的童年，无奈地摇头笑笑。他不知道为平和孙万倾的儿子也是同班同学，而且是同桌。他只听说有人骂了为平，为平打了他，但是他不相信为平会无缘无故打人的。这事，为平没有讲，他也没有追问过，所以至今还不知道他打的正是他这个同班同学的儿子。

爹又说："在班里，我们两个年岁最大，也顶要好。有一次，我们从江南岸游水过来，他抽筋了，只叫了一声'救命'，就沉下去了，还是我把他拖上来的——我们俩，要说力气，他不行，比我差多了；要说读书，我不行，他比我也好不到哪里去。后来还留了一次级，紧紧巴巴地才读完小学，中学死也考不进去。现在当起镇长来了。"爹摇摇头，又笑了，带着无可奈何的神情。

"那他怎么当得下来呢？"

爹嘿嘿地笑道："只要有钱，什么样的官当不下来？当镇长头年把，开会连《总理遗嘱》也结结巴巴地背不下来。不过这个人脑子还是很灵光的。"

"他现在还认得你不？"

"怎么不认得？交情还是有的。我不读书了，他还一到礼拜天找我玩。现在他每次到北乡山里去，都还照应我给他抬滑竿的，出手也还大方。他那么大一坨，少说也有个一百八十斤，翻北乡那个七盘岭，力气差一点的真还抬不上去。有一次，我不得闲，换一个人给他抬，他不干，一直等到我忙过了那一阵，他才去。"

下了城墙，父子俩向家后门走去。暮霭中，为平那才两岁的妹妹首先看到了他们。她扶着门槛，兴高采烈地抓捏着小手，用刚学会的话叫着："阿爸！阿哥！阿爸！阿哥！……"

真逗人爱啊！为平跑上去放下锄头，抱起她来，吻了吻她的脸蛋，把她举起来骑到自己肩上，哼着低年级时学会的一个歌子："嘿！嘿！朗朗朗。嘿！嘿！朗朗朗。马儿来了，马来了。马儿跑，马儿跳，马儿马儿真正好，马儿听见嗒嗒的冲锋号，马儿不怕拼命向前跑……"在后门外来回跑着，逗得妹妹咯咯地笑个不停。

爹进了门就对娘说："快！先给我的裤子补几针，这怎么见人呢？"说罢，他转身亮出后裆。

一向冷若冰霜的娘看了一眼，也忍不住扑哧笑了出来。

"这还能补得起来吗？"她说罢转身进到里间拿出一条新裤子扔到爹怀里，说，"套上去，试试看合不合身。"

爹诧异地说："咦！几时做的？我都不知道。"

娘不无得意地说："你还会想到这些？"

爹一边套上新裤子，一边长长叹了一口气，说："哎呀！我'有朝一日时运转，两条新裤套起穿'。"说罢对为平眨眨眼，为平呵呵笑了。

娘也笑了，却嘀咕说："在孩子跟前，正经一点不好吗？"又对为平说，"把小妹放下来。你不吃力吗？"

为平把妹妹放下来，到镬灶间舀了一脚盆温水端到爹跟前，又到里间把擦脚布和爹的鞋子拿出来搁在一边。

爹说:"一起洗吧。"

为平说:"你先洗,你洗了我再洗。"(按照那一带的语音,为平是说成:"你先死,你死了我再死。")

"一起'死',一起'死'。"爹坚持着。为平只好端一张小矮凳,坐在爹面前,把两只脚踏进脚盆里。

(这时如果隔墙有耳,且是一个外地人,听到父子俩的对话中对待生死竟是这样坦然,一定会惊呀不已的。)

爹踢踢为平的脚,说:"才十四五岁的人,脚板就那么阔了,像个锄头板一样,真是天生的种田人的脚。看! 比我的脚小哪里去? 给我买的那双力士鞋你也能穿了,以后就给你穿算了。"

娘掌着桐油灯出来嘀咕说:"'装桐油的,只能装桐油。'①有书读又不好好读,不种田还能有别的出息?"

爹洗了脚,坐到饭桌前说:"不种田又能怎么样呢? 还想去做官吗? 官摊得到我们这些人来做吗?"

为平泼了洗脚水,就坐在后门的门槛上,把总是依偎着他的妹妹抱起来,坐在自己的大腿上。后门口很凉爽,月亮上来了,他一边晃着妹妹,一边念着一首民谣:"月亮光,照八方,照到萍湖西乡大地方。没饭吃,喝米汤;没菜配,菜干汤;没床睡,睡柴仓。隔壁大娘讨碗水,一觉睡到大天光。"

娘端出了晚饭并喊他:"吃饭了。"又端出一碗热过的昨晚剩下的小半只鸡和一碗烫过的酒放在爹跟前。

爹一看,眼也亮了,高兴地说:"咦! 你们怎么没有吃掉呢? 好,来,为平!这只鸡腿给你。"他撕下鸡腿递给为平,又抿了一口酒,说,"不错,还是上次联玉送的'五加皮'呢。"他指着酒碗说,"你也来一口。"

娘嗔怪了,说:"啧! 你吃就是了。笼统才半只小鸡,还分来分去的。"说罢,她狠狠地瞪了为平一眼,又要寻衅发泄不满了,终于,她喊了起来,"啊咦! 你真要死了。"她指着为平的褂子说,"这件新衣服才穿了几天,怎么就撕了一个口子?"

为平无动于衷地啃他的鸡腿,他习惯了。

_____

① 注:那是一句俗话。装过桐油的玻璃瓶怎么洗涮也不能用来装其他食油。

爹的脸色却阴沉了，因为娘又越界了。

饭后，为平出去小便，回来时，在门外听到爹低声说："……才十多岁，还是一个小孩子嘛，田里的活儿干起来比我少不到哪里去，干得也很细心，人又老实、听话。我看这下江门里里外外还没有哪一家孩子比他强的，以后总要待他好一些。"因为正在讲他，为平不便进去。

这时娘也不高兴了，说："我待他又怎么啦？一天三顿什么时候饿着他了？一家人，这一年里也只给他缝了一件衣裳，还要我怎么样？"

爹捺着性子说："这是的。我只是说，叫你待他好一些，不要一天到晚没个好声气。"

娘嘟囔说："怎么个好声气法？一天到晚抱着、哄着？我知道你的意思：他不是我亲生的，我这个当晚娘的心肠都是歹毒的，是不？"

爹厉声打断她的话，喝道："不要讲了。你都讲的什么话？"

为平眼泪涌出来了，在门外站了好一会儿，听到屋里没有声音了才拭了眼泪进来。

娘噙着泪，赌气摔摔打打地收拾饭桌。爹坐在竹椅上埋头抽烟。很懂事的妹妹也悄悄走到为平跟前，依偎在他身边，一双水汪汪的眼不停地骨碌转着。刚才还是有说有笑的气氛，一下子变得沉滞了。

向宗华是个宽宏大量的汉子，却就是不能容忍老婆这种心胸。他认为像为平这样听话、懂事的孩子是不多的。干活儿，不用多讲，稍微指点一下，他就会给你做得好好的。这样的孩子，叫向宗华把身上的肉割一块下来给他吃，他都愿意。他就看不透这个女人，什么都好，却在这一点上，见了鬼一样，总要跟这个孩子过不去。就算不是亲生的，感情上淡一点也好说，为什么总是无缘无故找碴子跟孩子过不去？他非常厌恶这种现象。

每次，当老婆责骂为平时，这种责骂常常是毫无道理的，而且没完没了。看到为平痴痴地睁着一双无邪的、充满泪光的大眼睛时，向宗华就会想起寿民，就会觉得有愧，就把为平拉到自己跟前，保护他，为他申辩，责问老婆："你有完没完？"好几次为了为平的事和老婆大吵起来，甚至掀桌子摔板凳。他老婆跟了他快二十年了，要说对他向宗华，他清楚，没有话说的，有好吃的总给他留着，侍候他也算尽心了。看着她蓬头垢面，里里外外忙乎着，看着她身上没有一件像样的布衫，向宗华也常常觉得有愧。要不是为了为平，他怎么也不忍心呵斥她的。

这一天晚上，又是为了为平的事，搞得向宗华很懊恼。

为了省点灯油,晚上没事他们就早早地躺下了。冰凉的月光从坍塌的西山墙上射进屋里,床头是一片柔和的亮光。屋子里静静的,除了秋虫在鸣叫,人们都睡了。为平就睡在他脚下,向宗华却还炯炯地张着眼没有睡去。他时时袒护着为平还有一个他没有说出来的原因,那就是他忘不了向寿民——为平的亲爹。一想到向寿民,他就心酸,就会怒火中烧。对什么呢? 对这个世道。

寿民是他最好的朋友,他刚才对为平说过他最佩服的一种人,其实首先就指的寿民。这是一个像菩萨一样善良的人,他读书不多,却喜欢看书,而且两个毛笔字练得连那些老夫子都赞叹不绝;他待人厚道、宽和,但是见不得人欺侮人、人糟蹋人的事,一碰上这种事,他会不顾一切地挺身而出进行干预。他和为平的亲娘应该说是很般配的,也很和美,小两口都是让其他年轻人眼红的。生了一个儿子后,突然起了风波,老婆为了怕他在外面惹是生非,竟向政府出首了他(出首什么? 人们也搞不清)。她没有想到寿民却突然从人间消失了。当时是有很多传言,有说他是共产党,给枪毙了的,有说给活埋了的,也有说他逃跑了,不知去向的。都是传来传去的话,没有一个亲眼看到的。死,看来是笃定无疑了,不然,偌大一个大活人怎么会突然没有了呢,而且音信全无? 可是究竟怎么死的? 向宗华总是无端觉得那一定是很惨很惨的。他想象那是一个黑夜里,在一个没有人烟的地方,孤苦无告地被人残杀了的。

他的老婆后来也不见了。有人说是没脸见人跳河了,可是死又不见尸;有人说逃跑了,去了很远的外乡,到没有人认识她的地方去另跟别人过去了。

"唉!"向宗华轻轻叹了一口气,摇摇头,心酸地想,这世道,那么多人都好好活着,偏偏容不得寿民这样的人,这哪里有天理呢?

他收养了寿民的孩子,尽量叫他吃饱、穿暖,给他上学。现在,孩子长大了,长得很结实,样子也可人意儿,黝黑而有光泽的皮肤,端正的相貌,一对善良的大眼,厚厚的轮廓分明的嘴唇略微有点撅。他抿嘴而笑的样子、跟他讲话时点头的样子以及他那诚实、温顺的性格都活像寿民。向宗华只想把这孩子抚养成一个有用的人。他自己一无所有,不能给孩子留下什么,只想在他长大成人以前,能从哪里额外搞到一些钱,把这栋破屋好好修一修,这是他多年来想办又没有办成的事。将来再给他找一门好亲事,给他成个家,叫寿民好歹有个后。向宗华想的只是这些,只想用这些来补偿一下这世道对寿民的不公平。

向宗华又长长叹了一口气,用手抚摩为平的脚掌。脚有点凉,他把它们拢过来夹在自己的腋下。

第六章 幻灭

抗战的胜利带给人们的喜悦和希望并没有维持多久,大人们的脸色又阴沉了。

人生最重要的无非是要活下去,活下去最根本的条件就是要有饭吃。因此那一个时期最牵动千万人心的是早晚不断攀升的米价。因为新的战争又发生了,日子又难熬起来了。

虽然孩子们在这方面的感受是很迟钝的,离开大人那愁苦的脸色,他们照样兴高采烈地打闹、玩耍,但是,应启明却也常常变得忧心忡忡起来,他是能感觉到这慢慢地向他们母子身上压来的日益沉重的生活压力的。

舂谷是重活,是拼气力的活儿。妈妈每天回来的时间比过去晚了,常常是启明放学归来还得去舂坊看妈妈,并且替她舂一阵。

回到家里,她像瘫了一样,一进门就坐倒在门口的竹椅上发呆,塌着肩,垂着手,眼神模糊,轻轻地喘着,连话也懒怠说了。好半响才挣扎着,扶着椅子起来煮饭。

启明入学前,妈妈常常要他给她捶背,这是非常叫人腻烦的差事,他最不愿意干这事。上学以后总算免除了这个差事。现在,他注意到妈妈更消瘦了,而且常常干咳,夜里则像病了一样哼哼地呻吟。她已经筋疲力尽了。他很想帮助她,如果她有这个要求,他很愿意给她捶捶背。

有一天夜里,启明惊醒了,发现妈妈在偷偷哭泣,这使得启明非常惊惶不安,不知道出了什么事,也不敢问。可是天明后,妈妈又照样平静地热饭,打发启明去上学,然后自己去舂坊,好像并没有发生什么事情。

她太累了,像大人们常说的"肾亏了",需要吃一些补品补养一下身子。好几年以前,有一次,妈妈和洪元妈谈天时说:"哎呀!我总要有那么一天,买它一斤肉,吃个快活。"(她说到"一斤"时,是加重了语气的,仿佛是要下狠心干的一件大事。)后来有一天,她果真买了一只猪蹄髈,装在一个不知道从哪里借来的

小瓦罐里,放在小火炉上煨着。那是很要一点耐心的,启明早就馋得直咽口水了。

屋里弥散着蹄髈的香味,妈妈脸上浮起了不常有的笑意,这使启明也很开心。就在这时,突然扑哧一声,瓦罐炸裂了,汤全洒了,煨得半熟的猪蹄髈有的掉进炉膛里,发出一股焦煳味,有的滚落到地上。启明哈哈大笑——他那时竟还觉得很好笑。他一边笑,一边从地上捡起一块蹄髈掸了掸就吃起来,觉得还是很好吃的。

现在,他再回想这件事的时候,看看妈妈那枯瘦的样子,他可怜起妈妈来了。他下决心,一定用功读书,一定要读出点名堂来,将来一定要当一个有名的人,赚很多钱,叫妈妈能过上有钱人的生活。

都说人参是最好吃、最补人的,药店里把萝卜根一样的人参装在玻璃瓶里,供在橱窗上。他将来当了有名的人,也要买人参给妈妈吃,不是一支一支地买,是一捆一捆地买来给她吃。

做一个有名的人,他不但有这种决心,还有良好的天资和体魄,在这上面生成他的自信。他无论做什么事都很自信,对没有做过的事都跃跃欲试。在学校里,他的功课很好,其他的也不差,只有唱歌不行,虽然他也爱哼哼,破锣响的,自己听得也不怎么样。当然,他认为唱歌不行是不妨碍他当一个有名的人的。

他事事争胜好强。和同学们扔瓦片、赛跑、游泳、摔跤、下棋,他总要争赢,好像也总能给争赢的(当然,扳手劲不算,他死也扳不过亚平)。如果输了,他就耿耿于怀,总要想法赢回来。至于功课,历年来他几乎都是全班第一名。只有一个学期,就是逃难回来那个学期,因为大考前打摆子,落了个第三名,这使他好几天不自在。他觉得奇怪的倒是同班同学中,有几个好像全部努力都只是为了争取一个不留级,而就连做到这一点都挺难的。他以前的同班同学刘培德,那个家里开酱园的"小老板",样子并不蠢,甚至可以说长得还挺体面的,高高的个头,白白的脸面,可三年里倒留级两次。为了那一次来之不易的升级,他老爹还特意给他做了一件带绒领的棉大衣以资鼓励,现在十三岁了还在三年级。成绩虽然不突出,个头却太突出了,在放学的行列中,站在小同学中间真是鹤立鸡群。为了减小反差,他总要弓点腰,好像一只虾子,结果被同学们取了个"调羹"的绰号。看来,这个绰号是要叫到小学毕业了。不过他也不一定能毕业,因为照这样读下去,只怕不等小学毕业他就得成家了。

应启明认为天下事,只要用心去学就没有学不会的。别人能学会、能做到的事,他不信自己学不会、做不到。当然不算唱歌、画画这些,这些他确实不如人。他还常常以自己的小聪明去观察大人,包括刘先生,发现他们有时也有很幼稚、很可笑的想法和行为的。

这个学期里,他有一篇作文被刘先生选出来,作了很少几处文字上的修改,然后要他誊写到稿子纸上,寄到《少年》杂志社,结果被选用了,给他寄来了好几样纪念品。同学们对他都另眼相看,都很佩服和羡慕。怎么能不佩服、不羡慕呢?那是他写的文章,现在用铅字印在书上给大家看,他们之中谁还能做到呢?这使他趾高气扬了好一阵。

放寒假后,他准备去找比他高一级的同学,看能不能便宜买下他们的旧课本(其实,他们留这些也没有用,都会赠送给他的)供下学期使用,还可以在寒假里先翻一遍。总之,读书已经成为他的爱好了。他从读书中憧憬着灿烂的前程,获得了说不尽的乐趣。

正在他兴兴头头的时候,这一天,妈妈踌躇再三,终于用了很大的勇气,强笑着,用非常亲昵,还带点讨好的口气对他说:"启明!妈跟你商量个事……"她欲言又止。待启明抬头看着她,诧异地问她什么事时,她终于说了:"你今年不要读书了,好吗?我想让你跟洪元一起去洋火厂干活去,你看好吗?等明年,日子宽松一些,再去读书,好吗?"

启明愣了一下,马上就明白了为什么要这样,虽然他毫无思想准备。妈妈一向把全部希望都寄托在让他好好读书上的。他马上用力点一下头,驯服地嗯了一声,装出无所谓的样子。

觉察到妈妈的眼光一直在不安地偷偷地注视着自己,他努力控制自己,淡然处之,然后慢慢走出门去。他一定不能有一点异常的表现让妈妈觉察到,那样她会很伤心的。

当他一离开妈妈的视线时,他的眼泪就迫不及待地泉涌一样地出来了。擦了又淌出来,擦了又淌出来。他绝对不是一个爱哭的人,但是这事却深深伤了他的心,使他难以自制。过去,他对将来想得很多,满怀着信心和希望,想干这样,想干那样,想做一个很有名的人,越想越有味,越想越带劲。现在,这些理想一下子统统完了,统统成了泡影了。这一天仿佛整个世界都变得阴沉了。

过不多久,新学期开始了。清晨,看见那些学生、那些同学夹着书包,啃着烧饼、油条,哼着流行的歌子,三五成群地谈笑着,喜气洋洋地从街上走过去,他有说不出的委屈。

那年代

有一天,他在街上碰到了刘培德。这个"老生"不好意思像其他低年级学生那样把书包斜挎在肩上,而是拎在手上。见了启明,他问道:"哎!你怎么不读书了?"

启明点点头。

他笑着,真心羡慕地说:"还是你快活。"

"嘿!"启明苦笑着点点头。

他有些茫然不知所措,成天心事重重的。这是他第一次觉得烦恼。

当然,这种烦恼总是短暂的,慢慢地也就习惯了。同学中,读书半途而废的也不只是他一个。有当小贩的,在街口摆一个香烟摊,一天到晚守着它,没有生意时就捧一本什么演义在看。有当学徒的,从早起开店门给师傅倒尿壶开始,总也睡不够,把肮脏的茅坑当成他的休闲场所,一蹲就是半个钟点,叫那些急着大便的人怨声载道。也有去捡破烂的,拿粗铁丝拧一个两齿耙,在垃圾堆上不知掏些什么宝贝。陈世泽的爹死在防空洞后,他就走了这条路,对老同学的招呼故意装成没有看见的样子,不理不睬的。家住乡下的就回去种田,为平不就去种田了吗?他倒高兴又能常常和为平碰到一起了。

对于启明的不再读书,洪元毫不掩饰他的幸灾乐祸,也为在厂里多一个启明这样的伙伴而高兴。看见启明痴痴地站在巷口,他就嘲弄说:"哎!读书人!我考考你,"他用手指在空中比画着说,"一竖,中间一点,是什么字?"

启明给难住了。他倒是多次见过这个笔画很少、字形奇特的"卜"字,读了五年书,课本上没有碰到过,所以不知道读什么音,更不知道什么意思。

洪元得意了,从鼻孔里笑了几声,说:"不认识吧?还是个读书人呢,连这样简单一个字都不认识。我教你,是'苍蝇叮柱子'。"

启明扑哧笑了起来,脸上也笑开了花。他原来以为洪元真的认得这个字。认得个把稀奇古怪的字去为难人,炫耀一下自己,本来并不难。可他并不认识这个字。启明不由得又呵呵笑了,说:"去你的,瞎说。一个字读一个音,哪能读一串音的?是谁告诉你的?人家逗你玩的,你倒当真了。"

"你看!你看!"洪元摇着头,叹道,"不认识就说自己不认识不就得了,偏还要嘴硬,不是'苍蝇叮柱子',你说,是什么字嘛。"

启明没有再搭理他,跟他也说不清。

告别了无忧无虑的童年,告别了彩虹般美丽的憧憬,告别了想做一个名人的理想,启明进了县城里唯一一家大厂——永利自来火厂当小工。

以后的事也证明洪元确实有很多地方比他高明,比他懂得更多人情世故。对于启明终于也要进洋火厂干活,洪元也不是只有嘲弄和幸灾乐祸,恰恰相反,他更多的是热心,是同情和关切。上工前,他陪着启明到厂里看看,带他到一处四壁敞开、满地堆着木片和刨花的工场里,就在这些木片和刨花堆里,四个师傅一溜排开,每个人都骑在一张工作凳上,面前是一架仰置着的大刨,他们用一个铁抓钩,钩着一段车下来的圆木心,在大刨上推出木片。旁边是一架叫大切刀的器械,好像铡刀一样,安装在一张木台上。一个干瘪的、眼眶镶了红边的老人,一边不断地干咳着、喘着,一边虽然动作迟缓却一刻不停地,把一旁摞得像小山一样使人无法插脚的成捆木片切成一方一方的。

　　洪元悄悄告诉启明,老头姓蔡,已经干不下来了,启明下一步就是要接替他的活儿。

　　总之,在启明看来整个场都是拥挤、杂乱、嘈杂的,又都是按一定的程序一环扣一环地运转着。在这里毫无自由,毫无乐趣。他启明今后将长期在这里干活,或许也会像这位姓蔡的老人一样,干到不能干为止。

　　第二天,他上工了,他的临时工作和洪元及其他几个小孩干的一样,只是把刨下来的木片整理成捆。跟这些人在一起干着这些简单的活儿,启明很不愿意,也觉得不好意思。

　　其实,不论是刨还是切,这些大人干的活儿,他自信都干得下来。但是,他知道,这里没有他讲话的份儿,他只能在别人的指使下干事,不论他喜欢不喜欢。指使他的人是不管他能干什么,不能干什么的。而且他无端认为这些大人都是很横的,搞不好一个巴掌就会扇过来。启明什么也不去想,只是闷声不响地、老老实实地做指派给他的活儿,做得又快又仔细。他是个好强的人,不愿意落在人后,更不愿意听别人一点指责。

　　在头一个月里,因为是新手,情绪也不高,启明几乎是闷声不响地过来了。这给了这个组的大人一个印象,认为这孩子老实。有一次,那个身材高大、虎背熊腰、胳臂粗壮的钱师傅(他可能是个组长)指责洪元说:"……你要有启明一半老实就好了。"

　　"他老实?"洪元吃惊地笑了起来,并且把"老实人"当启明的外号叫了起来。

　　启明拿到了第一个月的工钱:三百万元。兜里装着这沉甸甸的一捆钞票,回家路过猪肉案前时,他问那老板多少钱一斤,回答是四十五万元一斤。他想

那年代

做一件多少年来早就想做的事。他已经站住开始向兜里掏钱了,但是,他还是打消了这个念头。他觉得不好意思。他从来不习惯在妈妈面前流露自己的感情,也怕她嗔怪。到家后,他把钱全部交给了妈妈,而且觉得自己已经是个大人了。

妈妈笑盈盈地叫他把这头一个月的工钱留着自己用。他留下了三十万元,其他的都给了妈妈,转身便上街买零食吃。

其实,和组里这些大人相处并不像启明一开始想的那样可怕。钱师傅虽然总是一脸恼怒,对人总是不理不睬的;他也常常训斥洪元,所以洪元在他面前有点拘谨,但是并不怕他。启明看得出来,他其实总在维护着这里的小青年不受别人欺侮。

挨着钱师傅的是孙老六,也是三十多岁,很瘦,眼窝深陷,体质不好,好像有痨病,但是他的机智、幽默、风趣使得大家都喜欢跟他在一起,听他说笑,这是组里的一个活宝贝。

在老六旁边的是一个叫云飞的年轻人,二十五六岁,一副没精打采、瞌睡还没睡醒的委顿样子,眼角还留有眼屎。老六说他是一个站着也能打瞌睡的人。

应启明只有一个常常挨训斥、习惯于被人取笑着玩的同龄朋友——洪元。命运让他和这些人走到一起,那有什么办法呢？只有去适应了。

第七章 在人世间

社会在应启明面前展现了五花八门、光怪陆离的现象和蜘蛛网似的盘陀路。跟学校里大不一样,没有人指点他怎么办是非、怎么生活,他只能身不由己地、漫无目的地被生活的潮流推拥着向前走去。既然厂里那么多人都是这样过的,他又有什么理由不应该这样过呢?他很快就适应了这样的生活,而且慢慢地觉得也有它的乐趣,因而对读书生活的怀念也就淡薄了。

到处都有东西在吸引他,向他招手,使他爱慕、向往。他爱慕什么?自己也说不清楚。人生太丰富了,他简直应接不暇。爱慕、追求,这大概是少年时代生活之所以那么生气勃勃的由来。启明就生活在这不断更替的爱慕和追求之中,使劳苦、贫困的生活仍旧能显现出光彩。在人生中,人们一旦觉得无所爱、无所求时,那一定是他已经到了人生的尽头了。

钱玉坤四十多了,还是光棍一条,看来他并不急于想成个家,也不喜欢别人跟他讲这个。他话不多,讲出来的话都是冷冰冰的。人们都有点怕他,特别是洪元。

有一天,马志谦从账房那边过来对钱玉坤说:"那边有你的一张包裹单。"

钱玉坤说:"你是不是看错了,谁会给我寄什么包裹?"启明也知道,钱玉坤在这里是无亲无故的光棍一条。

马志谦说:"没有错,你那个名字我还能认得。特别是中间的玉字,不就是'王'字点一点吗?你叫启明给你拿过来看看。要是好吃的,大家都尝尝。"

启明去账房拿来了包裹单,单子上写明是衣物,是一个叫高青山的人寄的。

"高青山……"钱玉坤嘴里念念有词地说,"我没有什么亲戚朋友叫高青山的。"

马志谦说:"把你的图章给启明,下班后叫他给你到邮政局去取回来不就知道了吗?"

第二天,启明趁空去邮政局取来包裹交到钱玉坤手中。钱玉坤撕开外面的

那年代

包裹布,里面是一件绒衣,打开绒衣,抖落一张字条。启明捡起来看了看,上面有几个歪歪扭扭的字:"钱叔叔,我一北(辈)子不忘你的恩情,我有发机(迹)的一天,一定报大(答)你……"

钱玉坤呆呆地听启明念完后问道:"他没有说现在干啥?"启民说:"就这几个字。"钱玉坤点点头,收起来了。

"是谁啊?"

钱玉坤没有搭理。

后来,老六问他:"高青山是哪一个?"他才轻轻地跟老六说:"小山子,我一个师兄弟的儿子,出来当学徒学手艺,他那个师傅不是个东西,把他当奴才使唤,动不动就是大嘴巴扇过去。去年十二月,小孩子逃出来在清水埠给我碰到了。个子又小,生得又单薄,那么冷,只穿一件单衣圪蹴在埠头上,我看这样下去会冻死的。问他为什么不回家,他不肯讲,问他准备去哪里,他说想去当兵。再没有路走也不能去当兵,我只好把身上的这件绒衣脱下来给他穿,我原来还是靠这件绒衣过冬的,别的,我也没有办法了。"

这么一个成天怒气冲冲的不哼不哈的人,原来对人也是充满同情心的。启明想,我也会的,看见朋友、亲戚有困难时,我也会尽力帮助的,也会把身上的衣服脱下来给别人穿的。如果身上有钱,我也会慷慨解囊,而且不在乎别人是不是要报答。至于成家、讨老婆、生儿子,他从来都认为大可不必。连自己一家人的肚子都喂不饱的人还谈什么接济别人呢?就像钱玉坤这样,一个人,很好。

一天,洪元小便回来对云飞说:"外面有人找你呢。"云飞问是谁,干啥不进来。洪元诡秘地说:"你去了就知道了。"

云飞去后,老六问:"是谁干活的时候来找人?"

洪元笑笑,说:"他的相好。"于是就谈到云飞。钱玉坤说:"云飞的事能成吗?人倒是个老好人,可是他家里也只靠他这几个工钱买米的,那女孩家里人会点头吗?"

洪元说:"这家伙的眉毛长得真好看,像画出来的一样。"

马志谦说:"这小子长得是漂亮,对人也和气,天主堂那个神甫就很喜欢他,常常送点东西给他。你们不要看他穷,这个姑娘还就是看上了他,给她老爹狠揍了一顿还不死心,死活要跟云飞。"

启明想不到天天在一起干活的云飞原来对姑娘还会有这么大的吸引力。启明想起来,有一个假日,看到他简直像换了一个人,上身穿着一件用旧咔叽军装改制的夹克衫,挺合身的,也挺好看。脚上是一双虽然很旧,却被洗得很干净的篮球鞋,白白的脸膛,更显出腮帮上和脖子上的几粒黑痣,走起路来也轻快了,见了人也谈笑风生了,而且笑起来那两个酒窝更显得俏皮,逗人喜欢。可第二天上班时又是黄黄的脸,带着眼屎,连连打着哈欠,一副凄苦的样子。

老六抿着嘴笑了笑,说:"也是个绣花枕头,就跟他身上那两件宝贝一样,中看不中用的。"

"他有什么宝贝?"洪元问道。

老六嘴一咧,说:"一个手表,一支自来水笔。那个手表是摇几下走半个钟点,不摇就不走。索性不走,一天里倒有两个时辰是准的。那个自来水笔是摔两下写几个字,好在他也认不得几个字,只是别在衣襟上做做样子的。"

洪元说:"没有看见他戴手表啊。"

老六说:"以前下班后会戴的。现在他自己也不好意思戴了。"

云飞回来了,一脸懊恼,继续埋头干活。洪元嬉皮笑脸地问:"怎么啦,商量什么时候办喜事吗?"

钱玉坤狠狠瞪了他一眼。

启明羡慕起云飞来了。他希望自己也很漂亮,也有姑娘看上自己,要嫁给自己当老婆。他很想有一件云飞那样的夹克衫,敞开衣襟,双手插在裤兜里,显得潇洒。他留起了小洋头,每天早上洗过脸后也常常拿妈妈的那面破镜子端详一番,连妈妈也禁不住笑了。

启明羡慕起老六来了。有些话,他是怎么想出来的呢?出奇得很。他在哪里,哪里就热闹起来了,一会儿一阵哄笑,连没有听清他讲话的人也先笑起来,再问别人他刚才讲了什么。别的组都朝他们这里看,都很羡慕他们组里有这个老六。很普通的事情,从他那机智的嘴里说出来,总叫人听着新鲜、有趣。给他挖苦的人,也都哭笑不得。他又憋得住,总是那么一本正经的样子,常常是别人给他逗得前仰后合,他却天真地瞪着别人发愣,这就更增添了逗笑的效果。所以,他一开口,尽管声音不大,总就能迫使其他正在高声讲话的人自动闭嘴给他让路。连钱玉坤这样严肃的人,有一次也把眼泪都笑了出来,一边笑,一边说,跟老六这家伙在一起,人是可以多活两年的。

能给人带来快乐和欢笑的人,总是最被人所喜欢的。启明在哄笑中也不知不觉地模仿着孙老六的一些口头禅和对一些事情独特的表述方法。

一天,启明看见老板从账房出来,一边讲着什么,一边伸手套上别人给他披

上的长衫。他悠悠地扣着扣子，几个人围着他，恭恭敬敬地倾听着，并且不断地点头，不断地微笑着，虽然那话并不一定好笑。长衫的质地很好，缝制得很合身。他整衣完毕，马上有人给他推过那辆明亮发光的自行车，他掀一下后摆，骑上车刺溜一下走了。这一切都显得那么雍容、洒脱。有一次在街上，他碰到老板，老板跟他点了一下头，他觉得特别开心。

"老板多大了?"启明问洪元。

"四十多吧。"洪元回答。

启明看了钱玉坤一眼。他们两个身材、年龄都差不多，现在，钱玉坤穿了一件脏背心，一脸油汗，坐在大刨前，随着上身不停地、有节奏地一摇一晃，脑袋也一点一点的，像个公鸡在啄米。

"将来……"启明想，"我也开一家大厂，当一个老板……"

当然，这些还只是想想的，爱慕罢了。生活对于他才刚开始，来日方长，一切愿望都有实现的可能。至于眼前，可以做的事也有。他常常在下工后，租上一辆自行车在街上骑着玩，像经常见到过的那些漫不经心的大人那样，嘴角叼一支烟，还故意松开一只手。后来，他又觉得故意松开一只手未免太装腔了，就好歹让一只手上拎一个什么东西。

他之所以要抽烟，坦率地讲，一点也不是因为烟味一开始就那么诱人——老烟鬼子也认为:抽烟抽到老，不知烟味道——而是要学一种派头:叼上一支烟，啪地划燃火柴点上，然后用食指频频弹落烟灰，最后那么一弹，扔掉烟蒂。在上工的时候是绝对不允许他们抽烟的，但是在其他场合，即便在做着事的时候也叼着一支烟是最能表现出漫不经心和老练了。总之，这些动作都体现出一种成年男子的派头。

他的兴趣转移得很快，像一个初次进入大商店的人，目光在琳琅满目的商品前无法专注一样。这一年的夏天，他竟对一千多年前的白袍小将薛仁贵钦佩得五体投地了。

我们的历史上，常被后人引以为自豪的唐帝国也曾经有过对相邻民族的征伐，薛仁贵只是这种战争中一个知名度不算太高的将领。说他知名度不算太高，是因为小学的历史教科书上没有提到他，可是在《征东演义》这部小说，他却成为一个超人了。

这座坐落在河谷盘地的山区县城，盛夏，人们像生活在蒸笼里一样。尤其是贫民窟里那些低矮、拥挤、不通风的住屋里，更是热得透不过气来。人们都叹着气、摇着头,变得懒洋洋起来。太阳落山后,家家户户在门外的石板路上洒上水,架起竹床板乘凉、露天睡觉。

夏天的夜晚,街巷人声喧闹。唱故事的瞎子敲打着鼓板穿街走巷,手头有几个闲钱的可以叫来唱一段,要图省钱就找个爱看小说的人来讲书听。

启明连着十多天下工回来,吃了晚饭后先到平江里扑腾一阵洗个澡,然后急急忙忙回来,提个小竹椅子到巷口找个好位置坐下来乘凉,并耐心等候箍桶店的李晋生讲《征东》的故事。

李晋生要磨磨蹭蹭很长时间才打着赤膊出来,他盘腿坐到竹床上,问他的热心听众:"讲到哪里啦?"人们就告诉他,已经讲到九天玄女娘娘送给薛仁贵一部天书这里。于是,他摇着蒲扇,不紧不慢地继续讲述着薛仁贵的坎坷经历,讲得有鼻子有眼的,好像他不但是薛仁贵的老乡,还是薛仁贵的老战友。

应启明就爱慕起薛仁贵来了。白袍小将,这称呼就很美;方天画戟,这武器的称谓也很美;他的经历,那就更动人了。那么一个有神奇本事的人,却穷得只能住窑洞(南方人几乎都认为"窑洞"就是废弃的、已经坍塌的砖瓦窑,上面通天的),给人家当长工。嘿!可又遇上东家一个那么漂亮、善良的千金小姐同情他、关怀他,经过生死磨难最后给他当了老婆。而他又一心要效忠朝廷,撇下那么好的媳妇投军走了。在征战中,他虽然出生入死,多次立下赫赫战功,却得不到一点奖赏,还不断遭受奸臣的诬陷,落得只能长期当个火头军,好几次还几乎断送了性命……

火头军是干什么的? 他问过李晋生。李晋生说,火头军就是伙夫,烧饭的。

"哎呀呀……"应启明长叹一声。他见过现代军队的伙夫,好像多数是一些又老又窝囊的士兵。有一次还看见一个伙夫在井边淘米时,偷偷地装了一小袋米到老百姓家里兜售。

启明不但同情薛仁贵的遭遇,还非常羡慕薛仁贵遭受的这种很富戏剧性的冤屈。他希望自己也能蒙受一次像薛仁贵那样的、为大家所知道和同情的冤屈。

听书、看戏,竟使启明爱慕起古人来了。

古代世界被小说、戏曲涂上一层厚厚的神奇色彩,越久远越浓重。不但那些事件那么浪漫、有趣,那时的人穿着打扮、举止动作多美(那是戏台上的),那时的人武艺多么高强(那是书上写的),作为现代人,真是自愧弗如啊!启明虽然读书不多却也能发起"思古之幽情"了。

那年代

他早就想当一个有名的人，当一个英雄好汉，最好是文武双全的。但是做一个很有学问的人看来不行了，因为没有钱读书，再说也不行了。可是做一个武艺高强的人或许还行。这就要长期练武，练出一身高超的武艺来，现在开始还正是时候。想到这里，他劲头来了，马上到后门菜地里捡来一摞断砖，用麻绳捆好。第二天开始，他翻身起床后的第一件事就是光着身子到屋后菜园地里抓着砖头平举起，又放下，两手交替，反复做这一动作来练臂力。第一天举四十下，第二天举五十下，第三天举五十五下，直举得汗水淋漓，然后匆匆忙忙地洗脸、吃饭，拖着疲倦的身体去上工。

　　妈妈看他这样，说："不要搞了，启明！还要干活呢，你不累吗？"

　　累！怕苦怕累还能当有名的人吗？启明继续坚持苦练臂力。下工回来确实够乏了，他还要练一阵。当然，他也知道，光练举砖头是不够的，还要练各种武艺，什么十八般武艺，以后碰到有武艺的人再向他请教，现在先把臂力练好，这是基础。

　　他练了十多天，自我感觉良好，觉得气力大了很多，当他拳起肘弯时，发现上臂的肌肉也鼓鼓囊囊了。就这样，他将练成一个万人敌的英雄。

　　永利厂的金老板在叫苦的同时，却购置了一辆摩托车，替换了他那辆自行车。他还筹划在灯节里拿出一套诸如踩高跷、跳狮子这些北方虽然流行，本地却没有的玩意，来压倒本地那些传统的、很少变化的龙灯。厂里有一位抗战时期流浪来，现在已经无家可归的"北佬"，他精通玩狮子。启明和洪元都被挑选出来扮演手持彩球逗弄狮子的武士。

　　他喜出望外，觉得这给了他崭露头角的机会。从春节前半个月开始他们就要每天下午抽出两个钟点，和扮狮子的师傅到玉山小学的操场上训练，各种戏剧舞台上的姿势、动作，他一看就会。他刻苦练滚翻，摔伤了好几次，终于也都学会了。

　　那位"北佬"非常满意他的机灵、刻苦和顽强的精神。洪元练得也还不错，很有点拼劲，不过他只能在桌子上翻一个自称是"抢背"的跟斗。后来，老板还给他们定制了一套服装，头巾、衣裳、腰带、绑腿全是黑色的，镶了白色的花边，额上也缀了一个白色的绒球，脚上是一双白色的布袜，蹬一双带绒球的麻草鞋，脚脖子上还系了几个铃铛。启明在试穿这套行头时，胸更挺了，更显得英武了。

　　在正式上街前的一次彩排中，金老板也亲临操场验收。人们把启明、洪元打扮起来，脸上还搽了淡淡的玫瑰色油膏，画了浓浓的眉毛。在锣鼓声中，他手持带响铃的彩球逗引着狮子进退滚翻,从叠起的三张方桌上逐级跳上去,又逐级跳下来,最后他一个后滚翻,稳稳地站到地面上,围观的人都喊好,老板也得意地笑了。

"唔!"他特别对启明说,"这小鬼,扮相也好看,动作也利落,还真像回事,真是学啥像啥,拿得出去的。"当然,他也没有忘了拍拍洪元,说,"也不错,拿得出去的。"

过了春节,接下来就是灯节,连续几个晚上他们都上街了。在灯月交辉中,在震耳的鞭炮声、锣鼓声中,在腾腾烟雾中,他们赢得拥挤而热烈的观众的阵阵喝彩。那几位扮狮子的师傅在这寒冬腊月里汗流浃背,累得跟狗熊一样,可没有人知道他们是谁。只有启明和洪元处于众目睽睽之下。启明在人群中看到为平,看到来福,看到过去的同学,他们都高兴而热烈地向他鼓掌。人们都夸今年的灯节热闹,永利厂搞得最好。而他应启明仿佛成了厂里的一个人物了。

哎呀! 人生真是绚丽多彩啊! 后来,当启明回想这些天的活动时,还觉得兴奋,觉得回味无穷。

灯节过了,热闹、令人激动的场景也云消雾散了,他又回到原来的生活中去。不久,蔡老头病倒了,启明顶替他使用了那台大切刀。那一度离他而去的想当一个有名的人、一个英雄好汉的信心因为这一次玩狮子而复苏了,他又变得跃跃欲试了。

这一天,启明完成了例行的练功活动后,在上工的路上,在玉山巷口老远就看到了厂里的修理工老何走在他的前面。这个人二十七八岁,样子挺精干,走路像个当兵的在操场上走齐步一样,肩平,胸挺,两眼平视前方,很有特色,而且是大步流星的,老远就能辨别出来。不久前,启明他们练玩狮子时,他也到过现场。使启明非常惊讶的是他跟那个北佬师傅讲话时,竟说一口流利的普通话,显然是一个见过世面的人。

启明加快步子赶了上去。

回想他们第一次接触是在一次下工的路上,那是雨后,他们走到一段离厂不远的烂泥路上。启明踩着这些柔软的烂泥,泥浆从脚趾缝里向上挤,他觉得很好玩。他转过头对老何说:"就像柏油马路一样。"

老何微笑道:"你听哪一个说的? 柏油路要是这个样子,还能跑汽车吗?"

启明马上意识到自己出洋相了。他确实没有见过柏油马路,也记不清哪个讲的,说柏油路踏上去是软的。柏油路不应该是这样的,这一点,他应该想到却

没有去想。

老何接着认真地告诉他,柏油路在夏天如果给大太阳一暴晒,路面上的柏油就有点化了,大卡车轮胎压上去,是有一点点弹性,不会像这样的。

启明点了点头,问道:"你到过很多地方吗?"

老何说:"去过一些地方,很多是没有的。"

"最远到过哪里?"

"到过张家口。"

"小地方?"

"不小,比我们这里大多了。"

"到过东北吗?"启明又问道。

"没有,不过张家口离东北不远。"虽然和启明这个还几乎是小孩子的人讲话,他却讲得很认真,没有一点逗趣的意思。

"乖乖!"启明惊叹不已,他可是连五十里以外的地方都没有去过。

"那里出高粱吗?"启明问道。

"嗯!"

"很好吃吗?"馋嘴的启明总是关注这一点的。

"没有我们这里的米饭好吃——你怎么知道那里出高粱的?"

启明呵呵笑了起来,说:"前几年不是唱那个歌子'满山遍野的大豆高粱'吗? 我想,编到歌子里唱的,总是很好吃的了。"

"那个字读'变'不读'片'。"老何纠正他读音上的错误,认真地说,"就是一遍两遍的'遍'字。应该是满山遍野,不要读成满山片野。"

启明不是一个腼腆的人,而且气量也不狭小,但是,初次和生人交谈就连连抓人的差错,这样的人他没有见过——虽然他并没有不高兴,反而觉得挺有趣的。

"这个是什么字?"走过一户人家门口时,启明指着门扇上贴着的"鬱垒"两个字中的"鬱"字问老何。启明有一点不厚道。这个字,他其实知道它的读音。他家门上也有这两个字。还在读书时,他问过刘先生。刘先生有点不高兴地说不知道——刘先生误以为他故意出难题。启明后来在同学的字典中查到了这个字,知道它读"玉"。

可是老何却毫无戒备,他仰起头,牙缝里吸着气,说:"我倒是查过这个字,这一会儿想不起来了。我有一本小字典,这么大。"他用手指比画一下,说,"就今天没有带在身上。我回去给你查一下。这种字用途不大,好像是一个门神的称呼。"

启明突然红了脸,不好意思起来,他竟也会红脸的。同时也对老何产生了敬意,不光因为他这样认真地毫无戒备地对待启明这样的小鬼,而且他这么大个人,还在学习文化。这已经是半个月以前的事了。

启明几乎是跑着才撵上老何,当他走到和老何并排时,有些气喘了。

老何见是启明,笑着点点头。他从来都是这样平等地对待这些小鬼的。

"吃了吗?"倒是老何先向他作传统的问候。

启明忙不迭地笑着回答说:"吃了。你吃了吗?"

老何点点头。他们并肩向厂里走去。

"启明!你妈妈在砻坊干活,老板是给钱呢,还是给米的?"

启明不觉一怔,马上说:"是按米算的,给钱的。"他到现在还不知道老何叫什么名字,人家不但知道他叫启明,还知道他妈妈在砻坊干活。当然,他很高兴老何知道他的名字。

"你今年有十五了吧?"

"十四。"

"读了几年书?"

"四年半。"

停顿了一下,老何又问:"你下工后回去都干些什么?"

"不干什么,随便玩玩。"

"喜欢看书吗?"

"也看。"

"看过一些什么书?"

"《薛仁贵征东》《薛丁山征西》《七侠五义》。"

注意到启明一边说着,一边在伸懒腰,并且连连打哈欠,他问道:"昨天晚上干什么了呢?"

"没有干什么。"

"那怎么一清早就跟瘟了一样?还没有睡醒吗?"

启明又打了一个长长的哈欠,笑了笑。他不好意思说刚才练了功。

老何说:"有一次,已经夜里十一点了,我从临水巷走过,看见五六个小青年挤在吉余家里赌博,里面还有洪元。你到这些地方去吗?"

"我不去,不喜欢玩哪些。"

老何赞赏地点点头,说:"没事找点正经的书看看,多认识几个字也是好的。有机会还得学一点手艺,总还得有点特长才行。"

走上社会后,还没有人关心过他的成长,没有人跟他讲过这些正经话。启明顺从地点点头,嗯了一声。

路旁屋檐下站着一个女人,是个癞子,不多的头发遮不住黄色的头皮,很难看。她右手抱着一个吃奶的婴儿,左手牵着一个流鼻涕的男孩,背后还站了一个瘦削的、痴痴呆呆的女孩。她大概是专门在这里等候老何的。见了老何,她小心地叫了一声:"老何兄弟!"就莫名其妙地呜咽起来了。

老何撂下启明走了过去,和蔼地问道:"出什么事啦,阿嫂?"

那女人抽抽搭搭好一阵子才哭诉起来。启明只好先走了一段路,然后站下来等候老何。

过了一会儿老何上来了,启明问道:"刚才那个女人是干什么的?"老何说:"是老马老婆。"说罢,他们进了工厂大门。启明很惋惜刚才他跟老何的讲话被打断了。

活儿是繁重而单调的。开机后的头一个钟头,人们还能在机器的轰鸣声中,一边干着,一边大声地说笑着,讲述着各人的见闻。对这种谈笑,启明也抱着浓厚的兴趣听着,插嘴问着,跟着笑着,有时也试图把道听途说的新闻添油加醋地讲述给大家听,希望引起别人的兴趣。总之,有趣的谈天何尝不是一种文化活动呢?而且也的确能减轻疲劳和厌烦的感觉。

"老六!昨天晚上我看你挤在民生公司里干什么呢?"

老六闷声不响地干活时,人们就诱导他开口,虽然问话的人也在现场,知道那里发生了什么事。

"干什么?看戏。三本《铁公鸡》,全武行的。"人们笑了,活跃起来了。

"怎么啦?怎么啦?"人们都要求他继续讲下去。

老六却只对钱玉坤讲着:"一些人家,有了几个钱也造孽。民生公司老头一死,家私分不下去,兄弟俩官司打了一年,把眼睛都打红了。平日里,分斤掰两地抠,在打官司上,花起钱来却很舍得。昨天晚上打起来了,真刀真枪地干了,也不通报姓名就开打了,一个拿菜刀,一个拿斧头。要不是昨天晚上围着看热闹的邻居拉得紧,嘿!第一个回合就得死一个。"他侃侃而谈,并不虚张声势,却很有魅力,大家都笑了。

钱玉坤说："死一个？哼！要是死人，这事就没有完。杀人偿命，一个恐怕是不够死的。"

洪元问道："两个都死了，那家私归谁呢？"

老六说："那倒不用你操心了，横竖是没有你的瓜皮啃的。"于是又引起了一阵哄笑。

为了摆脱被取笑的窘境，洪元也马上找了一条新闻说："昨天晚上，一个当兵的在吉余家里看大家押宝。他看得眼红……"他瘪了瘪嘴，神乎其神地说，"一下子从兜里掏出一把金戒子押了上去……"

老六打断他的话说："说得跟真的一样。金戒子？一把？恁大个人……说话没有一个准头。"

洪元红了脸，还强辩说："就是真的，不信，你们问吉余去。他亲口告诉我的。"于是又是一阵讥笑。

接着赵云飞说："蔡老头死了，你们都晓得了吧？就死在他屋后那口烂泥塘里。"

启明吃一惊。两三天前他还在街上碰到过老蔡师傅，他脸色很黄，连眼珠都是黄的，佝偻得很厉害，走路已经很艰难了。启明向他招呼："蔡伯伯，你怎么了？"

他见到启明，脸上露出一丝苦笑，大凡人们在这种情况下不论处境多么艰难，也只有回答"还好"或者"还可以"。他也是这样苦笑着回答的，只是答得很勉强。

启明又问他："你吃过饭了吗？"那时恐怕是下午两点了，即使没有吃过饭，也只有回答吃过了，他也是这样回答的，只是答得也很勉强。

启明走了几步又突然转身撵上老蔡师傅扶着他的肘说："蔡伯伯，我送你回家吧。"

老人慌乱地、老泪纵横地说："多谢，多谢。不用了，不用了，你们忙，我能走回去。"这就像昨天的事一样。

"老蔡多大了？"

云飞说："五十七八岁吧。比我大三十二。"

启明也在想：对我来说还有四十三年。

显然大家也都知道这事，谈笑停顿了片刻，过后又谈了起来。

云飞又说："他儿子最不是人，自己的亲爹都不想养活。前天，老人一夜没

那年代

有回来,他也不管,两口子只顾关起门来睡大觉。昨天早上才晓得,就死在屋后菜园的塘里。两口子吓得不知道躲到哪个旮旯儿里去了,到现在还找不到人。还是以正找了两个人一起下去把他拖了上来,找了块破草席盖了盖,现在还摆在塘边,一身烂泥和浮萍。这样老实的一个人,做了一世,苦了一世。老了,又得了痨病,不中用了,厂里的活儿干不下来了,亲生儿子也嫌弃了,最后落得这样结果……"云飞说着说着眼圈也红了。

洪元说:"得了痨病,横竖就是等死。"

钱玉坤和老六抬起头来,对视一下,都笑了笑。钱玉坤训斥洪元说:"别瞎说,老六也有痨病,人家也在等死吗?"

洪元无意中触犯了老六,正自惶恐,老六却坦然地笑着说:"怎么不在等死呢? 我们大家都在等死。你洪元不也在等死吗? 不过等的时间比我长一些罢了。"他就这样,嘻笑着说出这些真话,也把这个不愉快的话题转化成一场笑声。

洪元咕哝道:"人能不能长生不老?"他今天才提出十多年前启明就祈求过的东西。

启明逗他说:"能啊。佘太君知道不?"

洪元说:"不认识。"大家又笑了。

启明笑着说:"佘太君就是长生不老的,隔一百年,像知了一样蜕一次壳,又变成了一个大姑娘……"看到洪元瞪大了眼睛,启明更乐了,说,"那地方,人是去不了的,鸡毛到了那里都会沉到水里去。"

两个小鬼谈着人生大事也勾引出老六的话题。他说:"那是讲故事。人嘛,总归是要死的,不过人也都能长生不老的。过几年我要是死了,我也没有统统死了,我只能说是死了一些,我还有一些还照样活着呢……"

越说越玄了,大家都静候他说出一触即发的笑话来。

"不是吗? 我死了,我的儿女还在,他们就是从我身上分出去的一些些。"

话虽然并不好笑,却也新鲜,也有道理,大家还是报以笑声。老六接着说:"所以,死,我倒不特别害怕。日子好过一些,也想多活几年,像这样吃力、这样半死不活地活着,死也无所谓了。"

这些话却引起了钱玉坤这个光棍汉的叹息。他嗯了一声,说:"照这样说,我一死就死绝了,什么也留不下了。"

无意中触到了钱玉坤的痛处,老六呵呵笑了,用笑表示了歉意。

钱玉坤却撇开这个话题,感慨地说:"在我们这些人里面,以正也算难得了。

这样的事(他指的是把老蔡的尸体从塘里拖上来这件事)别的人没有肯干的。"

老六说:"可就这样的人,快三十了还成不了家。他不像你,一个人吃饱了,全家都饱了。他家里还有一个娘,他是一个很孝顺的人,也需要娶个好媳妇照料他娘的。"

赵云飞说:"他不是和玉山小学那个教书的李珍兰相好吗?"

老六说:"那姑娘倒是没有话说的,人标致,心地也好,可她爹这个老员外死活就是不肯,嫌以正没有家底,怕女儿嫁过去吃苦头。"

启明常常听人们讲到以正,有什么疑难事,会有人提议问问以正看,看以正怎么说的;发生了什么纠纷,也会有人说,叫以正来嘛,叫他说句公道话嘛,好像以正是个包公。他却到今天还不知道以正是哪一个。以前他还以为打捆小组一个慈祥的、人人尊敬的老人就是以正。听这些人的议论,显然以正不是一个老人,他还没有成家呢。

启明悄悄问洪元:"以正是哪一个?"

洪元惊讶地瞪着他,半晌,笑着说:"你开玩笑吧?以正你怎么不认识的?你们两个碰到一起还挺热火的。"

老六把手一甩,说:"你老人家真是……连以正都不认识。就是老何,怎么不认识?"

"喔!"启明恍然大悟地点头笑了。一天到晚在一起的反而搞不清了。他高兴大家都尊重的以正就是他也一直很喜欢的老何。

这时,马志谦打着哈欠,摇着头,长长地叹了一口气,说:"昨天晚上,真他妈的见鬼了,手气那么坏,打了四圈牌,一盘也没有和成。好不容易理成一个清一色,只等二、五饼了,还给别人抢先放了牌,你说倒霉不倒霉?"

谁会对别人的赌博过程感兴趣呢?可还是有人逗他:"哪!回家去给老婆蹾了吧?"

"哼!"他来劲了,说,"昨天晚上真把我气坏了。一到家,那个死老婆子就没个完,嘟嘟嘟,嘟嘟嘟!可恶的很,我气得一把揪住她的头发……"

启明想起他老婆那不多的几根头发,淡淡地插嘴说:"不是头发,是顶花皮。"大家马上理解了这话的意思,全组几个人都笑了起来。

"滚你妈的。"马志谦很恼怒启明的插嘴冲淡了他的讲述效果,他接着说,"……按在床上,吭!吭!给她几拳。"仿佛正在拳打脚踢,他一脸恼怒,还微微地喘着气——在打老婆上竟能表现出英雄气概来——接着说,"她还……"讲到

那年代

这里,他那有声有色的讲话戛然而止。

启明诧异地抬头,看见老何——就是那个以正——正提着工具袋挺挺地走来。大家都会心地笑了。

何以正经过时,笑问道:"你们笑什么?"又问马志谦:"你在讲什么,讲得那么有声有色的,叫大家听得那么开心?"

"嘿!"马志谦干笑一声,说,"没有什么,说笑的。"

以正仿佛突然想起来,问道:"昨天夜里,你们两口子又闹起来了?"

大家都笑了,赵云飞说:"刚才就在讲的这个呢。"

马志谦哼了一声,摇头说:"我那个死老婆不是个东西,坏,不讲道理。昨天真把我气死了,不收拾一下实在是不行了……"

以正收敛了笑容,半晌,轻轻地说:"你老婆不能算坏吧? 老老实实地拖拉着三个孩子,还得侍候你,还帮人家洗衣裳贴补家里花销,我看也很难为她了,还要怎么样……你自己两个工钱拿到手就不顾家了,赌输了就回家找老婆撒气。我看,这样下去……"他断然地下了一个结论,"不好的。"

虽然机器仍旧在轰鸣,启明却突然觉得万籁俱寂,仿佛一场暴风雨即将来临——可是,没有。这个很难讲话的马志谦腾地红了脸,而且脸色很难看。他被一个比他年轻好几岁的人当众教训了一番。他不高兴地嗫嚅说:"你知道啥……"

钱玉坤也插嘴了,对马志谦说:"不要讲了,人家说得没有错。"

马志谦只好以不恼怒的脸色缄默了。

何以正站了几秒钟,然后缓缓转身平静地走了。大家都没有说话。

看着何以正离去的那熟悉的背影,启明突然产生一种愿望:他要使自己成为像何以正那样正直、无畏、为大家所敬重的人。

当然,这也不影响他继续练功。人的追求本来就是多样的,而且也是可以并行不悖的。

有一天,他在妈妈的破镜子里端详自己刚理过的头发时,突然想到那些小说书上讲的英雄都是长得很漂亮,或者很奇特,总之不是平常人的样子。那些对人的长相的极端描写,比如说一个人长得"鼻如悬梁,目如流星",他就理解不了。悬梁,像挂在那里的一根房梁,这怎么可能呢? 真要是那样的话,应该是很可怕的。(至于"目如流星",他启明那双发亮的眼睛倒也是可以这样形容的。)他想,真正漂亮的男子大概只存在于古代。在现实生活里的男人只有看上去顺眼不顺眼之分，因为他还从来没有看见过有像小说书上所描绘的那种长相。就是他羡慕过的赵云飞，离小说书上描写的也差得太远了。用这种观念看镜子里的自己，实在是太平常了，脸也不白，一点也谈不上什么"眉清目秀"。这可是一点办法都没有，本事可以学，可以练，长相可是天生的。这种想法开始悄悄地影响了他想学古代英雄的愿望，影响到他练功的刻苦和顽强性。他每天清晨上工时，走过鼓楼桥，透过雾气腾腾的李家湖，总能看到湖边有一个中年人赤膊在练一支铁叉。铁叉在他臂上、背上锵锵地旋转着，这起码有一年了，也算得上是苦练了，连寒冬腊月也没有停过，可是功夫，仿佛也就这么一点点，和薛仁贵没法比。启明有一次走近了去看，他认得这个人，他常常在集市上耍把戏、卖膏药，有时也耍一通叉子。不过这样。那个薛仁贵在当长工时，哪有什么工夫去练武呢？书上也没有说到他从小练武艺的事。可是几个人才能抬得动的木料，他一个人能扛好几根。他的气力不是练出来的，那是一种神力，是天生的。对了，他想起来了，其实李晋生一开始就讲过，薛仁贵是白虎星下凡。

　　想到这些，想到自己其实是个凡人，想当薛仁贵那种英雄的志向、信心和兴趣就锐减了下来。他对自己这几个月苦练臂力的效果也产生了怀疑，好像也没有太大的长进。不过，练练力气总有好处，起码不会让人欺侮吧。虽然劲头远没有开始时那么足了，但是他还是坚持着，只是有点勉强，有点懈怠，有点懒洋洋了。直到有一次，老板派他和另一个师傅到龙湖山押运木排，来回花了十来天，回到家里又逢阴雨连绵，后门的菜园地烂得踏不进脚，他对自己说："等晴了再练吧。"接着天就放晴了，他还是没有去练。练功的活动就这样放弃了。练功的器械——那几块砖头也被妈妈拿去垫了床脚。启明又混混沌沌地过日子了。

第八章 看戏的醒悟

生活再难,也得找乐趣,在这混混沌沌的日子里,看戏仍旧是启明重要的文化享受。

看,或者听章回演义小说,看由这些小说派生出来的戏曲是那年代小市民主要的文化生活。那是寡淡、贫乏的小市民生活中的一撮盐;它诱发人们的爱恋、向往、追求,熏陶人们的志趣、品德,灌输给人们一些真真假假的历史知识。而那人头攒涌的戏场,那离奇的、浪漫的、强烈的故事情节,都能使人暂时游离于寡淡的生活之外,忘了眼下的贫困和愁苦,替古人操心去。虽然古代也不一定有这样的人,或者即便有这样的人,却根本就没有这些胡编乱造的事。在工余时间里,只要听说哪里有戏,只要不影响第二天干活,再远些,启明也是要想法跑去看的。看完戏,第二天则打着哈欠,拖着疲倦的身子去干活,并且从不反悔。

这一天,下工前,一些人围在账房门口议论什么。马志谦从那里走过时站着听了一下,回到工场,云飞问他:"他们在讲什么?"

马志谦怔怔地说:"讲咱们这个厂办不下去了,要关门了。"

这个内容显然引起了在场所有人的关注,这可是事关饭碗的大事。

"什么缘故?"云飞又问。

"不清楚。说是产品货销不出去。"

倘说是因为产品货销不出去,那么,这缘故启明是早就隐隐地有所感觉的。半年前,他看到连香烟摊上都摆出了美国的火柴时,就有过不安的预感。那才是真正的"洋火"呢。梗子是纸做的,扁扁的,做得很精致,价钱也不贵,虽然每盒只有二十根。爱新奇的年轻人尤其喜欢用它来点燃烟卷。但是,这种不安也总是一闪而过。这样的事难道还要他去操心吗?

"这不屙了吗?"云飞笑着说。

老六却哼了一声,说:"活人不能叫尿憋死吧? 离了永利厂,人还能不活了?"

有人点头赞同,应该是这样的。所以大家都装得很镇定、很安详,照样开着玩笑,启明也一样。而且传说的事,谁知道是真是假,何况也不是只对他一个人的,天塌下来也不会首先砸着他的,管他呢。

话虽这么说,下班后,一走出厂门,离了大家,剩下一个人时,他却有点悬,有点发虚,很担心传说成真。别人可能还有门路才这样镇定,他可想不出还有别的什么门路。

洪元从后面一瘸一拐地赶上来,说:"晚上林东有戏,去看吗?"

"是吗?"启明高兴起来了,"你呢,不去吗?"

洪元说:"我倒想去,就是太远了,脚底板长了个鸡眼,走路痛得要命。"

戏还是要看的。启明回到家里,匆匆忙忙扒了两碗饭,扔下碗就去找为平。

为平也爱看戏,可他好像主要只是喜欢热闹,喜欢武打、翻筋斗,对戏剧情节总是模模糊糊的,有时好人坏人也分不清,所以也能听得进启明的胡吹。而启明是很喜欢把看过的戏、听过的故事讲给别人听的。有人能认真听他讲,让他尽情地发挥自己的说道才能,他会得到一种满足、一种乐趣。要不是为平一起去,他看戏的乐趣就要大打折扣了。

几个月没有来,为平家的屋不知几时修缮了一番。在西头原来快坍塌的山墙外又扩大了一间,屋基培高了,新砌的砖墙里面都用石灰水粉刷了一下子,这一会看起来整齐、亮敞多了。

一到门口,启明习惯先探一下头,看到了为平爹,他高兴了。如果只有为平娘在里面,他就要绕到后门去找为平。

在他探头时,为平爹也瞥见了他,喝道:"是启明吗? 干啥呢,鬼头鬼脑的!进来!"

启明笑着进去了。为平全家四口正围着桌子吃晚饭。桌子上摆着一碗腌萝卜条、一碗豇豆、一碗梅干菜,梅干菜上面有一大块发黄的半透明的挺诱人的肥肉。饭是番薯丝粥。启明想:种田的,米还不够吃吗? 晚饭喝粥,还要掺番薯丝?

为平爹问:"你吃饭了没有? 你妈给你烧了点什么好吃的?"

启明说:"吃了。差不多的,就是没有肉。"

"你说这一块肉吗?"为平爹用筷子头点了点那块肥肉呵呵笑起来,说,"这还是过年留下来的。"这就是说这块肉已经在梅干菜上摆了三个月了,每天只放

在梅干菜上蒸蒸,只看,不吃的。

为平娘不高兴地嘟哝说:"哦唷!跟小孩子讲这些,很体面吗?"

为平爹说:"怎么啦? 不是的吗? 丢了你的人啦?"

启明说:"晚上林东有戏,为平去不去看?"

为平悄悄溜了他爹一眼。他爹马上说:"去就去嘛。"

为平的妹妹闹着说:"我也要去,我也要去。"

她娘给了她一个栗凿,说:"十来里地,你也去?"

妹妹大哭起来。为平忙不迭地说:"小妹别哭,阿哥明天带你去捉蜻蜓玩。"

为平爹说:"是哪个戏班子? 今晚儿唱什么?"

启明说:"不晓得。"

为平娘问启明:"你家住哪里?"

启明回答:"住胡公庙弄里。"

为平爹突然想起来问道:"你姓什么?"

启明说:"我姓应。"

"你爹叫应运生,是不是?"

启明嗯了一声。为平爹也就不再问下去了。

"就是那个一去不归,撇下老婆、儿子不要了的老应啊?"为平娘悄声问道,见为平爹不吭声,她摇摇头哼了一声说,"也是个没良心的人。"

"不要这样讲人家。你晓得啥?"为平爹转头看看启明,挪动身子腾出半边板凳,亲切地对启明说,"你坐我旁边,再吃一点好吗?"

"我不吃,我刚吃过。"启明迅速做出反应,并且挨着为平爹坐了下来。

为平爹腾出手,捏了捏启明的胳臂和肩头,说:"瘦是瘦了一点,结实倒还蛮结实的。"

"你还记得你爸吗?"为平娘又问启明。不等启明回答,为平爹说:"他怎么能记得呢? 他爸走的时候,他还在吃奶呢。"

"你爸后来再也没有回来过吗?"为平娘还不罢休,而且明知故问。

为平爹笑笑,说:"看来,你要不问个结果出来,今天的饭你是吃不下去了。"

为平娘也笑了,脸色微愠地说:"我又不问你,要你管吗?"

为平爹把启明拢着挨紧自己身边,说:"他哪能晓得? 可我晓得,我讲给你听。那一年……"他拍拍启明的肩头,说,"就是他出世那一年,他舅舅也不知道什么缘故,一个二十来岁的大人,突然找不着了。谁也说不清他到哪里去了。

等了一年，音信全无。老应丈母娘成天坐着哭。后来，杏树圩有一个开小差归来的人，跟他丈母娘说，在东北的一个什么地方的飞机场见到过她的儿子，已经穿上军装了。谁知道他说的是真的还是哄她的。她就逼着老应去东北把他舅找回来。"

为平娘问道："他们住一起的？"

为平爹说："老应怕是招女婿吧，跟他丈母娘在一起过的……"

"那，儿子怎么跟他爹姓呢？"

"这，我就说不清了。老应没有办法，端人家的饭碗就得听人家使唤。"很吃了一口饭，接着说，"老应，我们很熟，人还是不错的，大字不识一个，脑子还是很灵光的，就东贷西借地凑了几个钱去了。"说到这里，为平爹嘿嘿苦笑了，摇摇头。

"怎么呢？"为平他娘听出兴味来了。

"你想想看，这个东北，可不是我们下江门，喊几声就把人喊出来了，大着呢，又在几千里外，哪能找得到的？就算找到了，人能随随便便给带回来？"他又扒了一口饭，夹了一口菜，咀嚼了一阵，说，"……后来，听说，人倒是到了东北了，小舅子没有找到，自己也归不来了……"

"能去得了，怎么回不来呢？"为平娘插嘴说。

"没有路费啊，这兵荒马乱的，要饭都不行，说不定连自己都搭进去了，就这样流落在那里。"扒完了最后一口饭，他又款款地说，"那些地方，听说只要有力气，舍得出力，混口饭吃还是不难的。后来，又打起仗来了，更回不来了，听说就在那边又成了家了，把个老婆、儿子撂在这里。"

他又长长叹了一口气，接着说："说起来，还总是我们这些种田的最苦，不说干的、吃的，抓壮丁、抓民夫，抓来抓去有几个不是种田的？又不认得个字，很多事情也闹不清，大家也都只顾自己，哪还能给当人对待啦？他舅舅是死是活，没人知道。老应把个家丢在这里，人总还在，不算太损的。有的人还不明不白送了命……"说到这里，他突然意识到什么，马上刹住了。

向宗华应该说还是一个出类拔萃的农民。知道苦何尝不是一种觉醒呢？他不是那种"喝米汤，睡柴仓"还能"一觉睡到大天光"的人。可是那种人并不少，他们很知足、很本分，即使这样的生活也能做到无忧无虑、心平气和、自得其乐。这还需要什么变革呢？当然，修炼到这等程度也绝非几代人能够做得到的。

听了他爹的叙说，为平娘点头说："也真难为老应老婆了，就为这个孩子不肯再嫁人。这年头，一个女人家，拖着一个孩子，到城里混饭吃，熬了这十多年，真难哪。现在孩子也算长大了，日后总算有个依靠。"她又对启明说，"你可是要孝顺你娘，要听话，那真是不容易啊！"

启明点点头。他静静地听他们谈论他的父母，这还是第一次听人讲起。他其实毫不动情，好像他们讲的是别人家的事。

吃完饭，为平撂下饭碗就和启明往外走。为平娘喊道："哎！我这里是开饭店的，撂下饭碗就走？"

为平爹马上说："去吧，去吧。"又笑着说，"人家朋友在这里，总要客气一点。"

出了门，两人兴高采烈地疾走着，都正经干活了，见到的次数就少了，能走到一起也就特别高兴。

启明问道："我来过你家几次都没有看到你。怎么回事，到哪里玩去了？"

"……干活呢，哪有工夫……玩？"

"你家的田在哪里？"

"在张井洼。下江门过……去四里多路。"

"是你自家的田？"

"哪里，要是自家的田就好了。是孙家的。"

"种田吃力吗？"

"还好。"

"你现在能挑多少？"

"我能挑多少你还不知道吗？"

"我问你现在？"

"那得看挑多远。"

"就从张井洼挑到你家里。"

"一百五六十斤马马虎虎。"

"你爹呢？"

"两百多斤呗。"

"一口气吗？"

"嗯！要不是一口气，他可以挑三百多斤。"为平带一点自豪地讲到他爹。

"乖乖！"启明赞叹了几声，又问道，"你就这样种田种下去吗？"他总认为，干啥也比种田强。他爹也说种田的人最苦,知道最苦,干啥还种田呢? 日晒雨淋不说,也太冷清了。洋火厂起码很多人在一起干活,大家有说有笑,有趣多了。

"……我们这些人,不种田还能干啥? 当然喽,最好是去做官,又神气,又快活。可是人家不要我们做官,有什么办法呢?"他又来了,为平也能不动声色地说出些叫人捧腹的话的,他转问启明,"你呢,你不是要当一个有名的人吗?"说罢,呵呵呵地笑了起来。

启明也笑了。是啊,文不文、武不武的,还能出什么名呢? 想起几年前说过的大话,现在回想起来是有点不好意思的。没有读书的福气,有什么办法呢?

"怎么不讲话了? 不高兴了吗?"为平说完握住了启明的手,表示友爱和歉意。

"有什么不高兴的?"

这时,迎面走来两个小学低年级的学生,看见启明,一个对另一个说:"咦! 这不是那个耍狮子的吗?"于是两人都站下来,目不转睛地盯着启明走过去。启明和为平对视一下都笑了起来。

为平说:"今年灯节真叫你出了风头。"

启明咧了咧嘴。他也得意过,现在想想这又算得什么呢? 不过玩玩罢了。

才走上麒麟桥头,就看见来福手上提了一个挎包正迎面走来,一看见他们两个也笑逐颜开地快步迎了上来。自从为平辍学后,三个人碰到一起,这还是第一次。

"干什么呢?"启明指着来福手中的挎包问道。

"明天要去三洞殿远足,借来装干粮。"来福还是老样子,白嫩的脸蛋,细细的、柔软的,好像丝一样的头发,纤细的颈脖和胳膊腿,淡淡的秀眉下一对纯真、稚气的眼。

"远足",这可是小学里一个学期最有趣的活动,可是为平、启明还是摊不上了。

"刘先生还在吗?"启明问道。

"在,还是我们班的级任先生,上次还讲到你呢。"

"讲我什么?"启明高兴地追问道。

"嘿!"来福勉强地说,"夸你,讲你可惜了,要我们能读书的要好好读书。"

启明对关心过他、背后夸过他的大人有一种感恩的情感。想起来,刘先生

也是他将来要好好报答的。读书的时候，虽然刘先生对他另眼看待，有时候要他帮助批改一些有现成答案的作业，有一次还把他带进自己简陋的寝室，硬塞给他两个他老家给他捎来的麻饼。启明那时却顽皮，自以为是，不很听话。他辍学后，刘先生去过他家里，但是他不在，是妈妈后来告诉他的，说先生来过了，看了看，什么也没有说就走了。问他有什么事，他说没有事。

"你们干什么呢？"来福问他们。

"我们到林东看戏去。"为平答道。

"我……我也……"来福急了。他本来想说他也要去。他看到他们两个手拉着手，说说笑笑，还像从前那样亲密、友爱，心里又羡慕又嫉妒。急了一阵，他却说："还是你们快活。"

启明哈哈大笑，手指点着他说："跟那个'调羹'说的一样一样的。那好办，我们对调一下，我去读书，你来打工。好吗？"

三人都笑了。

"那么远，你们就这样走着去吗？"来福又问道。

"不走着去又怎么办呢？当然最快活是坐飞机去。"启明瞟了为平一眼，笑着说，"可那边没有飞机场，下不来没有办法。"

三人又笑了一阵。

"我们走了。"启明拽了拽为平。

为平问来福："怎么样，一起去吧？早一点回来，不会耽搁你明天远足的。"

"啧！"启明皱起眉头，不耐烦地说，"那怎么行呢，他妈会放他去吗？"

来福无可奈何地点点头，怅然地看着他们两个拉着手，走远了。

为平突然觉得启明递给他一把什么东西，低头一看，是炒蚕豆子儿。为平不要，他强塞进为平的衣兜里。启明的衣兜里常常有一些吃食，像蚕豆子、花生、番薯片什么的。他的嘴里也总在悄悄地嘎嘣嘎嘣地咀嚼着什么。

出了城，天已经暗下来了，路上行人很少，正可以肆无忌惮地说笑了。启明嘎嘣嘎嘣地嚼着蚕豆子，突然想起来说："那一次逃日本人回来后，我常常抽脚筋，特别是着了凉以后。今天天没亮，腿肚子突然抽筋了。"他蹙起眉头说，"哎唷呦！真痛。要慢慢地摸着、捏着……"

启明还没有讲完，为平却眉飞色舞地插嘴说："抽筋，那……那最快活了。我昨天夜里，也快天亮了，突然抽……抽筋了，喔哟哟！"他哭笑不得地说，"真正快活，裤头都湿了。"

启明愕然。抽筋怎么会很快活的？真是莫名其妙。他不知道为平把抽筋误解为另一种生理现象，对那种生理现象的称谓中也有一个字是和"筋"字同音的。说不到一起，启明只好改变话题，他问道："我上次给你讲《薛仁贵征东》，讲到哪里了？"

　　"……不是那个什么皇帝去打猎，射到一只兔子，兔子带着箭逃，皇帝只顾撵兔子，跑得只剩下一个人，碰到了番邦的元帅。"

　　"对了，对了。"启明记起来了，这是讲到最最精彩的地方了。上次讲到这里，妈催他上工，给打断了。他很高兴，他讲的，为平都认真听的，而且都记住了。于是，他款款地用一种平和的语气，接着讲了以下的故事情节（下面的故事情节不是启明的原话，因为他只读了小学五年；也不是那小说的原文，因为这种书不容易找到，原文也太长了。作者只好模仿一下说书人的口气来叙说）：

　　"……且说那唐太宗只顾追那只带箭而逃的野兔，撵到后来只剩下一人一马，那只兔子也不见了，四顾茫茫，竟没有一个侍从和护卫人员跟上来，也不知道身在何处。正自惶恐踟蹰，真是冤家路窄，偏偏碰上了番邦元帅（因为据说是邻国的一位备受尊敬的历史人物，姓名就略去了）也正单枪匹马从这里经过。那番邦元帅一见唐皇帝单身匹马在前面徘徊——一个堂堂的大唐天子跟前竟没有一个侍从和护卫人员，不禁喜出望外，就举刀拍马迎了上去。唐皇帝一见是番邦元帅，吓得小便失禁，尿了一裤裆（这是启明额外加上去的情节，简直是对皇帝大不敬，好在现在没有皇帝了，不用担心被满门抄斩。可是戏上面的人一提到皇帝时虽然皇帝并不在场，也都要双手作揖，仰头口称万岁的。），掉转马头拼命地逃跑。逃着逃着，迎面是一片茫茫大海，别无去路。唐太宗顾不得大海阻隔拍马向海上奔去，不想没跑几步，马蹄却陷进泥沙。那番邦元帅追到海边举刀砍去，那刀头离皇帝只差半尺。唐太宗在这危难时刻，大声呼救（他竟喊出一句戏剧台词）：'谁能救得唐太宗，愿把江山平半分；谁能救得李世民，你当君来我当臣。'

　　"且说同一天、同一时辰，薛仁贵一人留在隐蔽地点当值。他只觉得心神不宁、坐立不安，于是骑马出来散心。行至一处悬崖边，猛听到崖下有人狂呼救命。他举目望去，只见一个穿黄袍的人，马陷泥沙，正是真命天子唐太宗。另一个举刀正要杀唐太宗的就是番邦元帅。那薛仁贵虽然是朝廷缉拿的逃犯，这时想到：天子蒙难，我岂可坐视？也就顾不得悬崖陡峻，拍马向悬崖下冲出。说来也怪，那马竟像腾云驾雾一样平平稳稳地降落在沙滩上。当下薛仁贵高喊：'陛

下勿惊,薛礼救驾来也。'那番邦元帅转头一看,又是这个冤家对头的白袍小将。他们多次交锋,回回都被打得落花流水。如今好不容易与唐皇帝窄路相逢,正可以生擒唐皇帝,一雪多次打败仗的耻辱,不想到嘴的肥肉又被夺走了。那番邦元帅这一气非同小可,竟拔剑自刎了。

"唐太宗见此情此景,猛然想起东征前做的那个噩梦原来就应在这里。

"薛仁贵下马,拔剑将岸边芦苇砍倒垫到海涂上,将皇帝扶下马,搀扶上岸。这时那些跑散了的将领、侍卫才陆续找来了。这以后,经过唐太宗询问,才真相大白,原来薛仁贵的历次战功都被奸臣张士贵玩弄手法给他女婿何宗宪冒记去了。薛仁贵的冤屈终于得到了昭雪。于是,这个扛过长工、当过火头军的人被封为征东大元帅,率领兵马,保驾东征,平定番邦,得胜回朝,终于又见到了在寒窑里苦等了他十九年的柳迎春。"

讲到这里,始终缄口静听的为平突然插嘴说:"他怎么当得下来呢?不是说他没有读过书吗?"

是呀!大元帅比镇长不知道要大多少倍,就是会背《总理遗嘱》也不行。当火头军也只会烧饭。这里还应该有一个更重要的意思是为平表达不出来的:他也没有指挥千军万马的经验啊。

启明在听李晋生讲书时也有过同样的疑问,这时候却振振有词地说:"他是白虎星下凡,你忘了吗?他还有一部九天玄女娘娘赐给他的天书。"当然,连他自己也觉得这些情节实在没有劲。他马上撇开这个话题,接下去讲了下面最精彩、最感人的情节:

"得胜回朝后,皇帝下旨,给薛仁贵建元帅府,给他庆功。满朝文武都来送礼祝贺,送礼的人络绎不绝。那个王茂生,就是从前薛仁贵穷愁潦倒曾上吊自杀时被他发现救了下来,还常常接济薛仁贵的穷朋友,听说薛仁贵当了大元帅归来了,哦哟!高兴得不得了,要去看望他的老朋友,可两手空空的,元帅府的大门也进不去,也没有人给他通报,送礼又没有钱,怎么办?两口子商量了一夜,第二天,找了一只空酒坛,装了一坛水,封好口,抬去送礼。那薛仁贵对那些文武百官送来的金银财宝不屑一顾,可是一听说贫贱之交的王茂生送来的酒,那是非喝它不可。他立即下令把酒抬上来,当场打开酒坛,他要当着文武百官的面先喝它三大碗。一喝,一点酒味都没有……"

讲到这里,眉飞色舞的启明咽了一下口水,再发挥一下,说:"三大碗水喝下去,肚子里咕噜咕噜地叫。"两个人都呵呵笑了起来,实在是有趣。启明觉得,做人做到这样，虽然也会死，但也就不白活了这一辈子了。

说话间，一轮新月从对面山巅上升起来。他们沿着平江边一条一旁栽了一溜槐树的圩埂走去。槐树上开着成串的槐花，空气中弥漫着浓郁的香味。启明虽然也常看到一些人家的门联上写着什么"花香鸟语"这一类的字，可是他今晚还是这一生第一次真正感觉到了令人愉悦的芳香。

走完了这一段圩埂，一个转弯下去，林东的戏场就呈现在眼前了。戏台上那带光晕的汽灯、鲜亮的红缎桌围和椅披，台下攒动的人影和喧闹的人声，四周小吃摊那星星点点的油灯光和散发出各种食物香味的腾腾烟雾，这些组成了一种热烈的使人兴奋的场面。启明一进入这种氛围，情绪就会亢奋起来。

这时戏台上已经打完了那叫人头痛的开台锣鼓，马上要开演了。两人挤到台前，看了看挂在台柱上的水牌，上面写着三个折子戏是《薛平贵别窑》《武家坡》《夜战马超》。为平把"武家坡"念成了"武家皮"，觉得这个戏名挺熟悉，不久前还听他爹说过，只是想不起来了。正戏是《薛刚反唐》。

一路上他们正讲着薛仁贵的故事，不想第一出讲的就是他。启明也奇怪，为什么要把薛仁贵写成薛平贵呢？

终于开演了。锣鼓一打，台左闪出一个穿白色战袍，背后插了四面旗子的年轻将领，念做了一番；接着，从另一边出来一个青衣，愁眉苦脸地边唱边弯腰钻过一个假设的窑洞口。这时的启明胸有成竹地向为平解说道："这个武生就是薛仁贵，这个女的就是他老婆柳迎春。她从家里逃出来没有地方住，就跟他一起住在窑洞里。薛仁贵投军后，回来向老婆告别，所以这出戏叫《薛仁贵别窑》。"这时旁边也有几个人挨过来听启明的解说。偏偏一个站在他们背后的大人挺认真地插嘴纠正他说："这不是柳迎春，是王宝钏。"

启明扭过脖子反驳说："怎么不是柳迎春？他爸姓柳，她怎么姓王？"李晋生讲的，《征东演义》上写得明明白白的，薛仁贵当长工的东家姓柳，叫柳员外（从前有钱的老头都叫员外），是个很残忍的、嫌贫爱富的财主。他的女儿偏偏同情并爱上了薛仁贵，后来，逃了出来给他当老婆。这些内容，启明记得清清楚楚。

这个大人还是很大度的。他笑笑，揶揄道："你还认得她爸呢。你说的是薛仁贵，这个是薛平贵，不是一个朝代的。"

启明虽然觉得恐怕还是这个人说得对，但他还是不服气地哼了一声。

刚才还肆无忌惮地在人前夸夸其谈，这一会儿便当众出丑了，当前面有人回头看他时，他脸上热辣辣的，有些站不住了。他悄悄推了为平一下，两人挤出

人群,转移了位置。既然不是薛仁贵的戏,那也没有什么看头。他们耐心等待着这一出戏唱完,好看第二出。第二出是《武家坡》,一定是武打的。

《武家坡》也没有意思,跟《别窑》一样就两个人:一个须生,一个青衣,老唱来唱去唱不歇,一个筋斗也不翻。为平叹气了,说,这个戏班子没有名堂,他们恐怕还没有学会翻筋斗呢。启明安慰他说,一般第三个折子戏都是武打的,要他耐心再等一下。要等一出不喜欢的戏唱完,会觉得戏特别长,戏上面那些动作特别令人厌烦。听见为平喷喷叹气,启明说:"我们去吃馄饨去。"他早就攒了钱,准备着这一天和为平一起享受一番。为平不干,他没有钱,也不愿意吃别人的。

"去!去!"启明把为平拖出人群,拉到一爿馄饨摊上,要了两碗馄饨。他大模斯样地坐到条凳上,把为平拖下来坐在一旁,馄饨端来后,他们一人一碗。他很老练地把桌子上那些任意取用的调料:醋、胡椒、辣椒酱,每样都向碗里倒,只是因为这些都是不要钱的。他吸着鼻子,吃得汗津津的,然后像一个大人,或者说像一个男子汉那样,大大方方地付了钱,又点上一支烟,和为平重新挤到戏台前面。

这时正在唱《夜战马超》,虽然是打仗的戏,也就是两个穿着铠甲的将领,手上拿着软不拉几的兵器在中间转来转去地比画着,一点劲儿都没有。

"古代难道都是这样打仗的吗?"为平这个没有学会不懂装懂的人常常会产生这样的疑问。不过他没有说出来,因为明摆着的,启明还不是和他一样没有见过古代打仗。你要问他,他也总能编一些话来讲的。

后来总算难为那个唱张飞的大花脸光着膀子翻了一个筋斗,这一晚上就这么一个。

为平想得是不错的:古代难道是这样打仗的吗?

大概是古代有一个可能根本没有经历过战斗场面的人,却写了一部伟大的、有大量战斗场面的历史小说。小说中的战斗,首先,并且主要是双方将帅的比武,他们的个人武艺决定了战斗的胜负,而千千万万的士兵仿佛只是一个摆设,只起摇旗呐喊的辅助作用。显然是这本小说影响了后来的戏曲,那些戏台上的战斗也就是将领们在戏台中间转来转去,甚至还有打扮得很好看的女将,头盔上插了两根野雉翎。那千千万万的士兵就简化成四个跑龙套的起个衬托作用,有时也翻两个跟斗凑凑趣。这也影响了很多人的世界观(也可能是这种世界观影响了这个作家对作战场面的描绘),以为世界就是由那么几个很有本事的人主宰的。

启明鼓励为平再看下去,正戏是《薛刚反唐》,一定会有武打,"反"嘛,总要动刀动枪的。

终于等到了正戏的开演。倒有穿着铠甲的武将转来转去地开打,打得一点也不过瘾。不过比前面几出戏要热闹一些,加上启明的讲解,为平也终于捺着性子看下去了。

启明虽然也爱看武打戏,但也不只是欣赏一点武功(翻筋斗,他也会一点,觉得没有什么了不起的),现在,当他聚精会神地看下去时,他高兴起来了,因为他意外地发现这倒真是跟薛仁贵有关的戏。薛刚原来是薛仁贵的孙子、薛丁山的儿子。薛刚闯了祸,打死了国丈——皇帝的老丈人(是个奸臣)逃亡在外,全家被满门抄斩。为了叫薛家永世不得翻身,皇帝下旨用熔化了的生铁浇铸了铁丘坟……哪里会有那么大的仇恨呢?启明抵触起来了。别说是个有着赫赫战功的功臣,这个功臣也没有平半分他的江山,更没有要求履行他的什么"你当君来我当臣"的诺言。真是他妈的活见鬼。就是普通老百姓也不应该这样对待。虽然说后来薛刚领兵造反回朝,薛家的冤屈得到了昭雪,铁丘坟也打开了,里面的骸骨也挖出来重新安葬了,也算是又有了一个大团圆,可是那些被抄斩了的人还能活过来吗?

……就在来的路上,他还津津乐道的那结局是那么完美、动人的薛仁贵的故事,想不到,不要忙,后面还有一个真正的结局——满门抄斩。原来的大团圆却是暂时的,像一场梦一样虚幻。

"满门抄斩"虽然是古代故事里常常可以听到的一个词儿,好像是很普通的事,也没有怎么当回事,可是细细想来就非同小可了。"满门"那可是统统的,所有的男女老少,有像为平小妹那样可爱的小孩子,有那个曾经在寒窑里苦等了十九年的柳迎春(如果她还活着)。

那可不是还像现在戏台上唱的那样简单。他想象那场面一定是很残酷,很悲惨的;现在那些被拉出去枪毙的大男人都是脸色煞白的,有的还呼天抢地的号哭着,何况把这些妇女、儿童拉去杀头不更惨吗?他眼前幻想出一幅图景:一个个女人、小孩,披头散发、衣衫破碎,挣扎着、号啕着,被那些刽子手大汉们拖出去,按在地上,咔嚓、咔嚓,把头剁下来,这一家就横七竖八地……他想到了北门外的屠宰场,那地上一摊一摊像油漆一样鲜红黏稠的血,充满了难闻的血腥味,招来成群的绿头苍蝇。

古代，这很不好——启明这时候也只知道这一点很不好——他所敬慕的英雄、忠臣都只为了一个皇帝，这就叫"忠"。谁不小心触犯了皇帝，或者根本没有触犯他，只是因为他听信了谗言，或者不高兴，一句话就可以叫你满门抄斩。

为什么都只能听他一个人的呢？人哪，也真贱。

看着，看着，启明也觉得厌烦了，不想看了。"走吧！"他提议，而为平仿佛一直在等他这一句话，马上点头。两人挤出人群向回走。

曾经令启明羡慕、向往的古代，突然变得陌生了、可疑了，曾经令他爱慕不已的薛仁贵的英雄故事，也突然变得不那么有趣了。"哎！"他自我安慰地想，"都是唱戏嘛，谁知道是真是假。"不过，满门抄斩的事不会都是假的，因为他多次在古代的故事中听说过。

这时，夜深人静，月色溶溶，走上那段堤埂时，又看见了粼粼的平江水光，听见远村传来断断续续的狗吠声。天气很凉爽，但是走得太快了，觉得身上的衣服都重起来了。长期在城镇里过着走马灯似的生活，竟觉得此情此景像梦幻一样美妙。

启明听过一个乐曲，很好听，仿佛就是为今天夜里的情景演奏的。他后来只要一听到这个乐曲，就会想起今天夜里的情景；同样，一遇到这种情景，就会想起那个乐曲。

排除了刚才那些杂念，他想，多少年以后再来回想现在，回想今天夜里的这种情景，一定是很有趣的。

两人都倦了，都没有讲话，踏着月光，健步如飞地向城里奔去。到家时，已经听到头遍鸡叫了。

第九章　应启明的烦忧

启明愁死了。

从林东看戏回来的第三天，永利厂果真歇业了。告示就贴在大门一侧，才习惯了的生活又发生了周折。他心里有说不出的懊恼，真的有点像瘟了一样。

他，十六了，还得妈妈一天十来个钟点地干活来养活他，他觉得羞愧。以前成年累月地忙着的时候，他盼着休息个一天半天的，那是很快活的。现在，一天一天地歇着，没有事做，这里站一站，那里站一站，觉得很难为情，不知道怎样打发这个日子。

一天，夏家奶奶又来了。见了夏奶奶，妈妈总是笑脸相迎，又端凳子，又倒开水。夏奶奶说："你不用忙乎，你的房租不能总一个月一个月地拖着，房子是我租来的再转租给你的，你不能叫我把房钱填进去。我是指着这个吃饭的，我怎么过呢？你也总得帮我想想……我想，你能不能另外租间房子搬过去。这样拖下去，我是没有办法的。"

妈妈仍旧笑着说："下个月，下个月一定……"

"算了吧，"夏奶奶打断妈妈的话，说，"你已经讲了多少遍了，我能信吗？"后来，她总算气鼓鼓地走了。这事，启明一直在场。

妈妈有一次跟洪元妈妈讲："这以后的日子怎么过呢！夜里躺在床上都不敢想啊！"

这些启明都看在眼里的。他饭吃得很少，抠着点，吃多了觉得有愧。因为常常吃得太少了，妈妈也觉察到了，她还能不知道自己儿子的饭量？有一次，大热天，母子俩才吃过晚饭，桌子上还剩了一小钵饭，妈妈怕放一夜会馊了，问他能不能也吃了。他说："可以。"就端起钵子，就着菜汤，呼呼啦啦地给划进肚子里去了。他人不大，却很能吃，真是"荒年出饿鬼"，现在每顿饭却只吃一小碗就放下碗了。妈妈问他："你哪里不舒服吗？"他说："没有啊。"妈妈不高兴了，责备说："你干什么呢？你饭总是要吃饱的嘛。"

妈妈觉察到了儿子的变化,他从来是快快活活的,喜欢热闹,喜欢看戏,很少有安静的时候。现在却成天痴痴呆呆、闷闷不乐的。他长大了,懂事了。看到儿子这种变化,妈妈也心酸,但也不知道怎么办。

启明只好去找事情做。他和云飞贩过一阵子青菜。天不亮去下江门外的菜地里贩来一担黄芽菜或者芥菜、萝卜的,挑到河边涮洗一番,浸饱了水,再挑到菜场上零售。后来,他又被公路局雇去到卧牛岭修盘山公路,断断续续地打些零工。实在没有事做了,他就到望府岗上打点柴。他不能总是游荡,让人看着他成天游手好闲的也难为情。烧不了的柴火可以卖给左邻右舍中买柴烧的人家。

平江南岸的望府岗傍着一条古老的已经荒废了的驿道。在它的南坡的几道山梁上是很大的一片马尾松。马尾松下面是一层厚厚的狼蕨,狼蕨上下有很多脱落的松针。启明用竹耙把松针扒进箩里。这种活儿轻巧,不费心思,如果有几个好朋友一起说着、笑着地干,其实倒也很有趣的。可这一会儿没人跟他一块儿干,小朋友们都大了,都有正事了。

周围静静的,一个人影都没有,只有山风掠过松林发出喧闹的松涛声。风住了时,可以听到山谷里鸟鸣啾啾,山涧里流水潺潺,他能听到自己的呼吸声。寂静使他像醉了一样。他机械地、不慌不忙地、懒懒地扒着松针,一边扒着,一边想着,想了很多,思绪像一团棉纱团,没有一点头绪,一会儿想到这,一会儿想到那,专注不了。有时扒满了两箩松毛,他也不急于回去——回去也没有事情可做,他就倚着箩筐在望府岗山背上玩。

从望府岗上可以环顾周围重重叠叠的群山。和这些群山相比,望府岗变得微不足道了。坐在望府岗上的启明觉得自己简直像一粒微尘,更是微不足道了。

抗战时,他见到一个外地逃难来的有钱人,他钻出小包车时,看了看周围,突然大声地喊道:"乖乖! 真美啊!"这把站一旁的启明吃了一惊。他以为这个人是癫的,美什么? 美?

小学一位教美术的柯先生有一次给学生讲过这样一席话:"美是无处不在的,它要人们去发现它、鉴赏它。就拿本地来说吧,穷是穷,可是风景却非常美,特别是下了一点小雨后,你看周围那些山哪,时隐时现……啧!"他像吱了一口好酒一样,接着说,"那是会把人看醉了的。"

启明却从来没有一点点这种感受,没有就没有,装也装不起来。他那时怀疑这些人是故弄玄虚。什么风景呢,不就是一些陡峭的山岭吗?他在卧牛岭修盘山公路时干了几个月小工,至今看到这些陡峻的山岭,腰就会酸起来的。那时,有的大人还逗他说:"你们小孩子家有什么腰呢?"他从来没有出过远门,生来就在这个地方,以为全世界大概都是这个样子的。

隔着平江的县城,从望府岗看过去是尽收眼底。经过日本飞机的反复轰炸,整个县城很少有几幢像样的老屋了。有的民房是烧了建,建了又烧,烧了再建,到最后仓促搭建的房子都是很简陋的,远远望去只是灰不溜秋的一大片,主要是黑色的瓦背和土黄色的泥墙,坍塌的泥墙里露出长年被烟熏火燎的屋架,龇牙咧嘴的一片破败穷困的景象,之间夹杂着一片一片的废墟。

只有城南的天主堂那红色尖顶的像锥子一样刺向天空的钟楼鹤立鸡群,显得气宇轩昂,把周围的民房比得更是弓肩缩背,低矮寒碜。现在那钟楼上正传来了隐隐可辨的钟声:"叮当!叮当……"这时如果站在钟楼下面仰头看上去,就可以看到那顶上有两口黄澄澄的小钟在来回摆动。这就是说,今天是礼拜天(哎呀!快乐的礼拜天已经很久跟他无缘了)。他有几次礼拜天从那里走过,听到教堂里传出悦耳的风琴声和哄哄然的赞美歌声:"天主圣母马利亚,为我等庶人……"天主堂小学的低年级学生毫无顾忌地把赞美歌当流行歌曲在街上哼唱,所以这些歌子启明听得很熟,还能哼出几句来,但都不懂。他不懂,也不相信那里面做礼拜的人都懂。因为那里面大多是没有念过书的、没事做的妇女和小孩子,而且大多还一向是吃斋念佛的老婆婆。麒麟巷来福的黄家二姨就是的,初一、十五她吃斋,去忠靖王庙烧香;礼拜天又去做礼拜,都表现得很虔诚的样子。当然,那是因为有油水。每个礼拜天耽误这么一阵子,就可以去教会医院免费看病,还可以拿回来一些像旧的咔叽军装一类的救济物资,至于耶稣是干什么吃的,她才管他娘呢。

从天主堂朝东北向看过去,一处高阜上,几棵大樟树中隐着一座年久失修、老态龙钟的钟楼,那是忠靖王庙。钟楼上有一口黑沉沉的大钟,能敲出嗡嗡的低音,抗战时,主要靠它向市民发布空袭警报信号。每年的腊月,那庙里是最热闹的,家家户户都要挑着、提着供品去谢年。人们带着严谨的神情,熙熙攘攘地挤在昏暗的大殿里,点燃香烛,向忠靖王老爷恭恭敬敬地跪拜,祈望他保佑来年平安。启明也有过两次和妈妈抬着供品去谢年,虽然已经知道那是一种迷信,但是在那样一种氛围中,他还是跟着妈妈毕恭毕敬地跪拜了,怀着虔诚的心,祈望这个蓝脸、凶恶的菩萨能给他家赐福。除了这,还有什么能给他们母子以期

那年代

望和慰藉呢?

忠靖王庙的近方,池塘边一溜柳树掩映着一道长长的粉墙,那是县立小学的围墙。失学后快两年了,他没有再进去过。想到读书时那无忧无虑,充满梦想和信心的生活,回想起他们三个好朋友形影不离地在逃空袭的时候嬉戏、玩笑、洗澡、捉鱼、谈论志向、打土坷垃仗……当然也有偷人栗子这种不光彩、不愉快的事。那时,他们一点也没有想到后来的日子会这么难。现在只有来福还留在那里读书,将来或许能成为一个有学问的人,能过上好一些的日子,他和为平都没有份了。

抗战胜利了,那时人们多高兴,可以过上太平日子了,从此没有空袭了,没有飞机的轰鸣,没有炸弹的爆炸和腾空而起遮天蔽日的浓烟……这都是启明能直接感受到的。还有,再也不必逃难了。那次逃难,妈妈带他逃到屏山脚下的一个大庙里,过着叫花子一样的生活,幸亏那正是稻子收割的季节,妈妈带他给人家割稻,拿回几斤米当工钱。后来,他害了疟疾,没有药,几乎病死在屏山脚下。尽管这样,那时他并没有产生过死的恐惧,也没有过烦忧,因为他不知道自己快要死了。他有妈妈可以依偎,所有担惊受怕的事都由妈妈承受了。现在,妈妈老了,而他长大了,他要自己承担忧患了。他知道米价天天在涨,拿到工钱要马上去买米,隔半天都不行。他一向把日常的吃饭当成一种享受,每餐饭前他都早早地盼着。自从永利厂关门后,他没有吃过饱饭。现在恐怕还不到四点钟,他已经饿了,浑身没有一点劲,连脊椎骨都挺不起来。晚饭还早,而且他也不应该放开吃。

"就这样过下去吗?"他疑惑地自问。不能总是这样下去,如果再碰上个什么变故,比如妈妈病倒了,或者左邻右舍失火了把他家的破屋也带进去了——他家那租来的住处,经历了抗战时的频繁轰炸竟保存了下来,这就很侥幸了——或者妈妈干了多年的奢坊也关了门(已经有传说,城里还要开一家碾米厂),这些事,随便出了哪一桩,怎么办,去要饭吗?等饿死吗?启明不敢想。而这一些仿佛都是触手可及的。他不能坐等这一天到来——过去,他从来没有想到过,做一个人,活在这个世界上会有这么不容易。

人是要留有一条后路的,在还没有落到这个地步前应该下狠心攒几个钱用来应急。他想过这样做,他听先生和其他大人讲过的故事都说明人只要有恒心,什么事都能够成功。是的,"水滴石穿""集腋成裘",这些成语表达的意思都没有错,何况他正年少。但是,这样的事古代大概可行,现在是行不通的。他做过,钉了一个小板匣子,匣子上开了一个小口。他决心把每月的零花钱,包括每天下午买烧饼充饥的钱都塞进小匣子,虽然每天干到下午三四点钟时很饿,他都挺住了。这样做他只坚持了两个月,很快他就醒悟了,随着物价的飞涨,塞进匣子里的钞票每天都在变少。醒悟到这一点,他又撬开了这个小匣子,取出里面的钱,花了。以后他再也不做这样的傻事了,此外他也想不出其他还有什么办法了。什么办法也没有时,他就胡思乱想起来。

要是有一盏阿拉丁那样的神灯就好了(一个低年级女老师给他讲过这个故事),我把神灯一擦,眼前马上出现一个魔鬼,恭敬地向我说:"主人,我是您的奴仆,您有什么吩咐吗?"我要向这个魔鬼吩咐什么呢? 当然,首先要长生不老;第二就是要有很多很多吃不完的好吃的东西;还有,也要娶一个很漂亮的公主当老婆……这太玄了,这是讲的故事,跟祥生伯伯讲的杨老令婆的故事一样是胡乱编的。

要是能从哪里挖出一个金元宝来就好了,没有大的,小一些的也可以。古代也常常发生战乱,一些财主人家逃难时把带不了的金银财宝埋到地下,待这些知情人死于战乱后,这些地下财宝就没有主了——这样的事,故事里有,从情理上讲也完全可能发生。他在后门菜园挖蚯蚓时就这样希望过,也确实重重地掘下去,掘下去,希望碰到硬的闪闪发光的东西,也确实碰到过硬的发光的东西,那只是一些陶瓷碎片。当然,他也知道那都是空想。

或者,爸爸突然归来了,从东北。像薛仁贵一样,当了大官,或者发了财,到处打听他们母子俩,终于找到了他们。于是要启明辞去永利厂的工作和妈妈一起跟爸爸到外面的大地方去生活。虽然戏里面、故事里面有很多这样的情节,不过启明还是懂得,这样的事总归是只发生在戏台上和故事里的。他也不喜欢这样的情节,应该是他发了财,到东北去寻找爸爸还差不多。为平爹讲过,爸爸连回家的盘缠都没有才流落在那里的,而且,爸爸大字不识一个,能当什么官吗? 难道他也是白虎星下凡吗?

这些都是想想开心的。一个人到了只能陷入这样的幻想时,说明他确实已经一筹莫展了。

读书的时候,他曾经那么自命不凡,不相信在这个世界上,别人能做到的事,他做不到。当时连为平都嘲笑过他,他还不服气。现在,他真正懂得了,他确实是个再普通不过的人,和厂里其他人一样,在生活的旋涡里挣扎,不说做一个有名的人,也不说叫妈妈过上好日子,把人参成捆地买来给妈妈吃,或者大把

大把地接济别人，就是摆脱眼下的困境，或者就这样维持住，他也一点办法都没有。这可是比那些"华氏和摄氏的换算""鸡兔同笼""一百个馒头请一百个客"的算术题难多了。

有活做时他没有觉得这样生活有什么不对，自从闲在家里，他的脑子从来没有这样活跃过。他在思索着生活，虽然这种思索总是没有结果的，但是他有了疑惑，刚踏上社会时的那种处处觉得新鲜有趣的感觉在消失。他觉得苦，觉得累，觉得厌烦透了。他产生了莫名其妙的愤懑情绪，越来越觉得这样的生活无法忍受下去。天天是那样：起床、吃饭、上工；十多个钟点干下来又是：下班、吃饭、睡觉。春去夏来，秋去冬来，年复一年地因循着，都只为了一个肚子，他看不到哪年哪月会有改变。现在就连这样也保不住。厂里不需要他，其他地方也不需要他，没有一个人需要他，只有他自己需要自己，一个人挣扎着生活下去。要是再找不到事做他怎么办呢？他都想过了，没有办法，还只能过一天算一天。往远处想，他脑子里一片空白，什么主意也没有。他心中充满了说不出的忧伤和恐惧。想着想着，晕晕乎乎的常常会像那年逃难在外打摆子发高烧一样，处在一种可怖的不可名状的幻觉之中，现在他又感到这种幻觉在向他袭来。他猛摆几下头，甩脱这种神乎乎的幻觉，眼前依旧是这个现实世界，天很蓝，云很白，白得耀眼。

他很想念为平，这些天来他特别想念他，现在不知道这个"养儿"在做什么。他心中很烦乱，从来没有这样过。他没有父亲，没有兄弟，他只想见到为平，和为平聊聊。他羡慕为平，他像生活在光岩上一样，没有一处遮拦，这个养儿却总是无忧无虑地背靠着一棵大树，有一个有力气又快活的老爹宠着他、护着他。现在，他又认为，像他这样做生活没有定准的，还不如去种田，虽然冷清一些，也很累，但是起码是定定的，三顿饭，虽然也掺着番薯丝，总可以吃饱。他多次去找过为平，为平总是不在家，恐怕都在田里忙着。

太阳偏西了，平江的水开始闪闪发光了。那溪水从山谷中蜿蜒而来，载来片片白帆又绕城向东而去。一出山口就是东洋大海了（其实，离海还远着呢）。仰望天空，苍鹰在崇山峻岭之间翱翔，越飞越高，最后消失在白云明净的碧空里。他想象自己如果也能像老鹰那样飞那么高，那一定很有趣的，他将飞出山外看看外面的世界。

想着这些，他安静下来了，眼前的景物视而不见了，烦恼也顿时消失了，只觉得自己仿佛坐在一艘颤动的小艇上，乘风破浪，飞驰在无垠的海洋上，耳中充满了汹涌的波涛声。就这样一坐就坐很久，太阳快落山了，他才懒懒地起来挑着箩筐回家。

城里有点异样，街上聚着一些人在议论什么。启明空着肚子挑着担子已经是汗淋淋的了，还得一路喊着："让一让，让一让。"从人群中歪歪挤挤地走得特别吃力。突然后箩筐绳被谁拽了一下，他恼怒地转头看，是洪元，说："快挑回去，马上要枪毙人了，快来看。"

启明把柴火挑到家门口，撂下担子就上街去。洪元不知道挤到哪里去了。

启明看过几次枪毙人，因此也谈不上特别有兴趣，只是凡有稀罕的事总要挤去看一看，包括那两个扔在臭河浜里的尸体。当然，一个活生生的人被绑去枪毙大概是人世间最最惨苦的事了，因此活着的人哪怕是要饭的，看了这种情景也会产生一种优越感、幸运感的。真的，什么样的苦命还不比到头来被拉出去枪毙要幸运得多呢？至于罪状，老百姓通常不去细究的，无非是汉奸、强盗、杀人犯或者是逃兵，而今天枪毙的却是一个共产党。

关于共产党，启明记不清什么时候仿佛听人讲过，好像他们主张人人平等，主张有饭大家吃。这就奇怪了，这有什么不好呢？他启明也希望这样啊。可是为什么要枪毙共产党呢？枪毙共产党的事是常常听说的。今天枪毙的不知道是个什么样的共产党。

街上布下了军警，人们都朝西头翘首张望着。一会儿人群骚动起来了，自动向街道两旁退去。凄厉的军号声开道，过来了，一个年轻人被反绑着两手，背后插了一块牌子，上面写的有字，看不清楚。他给几个当兵的架在黄包车上拉过来了。

启明虽然多次看过枪毙人，只有这一次使他非常惊骇的是这个眉目清秀的年轻人，虽然脸色苍白，显得很虚弱，像害过一场大病一样，而且看来非常疲劳，但是他的镇定却使围观的人望而生畏。他过来的时候竟是那么平静，还在东张西望地看围观的人，当他的目光扫过启明身上时，启明不禁打了一个寒噤。黄包车后面跟着一队行刑的军人。

行刑队一过去，人群马上拥了上去，启明也随着人流向上江门走去，到城门口时挤不动了，启明就从一侧爬上城墙，居高临下地看去。黄包车已经停下来了，那个青年下了车自动向沙滩走去，然后站了下来，大概是等候开枪。但是并没有开枪，可能是还要他再走几步，他又走了几步，就在这时冒出一股白烟，砰的一声，他仆倒了，像一截木头一样倒了下去，没有再动弹一下。

那年代

完了,要剥夺一个人的生命也是很简单不过的。人群陆续散去了。

那么多人,有几百个,远远近近地围着,有的在看,有的在执行,就为着要把一个活生生的人整死。

在往回走的路上,启明产生一些怜悯的感情,心里沉沉的。这么年轻、精精干干的一个人为什么非要当共产党呢? 政府要杀共产党,他不能理解。而当共产党既然有这么凶险,这个人看来一点也不笨,也不疯,却为什么偏要去当共产党呢? 这一点他更不能理解。虽然他认为这跟他几乎毫无关系,他是绝对不会去当共产党的,因此也绝对不会为此给枪毙的。不过想想总是叫人纳闷。

走到玉山巷口,启明一眼就瞥见何以正的背影。好久没有见到以正了,他高兴地喊道:"以正哥! 以正哥!"他跑到以正跟前喘着气说,"以正哥! 你现在都在干什么呢?"

何以正笑了笑,说:"没有事情做,这两天给碾米厂保养一下机器。你呢?"

启明摇摇头,失意地说:"我更没有事做。下午去望府岗扒了一挑松毛回来。刚才枪毙人你去看了没有?"

何以正摇摇头,说:"枪毙人有什么好看的?"

启明饶有兴趣地说:"是个年轻人,才不过二十多岁。喔唷! 拉出来的时候还挺挺地看来看去,一点都不害怕。"他学着那样子给何以正看,"真是一条硬汉子。"

何以正唔了一声。

"我看过三次枪毙人。一个是跟人打架打不赢放火烧了人家的屋,还烧死两个人。拉出来枪毙的时候又是哭啊又是扭啊,哎呀呀,好像这样人家就会说,算了算了,拉回去吧,不枪毙了……"这是模仿老六的表述特点,说罢启明为自己的话呵呵笑了。

以正却无动于衷。

他又接着说:"有一次是枪毙两个汉奸。拉出来的时候,一个已经是半死的样子了,不用枪毙就可以埋了;另外一个走到麒麟桥的时候还喊了两句,什么省吃俭用就够了,喊得挺吃力的。"他还在津津有味地讲下去,"还是今天这个最硬气。"

"唔!"何以正轻轻呻吟了一声,仍旧一言不发。

"是这样的。"好像何以正不相信他的话,启明继续说,"就这一个真是好样的。在溪滩上……"他又模仿那个年轻人,把他的动作做了一遍,"你说,是什么缘故呢?"启明倒要听听以正的看法。他自己已经有了答案,那就是:一个人既然已经到了这个地步,哭啊,喊啊,挣扎啊,都没有用,不如勇敢些最后给人留一个不怕死的好印象。

以正仍旧没有吭声,他有点心不在焉。

"你说呢?"启明催促他讲讲看法。

"唔!"以正在沉思,然后说,"这些人,他们相信,他们有⋯⋯"以正说得语无伦次,以他肚子里的那点词汇无法表明一种意思。

启明还在等待他的答案。

深巷寂无人影,何以正突然喘着气,轻轻地,却明白无误地说出这样的话:"他们就是为我们这些穷苦人去死的嘛。"

像晴天一个响雷,震得启明目瞪口呆。接着是一阵长长的无语。他听到以正重重的呼吸,自己的呼吸也急促起来。他从来没有听到过这样意思的话,这样不同寻常的话,虽然他并没有完全听懂,又无端觉得这一定是有道理的。

见启明默默跟着他走着,带着严肃的、惊讶和深思的神情,何以正说:"下个月初要开工了,你知道吗?"

启明说:"不知道,没有听说。"

"还不回去,天都快黑了。"

一语提醒启明,他看到有的人家已经点上灯了。他长长吁了一口气,嗯了一声,转身回家了。

从此,一粒种子落进了他那荒芜的心田里。

第十章　最底层的冤苦

只要厂里有活儿可以做，有工钱可以拿来买米，有足够的番薯丝粥填饱肚子，一切困扰启明的烦忧都云消雾散了，他又快活起来了，工余时候又在打听哪里在唱戏。

他也常常去找何以正。那一天何以正讲的那些，使他突然窥见有这么一个他从来没有涉猎过，也从来没有听说过的，有点深奥、神奇的人生天地。他很想知道那里面的奥秘。

可是，何以正是很难找的。眼见他下工回来的，启明便马上去他家找。

"老何在吗？"

"不在。"

"哪里去了？"

"不晓得。"

他和何以正的妈妈这样的对话不下三次。偶尔碰到一次，以正也总是匆匆忙忙地、心不在焉地站着应付几句，没有多说话，虽然也很友好，但是终归还是应付一下。启明突然明白了，恐怕只能这样，因为他们年龄差一大截，经历、知识差更大一截，和以正交朋友，他有些高攀。他事实上还是被当作一个小孩子看待的。

算了罢，还是找为平玩去。他们在一起自在多了。可是为平也不容易找到了，他总是不在家，总是在外面干着活儿。偶尔碰到一次，他也不像以前了，跟他讲话，他还是抿嘴一笑，就那么一下，好像只是为了应承他启明，眼错不见又变得痴痴的了。

入冬了，这一天挺冷的。一早，启明就去找为平，没有找到。一早就锁了门，全家都不知道去哪里了，奇怪。

他必须找到为平，因为"福如海"戏班子——就是演过《杀僧打店》的那个戏班子——今天在叶村首场演出，一定是卖力的，不能错过。

黄昏，下工后他又径直跑去找，才在为平家后门口找到了他。为平刚把挑回来的松枝捆打开来晾晒，这时正用肩披掸掉颈脖上的柴屑。启明高兴地喊道："哎呀！真难找啊，这一会儿总算给我逮到了。"他又用一种下命令的口气说，"晚上，我们到叶村看戏去，福如海戏班今晚在那里头场演出。"

　　向为平无精打采地摇摇头，半晌，说："不去。"

　　应启明热切地说："去哟去哟！我明天歇半天，明天我伴你一起去打半天柴。"他抱着不达目的誓不罢休的决心动员为平。为平要是不去，他一个人去，那就没劲了。来福是绝对不会被允许夜里来回跑十几里路去看戏的。他们两个不一样，已经做事了，靠自己出力赚钱生活了，这就是小孩子和大人的分水岭，当爹娘的对他们就要宽容一些，会给他们更多的自由的。

　　为平还是无动于衷。他又摇了一下头，然后脱下上衣，张开来，摔抖了一下，又穿回去。这样阴冷的天，他只穿两件单衣。大概是累坏了，话都不想说。

　　启明用恳求的口气说："去嘛，为平！"又悄悄地说，"怕什么，你娘要骂，就让她骂几句，等到她骂的时候，我们都已经看过了。吃过晚饭，我在桥头那里等你。就这样，说了算。"

　　为平仍旧摇一下头，说："不去。"没有一个理由，没有一点通融的余地。

　　"怎么啦？"启明觉得诧异。这是怎么回事呢？启明恼了，说："不去拉倒。以后有事，你也不要来找我。"他以为这一激，这个老实人一定会笑起来，马上找几句话来向他解释、安慰，来缓解他的恼怒的。可是为平还是痴痴的、闷闷不乐的，一言不发，而且一屁股坐到一个木墩上，干脆，连话也没有了。

　　沉静了片刻，启明瞥了为平一眼，发现他是瘦了，过去那红晕的两颊什么时候消退了，耷拉着眼皮。突然，他上身摇晃了一下——啊！他竟打起瞌睡了。启明转身悄悄走了，带着一肚子气。他只好打消了看戏的念头，晚上一个人闷闷地待在家里，对着昏黄的油灯光，听着隔壁那瘸子成天拉着那个拉不完的胡琴老调，觉得格外寂寞、凄清。想到叶村戏台前那灯火辉煌、人声喧哗的热闹场面，想象戏台上那精彩的武打动作，他越想越生气。他从来没有对为平生过那么大的气。他想，你"养儿"有什么好跩的？你以后也不要来找我玩，来了我也不理你。

　　浮躁的启明哪里知道这时的为平哪有心思去看戏。夏至以后一连三个半月没有下过一场透雨，下江门外的田全荒了，谷种也收不回来。原来跟人家说好了的，租谷、修房子借的谷子，秋后一并给，可现在连吃的也凑合不下去了。

对爹那么热心地坚持非要借谷子把这幢破屋修缮一番的苦心，为平并不了解。他一听说借谷子，心中就有一种沉甸甸的感觉。在修缮过的住起来显然亮敞舒适多了的屋里，舒适感总是伴着沉重感，他对爹这一次的做法是有腹诽的。可是，爹在他心目中又是神圣的，他知道爹也是为了他们后辈。房子修了后，为了迎合爹的心情，为平宁可把高兴的情绪表露得多一些，把沉重的心情掩盖得深一些。

这些天来，爹好像换了个模样。他一向是个很快活很潇洒的人，对为平是无话不说的，也从来没有在为平面前表露过烦忧。可是，懂事的为平却察觉到了，爹这些天不太讲话了。虽然，如果感觉到为平在悄悄注意他时，他会对为平笑笑，会流露出更多的慈爱，每当这时，为平知道，爹有心事，他心里不快活。

为平为自己不能对爹有所帮助，不能替他分忧而难过。爹常常不在家。难道像他这样堂堂的一个大男人还怕谁，还要躲着谁吗？

特别是那几个家伙，可能是孙家的。昨天，他们冲着耷拉着面孔一言不发的娘，放肆地说了很多亵渎爹的话时。为平怒火中烧，恨不得拿锄头把把他们赶出去。他们指着娘的鼻子，像训小孩子一样，说："……他究竟钻到那个坷垃里去了？啊！你叫他马上给我出来。躲得了的吗？逃得了和尚，逃不了庙呀。这栋破屋修不起就不要修嘛，穷骚什么？你跟他讲，他要再赖着，我们要把他抓起来的。躲着也不行，再不出来，我们派人来扒掉你们的屋。你听清了没有？……"

听了这些侮辱爹的话，为平流泪了，他愿意为爹去死，可是当他想着要帮助爹、保卫爹的时候，才知道他自己一点用都没有。

偏是这个时候，小妹又病了，发烧，白天黑夜总是哭个不歇，哭得为平心都疼起来了。娘还总是在他身上出气，老在找碴训斥他。娘也不好过，为平理解，也无所谓了。他能有什么办法呢？他能做的只有起早摸黑，一天两趟到吴家山打柴，一个来回十多里，虽然卖不了几个钱，顶不了多大事。

这些天，为平越来越怕回家，怕听到小妹的哭声，怕看到娘那阴沉的脸色。打一趟柴回来如果还早，他就溜出去在外面游荡。他一看见家门，头皮就发胀。

这一次，发觉启明不打招呼就走了，知道他恼了，为平也无所谓。他懒懒地站起来走了出去，漫无目的地走去。

那边又出什么事了，一群人围在城门洞里。为平走了过去，从人缝里看见湿漉漉的石板地上躺着一个人，不知是谁给他上身搭了一小块破席子，从个头和露出的手脚来看，年岁是不大的。人群里挤出两个年轻人，一个问另一个：
"怎么，不行了吗？"

"早就没有气了。"另一个回答。

"是饿死的吗？"

"还用问吗？你看那肚子瘪成什么样了。"

"城里总好些，怎么也能讨到一口吃的。"

"嘿！讨到一口？不是所有的人都讨得出口的。这是我今天见到的第三个了。"说罢，两人朝上江门走去。

为平也离开那里，沿着城墙边的小路走去，心中充满了忧郁和悲伤。这个人，不知道家住哪里，有什么亲人就在昨天恐怕还活着，现在死了。不是因为生了病没药治了，而是因为没有吃的活活饿死的。他爹他娘生他养他的时候，能想到他们这个儿子会有一天饿死在这里吗？他自己活着的时候能想到会有这样一个结局吗？

为平又想到自己家里，爹成年不歇地种田、砍柴、给人抬滑竿、找零工做，气力又好，手艺也好，下江门一带没有人不夸他活儿做得地道的。就这样还过不下去了，不要说还债、交租谷，就后屋这一堆番薯也不够这一冬吃的。往后，这日子怎么过呢？

他还想，就是树上的鸟儿、地下的蚂蚁、草窝里的蚂蚱、河里的鱼儿也没有人那么劳苦，也不用像人一样成天愁这愁那的，也没有见到有像人一样被活活饿死的（其实是有的，只是他没有注意到）。

他爬上城墙，向城外看去，满眼都是破败的房屋和光秃秃的树丫子，几个穿着破衣烂衫的人缩肩弓背地在冷风中行走。城墙根的河浜里，芦苇的枯枝败叶在风中瑟瑟发抖，满眼都是冬天的萧索景象。爹说过，"没钱的人，还是夏天好过"，这话不假。城墙上风很大，只穿两件单衣的为平有点挺不住了。他转过身来时看见老远的很显眼的孙家门楼。

一想到孙家，为平就有点生气，那几个讨债的人一定是孙家的。孙万倾还是爹小时候的同学，爹还救过他的命，可是人家有了难处，他却叫人来说那么难听的话，还要扒他家的屋。他进过一次孙家大院，那次是他和爹去送租谷。从后门进，向左拐，是两栋大仓房，很大……。他突然产生一个念头，他想干一桩事，一桩可怕的事：到哪里偷一支枪，从后门钻进孙家，找到孙万倾，用枪顶住他，要他打开谷仓，让人来挑，都来挑，不要钱。闯下了祸，他就逃跑。逃到很远

很远的没有人认识他的地方,再也不回来了。

这些都是空想,做不到的。到哪里去偷枪?孙家也有枪,人家才不怕你呢。何况,他逃了,爹、娘他们怎么办呢,不受连累吗?而且他也舍不得啊。离了这个家,他不但身上空空的,心里也是空空的。他明白,自己跟那个饿死的人一样,都不是想怎么做就能做得到的。不然,恁大一个大活人,怎么会饿死?天暗下来了,他也冷得哆嗦起来,他很不情愿地向回蹭。

屋里静悄悄的,他觉得诧异,跨进门槛正碰上娘从里间端着油灯出来。见了为平,她训斥道:"你死到哪里去了?到处寻不到你。这年头,你还有心思去玩。"

爹也回来了,这时也从里间出来平静地把为平拢到自己身边,苦笑着说:"算了,算了。我们都拿不出个主意,他能有什么办法呢?"他转对为平说,"今天从哪砍来那一大担柴?"

为平说:"吴家山。"

爹又安慰娘说:"不要愁,愁什么呢?总会好起来的。要都这样下去,做个人活在这个世上还有什么趣儿呢?嘿!"他又诡秘地笑了笑,轻声地说,"昨夜里,王老大的兄弟又回来了……"

只要爹在跟前,为平就感到轻松、宽心。可是一听到爹的话,娘马上警觉起来,插嘴说:"你昨夜一夜不归,就泡在他那屋里?"

爹默认地笑了笑。

娘凄切地说:"你可不要胡来,苦就苦一点,咱们可是一家人了,你也不想想寿民是怎么个死的。"她突然泣不成声了。为平只在这个时候才感觉到冷若冰霜的娘对爹那种深厚的感情。当然,他不知道王老大那里为什么是去不得的。他虽然也知道娘说的寿民是他的亲爹,可他至今仍旧不知道他亲爹究竟是怎么死的。

爹笑着宽慰她说:"没事的。我们种田的人,能胡来什么?我只是去看看,听听他们都讲些什么——哎!为平娘,我想来想去,就只有一个办法:把你们娘儿三个先送到樟溪我阿哥那里待个把月,等熬过这场春荒,我再去接你们归来。"

娘说:"那,你呢?"

爹说:"我好办,一个人,怎么也过得去。"

娘拭着泪说:"我不去。你一个人在这里,我不放心。"

"哎呀!"爹嘿嘿笑了几声,说,"这有什么不放心的呢?"他知道娘的意思,却故意说,"我又不是小孩子,还要你来替我操心。"

里间,小妹醒了,又哭了起来。娘到里间去,一边侍弄妹妹,一边恼怒地咕哝:"你哭什么丧嘛,我又没有死……"

爹悄悄招呼为平:"来! 拿把镢头跟我来。"他带为平蹑手蹑脚地走出后门,走到空牛棚拐角的屋檐下,他左右张望了一下,用脚尖点了一下位置说,"掘下去,掘轻一点,掘一个坑。"

为平问:"做什么用的?"

爹只点点头说:"你掘吧。"

为平掘坑时,爹不时地东张西望,然后说:"行了。"于是迅速从怀里掏出一包用油布裹着的东西,放进坑里,马上用手把掘出的土推进坑里,踩实,拍平,又抓一些草皮、松毛盖上去,直到看不出一点痕迹为止。完了,他拍拍为平的脖子,低声说:"可不能讲,也不要动它。是一把枪,王老大兄弟叫我替他藏一下,给人知道了可是要杀头的。"

为平的心陡然收缩起来。爹的大手捏着犁把、锄头把什么的是自然的、正常的。枪,这东西跟他有什么关系? 他要它干什么? 他也要做什么可怕的事吗? 一种不安全感油然而生,为平越想越不安。

晚上躺下以后,想着屋后地下那支枪,为平睡不着。爹也没有睡着。一会儿抚摸他的脚,一会儿把被子拉了拉,把它披好。对爹的爱抚的感恩情怀,对爹的反常行为的担心,沉甸甸的,一直萦系在为平心头。

"为平!"爹的声音从那一头传了过来。

"唔!"为平从喉咙里应了一声,声音被紧闭的口堵住,只好从鼻腔里冒出来。

"没有睡着吗? 你睡过来。"

为平爬到爹那一头,躺在爹一侧。

"我背上痒,你给我挠挠。"

爹这一夜好像特别兴奋,为平给他抓背时,他讲到老家,讲到老家的亲眷,怀着淡淡的忏悔讲到自己小时候怎样乖戾,常常把一个带他的小姐姐打哭了。这个小姐姐脑后拖了一根辫子,后来嫁人了,不久就死了。如果不死,现在也快五十了。他又讲到为平娘,说,她脾气是差一些,但心肠是好的。他嘱咐为平,要是爹不在时,要听她的话……讲到这里,他沉默了半晌,突然又说:"你也是大

那年代

人了,我看田里的活儿你也都拿得下来了,要是爹没了,那,这个家就靠你了。你一定要……"讲到这里,他觉到为平身子在抽搐,在偷偷地饮泣,爹苦笑着,安慰说,"我是随便说说的,就打个比方,哪里就会死呢?"他转过身子,把为平搂到怀里,轻轻地拍拍他的背,像哄婴儿一样,说,"睡吧,睡吧,孩子。"

几天过去了,没事。

又一天,一大早,为平刚打开门,猛地看见镇队副李家寿带了两个保丁就站在门外,他们挤进屋里高声地喊道:"老向!老向!……"

娘从镬灶间出来惊惶地问道:"什么事?他不……"

李家寿推开娘向里间走。这时爹披着布衫,赤着脚走出来问:"什么事?"

李家寿说:"孙镇长请你去一趟。"

爹又问:"有什么事情吗?"

李家寿平静地说:"我不知道,你去了就会知道的。"

看见娘惊慌的神色,爹坦然地说:"那我去一下。"他又对为平说,"等一会儿,你把妹妹抱去叫陈医师看看,吃药的钱,请他记个账,我以后会给他的。"说完就跟他们走了。为平马上跟了上去,李家寿挥着手说:"你不要跟着来。"爹也说:"你在家吧,记着把妹妹抱去看病,不要耽误了。"

为平站在门口,看着爹跟他们离去的背影。爹走到石桥上时,站了下来,转头看了一眼,然后缓缓转过脸,走了。为平觉得那眼光有点异样,有些凄苦,有些深情,他好像感觉到有什么不祥的事了。

爹一上午没有回来,娘叫为平去找。为平问她到哪里去找,她厉声道:"我要知道他在哪里,还要你去找吗?"

为平只好混跑一气。他先到孙家打听,大门口一个胖女人不耐烦地挥着手说:"去!去!去!他到这里来干什么?"

为平又到镇公所大门口向里探望,被门口一个背了一支破枪的保丁撵走了。

他又到联玉叔叔家打听,联玉叔说没有来过。他跑了一个时辰,什么也没有打听到。回到家里,娘叹气说:"真是个死人。你自己说,你有什么用?"

可是过了中午爹还没有回来。娘慌起来了,说话都带点哭声了。她喂了妹妹,把妹妹哄睡了后,厉声对为平说:"看着家里。"就独自走了。

她一去也是半天不回来。为平心里乱得很,他不安地守在门口,焦急地盯着桥头,左等右等总不见爹娘回来。他猜测爹一定出事了,可是就算爹给人关起来,娘也该回来一下,像过去做过的一样,想办法,找保人,先把爹保出来再说,卖地卖屋也得他回来才行……

他又安慰自己说,也许什么事也没有发生,过去也有过这样叫人提心吊胆的事,也都平平安安地过来了。这一次也不会有什么事的。爹从来没有做过亏心事。欠的租谷、借的谷子一时拿不出来还能把人怎么样了?至于藏枪的事……想到这里,为平不禁战栗了一下。但是他又想,枪又不是他的,何况除了他们爷儿俩,也没有第三个人看见。他多么希望着这一次能平安度过。只要这一次能平安过去,以后——他自认为自己能左右全家安危的——他一定事事小心,处处提醒爹要谨慎。他要勇敢地跟爹说,看在他的分上,看在娘和妹妹的分上,不要做任何危险的事。要做,让他去做,他甚至可以跪下来求他,他相信爹会听他的。

唉!没事的,不要自寻烦恼。为平使劲安慰自己,可能是哪个朋友家做喜事,把他们留下来吃饭了。也可能是爹给孙家雇去抬滑竿,抬了一天了,这时既疲劳,又高兴地拿到了工钱和娘一起回来,于是叫为平去籴米、烧饭……

突然,桥头上出现几个人,是娘,给几个人搀扶着走来了。娘头发散乱,衣衫不整,号啕着被邻居们扭着、扶着向家里走来。她红了眼,像疯了一样,见了为平,从来没有过那样亲昵地喊了一声:"孩子!"把他拉到跟前,搂在怀里,咧开嘴大哭道,"爹给人打死了。"

娘一松手,为平逃开了。他害怕,怕她那副样子,怕她说的话,她为什么要那样说呢?她胡说,她疯了。为平冲出后门跑到空牛棚外面。他木然地站在那里,两眼噙着泪,"娘都说的什么?她怎么说出这样的话来?"

屋里乱哄哄的,人们七嘴八舌地议论着,有人在劝说,有人在问询,有人在絮絮叨叨地叙说着。

"……镇公所的人那么一说,她就疯了,不顾死活地要到警备司令部去找宗华。哎呀!这个女人气力真大,我们三个人都扭她不住。在警备司令部大门口,当兵的不让靠近,她不听,人家就卡拉一下,砰地开了一枪,是朝天开的。我们几个都吓坏了,慌忙跪下来,求他们不要开枪,才把她扭送回来。"

"宗华犯了什么事?"

"好像说他是什么共产党。宗华会是什么共产党?……要他供出几个人在哪里,不说,就过电……活活给电死的。"

一个人低声说:"那个姓孙的,明明是他把宗华骗去,又叫警备司令部来人

押走的。现在却说他不知道。那地方,进去还会有活的吗?"

"为平呢?为平!为平!为平跑哪里去了?"有人在找为平。为平没有答应,他一直这样站着,噙着泪,脸上的肌肉是紧张的,睁着恐惧的眼直直地盯着前面。

后门开了,联玉叔走了出来,眼睛是红的。

"怎么躲在这里?叫人好找。进去吧,先吃点饭再说。"联玉过去拉着为平的手,慈爱地说。

为平挣脱了,突然哭喊道:"我爹呢?"他大哭起来。

联玉叔呆了一下,吸了吸鼻子,说:"人没了……是,你先吃点饭,听叔话,饭总是要吃的。吃了饭,我们再商量怎么办。"

"我不,我不。"他哭喊着犟在那里,怎么也劝说不了,拖不进来,"……我不,我不。"不什么呢?不吃饭吗?不是的。他不愿意别人讲他爹死了,仿佛讲得越多,就越真了,就成为真的了,就无法挽回了。

一直到夜里,人们才发现他趴在草垛上睡去了,身上滚烫的。联玉把他背进屋里,放倒在床上。他昏昏沉沉睡过去了。夜,用黑暗和寂静抚慰着人间,让人们的不幸和悲伤在昏睡中暂时获得解脱。

为平睡得很死,又似梦非梦地觉得娘坐在床沿上饮泣,抚摸他的头发,眼泪滴到他的脸上,痒痒的,他没有醒来。后来,妹妹的哭声总算把为平从梦境中拖了出来。天还没亮,窗上透出鱼肚白的光亮。他没有一点力气,头很重,觉得自己一定是生病了。他挣扎着起来,进到里间,娘却不在屋里。这个时候,她到哪里去了呢?为平坐到床沿上,轻轻地拍着妹妹,嘴里发出哦哦的声音,催她睡去,他自己也知道这不会有什么作用。

一会儿,外面有人大叫起来。一个路过的人发现屋后的枫杨树上吊着一个人,是女的。当附近的人们闻声赶来,七手八脚地把她放下来时,已经晚了,小便都下来了。

向宗华如果死而有灵,是绝不会原谅她竟这样甩手不管了。

这种突如其来、接踵而至的灾难把为平吓呆了,他更加不知所措了。他反应不过来,不相信这个世界是真实的。他竟没有哭,连悲伤的表情也没有了,只是呆呆地撅着嘴,像一个梦游患者一样在别人的指使下做这做那。

闻讯后,联玉夫妇和下江门一带很多人都来了。屋里川流不息,人人都在叹气,在摇头,在发呆,在掉泪。有的送来一小袋米,有的送来几个钱,有的劈柴生火给为平煮饭,也有人把小妹抱去找医生看,抓了几帖药,回来熬好灌进妹妹嘴里。

杨联玉和向宗华生前几个好朋友在一起商量了一阵,吵吵嚷嚷了一阵,吵得很凶。他们首先打听向宗华夫妇在这里有什么亲眷,看来没有。以前仿佛听说他老家在樟溪,那里有他一个堂哥,可樟溪大着呢,在樟溪哪里?问为平,他更是一无所知。后事怎么料理呢?有人激愤地提出来要告他们,不能让向宗华夫妻就这样白白死了,两条人命啊。可是告谁?告他们什么?请律师写状子是要钱的,哪来钱呢?所以他也只是说说罢了。有人主张找个人来,把这栋屋看一看,值几个钱,能卖得起价就卖了,因为向宗华只剩下这栋屋了,不然,后事怎么办?联玉坚决反对,只有他最清楚向宗华借钱修屋的用意。讲着讲着,这个汉子突然失声哭了起来。大家愕然,一个人轻声说:"联玉!你要挺住。这里就靠你了。"大家点头称是。联玉也拭去眼泪,吸着鼻涕,点点头。于是大家里里外外看了一遍,从柴仓里翻出几根修屋剩下的木头,联玉又招呼几个人去他家扛来几根木头,当天就雇人在后门口解开木头打出两口薄板棺材,又在张井洼那里找了一处坟地,草草地收殓了向宗华夫妇,这一切都由联玉做主了。

对为平的表现,大家都觉得奇怪,他一向被人们认为是最乖的孩子,现在怎么会变成这个样子,呆头呆脑,没有心肝的一样;有人就嘀咕宗华白疼了他了,而联玉一直在护着他。后事处理完,联玉想把为平兄妹带去他家住几天再说,为平不肯,他仿佛还要在这里等候他爹娘归来。

这一天又过去了,人们都陆续散了,联玉也走了,说晚上还会来的。

天暗下来了,为平坐在门槛上,看着这空荡荡的屋里,他终于醒悟到,这一切都是千真万确的,是无法挽回的。夜晚的风拂面而来,他清醒了,他盯着床下的力士鞋,想着爹在冬雨连绵的天气里光着脚,只是为了要把这双还没有怎么穿的鞋留着给他穿。他开始哭了,轻轻地气噎不止地哭着。他知道他不是他爹的亲生儿子,但是,爹疼他、宠他、护他,使他总是像负了债一样,想着将来怎样报答爹的恩情,想着将来爹老了,做不动了,他会尽心尽力地孝顺爹,给他吃饱、穿暖,给他洗脚,给他挠背。现在,这些曾经使他得以安宁的愿望永远不能实现了。爹和娘死了,真的死了,他的报恩愿望永远不能实现了。

他哭了很久。后来,他又觉得不能没完没了的只是哭。他总得做点事,要做的事是很明白的,他也反复地想过,那就是:他要杀了孙万倾。或者他杀了孙万倾,或者孙万倾杀了他,没有其他选择。

里间有了一点动静,为平点上桐油灯端到里间,床上的妹妹好像醒了。为平走近床边,她突然睁开眼,抬起一只手。为平俯下头,把她的小手贴在自己脸颊上。她服了药后看起来烧已经退了,好一些了。

她突然说话了:"阿哥,妈妈呢?"

"……"为平强忍着。

"妈妈不要小妹了吗?"

为平是万箭钻心。这么小的孩子怎么会讲出这样的话来?是梦到的吗?其实确实是这样的,妈妈不要他们了。妈妈可以不喜欢他为平,可是她怎么连小妹也舍得呢,只顾自己走了。

为平强压住悲痛说:"……不会的,妈妈最喜欢小妹的。你饿吗?"锅里还温着一碗粥,为平想喂她。

她摇了摇头。

为平躺在她旁边,看着她又疲倦地眯上眼睛,睡去了。

为平起来,吹灭了灯,摸进厨房,拎了一把柴刀,走了出去。他不考虑他的行动能不能达到目的,会有什么后果。他觉得他只能这样做。

才走到桥上,他想起门还没有带上,马上对自己说:"还带什么门呢?"

他走到环城路上,听到好像是妹妹的哭声从背后传过来。她醒了?她才三岁,屋里漆黑,只有她一个人,她当然很害怕。现在我不管她,谁管她呢?他犹豫了一下,准备转身了,但他没有转身,继续向前走,他顾不得了。

他绕着孙家大院走了一圈,都是高墙,朝外的窗户都很高、很小,而且都是装了铁栅栏的。后门和所有的小门都紧关着。为平站在远一些的地方盯着大门看,大门只是有人进出时才开一下,并且马上关上了,他进不去,就算进去了,这么大个院子,在哪里可以找到孙万倾呢?倒是平日里,偶然能在大街上碰到。如果在大街上碰到,趁他不备,突然冲上去,砍他一刀,跟他拼个你死我活,恐怕只有这一手可行。蓦地,他想起了那支枪,要是把枪取出来,学会开枪,他觉得事情并不难了。

这一路上,他总是听到妹妹时有时无的哭声在耳边缭绕,挥之不去。为平决定回去照料好妹妹,一定要叫妹妹活下去。报仇不在一朝一夕。

家里的门仍旧敞开着。里间没有声音,他撂下柴刀,摸进里间,妹妹还在睡。他摸到洋火,洋火盒里只有三根洋火,他划了一根,点上灯盏,小心地端进堂屋。屋里很空、很静,他坐在桌前,对着带晕的灯光,疲劳极了。他想,先睡一宿再说。他确实想躺下去，不！怒火仍在胸腔里奔突，他站起来，找来一把新扫把。扫把是爹不久前扎的，扎得很密实、很好看。爹不但力气好、农活好，手也巧。他又去找洋油，洋油瓶空空的，连一滴洋油也没有。怎么办？他又对灯坐了一会，然后揣了洋火，把装桐油的瓶子里的小半瓶桐油统统淋到扫把头上，还不太够，他吹灭灯，把灯盏里的油也浇上去，然后提着这把滴着油的扫把，又出门了。他觉得，比起刚才那样不顾死活、不顾成败的做法，这就实在多了。

他又摸进孙家东头的巷弄，静无一人。为平看了看孙家的院墙，掂量了手中的扫把，认为完全有把握把它抛过院墙。他又前后看了看，没有人。他划燃了洋火，点燃了扫把。起先火几乎灭了，后来就吱吱啦啦地燃了起来。他提了扫把，像士兵抛掷爆破筒一样把燃着的扫把用力抛过院墙。

他没有马上离开。直到院墙里传出狗吠，有人喊："有人放火……快救火啊！"为平这才转身向巷口跑去，拼命地跑。突然他刹住步子，转身看了一眼，看不到他所希望的那熊熊的火光，他又哭了。

听到人喊叫的声音，看到晃动的电筒光亮，他马上越过大路，转进另一条巷子。他拼命地跑，跑出巷子，又跑进那片菜地。突然，地埂子边的灰寮后面冲出一个人，为平吓了一跳，马上看清是联玉叔。他一把扭住为平，气急败坏地说："你……你是……为平？你到哪里去了？……刚才，我去你家想把你小妹抱我家去，看见有好几个人打着电筒在你家进进出出，走到桥头又不走了，电筒也不打了。我远远看了不敢走近。我看不对，是要抓你的。你赶快逃，赶快，赶快……给抓住了就没命了。"

为平吃惊不小，也猛地醒悟，从来没有这样清醒过。这两天，他老是想找人家，以为人家怕他，躲起来了。不，人家也在找他，而且找上门了。

"可，我妹妹还……"为平哭道。

杨联玉打断他的话，把他扭进灰寮，贴在他耳边说："你别管了，我会想法把她抱到我家里去。你只管走，赶快，赶快……"他平静了一下，又说，"我听你爹说过，日本人来的时候，你们一家是逃在萍湖镇那里的。萍湖镇西头不远有个章庄，那里有个叫王老四的……记住，章庄、王老四；你去把他找到，就说是我联玉叫你找他的。"他又厉声道，"你记清了没有？从下江门出去，赶快走。"说完把为平从灰寮里向外一推。

认识到自己处境险恶，为平撒腿就跑，跑出下江门后，他就不顾一切地不择方向、不择道路地跑了。只要离了这里，走得越远越快越好，不论到哪里都可

114

以。只要能活着,一定要活着,否则统统完了。

天上露出月牙,满天乌云也在狂奔。他哭泣着跑过溪滩,蹚过因干旱水深只及腰际的大溪,向城西的深山老林里踉踉跄跄、跌跌撞撞地跑。他的心在狂跳,气在狂喘,汗淋如雨,实在跑不动了。但是,他知道停不得,不能让他们抓住,无论如何不能让他们抓住。他顽强地跑着,不知道摔了多少跤,衣裳都给灌木、荆棘拉碎了,脚上淌着血,他几乎毫不觉察。天明了,他也不知道这时身在何处,是一处荒无人烟、草深及膝的山洼。他跌落在一个土坑里,顾不得露水重重,就昏昏沉沉地睡去了。

醒来时,他冷得浑身颤抖不止,很饿,没有一点劲。下面有一块收过的番薯地,他过去用手在那凌乱的垄上扒了很久,扒出几个漏下的小番薯,到水沟里洗了洗就啃起来,又趴在沟边喝了几口水,觉得好些了,就顺着山沟向上爬。在山背上看见一个小孩赶着一条大牯牛走过,为平问道:"小孩!萍湖从哪走,晓得吗?"

小孩看了他一眼,疑惑地、犹豫地向坡下一条路一指,说:"顺这条路走。"

"远吗?"

"有几里路。"

黄昏了,路上已经看不到行人了。为平飞奔着向萍湖跑去。远近的村子都升起袅袅炊烟。当这些炊烟扩散开来,连成一片时,暮霭降临了。路旁简陋的农舍里透出昏黄的油灯光亮,可以看到里面灯光下围着桌子吃晚饭的人家。为平仿佛闻到那诱人的饭香。他现在饥饿、寒冷,像惊弓之鸟,孤零零无依无靠,觉得这种景象是那么温馨、那么美好。这些人家虽然也贫穷、艰辛,却平安地全家团聚在一起,这多好啊。才不久前,他也过着这种生活,没有觉得好,现在感觉到了,却永远永远过不上了。

天黑透了,为平终于找到了章庄,问到了老四家。他打听老四的住处时,人们都用一种惊疑的目光看他,并给他指点了方向。

老四是一个晒得很黑的中年农民。为平告诉他,是杨联玉叫他来的,并平静地向他叙说了父母的惨死和自己的处境,叙说过程中他没有哭。而那个老四一直平静地听为平的叙说,他的女人也一直站在老四背后,两人都一言不发。

为平讲完后,老四对女人说,还有饭吗? 女人打开一边的锅盖,铲了铲锅底,连锅巴一起盛了一碗饭,又从一个陶罐里夹出几根腌萝卜条,放在饭上端给为平,为平狼吞虎咽地吃了起来。

老四又说："我这里没有多的床，你就将就一下在柴仓上躺一宿，我去找人商量一下。"又对女人说，"你给张罗一下吧。"说完，披上一件棉袄走了。

女人把灶旁边扫了扫，招呼为平到门口抱了一大捆稻草进来，铺在地上。她从里间抱出一条黑黢黢的棉胎，叮咛为平小心火烛，让为平先睡。

她进到里间，有一个小孩问道："外面是什么人？"她说："小孩子顾自己睡觉，不要问这些事。"

为平躺下了，几乎马上进入梦境，颠三倒四的，离奇的梦境一个接一个地接踵而来：爹、娘就在跟前，笑嘻嘻的爹，总是愁眉苦脸的娘，妹妹向他招手，一旁的联玉叔叔说："我不是说了吗？没有事的，你偏不信。"好像联玉叔确实说过这样的话。原来这过去的一切都不过是一场梦，一场噩梦。他不止一次地做过这样的梦，做得心惊肉跳，醒来了，还惊魂不定。可是，接着，他又看见李家寿在向孙万倾讲着什么，孙万倾很恼怒地拍着桌子。到处有人沿街敲锣，喊着："有没有人看到一个十六七岁的叫向为平的人？看到了马上到镇公所报告，报告的人有赏。"他拼命地跑，却总是跑不快，而且鞋子也跑掉了。突然，又是黑夜了，他听到了小妹的哭声，是小妹的哭声没有错，还夹着喊："阿哥！阿哥！"他循声疯狂地奔跑寻找。他无论如何不能再一次失去她们了。突然前面出现几盏孙家的灯笼，他转身又跑……

"醒醒！醒醒！"老四叫醒了他，他坐了起来，天还没有亮。灶上亮着油灯，老四蹲在他旁边，疲倦地说："这样吧，你到共产党那里去吧。你家里的事，昨天镇上已经有人听说了，还说，昨天晚上镇上有人打听有没有一个像你这样的人来过。我们商量了，你先到梅溪，找一个叫蒋秉孝的，把这个（暗中，老四递给他一个字条）给他，让他把你带去交给一个叫王平的人。到那里，你跟着大伙儿好好干，也要小心在意。我这里也不能待了，趁天不亮就上路，我把你带到去梅溪的路上。"说完，又塞给他一个麦饼，说："路上饿了吃。"

于是，吹灭了灯，他们走出门外。老四虚掩上门，转身把为平送到村外，指着一条路说："就沿着这条路直通梅溪。"

为平走上了一条新的道路。这时，四围寂静无人，星光照旷野，在熹微的晨光中，他快步向梅溪走去。走了十多里，终于看到梅溪镇了。这时太阳升起来了，远山脚下的薄雾在消散，云雀在高空鸣叫，路旁的田里，黑油油的壤土像发糕一样松软，冒着淡淡的水汽，麦地里已经有人在锄地了。

想到终于摆脱了那噩梦一样的世界，为平许多天来抑郁的情绪缓解了许

多。他对自己说："我会好好干的,会听话的,像过去在家里一样。我什么苦都能吃,只要能报仇,不在一早一晚,我懂得的。"

他走过镇西头三官殿前的凉亭。庙门口的门槛上,一个人倚着门框低着头,一动不动。这么早跑到这里来打瞌睡?为平觉得奇怪。突然,他一惊,瞥见这人怀里抱着一支长枪,于是他头也不回地快步走了过去。

这人突然惊醒了。"哎!哎!小鬼,不要走。"他想阻止为平。为平不理他,走得更快,接着就跑了起来。

"这个小家伙是不是的?"他急急忙忙向庙里一个人问道。庙里快步走出一个挎驳壳枪的人,看了一眼,说:"快!快!你是死人吗?"并厉声大喊,"小鬼,站住,你再跑,我打死你。"

为平拼命地跑。

"快!开枪。"另一个人几乎同时抽出驳壳枪,拉了拉枪机,举枪、瞄准、击发。

砰!

为平倒了下去,栽进路旁的苇塘里。

枪声惊动了一群鸟雀,扑棱棱地飞散了。四周在田里干活的农民也莫名其妙地逃跑起来,周围一片寂静。

这两人马上持枪跑去看个究竟。那个用驳壳枪的人倒觉得奇怪,他还没有怎么瞄,怎么稀里糊涂就打上了呢?

才跑出几十步,突然,砰的一声,不知哪里又响了一枪,子弹从耳边呼啸而过。两人一怔,站住了,互相对视了一下,认定不是他们自己开的枪,他们神色大变,不约而同地拔腿向回跑,没命地跑,噔!噔!噔!噔!像兔子一样,跑得连影子也找不到了。

他们和不远的游击队营地派出的警戒人员遭遇了。

第十一章　我要当剑侠

昨天，来福在放学时就听路人说：有一户人家，全家四口，一天里就给人害死三个，剩下一个儿子到现在还没有下落，不知道是死是活——糟蹋人的事儿，他听说得多了，也疲了，不当回事了。

这一天吃中饭时，奶奶和妈妈也谈起这事来了。

奶奶问妈妈："宗华，这个名字有点耳熟，常听人提起，是哪一个，你晓得吗？"

妈妈说："就住在下江门里城墙边的，种的万倾家的田。蛮好的一个人，见人总是笑嘻嘻的。有一个儿子，不是他亲生的，是传说那一年给政府毙了的那个寿民的儿子，是他把这个孩子收养起来的。噢……"妈妈突然想起来了，说，"他这个儿子，你一定认识，黑黑的，挺老实的。前几年还跟阿福同学，常常来这里叫阿福上学。来了只站在门外叫，叫他进来都不肯……"

她们前面的话，来福没有注意听。妈妈讲到这里时，他一惊，冲口而出："是向为平？"

妈妈说："唔！就是他。"

来福急忙问道："为平家里怎么啦？"

妈妈不想再说，跟来福说这些不好，但又觉得已经说开了，瞒也瞒不住，不如说清楚了，再告诫一下更好，免得他又去到处打听、胡乱说地生事。顿了一下，说："怎么啦？全家都给人害了。说他爹是什么共产党，抓进去，死在警备司令部里。他娘总是想想没活路了，一根绳子吊死在屋后的树上。一个才三岁的女儿没人管了，也不知道是怎么死的。他自己人也找不到了，也不知道在哪里。"

奶奶接上去说："哼！搞不好也给害了，你信不信？"

听了奶奶的猜测，妈妈说："唔！难说。万倾这个人是会做得出来的，对亲外甥都下得了手。宜华爹跟他家也总算沾点亲的吧，那一年为宜华事找他帮

忙，他人都不给见……"

奶奶接着说："你不知道，他爹也是这样的，在他们手上害过的人也不是一个两个。还有那个叫李家寿的，也坏，当个镇队副，专门帮他做坏事。这一次，我听说，明明是万倾打发这个李家寿带人去捉宗华的，捉到镇公所里还把人打了一顿，又送进警备司令部里。现在他满口否认，都推说是警备司令部抓的，说他一点都不知道。"她张望了一下大门，又说："你不要看这样的人家，不会有好结果的，前几年还一直传说他们那个大院里闹鬼的事，说有一夜，无缘无故地一根晒衣杆不知道从哪里飞进院子里，砸到玻璃窗上，把玻璃砸得粉碎；还说晚上那蜡烛的光亮突然都变蓝了，你看我，我看你，脸色都变成蓝的了。弄得万倾都不敢住老宅子，在以前的小花园里又盖了两栋房子，搬进去住。这都是作孽多了，以后还会有报应的日子的，我们日后看吧。咱们也不靠他，也不招惹他，宁可离他远些好。"

妈妈还要讲什么，奶奶制止了，说："不要讲了，不要讲了，讲它干啥？"

妈妈突然想起来，转过头来厉声对来福说："你吃你的饭。这些事情到外面不要乱说，也不要你去管。吃过饭，赶快给我上学去。"

来福已经呆了。半晌，他狠命咽下这口哽在喉咙里的干饭，泪水涌上眼眶。他赶紧埋下头来，大颗的眼泪滚落在碗里。他悄悄地捧着剩下的半碗饭到厨房里，强忍着，不出声地哭了起来。

妈妈注意到了，她知道向为平是来福很要好的朋友，人也老实，来福跟他在一起她是很放心的。她放下饭碗到厨房里，看见来福面墙站着，捂着眼，在抽抽搭搭地哭泣。她平静地，仿佛很理解、很体谅地用非常和蔼的口气说："别哭，孩子……出这样的事情我们是没有办法的，总会有人出来说话的。吃饭吧，啊！吃了上学去吧。"

来福顺从地点了一下头，他把饭剩下了。他擤了擤鼻涕，擦了擦眼，提了书包走了。他不准备到学校里去，之所以要拿上书包，不过是做一个上学的姿态罢了。

一出门，他就径直朝为平家跑去。

自从为平、启明相继离校后，这两年，他们很少碰到一起。他常常想念他们，也常常找他们，去了几次，总是扑空的多，偶尔碰到一次，他们也总是在忙着，话也讲得不畅快。上半年，就是他们在鼓楼桥上碰到后的一天，他还找过为平一次。那一天，他是那么高兴。那是很难得的一次机会，因为是星期天，妈妈到二姨家去了,他可以尽情地出来玩耍了。为平也正好在家,而且只有他一个人坐在大门边的小竹椅上,用篾条编筐子。见了为平,他是那么高兴,他还总认为他们仍旧是最好的朋友,是结拜兄弟。他跟为平讲了很多学校里的趣事。讲到上次学校拔河比赛,我们班——还是"我们班",好像为平还是和他在一个班——得了第二,同学都七嘴八舌地说,要是为平在,哼!哪有他们的第一。虽然,他自己照例不会是参加拔河的选手。又讲到全校文艺演出,他被挑选上参加本班一个节目的演出,虽然他担任的是一个微不足道的角色。总之,他认为有趣的,他都讲了,讲得津津有味、眉飞色舞。可为平突然变得陌生了。为平见到他时,也笑了笑,叫他坐;一边干着活儿,一边也听他讲,偶尔也嘿一声。当来福问他什么时,他的回答只有"唔!"或者摇摇头。不问他什么时,他就没有话了。

来福终于发觉,为平的笑是很勉强的,对来福讲的这些事,并不真有兴趣。他好像早已经忘了他们在竹林里结拜兄弟的事了。觉察到这一点,来福有些沮丧,也沉默了。

对来福的突然沉默,为平也觉察到了。好像只是为了表示歉意,他勉强找了一个无关紧要的、显然也不是他关注的和感兴趣的事问来福,来福也摇摇头。他们没有共同感兴趣的东西了。沉默了半晌,来福说要回去了。为平看了看他的眼睛,抱憾地站起来,送他出门去。

来福觉得委屈,有点想哭。是的,各走各的路了,时间一长,感情当然就淡了。难道还能像在中年级读书的时候一样吗?结拜兄弟,那是小孩子一时兴起说着玩的,就那时为平、启明两个也不一定当真,他来福还一直把它当个事儿来看。

后来,他再也没有去找为平了,那种热切的、总想看到为平的念头也随之消失了。现在,当他听说为平这个这么老实、本分的人竟遭到了这样悲惨的祸害,他对为平那变的淡漠的感情突然又像火一般地熊熊烧了起来。强烈的同情和担忧使他产生一股不能遏制的冲动,他要马上找到为平,跟他在一起,帮助他,保护他。

一声断喝:"走!走!走!"

来福吓了一跳。一个肩上扛着枪的保丁站在桥头上,对他怒目而视,并厌恶地挥手阻止他向桥上走,他只好悻悻地退了回来。无端被人训斥的屈辱感,使他又涌出了眼泪。

他从来都是这样。受到欺侮时，跟人打架固然不行，跟人吵架也不行。他一生气，一着急，反应就迟钝了，口齿也不灵了，借以争吵的充分理由总是在事过以后才想起来。当时都不知道要讲什么，剩下的只有眼泪和鼻涕——他对自己的这种怂样也很生气。

启明知道这事吗？照理说，启明消息比他灵通，应该知道，办法也比他多。现在他不能不佩服启明了，不服气也不行。

就在上一个礼拜天，妈妈一早又去二姨妈家了，奶奶递给来福两张五万元的钞票和菜篮子，叫他到麒麟桥菜场买几斤小白菜来，中午要吃的。来福便去了，他从来没有买过菜，以前都是妈妈买的，他对青菜的是嫩是老、怎样讨价还价，一点也不懂，反正哪里买的人多，他就挤到哪里去买是不会错的。

菜场就在麒麟桥横街上，街两旁屋檐下的地上摆着两溜菜贩子的各种蔬菜，到处是吵吵嚷嚷的讨价还价的声音，地上则湿漉漉地撒满菜叶、稻草。来福一眼就看到启明也在卖菜。来福站在路旁一处不起眼的地方看着，心想，如果他也在做着这种营生，被一个老同学看见了一定会很不好意思的，甚至会觉得很丢人的；虽然他也知道这些衣衫破烂，卷起裤脚的赤脚人都不过在混一口饭吃。

启明瘦了，眼窝有点陷进去，下巴颏更尖了，脸色黄黄的。他下面虽然也穿着草鞋，卷起裤腿，上身却穿着读书时穿过的那件黑色的现在看起来有点嫌小的旧学生装。这件学生装穿在他身上，加上他那精干的样子，处在那些衣衫褴褛的菜贩子中间就显得有点文气，有些儒雅，加上他总是笑盈盈地对走过他的菜担子跟前的人（人家也不一定准备买他的菜），他就会亲切地问："大妈买点什么？"人家只好站下来端详他的菜了。所以，他的青菜明显地比旁人卖得快。来福看到有一个老人一进入菜场就径直走向他的菜担子跟前买菜。他笑着问："大伯买什么菜？"倒像是个老熟人一样亲切，并且手脚利落地抓菜，用稻草捆扎青菜，过秤，报价，显得很老练，而且不太有人跟他吵吵嚷嚷地讨价还价。现在他的菜担子里剩下的青菜已经不多了。

来福走了过去。

"哎！你怎么也来买菜了？"启明看到来福后大大方方地打招呼并且显得很高兴。

来福拎着空篮子，站在他一旁，说："生意还好吗？"

"还可以。"

"不冷吗?"

他把卷上来的裤脚向下勒,跺着脚说:"脚有点僵。"他转身对后面的裁缝铺子里一个中年妇女说,"阿嬷! 我借你一把椅子坐坐。"

那个妇女笑着点点头。启明掂来一把小竹椅放在身边叫来福坐,他自己蹲在一边。来福不肯坐,也蹲在椅子另一边。

"怎么卖菜了呢? 洋火厂不做了?"

"洋火厂关门了。只好卖点青菜,混口饭吃吃。"启明用大人的口吻回答他,又说,"听说再过半个月洋火厂又要开工了。"他又问了学校的事、同班同学的事,还问了刘先生的事。来福觉得像启明这样读书很好的同学,去做工、卖菜确实太可惜了,刘先生也这样说过。他接着问:"你就这样,再不上学了吗?"

启明点了点头。这不明摆着的吗? 他得谋生。他转问道:"你要买点什么菜?"

"叫买点小白菜。"

"买多少?"

"叫买十万块钱的。"

启明笑起来了,说:"人家买菜都说买几斤,你是说买多少钱的。"说完马上站起来从菜担子里抓了一大把青菜放到来福的菜篮子里。

"多少钱?"

启明笑了笑,说:"都是挑剩下来的,不值钱的。"当来福站起来掏出兜里的两张五万元的钞票递给启明时,启明把它们挡回去了,并且把他的篮子递到他手中,扳过他的身子,轻轻地推他走。来福不肯,挣扎着要把钱塞给启明,但是他拗不过启明,被启明推出好几步,说:"两棵烂白菜还要那么顶真呢!"

启明回到自己的菜担子后面。过了一会儿,跟他一起卖菜的赵云飞从那边过来对启明说:"刚才来买菜的那个小孩子,你欺侮他了吗?"

启明说:"没有啊! 我怎么会欺负他呢? 他是我的同学,好朋友。"

"那他怎么站在那边弄口,好像要哭的样子。"

"你给我照看一下。"启明说完赶忙过去了。来福果真还站在弄口,手中提着篮子。他并没有哭,只是呆呆的,有些失神的样子。启明笑问他说:"你怎么啦,还不回去?"

他伸出还捏在手上的钞票递给启明。启明哑然失笑,说:"我不是讲了吗? 都是挑剩下来的烂菜,不值个钱的,你还偏要那么顶真。"说罢就从他手里的两

那年代

张钞票中拿来一张，另一张仍旧塞进他的兜里，并且挽着来福的膀子，把他送到路口。启明觉得来福还是那么单纯得可爱。大概从来福这方面来说，你连读书都没有钱，我怎么好意思揩你的油呢？

以前，为平有一次就直说来福没有用，说要办事还得找启明。来福还不很服气。那一天，来福觉得启明确实比他能干，而且能吃苦。如果他们两个像鲁滨孙那样漂流到荒岛上，他恐怕会饿死，而启明会活下来。他又想，启明还有几点是他来福做不到的，一是启明从来不怕麻烦人；二是启明嘴甜。他张来福最怕麻烦人，他甚至走迷了路都不愿意向人问路，因此常常走了很多冤枉路，他不愿意向人问路，只是怕别人不理睬。至于对陌生的人那么亲热地喊什么大叔、大娘的，他就是喊不出口。

是的，他应该先去找启明打听。

他又跑到永利厂去，所有的车间他都张望过了，没有。看他东张西望的样子，一个师傅问他有什么事。他说没有什么事，那师傅就说，没事出去玩吧，不要站在这里，东西搬进搬出要撞着的。

来福走了，就在大门口，一个很面熟的跟启明年龄相当的工人刚在大门外的墙边解了小便跑进来。见了来福，他一边系裤腰带，一边笑着对来福点点头。来福大声问他："启明到哪里去了？"他头也不回地说："派到龙湖山押木头去了，今天要回来的。"来福记起来了，他就是那个玩狮子只会翻一个筋斗的，这种筋斗，来福在床上也会翻。

到哪里能找到为平呢？他没有了主意。出了永利厂，他信步走着、想着。

为平真的也给害了吗？奶奶说得那么恳切，妈妈也附和奶奶的看法。

想到为平跟他在一起时总是让着他、护着他，为平憨厚的笑貌越来越清晰地浮现在眼前，来福的心坠得疼。他咬牙切齿地想到这个孙万倾，想到这个高大、肥胖的东西，想到他那又大又白的脸盘，好像"跳加官"时那个戴着面具的"太白"一样，想到他身上像女人一样总有一股雪花膏气味。他的样子、他的一举一动都是令人憎恶的。怎么能够让这种人这样自在地坑害别人呢？应该有人出来给他一点颜色看看，让他知道，害人的人是没有好下场的，到头来也会害到自己头上。可是没有这样的人。妈妈刚才说，总会有人出来讲话的。谁会出来帮为平家讲话？谁会来。来主持正义？看，街上这么多人来来往往，有的人看来是很强壮、很有力气的，可是他们都好像根本不知道发生了这样凶残的事，或者都装成不知道的样子，都只顾自己走着、说着、笑着，好像世界上真有那么多有趣的事值得他们开心。

如果大家都只顾自己，任凭坏人随便害人，他们就不想一想这样下去坏人会更加肆无忌惮，总有一天也会害到他们自己头上来的。来福是个肯动脑筋的人，他认为他的这种想法是很正确的，也很能说服别人，他应该大声地向大家说出这个道理，但是他没有这种勇气，也知道人们不会听他的。

一个骑自行车的人把一个女人挎着的包袱擦了一下，俩人就为了这么一点小事吵起来了，谁也不让谁，越吵越凶，很多行人都驻足围观，而且挤得一个推独轮车经过的人连声喊："让让，让让!"但是没有人理会。

来福在心里嘀咕："人家一家人都给人害死也没有人敢出来说话，为这样的小事却吵得寸步不让。"他厌恶这些无聊的人，厌恶这个平庸的世界。啊! 从前那些路见不平、拔刀相助的侠客为什么现在一个也没有了呢?

来福从心底喊道："我一定要去当剑侠，我无论如何都要想办法去当一个剑侠。"

当愤怒的岩浆在体内奔突时，他又到幻想世界寻求发泄了。幻想的潮水奔涌而来，那么解恨，那么过瘾，他徜徉在里面竟忘了身处的这个世界。

他下了狠心走了。怀着满腔悲愤，怀着替世界上没钱没势、受冤受屈的人们报仇的愿望，他勇敢地抛弃了给予他衣食、温暖和各种照料的家，抛弃了他那虽然严厉却无微不至地关心他、爱护他的妈妈和虽然唠叨同样关心他、爱护他的奶奶，悄悄地离家出走了。

那当然是不容易啊，他历尽千辛万苦，跋山涉水，一路打听，终于走到了昆仑山上，因为书上那些主持正义的剑侠都是昆仑派。

昆仑山上照例会有一处大寺院，很大的寺院。他终于找到了这个地方。可是，在山门外，他被一个扫地的小和尚挡住了，小和尚不让他进去，问他是干什么的。他说是来找师父学武艺的。像很多戏里面和书上面都有的那种难缠的小鬼一样，小和尚总是要刁难他的。他一副瞧不起的样子，冷笑着说："师父出门了，'云游'天下去了。什么叫'云游'，你懂不懂? 哼! 要好几年才回来。就是回来了也不会收你这样的徒弟，你趁早回去吧。"

来福知道这一套，这种刁难其实只是一种考验，看你是否诚心。为了追求自己高尚的志向，他早就横下一条心，不管小和尚怎么啰唆，怎样气势凌人，他都不跟人吵架，他只是赖在那里，死也不走。

他在门外找了一个干净的地方坐下来等，师父还能不出门吗? 他心安理

得、不怨不怒地等了三天三夜,也饿了三天三夜,终于感动了里面的师父。师父让小和尚把他叫进寺院,收他当徒弟,教他武艺,传授他飞檐走壁、刀枪不入、飞剑取人脑袋的本领。至于师父怎样向他传授飞剑的技能,他的想象力成了一片空白,因为书上没有这方面的情节可供生发的,只能略去。总之,是很苦很苦的,怎么个苦法,他也想象不出来。

那么,家里又怎么样了呢? 当然不会让他一走了之的。他回过头来想象家里将会出现什么情景……

当他出走以后,妈妈、奶奶一定会到处寻找他。到哪里去找呢? 他幸灾乐祸地想,无非是学校里、大姑妈家、二姨妈家,还有他的一些同学家。起初还带点责备、怨恨的情绪,嘟囔着这个不懂事的孩子,如果找到了一定好好整治一番。可是,哪有呢? 找了几天,越找越慌。她们就去忠靖王庙烧香叩头,求签书,又找算命先生算卦。这些统统没有用,几天过去了,一点影子也没有,于是她们慌了、绝望了,猜测他遭了不幸,妈妈、奶奶就哭了。想起以前对他的严厉、苛刻、动辄呵斥,她们懊悔地哭着,白天黑夜没完没了地哭着。想到这里,来福的鼻子也酸楚了。

有的人常常会自己给自己制造委屈和伤心的情绪,把自己塑造成一个悲剧人物供自己同情。

她们还发电报给爸爸。爸爸闻讯赶回来了,询问着,又寻找着,甚至连后门的水井里都打捞过了,还是没有结果。最后,爸爸跟妈妈、奶奶大吵起来,说,是她们把来福逼跑了。他向妈妈要人,要跟她离婚,闹得天翻地覆的,一家人都大哭起来。

还是在他那个生活的小天地里,想象力显得活跃而流畅。幻想像汛期的洪水,不可阻挡,稍不留神就会溢出渠道,向任一个低洼方向泛滥。意识到想象已经脱离主题,来福赶紧刹车,把思路倒回到原来的轨道上。

怎么说他也不能动摇,他顾不得这个家了。在这个不平的世界上,没有武艺无论如何都不行。拿现在的来福来说,他能有什么用呢? 对那些受苦受难的人,他只有同情,只有哭泣,他帮不了他们。对那些恶人,他只有痛恨,只有背后咒骂几句,他损害不了他们一根汗毛。他们照样活着,照样想怎么坑人就怎么坑人,没有人敢惹他们,偏还有很多大人去拍他们马屁——大人们! 这样下去是不行的,这个世界会变得很糟糕的。

他在昆仑山上学了三年,学得很苦,他坚持下来了,成了一个武艺非常高强的剑侠,然后告别了师父和师兄弟回到故乡。

他穿着武侠们穿的那种夜行服——夜行服究竟是怎么样的? 他想象就是戏台上武松打虎穿的那种衣服:黑色、紧身,衣扣很密,帽额上有一个茨菰叶形状的晃动闪亮的饰物,帽子一侧有一个大绒球,很好看,很精干——想到这里,他犹豫了。这样打扮,走在街上,人们会像看猴子一样围着他、追着他看,七嘴八舌地议论道:"又不是三月三,这是谁呀,穿这样的衣服上街?""是憨的,恐怕。"这多不好意思。还是普通打扮好,像一个普通人一样,还穿现在这种衣裳,他回到了故乡。是的,不要张扬,"真人不露相,露相非真人"啊!

他走在街上,有一些人很吃惊……突然他撞到一个农民挑的箩筐上。

"怎么的,眼睛长哪里去了,走路都不看的?"

来福瞪了他一眼,嗫嚅着走了。

想到哪儿去了? 对了,街上一些人都吃惊地看着他,交头接耳地议论着:"这不是那年走失了的张永庆的儿子吗?"

他坦然地走着,不理会人们的惊诧和议论,有礼貌地和以前认识的人打招呼。谁也不知道这个看起来平平常常的小伙子已经是一个武艺非常高强、刀剑不入、能飞剑取人脑袋的剑侠了。

当然,还有很多情节,比如,回到家里,奶奶、妈妈见了是多么惊喜,她们一把眼泪一把鼻涕地责怪他当初不该不辞而别,也不写一封信回来。他又怎样应对她们提出的各种各样的询问——他不愿意在这些琐碎的无关紧要的情节中浪费自己的想象力。

到了夜里,他装束妥当,悄悄走到孙家大院外,一跺脚,腾身而上,一点也不出声地落在屋檐上。于是透过玻璃窗,他看到灯光下有四个人围着八仙桌在打麻将。这就是他要制裁的恶人:孙万倾、警备司令部的那个司令、那个虐杀逃兵的中队长,还缺一个应该是谁呢?

他的想象在这里打了一个回旋,梗塞了一下。三个就三个,可是三个人怎么打麻将呢?

他想起了《杀僧打店》里的老板娘,就是那个母夜叉孙二娘……可这太不伦不类了。最终他想起了孙万倾的那个打手:李家寿。是的,就是这么四个。

他从脚下扳起一块瓦片,照着玻璃窗打了过去。玻璃啪地碎了,瓦片落在牌桌中间,把四个人吓了一跳。这是谁啊,胆大包天了,竟敢在太岁头上动土! 他们撂下麻将,走出门来,马上都看到了月光下站在屋檐上的来福。

"你是谁?"

"有贼。"

"来人啊! 抓住他,不要叫他逃了。"

他们七嘴八舌地咋呼起来。孙万倾还掏出手枪朝来福瞄准,砰地开了一枪,子弹从他身上弹了回去,他是刀枪不入的。于是来福右手一挥,伸出中指和食指,一把飞剑霍地腾空而起,然后像飞机俯冲一样刷地直插下来……

来福想象的思路又打了一个顿号。他历尽千辛万苦学来的武艺,不能这么一下就完了。他要构思一个更曲折、更动人的结局。于是他又回过头来重新构思……飞剑像飞机俯冲一样刷地直插下来,当挨近他们脑袋的时候,来福把食指一钩(这就有一点相当于现在的遥控器了),飞剑就停留在他们的头上,忽忽悠悠地闪着亮光。

这四个坏人都是孬种,他们也不能不是孬种,别看他们得意的时候那么狠毒、那么张狂,以为没有人敢对抗他们。一旦遇上一个能制伏他们的人时都吓呆了,都顾不得脸面了,马上跪了下来,一边磕头如捣蒜,一边哭喊饶命。

来福义正词严地训斥他们,说:"你们这群狼心狗肺的东西,你们作了多少恶?你们那么狠毒地打死那个逃兵,你们整死了向为平一家。你们想过没有,他们也是人啊。向为平是不是也给你害死了?你说,孙万倾!"他大声地当面喊这个镇长的名字,这可是没有一个大人敢这样做的。

孙万倾连忙摇手,哭丧着脸说:"没有,没有,他逃了,不知道逃到哪里去了。"

来福哼了一声,又说:"你们还能想到会有今天吗?"他大喝道,"爬起来,走,给我到东岳宫前面的场子里去。"

这时,他想象应该是白天了,而且是赶集的日子,街上人山人海地挤着、挨着。一看到这几个有权有势,平日里为非作歹没有人敢惹的坏人被一个小孩子制伏了,正被押着走过来,人们马上自动闪开路,并且都兴高采烈地跟了上来,看这个小孩怎样处置这些坏人。

到了东岳宫前的场子上,来福站在台阶上,向围观的人群控诉他们的罪行。人们起哄了,何止这些,还多着呢,还有更多、更狠毒的罪行。人们纷纷上去说啊、骂啊、哭啊,越说人们的情绪越激愤。最后,来福就问大家怎么处置,成千的人一起高喊:"打死他们。"

来福犹豫了。他立志要做一个好人,一个善良的人。他发誓决不欺侮别人、伤害别人，更不用说杀害一个人。一个人只有一次生命啊，死了就再也不能活了，他不能杀人……他的想象力突然枯竭了，在事关信念的抉择面前，他不知所措了。

他抬起头来，街上的人都各走各的路、各做各的事，谁也没有注意到他的疑难。

"或许……"他嗫嚅着，说，"我们把他们先关起来再说，好吗？"

有什么不好的？既然是他制伏的，当然得由他说了算。来福也没有细想了，交给谁来关他们呢？警察局吗？他们是一伙的。总之，既然制伏了这一班坏人，替为平一家报了仇，不再让他们继续为非作歹，欺压老百姓了，也没有马上杀了他们，那么他幻想中的这个故事应该结束了，该大团圆了。

但他还没有完，他还要继续想象一个供自己陶醉的尾声。

人们沸腾起来了，向他拥过来，向他欢呼。有人牵来一匹大白马，把他拥上马背，有人举着一幅红绸子给他披挂身上，还有一班人自动地抬来锣鼓敲打起来。好像正月里玩龙灯一样，人们拥着他游街，欢呼他们的英雄儿子学艺归来，为民除害。他竟想到在这种场面下自己要更加谦让，更加有礼貌。

突然，一阵哈哈大笑，背后一人搭着他的肩说："你一个人嘟嘟囔囔什么？"

来福从幻想的高空跌落到人世间。他回头一看是启明，笑吟吟地。他从龙湖山押运木料回来了。

来福红了脸。如果在其他时候，他会臊得无地自容的。现在，当他退出幻境时，激愤马上又替代了刚才的兴奋。看到启明，他咧开嘴，像见到唯一的亲人那样哭了起来，不停地吸着鼻子。

启明慌了，急急地问道："出了什么事了？出了什么事了？"

来福把为平一家被害的事抽抽搭搭地讲给启明听，启明眼睛也红了。

从那次找为平看戏遭到冷淡后，他没有再去找过为平。开始是因为怄气，后来因为工厂停工而懊恼，到处找事做，混饭吃，也确实没有心情，终于又开工了，这一阵也太忙。如果能碰到为平，他当然会和解的，就像什么事也不曾发生过一样。以前，他还认为，这个养儿日子比他好过，后来，看样子，也很难过。对这样的朋友，启明哪里会认真和他闹翻呢？不想这个老实人，偏偏又会遭这样的祸害。

他看着泪眼婆娑的来福，疑惑地自问，难道这会是真的吗？他知道在这个世界上发生过很多凶残、悲惨和冤枉的事情，但那都是听说的，和他没有直接关

那年代

系的。那是在很遥远的地方,很久远的过去,或者是他不认识的人的事,谁知道是真是假呢?现在这种事却突然发生在眼前,发生在他最好的、一向是那么亲密无间的、亲如手足的为平身上。他从心底喊道:"把一家人害了就算了?没有那么便宜吧?我要你偿命!孙万倾,你这个老小子,你等着,我要你偿命。"

看见启明一动不动地待在那里,来福说:"我刚才去工厂找过你。他家房屋已经给查封了,有人看守着,不让人走近。我们再去找去,一定要找到他才行。"

启明点点头。于是,他们牵着手,不论过去互相有过怎样不好的看法,现在却像一对真正的患难兄弟一般去寻找另一个兄弟。

来福问道:"你知道为平还有什么亲戚住在这里?"

"……只听说日本人来的时候,他们全家都逃到萍湖镇那里,不知道那里有他什么亲眷。"

来福忧心忡忡地说:"你说,为平会不会也给他们害了?"

启明站住了,摇了摇头。

"不会吗?"来福又问。

启明说:"不知道。"

他们围着为平家的屋,远远地绕了一大圈。在下江门一带最靠近为平家的人家打听了几次,都说不清楚。最后,启明沉吟了一下,说:"为平会不会给关在孙家大院里呢?"

来福点点头,说:"会有这种可能的。"

"我会再去打听的。你先回去吧,你能不能想办法到孙家大院去一趟,偷偷去找一找?你家和孙家不是还有一点亲戚关系吗?"

来福像给泼了一瓢粪水,浑身一抖,但是也嗯了一声。他恼怒地说:"亲戚是谈不上的,我的大伯伯家跟他们沾有一点点亲。"

见来福仍旧站着不动,启明友爱地说:"你回去吧,我会再去找的。找得到找不到,我都会告诉你的。"

来福还是没有动。启明深情地说:"已经到放学的时间了。"他挽着来福把他送到离他家不远的地方,看着他进了家门才转身回来。

第十二章　报仇

一周过去了，为平还是不见影子。启明上、下工多次在离为平家前面的石桥不远处遥望，都只看到那个半死不活的保丁。

虽然从小学一年级同班算起他们认识也有六年了，他却不知道，也从来没有问过为平在城里有什么亲戚。萍湖那里，他没有去，几十里路，他也没有工夫去，去了也不一定能打听到。一个大活人，突然说没有就没有了，像传说中他的亲爹一样。

一想到为平，他那笑貌总是很清晰、很生动地浮现在启明的眼前，尤其是他们最后一次不愉快的交往时他那消瘦、疲劳、失神的样子。启明觉得愧疚，觉得很对不起他，如果还能再见到他，不消说，他绝对不会记仇，他们之间哪里来的仇呢？而且保证再也不会随意糟蹋他们的友情了。可是，还能再见到吗？都说他已经给害了。对于传言，启明有时半信半疑，有时又无端相信他的好朋友已经不在人世了，永远见不着了。

那年代

想到这里，他不禁热泪盈眶，怒火中烧。但是，他那斩钉截铁的报仇誓言却仍旧还是一句空话，他常常处于毛焦火辣之中。

他也曾沿着孙家院墙绕过几趟，把死老鼠、干猪粪扔进院墙里；也曾爬到院墙外的树上，借助风力，把揉碎的蒲绒刮得它满院都是；还曾从远处，用弹弓向楼上的玻璃窗发射过石子。他做了，却没有一点反响，仿佛人家不屑于去追究这些，只当做是小孩子的恶作剧罢了。

还有一次，他怀着负罪感，想着如果得逞，也许会伤害无辜的人。他把一支烟掏空半截烟丝，把从火柴头上刮下来的磷屑装进去，再把掏出来的烟丝填回去，蹾实，然后点燃了，扔进孙家院墙里，也毫无反应。烟可能自行灭了，而且他也知道孙家大院不是篾棚、草屋，院子里想必不会有一般百姓家有的那些稻草、狼衣、刨花这些引火的柴堆在院墙边的，他也只是姑且一试。

做了这些事以后，他又暗暗叹息，觉得自己多么无能。他没有任何正大光

明的手段可以对付这个恶人。难道只能做这样一些没劲的事儿吗？或者就这样算了吗？他不服，他在心底喊道：不！不行的！无论如何不能就这么算了。

他总还在曲里拐弯地打听从哪里可以找到一种手段，足以制裁这些坑害平民百姓的有钱有势的人。

这一天晚饭后，他突然想起来到祥生伯伯家玩。

这个痨病鬼，黄包车早已经拉不动了。他后来摆过香烟摊，卖过生粉丸子，最后在炸鱼这个行当上找到了比较轻省的谋生之路。不料去年又因为不慎，加之手脚也不灵便，左手被齐腕炸断了，留下一截大蒜头一样的小臂。人们说，这是杀生的报应。可是他仍旧不悔悟，一只手也照旧干。

见了启明，他如获至宝一样高兴，笑着说："啊唷！稀客啊！今天怎么有工夫到我这里来玩？坐！坐！"这个性格开朗、乐观却生活孤寂的老人特别喜欢启明。这时他正在灯下把桌子上十几个小圆管拾掇进一个小木盒里。

对老人的乐观、不屈不挠的谋生精神，启明是佩服的。他不单会拉车，会做生粉丸子，偌大年纪竟还学会用炸药炸鱼。有一次，在清水埠，他一次就炸到三十来斤鱼，用箩筐挑到街上卖，卖得很便宜，比起那些在小脚盆里养几尾小活鱼的鱼贩子就有气魄得多了。而且，启明认为，炸鱼也像打仗一样，是很富刺激性的。但是，他也只佩服这一点，不喜欢听他肚子里那些陈年八代的典故。

启明大模大样地坐到桌子前唯一的一张板凳上，搭讪说："祥生伯伯！你放一次炸药能捞到多少鱼？"

"那没有准头的。"祥生伯伯说，"全靠运气。碰上坏运气，一条炸不到也有过。"

"他们说，炸的鱼，鱼胆震破了，吃起来是苦的，可是的？"

"没有的事。就是剖鱼不小心，把鱼胆搞破了，擦一点酒，洗干净了，也就没有苦味了。"

"你从哪个店里买到炸药的？"这才是正题。

老人笑起来了，说："炸药还能在哪个店里买得到的？是我托筑路队一个熟人弄来的。日本投降后，落日峰兵工厂搬到外地去了，筑路队买了一些炸药、火具来开山筑路。后来政府没有钱开销，筑路队就散伙了，我才搞到一些。"

"炸药是什么样子的？我看看。"

"炸药有什么好看的？"虽然这么说，老人为了讨好启明，还是从床下面拖出一只木板箱，捻了一撮炸药给启明看。是一种黄色的粉末，有一点像豆饼末。

"拿捻子点吗？"启明总是装出随便问问、毫无用意的样子。

"不行，就这样，拿火烧都点不燃的，一定要用雷管才能引爆……"老人为了留住启明多玩一会儿，也就毫无戒备地介绍起了炸药的用法。

"哎！"启明突然说，"祥生伯伯，我跟你学炸鱼怎么样？你一只手也不便，我给你当个帮手不好吗？"

老人挥手说："去！谁要你们后生家当帮手？你别看有时候捞到了可以捞一把，看得眼红。这些是有天没日，绝后代的营生，也危险。我一个孤老头子，横竖干不干都绝后代了，管他娘的。你们小后生，前程无量，可千万不要干这种行当。"

前程无量，一听到这些话，启明就想到蔡老头。这一会儿他无心理论这些，只是抱着老人的肩头，亲热地摇晃着说："我不要后代。你教会我，日后你做不动了，我养活你。你两只手还出事呢，剩一只手，再干下去，不要把老命给送掉了。"

祥生哈哈大笑，说："别闹，别闹。你跟我随便干什么，我都喜欢。干这一行，不行。你娘就你一个宝贝儿子，命根子，炸死了，我赔不起。你有事做的人非要干这一行何苦呢？洋火厂不好吗？你还养活我？"他苦笑着摇摇头，"这年头，能叫你娘歇上几天也就不容易了。"说罢，他突然喊了起来，"不要动！"

"这是什么？"启明放下手中的盒子，指着里面的小圆管问道。

"不要动，动不得的。"他小心地把盒子盖上，移到一边，神乎其神地说，"这就是我刚才说的雷管，掉到地上都会炸的。"正说着，外面有人喊："祥生！祥生！"

老人答应一声出去了。有人在门口说："明天晚上在东岳宫戏台前开全镇民众大会，孙镇长训话，每一家都要去一个管事的大人，不去不行的。这屋里其他几户人家，你都给讲讲到。"

启明心里一动，迅速从纸盒里拣了两个雷管轻轻放进兜里，用手护着。

老人回到屋里，说："启明！讲一段《征东》听听。"老人有一次碰到启明给为平讲《薛仁贵征东》的故事，他也听了一会，认为讲得不错。这些故事情节，他已经听过多遍了，他只想启明在他跟前多待一会儿。

启明嗨了一声，他哪有这个心思呢？何况，薛仁贵在他的心目中早已经暗淡无光了。

"你说，打摩天岭的时候，薛仁贵怎么……"他用提问的办法诱使启明打开

那年代

话匣子，让他在这儿多待一会。

启明却心不在焉地问道："炮仗铺里做炮仗的火药能不能用来炸鱼？"

"那不行的。那是火药，不要打听这些。不听老人言，吃亏在眼前，我讲了，这些事，不是你们后生家干的活儿。"说罢，他突然打开盒子看了一眼，马上按住启明，严厉地说，"启明！拿出来。这个动得的吗？你要胡来，我告诉你妈去。"

启明嬉皮笑脸地说："你就送我两个不好吗？我不会胡乱搞的，这我还不懂吗？"

老人一反常态，惊觉起来，喝道："不行！你搞这些干什么？拿出来。别的没有关系，这个，不行。"

启明只好怏怏地掏出雷管放回盒里，嘟囔道："不给拉倒。"他想起在卧牛岭修路时还有几个人认识，找他们打听，说不定还能搞到这些东西。

"启明！"老人和蔼地、关切地看着启明，问道，"你要这些干啥？你可千万不要胡来。"

启明觉察到这个老人不是轻易糊弄得住的，这时只好笑道："我只想学会炸鱼。你不肯教我就算了。"说完站起来准备走。

老人见他要走，忙说："慌什么？才来就走，再玩一会儿。"

"不玩了，我还有点事呢。"说完，启明头也不回地走了。他领教过，老人讲起来是没有完的。

在卧牛岭筑路是常常要放炮炸石的，那时他没有想过去看一看、学一学。现在筑路队已经散了，城里还能找到一两个那时认得的人，可以向他们打听一下在哪里可以搞到那些爆破器材。

第二天，下工回来，吃了饭天也快暗了。抱着看热闹的态度，启明也到东岳宫去了。他要相机行事。

东岳宫的戏台上已经挂了一盏咝咝作响的汽灯，戏台正中壁上临时贴了一张孙中山先生遗像。

抗战胜利已经两年了，经历了日本军队的轰炸和破坏的县城，虽然有了电灯，但那幽红的电灯光，比煤油灯亮不了多少。因此不论哪里出现亮度大的灯光，哪里就会聚集起人群，就像昆虫有趋光性一样，主要是小孩子和一些闲人，卖小吃的摊贩也把小担子挑了过去。

总能在这种场合见到的几个人，在里里外外地转悠。启明也在里里外外地转悠着。他转到漆黑的院墙外面时，灵机一动，蹲下来用手摸着在地上捡了几颗石子，周围没有人，他像猴子一样蹿到一棵大樟树上。他轻轻地、小心地把位置和姿势调整妥帖。不错，他在光亮上面，没有人看到他，而整个会场他都看得一清二楚。

那边又吵起来了，两个卖零食的小摊贩，一男一女，为了争一块好地盘放开喉咙在对骂，骂得很难听。两个人都各说各的，女的显然占优势，声音很尖，发音很快，好像吵架就是赛音量、赛频率、赛坚持性，和讲道理没有关系。场上的人纷纷围了上去。一个显然是镇公所派来维持秩序的人推开人群，挤进去呵斥道："不要吵了，统统给我挑走，又不是唱戏。再吵，把你们都抓进去关起来。"

女的不服，还在絮叨，于是哗啦一声，摊子给推倒了，碗盏瞬里啪啦地碰碎在石板地上。女人喊着皇天，大哭起来，吸引了更多的人去看热闹。人越围越多，竟至于外面的人挤不进去，里面的人挤不出来。

磨磨蹭蹭地到了大概八点了，台下也零零落落地有了两三百个大人了，这时台上才有了动静。首先出场的是镇公所文书，他走到台前挥着手大声地喊："不要吵！不要吵！开会了，开会了……那边，吵什么？"吆喝了一阵后，看来也没有太大效果，他就退到戏台一侧，看着手中一张纸条，大声喊道，"城关镇民众大会开始。"又抬起头来喊道，"开始了，还吵什么！"

"一、城关镇民众大会开始！全体肃立。"

台上台下的人原本都是站立着的，所以也没有什么动作可做了。

"二、主席就位。"

这时，孙万倾亮相了。他从台左不慌不忙地踱出来，面向孙中山遗像恭恭敬敬地站着，像小学里被面壁罚站的学生一样。

启明又调整了一下自己的姿势，摸了摸口袋里的家伙。

"三、唱国歌。"

这时只有台上和靠近戏台前的几个刚玩够的小学生在唱，唱得最起劲的还是那几个小学生，因为他们会唱，几乎可以说，绝大多数的大人都不会唱，他们却会唱，所以唱得很响、很得意。就这样疏疏落落地、没腔没调地唱了一通："三民——主义——吾党——所崇——以建——民国——以进——大同……"

"四、向总理遗像三鞠躬。一鞠躬，二鞠躬，三鞠躬。"

戏台下的老百姓都在互相观望，如果大家都弯腰，少不得也要跟着弯一下，表示个意思。因为台上的人都是屁股朝后的，没有人监督，所以，戏台下基本上

那年代

是岿然不动的。

"五、主席恭读《总理遗嘱》。"

这是一个哑场，连文书也听不清主席已经读到哪里了。这时的孙万倾《总理遗嘱》已经背得滚瓜烂熟了，虽然不一定懂。念完《总理遗嘱》后，他转头看了文书一眼，文书才知道遗嘱已经念完，于是宣布："六、俯首默念三分钟。"

也仍旧是台上的人低下头来吸鼻涕。

"默念毕，主席讲话。"

烦琐的仪式总算搞完了。这时，孙万倾转过身子，像一切见过世面的人一样，不慌不忙地走到戏台中间的桌子跟前，掏出手帕按了按汗津津的额头，干咳两声清了清嗓子，方才开始训话。他的脸孔在汽灯的光亮下显得更大更白，白得发亮。

台下又乱哄哄起来了，一点也听不清在说什么，好像在演哑剧。那个文书不停地插进来吆喝台下不要吵。

慢慢地可以听到一些了。他在讲，共产党在乡下把一些没有知识的种田人煽动起来跟政府作对。启明以为他接着就要讲共产共妻这些离奇的以前也听过的让听众的笑声一触即发的事了。可是他没有讲这些，大概以为这些已经不新鲜了，听众也不一定相信了；却讲的共产党到一个村子，就把这个村子里的人赶到那个村子里去，又把那个村子里的人赶到这个村子里来，房屋、房屋里的东西，谁抢到就归谁……

启明想：要是真的，那倒也挺好玩的。他在低年级读书时，教唱歌的先生就教过他们玩一种"抢椅子"的游戏，玩得很开心。

"还有……"孙万倾接着讲："就是'请财神'，看哪家稍微有几个钱，就把这一家大人或者小孩子绑走一个，然后提出来，限定哪一天要送八百或者一千大洋到哪里赎人，到时不送去就撕票。什么叫撕票？就是把绑去的人杀了。还有……"

确实不能小觑这个孙万倾，他虽然只有小学文化程度，却不是一个草包。他一开始也用几句本地腔的官话敷衍一下，接着就使用了纯正的本地方言。这些挺新鲜的故事，被他用本地方言表述出来，显得特别生动和风趣，给这僻远山区县城里的一些小商小贩和无业游民听来，比起那些街头唱故事的瞎子讲的故事，也毫不逊色。会场慢慢地安静下来了，前台时而还能引起一阵阵哄哄的笑声。

正在孙镇长的演说获得初步成功时，突然，啪的一声，汽灯上的玻璃罩炸裂了，碎玻璃稀里哗啦地落下来，差一点落在孙万顷头上。

孙万顷吓一跳，赶紧后退一步。雪亮的纱罩也掉了下来，留下一条火舌，台上顿时阴暗了，台下哄哄地全笑起来了，这一情节好像比共产党在乡下的胡作非为更为有趣，这是这一晚上会场上最活跃的一刻。这纷扰的会场上，没有人注意到隐藏在樟树上的应启明。现在，他正不慌不忙地从兜里掏出两粒石子，安在弹弓上。他只有石子，如果是雷管——他昨天晚上就想过——结果就会很不一样。他看了一下会场，几乎没有引起任何人注意。于是他又拉开弹弓瞄准那在微光中仍旧有点发亮的脑门，小心地，全凭着经验，根据这距离，掌握这微妙的力度和仰角，然后一松手，像一只小虫震荡着翅膀，呼地飞出一粒石子。他看到孙万顷举起手按住了额头。他并没有这种把握，因此也不期望能指到哪打到哪。现在只能说给他碰上了。

他喜出望外地迅速悄悄地滑下树来，把弹弓揣进裤兜里，快步走了百十步。他回头张望了一下，没有被人发觉，就放慢步子溜进漆黑的弄堂里。这在军事上可以称之为打冷枪的。

应启明镇定下来后，心里在冷笑。不管怎么说，这总是一次直接的报仇行动。他沿着这条非常熟悉的环城路，又走近为平家。远远看去，星光下可以辨别出那黑黢黢的大枫杨树和树下那一幢房屋的轮廓。想来这一家也真够悲惨的。修缮、扩建了住屋，没有住上几天就给人整得家破人亡，屋修了，却没有人住了。

启明叹息着，强烈地怀念他那如此命途多舛的、情同手足的好朋友。他今天替他出了小小的一口气，虽然一粒小石子打不死那个老浑蛋，起码叫他痛一下。他多么希望把刚才做过的事告诉他的好朋友，如果他还在的话。他默默地对着那个方向，站了好一会儿，然后怀着沉重的、酸楚的心情转身走了。

第十三章　我偏要当共产党

第二天清早,启明特意邀洪元一起上工,他急于要了解昨天晚上的战果。他问洪元:"昨天晚上你到哪里去了?"

"咦!不是各家各户都要去人到东岳宫开会吗?我妈叫我去。你怎么没有去?"

"我去了。我……拉肚子,不等开会就回来了。开什么会?"

"谁知道开什么会。孙万倾在上面讲了一啪啦。讲着讲着,汽灯又坏了,幸好后面还有一盏准备着的,赶忙点上,提了上来。人又走了一些。孙万倾骂了一通,又说下面哪个小鬼向台上扔石子,后来又骂共产党怎么怎么的。我站得远,听不很清楚……"

启明问:"那个扔石子的打着他啦?"

洪元说:"那倒没有,打了他,那就热闹了……"

没有打着,虽然看见他举起手按了按额头,还以为打中了,启明丧气了。

正说着,洪元用胳膊肘悄悄捣了启明一下。启明抬头看见孙万倾正迎面走来。启明红了眼,瞪着这个人。他身躯肥胖,穿了一套藏青色的制服,胸上别了一个徽章。后面有两个跟丁,三个人,摆成一个前三角队形走在这狭窄的街道上。启明依旧走在路中央,想:老子偏不给你让路,你还能把我吃了?可是,这种气派却逼着洪元拽住启明的胳膊向路边让。路上很有几个人向他点头,向他微笑,向他问候。他也微笑着,偏要做出一种谦恭的态度,微微点头,"好!好!"地回答别人的问候。

一股悲愤的情绪从启明心底升起。他曾发誓要给为平报仇,可他只有弹弓。在这种势力面前,他那一只弹弓顶屁用。

他们走上了鼓楼桥。他伸手到裤兜里,兜里还揣着这个儿童玩具。从前靠它偷别人的栗子吃,现在还靠它报仇,他觉得羞愧。他悄悄地掏出弹弓,撂进桥下的河浜里,对他的童年作了最后一次诀别。

听到咚的一声响,洪元向桥下张望了一眼,诧异地问道:"你把什么东西扔下去了?"

启明无语。他为自己在这个世界上这样地微不足道而沮丧。但是他还不能就此歇手,他还在想。他恍惚听人说过:什么金能克木、木能克水、水能克火……他虽然一点也不懂,却又仿佛有所悟地想:一种东西总有另一种东西能制伏它。不是吗?难道真的没有孙万倾他们怕的吗?不,有他们怕的……想到这里,像黑夜的郊外突然冒出一道亮光,他内心产生了一种狂暴的情绪。他点着头,心里喊着:"我要做共产党去,我偏要做共产党去。"在他从心底喊出这个危险的愿望时,也顿时解开了那个曾经困惑过他的疑问:"那些人为什么非要当共产党不可呢?"

可是共产党在哪里?谁是共产党呢?启明在他周围的人群中搜寻像共产党那一种人,可是共产党人是没有标志的,他却想到了何以正,他怀疑何以正会是共产党,为什么偏偏是何以正呢?难道只是因为那天他讲过那个被枪毙的共产党的好话?启明希望他确实是个共产党,就像几年前他很高兴知道老何就是以正一样。

有一种事情,过去,启明是不关心也没有兴趣的,别人讲起来,他也听不进去。现在,他对这种事却特别敏感起来。他回想在工场的一次群聊。那是复工后不久,不知怎么的,讲着讲着就讲到共产党,讲到那次被枪毙了的那个年轻人。老六平静地讲了那个人的一些事,没有使用以前惯常的那种嬉笑口气。他说,那后生是建阳县人,家里是建阳县里数一数二的大财主,家私百万。他本人又是南京哪个大学毕业的,正是前程无量,可他偏要去当共产党。他有福不享,有一班人,成年穿着草鞋,在我们十八都那里跟种田的在一起,跟政府、跟财主作对……

当时洪元还插了一嘴,说:"疯的,恐怕……"给正在埋头做活不吭一声的钱玉坤厉声喝道:"你懂个卵!"

老六接着说:"这回给政府逮住了,苦头吃尽,坐老虎凳、灌辣椒水,都挨过。那天被拉出来枪毙时,有一个种田的说,在十八都那里看见过他,也认识,是个挺好的后生,有学问,心地好。"

马志谦问道:"他家里怎么也不来救他?"

"救他?"老六嘿了一声,说,"他老子听说他给毙了,还点点头说,毙得好,早就该毙了。老家伙还不让人来收尸,也不让人来打听一下葬在哪里。"

启明听了非常替这个人难过,被枪毙已经很悲惨了,连亲爹还要踹一脚。

那年代

最近一次，就是为平家出事，向宗华被用电刑突击逼供，死在警备司令部里，传说又是因为共产党的事。

　　向宗华，启明当然再熟悉不过了。几乎可以说，他们是老交情了。他是启明唯一的一个成年朋友，他比何以正好结交。启明在向宗华跟前就很随便，他喜欢向宗华，也敬重他。很多大人对小孩子，要么是哄，好像他们什么也不懂，好像一个正儿八经的大人对小孩子是没有必要太认真的，可以哄着开开心；或者动辄呵斥，好像对小狗一样，在小孩子面前逞逞大人的威风。还有的大人虽然不是这样，但也不把小孩子当一回事，对小孩子总是不理不睬的。而向宗华却很喜欢小孩子，不但对为平好，对启明也很友好，他绝不是那种婆婆妈妈、窝窝囊囊给人瞧不起的大人。恰恰相反，他是一个很有力气、很能干、很受人敬重的大人。启明虽然也只跟同龄人玩，但只有向宗华是例外，跟他在一起，启明就很随便，觉得轻松，觉得愉快。

　　能说向宗华这样的人，脑子不当家，不知道好歹，不懂得死活？

　　死了，又死了，这样的一个人，只是听说他和共产党有什么关系。

　　当然，他还听到其他一些关于共产党的传说。现在，当他再想到这些人的时候，虽然他接触的这方面的人是很少的，有的还只是一些似是而非的传说，这时却在他头脑里形成一种判断、一种推理方法：一些挺好的人，一些对人好、有见识，其中有的还是很有学问的人都要去当共产党；政府、警备司令部、孙万倾这些人最怕，也最恨共产党，抓到就杀头、枪毙、活埋。虽然明知道当共产党有这么凶险，这些人还偏要去当共产党——这对启明来说，虽然不能说已经懂了，但又有所悟。人群中竟会有这样一种人，这是他以前从没有听说，也想不到的。他心中充满对这种人的敬佩之情，过去那些曾经使他爱慕、追求、仿效甚至顶礼膜拜过的偶像，包括那个什么白袍小将突然变得毫无趣味了，在这种人前面那些算得了什么呢。

　　此后，在生活里，对那些能主持公道，能替弱势的人、被欺侮的人讲话，能舍己为人，往往也有见识、有本事的人，总之，凡是他赞赏、敬佩的人，他就会怀疑这个人恐怕是共产党。

　　他也就是凭着这种直觉，认为何以正很可能会是共产党。找以正去，如果他是的，启明就找到门路了。

　　下工后，启明径直到玉山巷找何以正，这一次正好碰到了。何以正也刚回家，家里就他一个人，这时他只穿一条裤衩，正就着这一脸盆水坐在门槛上洗脚。见了启明他笑着指了指门槛一侧说："坐那里。"又批评说，"才下工，也不洗洗，一身臭汗就到处跑了。"

启明说："马上去洗，我不在家洗，我到江里去洗，那样洗得爽快。"说完便挨着何以正坐到门槛上。

何以正诡秘地笑了笑，问道："打听到为平在哪里了吗？"

启明愣了一下，失神地摇摇头。他犹豫了一下，突然转身，亲昵地把下巴搁在何以正的光肩头上，轻轻地、很有把握地对着何以正的耳朵说："以正哥！你是共产党，是吗？"他得意地笑了。

何以正显然惊呆了，他马上用力推开启明，很严厉地喝道："你听哪个瞎说的？"

启明吓了一跳，马上说："我没有听哪个人瞎说，我是自己猜的。"

何以正说："这能瞎猜的吗？传出去不是要送我的命吗？"

启明申辩道："我哪里瞎说了？这我还不懂吗？"

何以正满脸恼怒，继续弯腰洗着脚。启明觉得没趣，稍坐了一会，站起来说："我洗澡去了。"

何以正头也不抬地唔了一声，启明平静地走了出来。当然，他皮厚，受到这种对待也无所谓，毫无挫败感。

可是，何以正还是不放心。后来他又悄悄地对启明盘问过一次，追问他究竟是从哪里听来的。他不相信这会是猜出来的，在启明向他发誓赌咒后才快快作罢。

启明碰了一鼻子灰后却并没有放弃他的这种看法，因为他也没有别的门路可以解决他心里的疑问，于是他改变了策略，从另一个方向向何以正作一些试探。有一次，当只有他们两人在一起时，他又悄悄地问何以正："共产党是干什么的？听说那里是讲人人平等，有饭大家吃，有衣大家穿的。"

一讲到这上面，何以正就板起面孔来了。他甩一下头，说："我怎么知道呢？有衣大家穿，怎么个穿法？一件衣服大家轮流穿吗？"

隔了一会儿，他的态度又变了，带一点歉意，微笑着对启明说："这些事，其实我也不太清楚。"他申明一下后就说开了，"你拿为平家的事来说，为平爹儿俩多勤劳，他爹干田里活，在下江门一带是出名的一把好手。下江门那里，我知道的，很多老种田的都找他请教。他也肯帮人，气力又好，两百多斤担子上肩走起路来一阵风。一年到头都累死了，忙时，为平娘还背着小女儿去田头帮忙。"

他怎么会知道这些的？启明想，但是他没有问，不愿岔开以正的话题。

"可是，很多种田的人自己没有田。像向宗华那样一年干到头，收下几石谷子，交了租谷，剩下的还不够大小四口吃的。

"什么缘故？因为田是孙家的。孙家有几千亩上水田。他们不种田，就靠收租一大家人吃喝玩乐。去年他老太爷做寿，摆了一百多桌，他当镇长那两个薪水顶什么用？他跟专员公署、县党部、警备司令部都很熟。县党部书记就是他的叔，也是北乡一个大财主。所以孙万倾就可以随便抓人、捆人、害人。"

启明点着头。

以正接着说："那一边，我听说，这可不行。那边是替穷苦人，替种田的、做工的人说话的。种田的都要分到田，大家都得劳动，谁也不得剥削人、压迫人。"讲到这里，他的神情是严峻、愤慨的。启明则迅速记下了"剥削""压迫"这两个新名词，并且目光炯炯地盯着他，一动不动地听着，唯恐一个多余的动作、一个多余的提问会中止他的讲话。

停顿了片刻，他不讲了。

启明着急地说："你再讲下去。"

"讲什么？"他又装傻了，笑了起来，说，"我知道得很少，就听说这些。"他反复强调这只是听说的。

就这一点，也像一粒火星，对政治一向不懂也毫无兴趣的启明，经过这一时期的困惑、思索，就那么一粒火星马上就点燃了他心中的火焰。当他懂得一点正义之所在，虽然还非常模糊、肤浅，他就决心去追求，并愿意为之献身。

正在这个时期，这山区一带就出现了一场疯狂的军事清剿活动。大概是活跃在农村的共产党武工队锋芒太露了，而且竟有两个县的县长带上自卫队起义投向共产党。这正是决战淮海的严峻时期。

这天早晨，在上工的路上，启明觉得街上有些异样：一夜之间，到处贴满了布告、大幅墙报和红红绿绿的标语。布告是白纸黑字，简洁醒目地印着大字：

通匪者 杀。

藏匪者 杀。

破坏秩序者 杀。

扰乱治安者 杀。

在李家祠堂的墙上，贴着一张常常可以看到的黄纸条，上面用毛笔写着"天皇皇，地皇皇，我家有个夜哭郎，过路君子读一遍，一夜睡到大天亮"。黄纸条旁边贴了一张油印的传单。时间还早，启明便凑上去看。

传单上说，民国三十七年九月十四日，在山东安丘的一个什么地方，挖出一块永乐三年的石碑，上面刻着："天命不可抗，违拗必遭殃，共党要完蛋，朱毛命不长。"又在河北的乐亭的一个什么地方，发掘出一块明代弘治年间的石碑，碑文也是一首预言共产党搞不长的歌谣。说的有时间，有地点，碑文编得有板有辙的，好像真的一样。如果在小说或者戏曲上看到这样的情节，启明大概是不以为奇的。在这里，读到这种传单后，他虽然还只是小学五年级的文化水平，却也禁不住呵呵地笑了起来。看起来这个政府是不太行了。

走了几步，背后响起了马蹄声，十几个当兵的骑着大洋马风驰电掣而来，马蹄在石板路上发出清脆、急促、杂乱的声音。启明一回头，吓得赶忙向路边让，差一点给撞上了。

到了工场里，在机器的轰鸣声中，一些人在悄悄地谈论什么，必须贴近了才能听清一点。启明操作的大切刀是背对大家的，他一边干着活，一边注意听着背后的议论。

是洪元在讲，声音虽然不高，却也还有心要让别人都听见："……这一次来的军队总有好几千人。前天，这些军队在大青山把土共围住了，用火箭炮打，整座山都被打红了，山上的土共打得一个都没有剩下来。"

赵云飞说："瞎说的！我听到大青山那边有人来，说这些部队在山下，看到岭上有几个穿种田人穿的蓝布衫的女学生模样的人，就向山上开炮，轰了半天，上去一看，连个人影都没有。"

老六的声音："这些军队一来，那些土共就进了大山了，没有怎么打。他们的武器哪能和国军比呢？这个新开来的八十一师，枪、炮都是崭新的美国货。那些土共，两个人还摊不上一支枪，有的手上还拿着梭镖，跟闹着玩的一样，这又不是三国的时候。避一下还是聪明的，一进入大山，就是他们的天下了。不过那些连夜拉出城投奔共产党的自卫队，很多是稀里糊涂的，这些军队一来，有不少又反过来了。"

"这些国军，在城里，喔唷，神气得很，到处逮人。昨天报纸上还登了一个老几的什么什么……声明，不对，是什么悔过书吧，说自己给人骗了，当了共产党；

现在知道上当了,所以登报宣布脱离共产党。"

"大白天进出城门还要搜身,摸摸捏捏的,还算客气,没有叫脱裤子。一个老头兜里揣了两个银圆给摸到了,好好的也找麻烦,不让人走。"

"你昨天出城给搜了吧?"

"那还能对我特别客气,我身上除了两个卵蛋还能搜出什么呢? 昨天晚上才九点就戒严了。老马倒霉了,打麻将归来,在鼓楼桥上碰上当兵的,不让走,也不让回,站了一通宵。今天请了假,说头痛……"

大家笑了。

半晌,老六又说:"听说,警备司令部一连两天都整车整车地拉人出去枪毙,就毙在十里铺那道岗上。"他提醒道,"现在,大家讲话都当心点,不要闯祸。"他还厉声对洪元说,"这些话,不要到外面乱讲。还有你,启明! 听到没有?"

启明转身点点头,他没有插嘴,他只在想别的。尽管在这些事上,他也几乎一无所知,但是从他心里产生一种快意,他仿佛看到一种力量,一种能使孙万倾这些人胆战心惊的力量,一种能给予他希望的力量在显示出来。他也有一些担心,他惦记着何以正。如果他真的像自己想象的那样是一个共产党的话,那他现在的处境也是很危险的。他悄悄地观察着何以正,觉得这些天,他好像瘦了,两颊下陷,话也少了。他还奇怪地发现,何以正和那天给枪毙了的那个共产党样子很像,越看越像。

下工回到家里,看到桌子上摆着一张油印的表格。妈妈说:"这是从门缝里塞进来的,刚才问了问洪元妈,说是保长挨家挨户发的,也没有说是干啥用的。"

启明看了看,是"五家连环保"的登记表。在说明上要求各家都要凑五家一起互保,如果一家有人参加或资助或藏匿共产党,要其他四家连坐。

启明嘿了一声,说:"真新鲜。"他把这个意思跟妈妈讲了讲。

妈妈问道:"什么叫连坐?"启明琢磨着说:"就是一家出事,其他四家一起抓进去。"

妈妈说:"那,谁知道谁是共产党?"

启明不知道,"五家连环保"其实是老掉牙的东西,在两千三百多年前秦国的卫鞅变法新令中就有这一套了。

这种事,连保长也不当真,发下来时也不解说什么用、怎么填,也不来催。后来,妈妈就把它折起来放进了抽屉。

这是月落星沉的凌晨,黑暗浓重得叫人透不过气。在这剧烈动荡、人心惶恐的局面中，启明却更加热切地向往革命，向往当共产党，只是因为找不到门路而焦急地徘徊在这场翻天覆地的斗争的圈子外面，成了旁观者。

他下工后，更多地去找何以正，他还寄予着一种希望。

这天，启明在何以正家里看见他正在试穿一双麻草鞋，因为常常担心他会突然地走了，启明神经过敏地问道："你要到哪里去吗？"

何以正惊讶地反问："我要到哪里去？"他踢了踢撂在一边的已经是"脚踏实地，空前绝后"的破力士鞋，说，"喏！这还能穿吗？"

启明总是不放心。他强笑着说："昨天夜里我还做了一个梦，梦见你走了……"梦中，启明哭了，觉得很委屈。醒来时虽然明知道这不过是个梦，却还生了一会闷气。这些他不讲，不愿意让何以正认为自己还只是一个小孩子。

何以正不无感动地呵呵笑了。

启明踌躇再三，终于用恳求的口气，动情地说："以正哥，你要到哪里去，我跟你一起去，"到哪里去，我们心照不宣。

何以正还是毫不理解、毫无所动地笑了。他站了起来，拍拍启明的背，说："我能到哪里去呢？我舅舅前一晌说病倒了，托人带来口信，问我能不能去一趟，帮他把地里的麦子收回来，可我这里也不能脱身啊。"他又把话支开了。

就在两天后的夜里，警备司令部又进行了一次大搜捕，抓了不少人，也有一些人大概因为有人通风报信都逃了或者躲起来了。

第二天上工后，大家都在谈论这个事。启明听后马上去找何以正，在厂里没有找到，也不好问人。熬到下工，他径直跑到何以正家门口喊他。

听到喊声，何以正妈有点慌张地从镬灶间跑出来，看到启明，她问："什么事？"

启明说："以正哥今天没有去上工啊，他到哪里去了？"

她妈说："他到他舅舅那儿去了。"

启明又问："他舅舅家住哪里？"

以正妈警觉起来，不乐意地说："怎么啦？你问这干啥？你也要去吗？"说完，不客气地掉转屁股，进去了。

果然这样，启明看得很清楚，说他瞎猜，还就是猜中了呢。没错，何以正一定是共产党，否则，那天说他是共产党，他为什么那么慌张？

何以正还是走了，不肯带他一起走。他连做梦也担心的事终于发生了。

厂里一个叫沈清林的也不见了。这是一个老实干瘦的小个子，启明从没有

144

听他讲过话,也没有见他笑过。这样的人难道也会是共产党,也要逃跑吗?于是,沈清林的形象,包括他那沉默寡言的性情突然间也变得光彩夺目了。

而他应启明不用逃跑,没有人要抓他,因为他不是共产党。虽然他希望政府也要抓他,他也要逃跑;可是偏偏没有人要抓他,因为他不是一个共产党。他不信自己就当不了一个共产党。

都说西乡、大青山、白云岭那些地方有共产党的游击队出没,老百姓都称他们是土共。前一个时期军队到那里打他们,打了一阵,过后这些军队又不知道到哪里去了。何以正他们说不定也在那里。

想到这里,启明转身就向上江门跑去。

几天来连降暴雨,山洪暴发,平江水已经涨到靠近城门洞了,城门外一些棚户正在紧张地拆迁。汹涌的江水浩浩荡荡,像万马奔腾,势不可当。启明站在江边,看着汹涌混浊的江水,知道就这样是不可能找到何以正他们的。想到这里,眼前一片模糊,他委屈地涌出了热泪。

他垂头丧气地往回走,越想越生气,气得幸灾乐祸地想象何以正本来就不是什么共产党。他就是他妈说的,到他舅舅家去了。过几天,早稻收割完了,他又回来了,谁也没有觉得奇怪。他没有什么了不起,没有必要去求他。如果这样,他应启明又有什么可生气的呢?

虽然这样想了,他仍旧觉得不对,他排除不了何以正是共产党这一推测。这天夜里,启明在床上翻来覆去地怎么也睡不着。这是他有生以来第一次知道了什么叫失眠。

屋外狂风呼啸,扬起豌豆般的雨点砸向瓦背。在漆黑的屋里,他躺在有点凉意的竹床板上,感觉到的只是从门隙透进来的微风轻轻拂动他的头发,从檐头飘进来的雨丝湿润他的额头,这是很惬意的。他抚摸自己微凉的身躯,身上已经不知不觉中出现了一些变化,出现了一个男子汉的特征,这使他又惊又喜。他使劲地伸了一个懒腰,感觉到了浑身筋骨、肌肉的坚实、强壮。他交替按压拳起的手指,手指的关节发出必驳脆响。他感觉到自己的力气,他体内蕴藏着消耗不尽的能量无处发泄。他只觉得烦恼。他睁着炯炯的双眼,在这浓重的黑暗中产生了幻觉,仿佛看到了在北方,共产党的军队冒着大雨,在泥泞的野地里推着笨重的大炮前进;看到了在西乡的山林里,那些共产党的游击队戴着斗笠,攀着树枝,艰难地行进在荒山野岭之中;看到了警备司令部的监狱里,被捕的共产党人镣铐银铛地在雨中被推上汽车,驶向处决的刑场……想到这些,他情绪激昂起来,他不能就这样躺在这里,躺在这风吹不到、雨淋不着的地方苟且生活下去。他要马上起来,开开门,冲进这漆黑的狂风暴雨中,无论如何,无论如何也要找到何以正他们,和他们一起干。为了受苦受难的人们,他不怕苦、不怕死,他愿意和他们一起去吃这种苦。如果给政府抓住了,要枪毙,他也不怕。

身边突然传来一阵断续的呜咽声,是妈妈的梦呓。

"妈!怎么啦?"启明喊了几声。

妈妈突然醒了,平静地问:"什么事?"

启明说:"你哼哼什么?"

暗中,妈妈没有回答。大概她又梦见什么了。

启明厌烦透了,他从来没有觉得这么无聊过。生活像潮水一样涌去,他却只能站在一边观望。他又经历了一次像那一年失学时的那种心情,而且这一次比那一次更强烈、更恼人。干活的时候,他是无精打采的,他自问:"难道我只能伴着这台大切刀一辈子,像老蔡一样吗?"下了工,他也是空落落的,甚至不想回到家里去,他宁可在街上游荡。

为平不知道是死是活,以正又突然消失了。有一次他打起精神去找来福,但是一看见他妈那张面孔,启明就转身回来了。还有什么可去的地方呢?老六的谐谑、李晋生的《五虎平南》都引不起他的兴趣了。

在街上,他碰到了洪元。

"怎么啦?像瘟了一样。"洪元刚理过发,头上搽了凡士林,正容光焕发地往回走。

启明摇摇头,悄悄地叹了一口气。

洪元笑了,模仿大人的口气说:"小孩子家,叹什么大气?"

启明一点也不想笑。

洪元突然大笑着,说:"昨天晚上真笑死人。我们几个玩划拳,谁输了就喝一碗冷水。我们几个联合起来逗坤祥一个,叫他一个人喝了七大碗冷水,肚子撑得跟鼓一样,敲起来嘣嘣响。"回想昨晚的情景,洪元还忍俊不禁,一个人又呵呵笑了一阵。见启明仍旧木然的样子,洪元亲切地问道:"什么事么这样不快活?"说罢,他扳过启明的身子,一起朝回走。

启明忧郁地说:"洪元,咱们就这样过一辈子吗?"

洪元哈哈笑了。对启明提出这种没头没脑的问题,他只觉得出奇、好笑。他

说:"不这样过,你又要怎么样过?不都这样过的吗?你想当个老板?真是,想这些干什么?听说沙溪寺初九弄了个班子要唱戏,不算远,到时候我们去看它几次。"

启明摇摇头,他没有这种兴趣了。

洪元说:"去吧,吃饭还有会儿,我们下盘棋吧。"

启明点点头。他把洪元带回家里,妈妈还没有下工。两个人就在家门口一块劈柴爿用的石板上摆好棋子,两人蹲着下了起来。

启明一向是不很瞧得起洪元的,可是在棋艺上,启明并不比洪元强多少,偶尔还会输给他。可是,启明从来没有认为自己的棋艺不如他,他把每一次输棋都看成是自己大意。不过这一次,这小子有点心不在焉,没走几步,一个车就给启明吃了。这时的启明劲头来了,他两眼发亮,忍着笑,全神贯注地盯着棋盘,并且看到下一步还有名堂,他一反刚才那半死不活的样子,不断催促犹豫不决的洪元,怕他看出这一步棋来。启明催了几次,洪元却还在发呆,启明故意从口袋里掏出一本已经看过两遍的连环画看。他哪里是真心看连环画呢,只是装模作样叫洪元难看。如果有人路过,看见两个人在下象棋,一个在费尽心思地看着棋子,另一个却在看连环画,这不是很滑稽吗?

洪元沉吟了好半晌,在启明的一再催促下,走了一步不是很有把握的棋,一个炮又给启明夺走了。洪元伸手要悔一步,启明把他的手挡开了。以前和他下棋,他可顶真了,一点也不客气,一步也不肯让,现在要启明给他让棋,没这个好事。

启明幸灾乐祸地、得意忘形地摆着头,手舞足蹈地哼起了不久前才学会的几句《甘露寺》:"……他三弟翼德,性情有,丈八蛇矛惯取咽喉;长板桥上一声吼,喝断了桥梁水倒流……"

悔又悔不成,洪元盯着棋盘好半晌,绞尽脑汁也扳不过来了。听着启明越唱越来劲,他把棋盘一推,说:"算了,就让你赢了吧,不下了。"

启明也不高兴了,说:"怎么是你让我赢的?不下就不下,有什么了不起,不是你找我下的吗?"

洪元嘟囔着说:"有什么了不起,才赢了一盘就得意成这个样子。"说完刷地站起来走了。

"滚吧!"启明气得一把撸了棋盘,把棋子撒了一地,狠狠地说,"以后你也不要来找我玩,来了我也不睬你。"

这天晚上,启明又生了一回闷气。

第十四章　张来福虎穴探险

即使没有因为对生活问题的思索而引起的烦恼,张来福也并非总是快活的。他刚才还做了一个叫他心惊肉跳的噩梦,他梦到了为平。

开始,他惊愕不已。只见一个少年,赤脚,衣衫破碎,被反捆了手,给几个大人推着走过去。他有些害怕,只敢向前挪了几步,看清了,是为平,他含着泪,踉着,但是不哭,也不喊叫。

来福惊得跳了起来。这些家伙还要把他怎么样? 一家人弄得只剩下这一个了,还不够吗? 非要整死光不可吗? 于是,来福一反常态,不顾一切地大喊大叫起来:"为平! 为平!"他狂喊着,"你们做什么? 你们做什么? 你们还要怎么样?"他手指着这几个大人,严厉地、高声地责问道。

可是,他和他们仿佛隔着一条河,他过不去,而他们却好像根本就听不见他的声音,继续向远处走去。

他曾经到处打听,跑了很多地方,问了很多人都没有打听到为平的踪迹,现在好不容易碰上了,他不能放过这个恐怕再也不会有的机会了。他大哭起来,沿着河岸,拼命地奔跑着、狂叫着……

突然醒了。他躺在堂屋的竹床上,门外是一片炫目的光亮,满耳蝉声喧哗,夹杂着远处传来的喤喤的弹棉花的声音。原来他在午睡,他坐起来,痴痴地回想梦里的情景,想念他那生死未卜的好朋友。

他又想到前天见到过的启明。

他以前总认为启明他们总是很快活、很自在的。和上学的学生一样,他们也会有自己的一伙朋友,那都是一些家境贫困,没有钱读书,或者不肯读书因此被早早推上谋生道路的城镇少年。他们兜里总有几个自己的零用钱,虽然不会多,但总归有。所以常常可以看到他们嘴里含着一根棒糖或者什么的,有的还叼着烟。抽烟当然不好,来福是绝对不会去学抽烟的。他们想怎么开心就怎么开心,没有人阻止他们。他们一有空就钓鱼、赌钱,或者晚上跑七八里路到乡下

那年代

去看戏,谁也不管他们。他们没有多少文化,不知道地球是圆的还是扁的,如果你告诉他们地球是圆,他们还会嘲笑你,说你瞎吹,如果地球是圆的,那么下面的人不都掉下去了吗?他们反而嘲笑你连这一点常识都不懂(论书本知识,启明倒是可以在他们中间称王的)。虽然如此,这些人由于从小从事体力劳动,一到这个年龄,就有一副强健的、早熟的体格。一下工,他们常常三五成群地光着脚丫子趿拉着蒲拖鞋,勾肩搭背地在街上游荡,肆无忌惮地打闹嬉笑。天还凉飕飕的,就早早地亮出那饱满而圆润的令来福羡慕的胸脯。

来福一直认为他们是自由自在的,又潇洒,又快活。

后来,他在买菜时见到了启明,感觉到了他们的艰辛。前天,他又见到了启明。那是他跟妈妈到洋火厂买板皮当引火柴,他没有想到启明还会是这个样子的。在那栋大屋里,在太阳的西晒下,里面是乱哄哄的,热得不得了。机器在轰轰地响,讲话都听不清,满屋子烟尘斗乱。所有的工人都是汗流浃背,一刻不停地忙着,男人都打赤膊。来福转了转,想看看启明在哪里。他看到了,启明也是打赤膊,站在一台铡刀前忙着。这个精力旺盛,从来是快快活活的人,现在却蹙着眉头,脸上的神情是专注的,又是十分疲劳、厌烦和无可奈何的。他不停地、机械地扳着铡刀。这时,他也看见了来福,于是笑了起来,马上变成了从前的样子。看到来福,他竟这样开心,这使来福很受感动。他向来福点点头,做着鬼脸打招呼,又喊了声什么,来福没有听清。就在他笑时、点头时,他也没有稍停一下手中的活儿。

正在这时,妈妈来了,也看到了启明,她喊走了来福。

现在,启明那里,热和疲劳是可以想象得到的。而他,却坐在这里,无所事事地坐在这有穿堂风的堂屋里,睡够了,懒洋洋地坐着发愣。这样热的天,动动就是一身汗,他却可以什么事也不用做。

一阵温热的风掠过堂屋,他心中渗出淡淡的烦忧——他的烦忧从来都是这样的,琐碎、细微,似有似无。既没有强烈的痛苦,也没有强烈的快乐。

上半年小学总算毕业了。他去考了一次中学,没有考上。他功课本来就平常,考前也没有花大力气复习功课,只想去碰碰运气。现在,他也离开校门了,和为平、启明一样,不是学生了。不是读不起,是考不上。今后怎么办?他有点怅然若失。

家里也没有为此指责他读书不用功,仿佛并不指望他继续升学。能考上,就再读几年,考不上也无妨。对他今后的路,妈妈和奶奶常常有些议论。

"我看，叫他到舅公家那布店学几年生意也好。"妈妈有一次这样对奶奶说。

"他爸不一定肯。上次回来不是说了，还早了一点，还想叫他读书。这一次考不上，年底再去考。实在读不出来就跟他爸学手艺去。"

看来，他也要走上谋生的路了。这也不能使他产生一点成年的感觉，因为究竟还是由亲人们牵着他的手走的。

这种谈论还没有结果，她们又开始酝酿着给他说亲了。她们好几次谈到楼门口的姑妈家一个叫英英的内侄女怎么怎么的，说他们家大人看来是同意把她说给来福的。来福逃难时见过这个英英，是个流鼻涕的女孩。她们谈得很随便，仿佛有意要让来福听到。

来福已经忍无可忍了，有一次就喊道："你们想要，你们自己要去。我是不要的。"

妈妈恼了，说："怎么啦，人家配不上你这个读书人吗？"

来福坚决喊道："我不要。"并且嘟囔说，"脚后跟都长白毛了。"

妈妈更生气了，说："人家也没有得罪过你，你怎么可以这样糟蹋人家一个女孩子的？"

奶奶问妈妈："怎么脚上会长白毛的？"

妈妈也憋不住笑了，说："这个小鬼糟蹋人。逃日本人那一阵子，英英还小，又不常洗脚，乡下人哪有那么讲究，给他看到了，说人家脚后跟长白毛了。"

来福只觉得非常烦恼，非常不快活。他有时就想哭，想喊叫，想哭闹一场，叫大家都不得安宁。

他常常怄气、闹别扭，他变得越来越不驯服了，常常跟奶奶、妈妈顶嘴，常常觉得委屈，有时还会莫名其妙地饮泣起来。

奶奶也觉察到了这些变化，说："你这孩子怎么啦，变样了，怎么回事？"

妈妈瞥了他一眼，问道："你有什么不称心的呢？看看街上那些小孩，那些讨饭的、捡破烂的、当小偷给抓起来游街的。你有的吃、有的穿、有书读——你考不上怪你自己没有本事，还能怨别人啦？你还要怎么样？真是身在福中不知福。也像那天看到的你那个同学一样，把你也送进洋火厂去做工就好了。"

"进洋火厂就进洋火厂，怎么啦！"他又拧过脖子顶了一句，含着泪。

怎么搞的？她们倒满以为他身在福中，应该知足了。他不稀罕，他也不满意自己的生活。

为平、启明他们没有钱读书，现在就得跟大人一样吃苦、一样干活，靠自己

劳动生活,在凶险的社会波涛中搏斗着生活。他们是勇敢、坚强的人,他爱慕他们。还在读书的时候,他看过一本外国的画册,有一幅图片,近处是一艘很大、很豪华的游轮,宽大、平稳的甲板上有很多穿红着绿,打着太阳伞的男男女女,或坐,或站,或倚栏远眺。远处,在汹涌的波涛里颠簸着一只很小的,船舷很低,像一片树叶一样的小舢板,舢板上有几个紧张地扳着桨与风浪搏斗的人。他当时就觉得自己仿佛也跻身在那艘游轮的甲板上,而舢板上那几个人仿佛就是为平和启明他们。

他庆幸自己的处境吗?不!相反,他是那么羡慕启明、为平他们。过去,他老是觉得,在他们三个好朋友中,他们两个尤其好些,不论为平怎样有意关照他,不使他受到冷落,也无法消除他的这种疑虑。现在,他醒悟了,是不一样的,他和他们的确是生活在不同的天地中的。

"进洋火厂就进洋火厂。"来福想象自己也每天一早去洋火厂上工,忍着酷暑、严寒,咬牙坚持下来。然后,拿回工钱给妈妈买米,给自己做衣裳。慢慢地,他长高了,也像启明那样变强壮了,有力气了,变成了一个勇敢、坚强、自食其力的男子汉。

他最近常常触发这一类的幻想,想象他们三个好朋友又在一起玩了。他也要学会在平江里游泳,他也要夜里到乡下去看戏,或者放假时去乡下钓鱼——倒不是那些戏有多么好看,那陈旧破烂的行头比起戏园里戏班子的行头差多了——他争取的是自由、独立、豪放不羁的生活。

可是,他也只是想想而已,什么也没有准备着去做。前天,在洋火厂,幸亏启明没有脱身和他谈天,启明如果问他,去过孙家没有,有没有打听到为平,他会是无地自容的。从上一次和启明分手后,几个月过去了,他一次也没有去过孙家。他怕,怕进去会给人抓起来。

他筹划过去孙家的办法,想得周到而且可行。他准备去找孙洪福,虽然他很不喜欢,甚至可以说是讨厌这个"当官的儿子",他们从来不交往,不讲话的;但是,他觉得必须去找他,和他套近乎,装也得装一下。和他交朋友,通过朋友关系进入孙家就容易了。做假,来福不太会,也不愿意,他一说假话就会脸红,背上就会热辣辣的。但是,为了救为平,低声下气去巴结孙洪福,他愿意勉强自己去做。

他有过几次,上学前,放学后,急急忙忙跑到玉山小学校门外徘徊,但都没有见到孙洪福。有一天他碰到一个叫郑荣的朋友,是和孙洪福同班的。他向郑荣打听，为什么没有看见孙洪福，郑荣告诉他，孙洪福跟他叔到乡下收租去了。他每年这个时候都要请假到他在县党部当书记的叔公老家玩的。

这样更好。这个"当官的儿子"本来就瞧不起人，好像他跟他老爹一样都是高人一头的，而且他也明知道来福和为平是很要好的，你去巴结他，他还不一定理睬呢。他不在家，来福就可以冒充他的同学、朋友（对了，他们其实还有点亲戚关系呢），借口去找他玩，到孙家闯一闯。这主意万无一失，可是他仍旧没有去，他把去孙家看成是一次虎穴探险。一想起传说的孙家大院里有地牢，有地道，有夹壁，还常常听说里面闹鬼，他就怕得气也透不过来。他不止一次地下过决心，他在孙家大门外来回走过好几趟，就是踏不上那第一步台阶。他急得流泪，为自己的胆小怕死而害臊。

一想起启明的托付，来福心里总是沉甸甸的，像挑了一副卸不下的担子。回想那一年偷栗子，他给人逮住了，竟害怕得哭了。现在想来都觉得惭愧，逮住了又怎么样，还能把他吃了吗？最多训几下，扇他两个巴掌，还不得让他走吗？那一次为平冲进去救他，保护他。现在，如果为平真的被关在孙家，那可是性命攸关的，他却怕得今天推明天，明天推后天，推了几个月。

门外，一个人向屋里探了一下头，说："张来福！到不到平江洗澡去？"说完便走了进来，穿着木拖鞋咯噔咯噔的，是朱伏龙。他也在闲荡，他知道中学是考不进去的，所以也没有去考，现在准备继承他老爹的手艺做灯笼，他老爹是在日本军队撤退后得鼠疫死的。

来福摇摇头，仍旧木然地、一动不动地坐着。

"难怪人家都说你最怕脱裤子，从来没有在平江里洗过澡，还真是的。"朱伏龙笑了起来，又转头张望了一下，挨近来福坐下，悄悄地也很严肃地说，"我跟你说一个事儿，你跟启明不是很要好吗？你见到他，跟他说一句，叫他不要胡来……"

来福惊觉地抬起眼来。

"……那天晚上，在东岳宫开大会，他爬到围墙外面的树上，还用弹弓把汽灯的玻璃罩打炸了。这么大个人了，还这么调皮，要是给人捉住了，不被打个半死才怪呢。"他倒俨然一个大人在告诫一个不懂事的顽皮小孩子一样，来福有些替启明不服气了，心里嘀咕：你也不掂掂自己，配教训他吗？

"不会的吧，你听哪个讲的？"

"听哪个讲的？是我亲眼看到的。"

"晚上你就看得那么清楚？可不要乱讲。"来福当然确信这一定是启明干的。

"看错了？你把他的头杀了，我也能从屁股上认出他来。就是他，没有第二个人。"

"真要是他干的，也讲不得的。"

"知——道，这还用你交代吗？老同学了，我才叫你跟他说一声——向为平，后来你有没有见到过？"

来福摇摇头。

"一次也没有见到过？"

"……"

"说不定真的给害了。"朱伏龙叹了一口气，又问，"到底去不去？黄兴国几个都去了。"

"不去。"

"不去拉倒。"朱伏龙站起来，咯噔咯噔地走了。

"嘿！用弹弓去给为平报仇。"来福不以为然地想，带点怜悯的情绪，"那顶屁用呢。要是我……"一个闪念又引出他滔滔的幻想。

"……我用手一指，平地一个霹雳，顿时天昏地暗，飞沙走石，汽灯砰地掉了下来，那孙万倾趴在台上喊救……"

蓦地，像断片的银幕，幻象消失得干干净净，来福觉到了羞愧，他从来没有这样强烈地觉得内疚。他对自己的这种狂想开始厌恶了，被他怜悯的启明虽然只能使用弹弓，那总还是一个实实在在的行动。而张来福的一套，只是坐着开心。这些反复咀嚼过的幻想情节，剩下的只是渣滓了，一点味道也没有了。现实世界里一个小浪花也比幻想世界里的满天彩虹动人，动人就动人在它是真的。

他觉得对不起为平，也对不起启明。他要去真干，偏要去做最难的、自己最怕也最不愿去做的事。

他愤然而起，趿上鞋子走了出去。

真热，满世界是一片刺眼的光亮，头皮像顶着火盆，贴近石板路面上可以看出有一层热气在晃荡，在蒸腾，隔着鞋底都觉得烫人，他勇往直前地走去。

虽然，他应该在太阳落山以后，或者明天上午清凉一些再去。几个月都已经过来了，当然不在乎这一天半天的。不！他偏要现在就去，偏要在最热的时候去。

他忘了戴草帽,应该回去拿个草帽戴上再去,或者沿着街道两侧的店铺的屋檐下走,也稍微阴凉些。

不,没有草帽就没有草帽,离了草帽、离了屋檐就不能走路了?他偏要走在街心的毒太阳底下。他是去救人,不是去玩。

这样晒,人会晒黑了的,妈妈知道了一定会严厉制止的。她常常引以骄傲的只是他长得白,是个小白脸,好像白就是漂亮。正因为这样,她对哪家孩子长得白,哪家孩子长得黑,特别关注,一说到为平,她首先就提到那黑黑的特征。

"哼!变黑就变黑。"来福执拗地想。他希望自己变黑一些,就像为平那样。一个男人,白白嫩嫩的,像个女孩子,有什么好看的?如果说白就是漂亮,那么孙万倾就是最漂亮了,他却只觉得他那张大白脸庞叫人看了很不舒服。

来福怀着一肚子怨气,顶着烈日向孙家走去。

怕什么呢?糟糕就糟糕在做一桩难事以前,他总在狂乱地想,想来想去,越想越难,越想越害怕,怕到了寸步难行的地步。人们都像他这样,还能做得了什么大事呢?他对自己说,管他的,不要去想,走到那一步再说。

如果发现了为平真的给关在孙家又怎么办呢?……他又控制不住地乱想起来了:

……他隔着粗大的栅栏看到了为平,为平也看到了他。为平是多么惊讶和高兴啊!从前,为平总是把他当小弟弟那样关照他、保护他,而现在却是他来救为平了。他赶紧使眼色示意为平不要声张,他也装成没有看见,或者不认识的样子,漫不经心地挨了过去。趁着看管没有留意,他眼睛看着别处,悄悄对为平说:"别急,我来救你出去。"为平也点一下头……

怎么救呢?如果他沿用当剑侠那一套想象,那是不费吹灰之力的。现在,当他摒弃了这一套后,连想象力也枯竭了。他还得去找启明,不服气也不行,在做实事上,启明比他能干,有作为,而且说干就干,虽然他也只有一个可怜的弹弓。

想罢,来福走到了孙家大门外,这个曾经使他多次踌躇、徘徊的高台阶,他毅然地登了上去,不慌不忙地跨过石门槛,绕过了隔扇影壁。影壁后面,一个老头赤膊躺在一张竹躺椅上。听到声音,他微睁惺忪的睡眼,含糊地说:"小孩!干什么?"说完,啪嗒、啪嗒地摇了几下蒲扇。

"不用太理他。"来福对自己说。他头也不回地装出不理不睬的样子,边走

边说:"我找孙洪福。"

"哎！你找他有什么事？"

"咦！我跟他是同学，我找他玩不行吗？"他对不认识的人，从来没有这样理直气壮地而且这样不礼貌地说话，而且还是谎话。说完，他走了进去。

这不是进来了吗？初战告捷，他暗自高兴。真是的，怕什么呢？他不断提醒自己就是要这样不慌不忙的、大模大样的才行。

他走过潮湿的长满青苔的青石板天井，登上堂屋。厅上是两镏金漆的太师椅和茶几，好像两列虎视眈眈的警卫，他目不斜视地从中间走了过去。这大宅子，尽管满天下热气蒸人，屋里却是很阴凉的。绕过后壁，又是一个小院子，北院墙中间有两扇大门通向里面，大门两侧靠墙各有一溜子花坛，花坛上有几块古里古怪的石头和一些歪歪扭扭的小树。右手边还有一条过道，过道尽头有两扇半开半掩的小门。静悄悄的，恐怕都还在睡午觉呢。

他继续向里走，一路上几乎是通行无阻的。从敞开窗户的厢房里，传出鼾呼声、轻轻的哭声、絮絮叨叨的私语声和静静的打麻将声，碰到他的人都不以为奇，也没有人盘问他。这样，他深入大院纵深，直到后门。这个后门，来福从外面向里看过，常常有种田人，一群一群地向里面挑送谷子。

这一路上看不到有关人的地方，关人的地方一定是在边边角角的。他胆子大起来了，他转向东侧的通道，过了通道是一个水门汀的场子，在正午的阳光下场子白得耀眼、热得蒸人。场子那一边有两栋大仓房。挨着大仓房的是一栋进深小多了的房子，粗圆木的栅栏门，门外的地上栽了几根柱子。来福的心突突地跳起来了，这就是关人的地方——他想。这栽在地上的柱子是拴人的，他在一本连环画上看到过，把人拴在这样的柱子上拷打。他觉得血液向头上涌，连膀胱也紧张得憋不住要撒尿了。

周围仍旧是静悄悄的。他要保持镇定，他目不斜视地轻轻地走了过去。隔着栅栏门，和场上的耀眼光亮相反，里面是昏暗、潮湿的，木架上拴了几匹马，有的静悄悄站着，吃着槽里的料，有的不停地在刨着蹶子。一个只穿一条裤衩的中年汉子在用木桶冲洗石板地坪，感觉到有人挨近大门，他抬头眯起眼睛看了一眼，笑了笑，恭敬地说："天气热了，这气味真不好闻……"原来是孙家的马厩。这气味、这场上的拴马桩，本来一眼就可以看出来的。

来福也笑了笑，走开了。

对面，又有一条小过道，一扇小门开着的，通向正厅，这就可以回到进来的地方了。来福想：这么大的院子，转过来拐过去的，一定要记住，否则进来了，出都出不去。他把进来时经过的地方、路线、方向、房子、庭院的特征在脑子里捋了一遍。

他又回到正厅后面那个小院子，从进来时看到的那一条过道尽头有两扇小门的地方走了过去。他没有推门，只从两扇门的缝隙中侧身插了过去，发现这里另有一个天地。这是一所独立的院落，房子很新，洋式的，很别致，前面是一个小花园。

来福想起奶奶说过的，孙家大屋因为闹鬼，孙万倾又在一旁建了几幢房子，搬进去住。恐怕就是这个。奶奶说的深更半夜一根竹竿飞进来的事大概就发生在这里。阶下有两棵石榴树，青翠鲜亮的绿叶中结满了鸭蛋大小的石榴，地上也掉了不少。那边有人懒懒地在井边打水。

来福现在对石榴毫无兴趣，但是，他还是小心地踏着青苔走过去，从地上捡了两个装进裤兜里。他明知道这还不熟，不能吃的，他却另有深意。

西屋的门吱地一声开开了，里面传出粗重的鼾呼声，他只能看到一个十来岁的女孩昏昏欲睡地给一个正在熟睡的人打扇子。一个年轻女子端了一铜脸盆水，里面镇了两杯茶，迎着来福走了过来，看了来福一眼，问道："小孩，你是哪一家的？"

来福说："我是洪福的同学，来嬉戏的。"

她点一下头，过去了。

那一面围墙上还有一个小门，门上留了一条缝，门扇上有大铁插销，上面挂着一把打开的大锁。

来福自语道："这有什么好怕的？我就是孙洪福的同学，没有骗人。至于他不在家，我怎么知道？我以为他在家啊！"他轻轻推开那扇笨重的小门，里面是一个更小的院子，再没有通向别的地方的通道和门了。北边是一栋三开间，虽然很旧，油漆剥落，好像不会有人住的房子，但梁、柱墩、隔扇都是雕花的。向南，在高围墙下面，有一幢简陋的小屋，新砖、新瓦、实砌墙，又高又小的窗户上都加了铁栅，钉了铁皮的门上也是大铁插销、大铁锁。

来福呼吸急促起来了。他终于找到了这幢关人的房子。刚抬脚，听见背后有铁器磕碰和讲话的声音，他马上走出小门，退回到石榴树下，仰着头，表现出对树上的石榴一往情深的样子。

沿过道进来三个汉子，前面一个背了一捆两头裹着麻袋的长枪；中间一个

扛了一只挺重的木箱,还挽了几支手枪;后面一个,脚有点瘸,一手提着一只木箱,另一只手指上套着一圈钥匙,正锵锵地旋着钥匙。

一个人轻声地嘟哝:"不如找个地方,挖个坑埋起来最保险。"

另一个说:"埋了? 你知道这样一支破家伙值多少大洋?"

"值多少?"

"你猜猜看。"

"我猜不到。"

"啧! 你猜猜看嘛。"他巴望人家说得少少的,比如十来块大洋,他就可以说出一个石破天惊的大数字,让人吓一跳。可那人偏不成全他,偏乱说一气,信口开河地说:"值五千块大洋。"

"那又没有的。"这一个泄了气了,但还是说,"可起码值两百大洋。这几支家伙归我所有,卖了回家可以盖一栋三进的大屋。"

"悄悄地吧,趁着大家都在午睡。讲了多少遍了,你们这个臭嘴总闲不住的……"那个拿钥匙的瘸子压低声音警告说。说完推开那扇小门,三人都进了那个小院子了。

半晌,没有动静。来福蹑手蹑脚地走了进去。他看到那小屋门大开着,来福轻轻地向小屋走了几步,只见中间地上铺了一张竹席,三个人背朝外蹲在地上,有的在拆卸枪支,有的在涂油,靠墙架空摆着一口像棺材一样大的木板箱子。

关人的地方是不可能存放枪支弹药的,这不是他要找的地方。来福正准备退出来时,突然背后有人压低声音喝道:"你在这里干什么?"

来福吃一惊,转身一看,后面站着一个人,有点面熟,一脸凶相。他想起来了,这个人叫李家寿,奶奶说过,是个很坏的人。捆人、打人、把人往警备司令部送的就是他。来福虽然紧张,但也没有好声气地说:"不干什么,玩玩。"说完就准备夺路而逃。

"咦!"这个人警觉起来,一把抓住来福的臂膀,说,"不对! 你是怎么进来的?"他又对小屋里那几个人轻声地呵斥道:"你们是怎么回事,这个门就这样敞着。交代过多少遍,就做不到吗?"

来福也凶起来,他拼命挣脱,但他挣脱不了。他喊道:"你拉着我做什么? 你放开,你放开!"

李家寿压低声音,恶狠狠地训斥说:"你吵吵什么? 不要吵!"

"你拉着我做什么？你拉着我做什么？……"他放开喉咙喊着、扭着。他越挣扎，李家寿像老鹰抓小鸡一样抓得越紧。于是，来福气得骂了起来。

"我操你的……"

啪！一个巴掌。

"我操……"

啪！又是一个巴掌。李家寿拖着他，嘀咕说："吊大个人还要操我妈呢，你去操去。"

"我操你……"来福没有经过吵架的锻炼，情急了就只会这非常流行仿佛口头禅一样的一句，不能生发，毫无创意。

李家寿不理睬他的辱骂，也不打他，只把他拖出小院子，砰地拉上门。来福挣扎着、喊着，惊动了午睡的人们，一个妇女在廊上问道："什么事，老李？"

李家寿压低声音说："不知道从哪里钻进来个小鬼，钻到东小院去了。要是先生知道了，不给骂死才怪呢。"

东小院，不就是放了几支枪吗，干吗这么神？看一看就不得了了。来福在这危急时刻还注意到这一点，他高声辩解道："你那门是开着的嘛，我怎么知道那里面不能去？"

"那你到这里来干什么？"

"干什么？"来福仍旧怒气冲冲地喊道，"我找孙洪福，找不得的吗？"

"你是他同学吗？"那个妇女和气地问。

"唔！"

"你是哪一家的？"

来福喘着气，半晌说："我住西园巷。"

"你爸是谁？"

"我爸是张庆喜。"

"喔！"那妇女笑了起来，对李家寿说，"他是四婶的孙子。"她和蔼地对来福说，"洪福到碧泉渡他叔公家玩去了，要到开学前才能回来。你以后再来找他玩吧。"

来福还是满脸怒容。李家寿刚松开手，又突然伸手在他裤兜上捏了捏，说："这是什么？"并且强行伸手进去，掏出来一看，是个烂石榴，他呵呵笑了，把石榴递给来福，拍拍他的肩，说，"好了，好了，拿去吧。哎哟！"

啪！地一下，来福把他手中的烂石榴打落在地，转身走了，一边走一边嘟哝

着:"妈的! 你个大人欺侮小人……"他走出了孙家大门。只到这个时候,他才对自己刚才的行为觉得奇怪。他竟敢对这个人发怒、吵架,吵得那么流畅、那么理直气壮,而且敢破口大骂。特别是,他竟没有哭,而且根本就没有想到哭,虽然挨了几个巴掌。这是他有生以来第一次挨这样的巴掌,第一次单枪匹马和一个大人,而且是一个很恶的大人斗,表现了大无畏的精神。

虽然这一趟行动几乎毫无结果,但是,他的心境安宁了一些,因为他终于去了孙家,在里面溜了一大圈,而且是一个人。不管怎么说,他不只是穷想,而是真的做了一件他从来没有做过的实事,没有看到有关人的地方。他要告诉启明,他到孙家大院找过为平,那里面没有。

来福跑到洋火厂,没有看到启明。在那一次见到他的那个地方,那台铡刀还摆在那里,闲着,一旁摞着像小山一样的切得方方正正的洋火盒片。

第十五章　山那边的地方

生活像流水一样，带着艰辛、烦忧，静静淌去，又一个月过去了。这一天清晨，启明干完一夜活儿回来竟不想睡觉，他又上街溜达了一圈。

街上，大多商店都还没有开门。那些杀气腾腾的标语、传单都已经给雨水冲刷得所剩无几了。他回想这些天来在街上都没有再看到那些张牙舞爪的兵了。一家店门开得很早的食品店的柜台上方，张挂着花花绿绿的各种戏曲故事的画儿，在晨风中飘荡——那是包装月饼的封皮。大屠杀的血腥味在消散，局面平静下来了，清凉的中秋节又快到了，而他所挂念的为平和何以正却仍旧无影无踪。

连连打了几个哈欠，启明觉得小困，就转身往回走。进到家里竟意外地看到何以正，妈妈在一旁陪着谈天。启明高兴得叫了起来，几个月来，一想起来就叫人恼怒、委屈的情绪就丢得干干净净了。

妈妈说："到处找你呢，才下工，一大早你又跑哪里去了？你来。"在启明挨近她时，她耳语道，"你给以正哥送一封信到梅溪去。"

启明已经明白了，既然这样神秘兮兮的、这么郑重其事的，不言而喻，这不是一封平常的信。果然不出所料，何以正不是一个寻常的人，需要的时候，也没有忘了他启明。他高兴得几乎要蹦起来，但是他克制住了，这可不是儿戏，他提醒自己不要笑，不要嘻嘻哈哈的。他装出庄重、严肃的样子，微微点了点头，嗯了一声。他把身子歪到何以正一侧，对着他的耳朵轻声地问："以正哥，你是……"何以正打断他的话，盯着他的眼说："还要问吗？"

何以正要启明脱下一只鞋。他把一张很小的、上面写了密密麻麻的小字的纸片折起来，插进布鞋鞋帮内壁的破缝里，然后交代说："你现在就动身，到梅溪镇，镇上有一爿中药店，有个叫蒋秉孝的人，以前在厂里干过，你认得吗？"启明点点头。"你只要把这个纸条悄悄交给他就马上回来，不要给任何人看见。他会想办法把这个纸条送到我们游击队那里的。城门口有当兵的在盘问进出城

门的人,你可要小心。回来后,如果有事,可以到我家里找我,我现在在家里。"

启明又点点头。他在穿上鞋子的时候想,如果遇到麻烦,我可以装出到路边小便,把鞋子踢进路边的草窝里。

妈妈盯着他,严厉地补充说:"这个事情,死活都不能让别人知道,懂吗?要是……"

启明不耐烦地挥手打断妈妈的话,说:"妈!我知道的。"难道警备司令部枪毙人的事,他没有看到吗?

妈妈沉下脸,说:"这孩子……"何以正只是笑笑。

启明到门后取出平时打柴用的绳子系在腰上,把柴刀别在腰后,拿上那根两头尖的毛竹杠。以正笑嘻嘻地看着启明的这一连串动作。

他走了,妈妈郑重其事地把他送出门口,说:"你走好啊,孩子!"启明驯服地嗯了一声。妈妈仍看着他,直到他离去的背影消失在巷口。

"你走好啊,孩子!"妈妈的话仍在心里回旋。从来,只有给远方来的客人送行时,她才会送出门口,并说一声:"您走好啊!"对启明是从来没有过的。这种送行的话和举止带有一种严峻的、不安的,也是温情的意味。

启明经过城门口时,几个当兵的只看他一眼,没有理睬。

登上渡船,瘸子老大不紧不慢地摇着桨,船在水面上平稳地滑去。船上几个陌生人都是平静地、耐心地等待着船靠岸。他们当然不会知道他应启明正在干的是什么样的事。

船还没有抵岸,启明就一跃上岸,他脚不点地地向前奔走。走到一处没有人烟,杂草茂密的地方,他把竹杠塞进草窝并且记住了这个地点的特征之后,继续快步走去。在清晨的薄雾中,他只要看见前面有行走的人影就飞快地超了过去。他把前面朝同一方向行走的人都一一抛到后面,他从来没有这样疾走过。他心中怀着一种为了高尚的事业出力的庄严、兴奋的心情向梅溪镇奔去。这些地方,他在卧牛岭修路时走过,路是熟的。他一口气跑了二十里,渡过平江,进入梅溪镇。

街上是空空荡荡的。因为不是集市,所以不少店铺还没有开门,只有烧饼摊子已经摆出来了。启明买了两个烧饼,一边啃着,一边放慢步子沿街走去,仔细注意着两旁的店铺。果然,右首有一爿中药铺,门已打开。他看了一眼,里面有几个年轻人在高谈阔论,其中一个面朝外的人有些面熟,启明想起来了,他就是蒋秉孝,他也看到了启明。

启明继续漫步向前走去，一边走，一边想着怎样把他引出来。走到街尽头又转身往回走时，看见蒋秉孝已经尾随而来了。两人走拢后，启明张望了一下蒋秉孝背后没有人跟踪，没有，就说："你是老蒋吗？"

　　他点了一下头，轻声说："我就是蒋秉孝，你跟我来。"于是，两人从街旁一条小弄插了出去。到了街背后一个僻静的地方，启明说："何以正叫我带一个条子给你。"说完就弯腰准备脱鞋子，蒋秉孝连忙制止了他，说："别忙，你再走一程，还有五里路，到棠梨庄，直接把信交给一个叫章正堂的。刚才你走过我的铺子时看到的那几个人里面就有一个是情报组的。你回去告诉何以正，以后不要通过我这里传递信件，我这里不保险了。我自己也给人监视起来了。"他给启明指点了去棠梨庄的走法，目送启明上路后才返回。

　　启明按照蒋秉孝的指点直奔棠梨庄。这一带他没有走过，在他一路打听去棠梨庄的路时，他觉得人们用异样的目光看他。

　　终于找到了棠梨庄。他进入庄子时，觉得有一个人总是在几十步外盯着他。

　　终于找到了章正堂家，是一幢泥墙草顶的小屋。但是章正堂不在家，一个短发、赤脚的邋遢女人坐在门里一边给怀里的婴儿喂奶，一边纳鞋底。当启明说明自己是来找章正堂的时候，她恼怒地又是轻声地嘟哝道："天哪！你们不要再来找他不好吗？"又说，"是谁派你来的？你回去跟他讲，我不给正堂做这些事。这是要杀头的，你们知道不知道？你们不怕，我怕，我有一家人。我不给正堂做种事，叫他们另外找个人做这种事。"她不叫启明坐，也不叫他进屋，只顾自己嘀咕。虽然这样，当她瞥见一个放牛娃儿路过前面的路口时却又尖声喊道："祥儿！你去田里告诉你正堂叔一声，说有人来找他。"

　　启明不愿再听她啰唆，就向屋前的塘边走了几步。他抬头时又看见那个老是盯着他的人也在看他。眼神交会，那人会心地笑了笑，也是一个很年轻的人。

　　章正堂从田里回来了。三十来岁，除了一条短裤外，赤条条的，露出一身酱色的肌肉。见到启明，他说："找我吗？"

　　启明说明来意并准备拿出信件时，他说："那你就别慌了，他们现在离这里也不远，你索性也去一趟，把信直接交给他们。有什么回信，就交给你带回去，也不用我传话了。"

　　启明高兴地说："好的。"他想不到还能再深入一步，看看这些共产党。

　　正堂说完，把一双泥脚套进门后一双旧草鞋里，一面拉后跟，一面对那女人

那年代

说:"还剩下一小块,等孩子睡了,你去给孏一孏。"

"亏你说得出口,我腾得出手吗?儿子你还要不要?我看你是不想要这个家了……"

章正堂只当没有听见,披上一件褂子就带着启明走了。在路上,章正堂说:"以前都是老蒋来的,现在怎么换成你了?"

启明说:"老蒋说他不便,给人盯着了。"

又走过了两个村子,这时启明看到一些穿着杂七杂八、破破烂烂的老百姓的衣服的游击队员,有的背着一支破枪,有一支枪的枪背带竟是用麻绳代替的,有的扎着腰带、打着绑腿——这才是真正的共产党——启明从破破烂烂的穿着中看到了艰苦,感觉到这些人身上仿佛显现一种毫光。

走进一个门口站了哨兵的院子,章正堂对站在天井里的一个大汉说:"大老王! 何以正派人送信来了。"又转身对启明说,"你把信交给他就行了。"

当启明取出纸条交给这个显然是游击队的领导人的大老王时,大老王满脸含笑地推着他的肩头进到屋里,叫他坐,又向门外喊道:"小向! 倒碗开水来。"

章正堂说:"我先回了,还有活儿没有干完。"大老王点点头。

这时,发生了一件绝对想不到的事,启明听见背后有人大叫一声:"启明!"启明转过身来,他那日夜挂念的为平,他那多灾多难的好朋友,不知道从哪里蹦了出来,就站在他的面前。

"哎呀! 你怎么在这里?"

"你怎么也来了?"

两个人几乎同时跳了起来,也同时喊了起来。虽然一时半时都说不清,但也都知道了一大半了。这时的启明竟至于百感交集得眼眶里渗出了泪水。

大老王从纸片上抬起眼睛,看着这一对兴高采烈的小伙子,笑着说:"哦! 原来你们认识的。"

为平说:"我们是老朋友了。"

"喔呵! 老朋友?"大老王对这个"老"字表示了惊愕,揶揄道,"你们在一起共事有十几年了?"又说,"小向陪他出去转转,不要走远了。等一会儿,还要你(指启明)带一个回信给何以正。"

为平嗯了一声,拉着启明出了门。

为平瘦了,嘴唇干裂,不停地打着哈欠,显得劳苦,但脸色仍是黑里透红的,比以前更精神了。他粗硬的头发很长,像个刺猬,看来已经有一个多月没有剃头了。他穿的虽然也是一身老百姓的破旧衣衫，但是那扎得紧紧的腰带和强壮的塌肩膀上斜挎着的一支驳壳枪就足以表明他已经不是一个普通老百姓，更不是一个小孩子，而是一个真正的共产党武工队员了——还真像那么一回事的。

启明搭着为平的肩，还像过去那样，迈着齐步向村外走去。他们一时都没有想起讲什么话，都不时地笑着。路边的院墙里传出童声齐唱："……山那边呀好地方，一片稻田黄又黄，你要吃饭得劳动呀，没人为你做牛羊……"

为平看着启明，觉得他也变样了，仿佛长高了，也仿佛更瘦了，这样骨节就显得粗大，肩头和胸脯也更厚实了，手掌大得和他的年龄不相称。他留了一个小平头，头发细细的，不很厚密。高宽的额头，炯炯有神的眼睛，尖下巴，显得精干、机灵和秀气。唇上的细汗毛隐隐地可以辨别了，鬓角在悄悄向下延伸，眉宇间显出沉思还带点忧郁的神情，从前那种见天嘻嘻哈哈的神情也没有了。他穿了一件撕去两袖的旧褂子，敞着领子，裸露出两条滚圆的肌肉坚实的胳膊，自有一种质朴的风度。总之，他比以前成熟了，也好看了。如果也能挎上一支枪，一定会更神气。

"启明！"为平说，"你长高了，快赶上我了。"

启明说："怎么快赶上你呢？我本来就比你高嘛。你看……"他用自己的肩挨着为平的塌肩膀，说，"你看，比你高一些吧。不多，只高那么两指。"

为平说："算了吧，我们看头嘛。"他拿手掌从启明头顶划到自己额上，说，"你看，你差多了。"

启明踮起脚尖，说："看吧，看谁高。"

两人哈哈大笑起来。

启明想回避那叫人悲痛、激愤的惨事，但是，过了一会，他还是说了起来："……那几天，我和来福到处找你，就是找不到你的影子。来福都哭了。你家门上贴了封条，镇公所派人看着，不让人走近。我们都担心你也给害了……"

为平马上插嘴问道："我的小妹后来怎么样了？"

"听说给一个女人抱去了。"

那当然是联玉家的婶婶，为平心中踏实了。他又问："你看到过我小妹吗？"

"没有。"

幸亏启明不知道，那是一根不能触动的神经。小妹终于没有活下来，临死前哭闹着要的竟不是妈妈，而是阿哥。

"那个孙万倾还在城里吗？"

"应该在吧，"启明不是很有把握地说，"个把月前我见到过。"

为平点了点头，仿佛说，只要这个人还在，他的报仇夙愿早晚总能实现的。他又问："阿福呢？"

"毕业了。"

"考上中学了吗？"

启明嘿嘿笑了两声，说："没有考上。我看他也不怎么用功，尽看一些什么侦探案。你家的事还是他告诉我的。头一天，我们两个一起去找你。后来，阿福就出不来了。他妈差得很，一看见阿福跟我在一起就无缘无故找碴子骂阿福。有一次，我去找阿福，他给他妈关在楼上，不给他下来。"

走到村外的一条小溪边，为平说："就在这里坐一会吧，不能走远了。万一有事，找不到人不好。"

两人就在溪边的一棵大柳树下的一块洗衣服的长石板上并排坐了下来。

这时正是秋高气爽，蓝天白云。因为天旱水浅，满河床露出一片坎坷的白历历的鹅卵石，只有河床中间还淌着一条清澈见底的泉水。河滩对岸有一片梨树林，树上挂满了沉甸甸的包着粽箬的梨子。启明眼睛亮了，喊道："哟！好大的梨子，你在这里不要动，我悄悄去摘两个来咱们尝尝。"大概是太兴奋了，他有些忘乎所以，又要故技重演了。

"不要，不要，"为平迅速做出反应，加以制止，说，"那要违反纪律的。我们不是旧军队，不能损害群众利益。"

启明红了脸，懊悔不迭地想："真丢人，怎么想出这样的傻主意来呢？"他看着为平，捋着为平的枪背带，羡慕地说："这是你的盒子炮？"

为平说："不是的，是王队长的。"

"就是刚才那个大老王吗？"

"唔！"为平点点头，说，"我们的武工队长。"

"我看他都不像一个队长的样子。"启明信口说道。

"嗯？"为平马上把头一歪，反对道，"不像？你说怎么样才像？大老王可不简单。天上的、地下的，他没有不知道的。打仗，不用说了。上政治课，那个夏指导员……"说到这里，他转头向后面张望了一下，接着说，"讲起话来真要命的。我最怕他讲话。他一讲话，大家都嘀咕，啰里啰唆讲半天讲不出个道道来。他一开口，我就想打瞌睡。行军一宿，到了宿营地，人都困死了，他还没个完。还听不得别人的意见，谁嘀咕一下给他听到了，他会批评得你哭。"

这个人人为一个高尚的目标献身的人群中,原来也有人世间的这种不好的现象,启明竟会觉得奇怪。

为平又说:"不过,说句公道话,要是有谁生病了,他可是……"为平嘿嘿笑了几声说:有点"婆婆妈妈的,行军给你背背包,到了宿营地,一会儿给你熬稀饭,一会儿给你烫脚……"他哭笑不得地摇摇头,接着说,"如果王特派员来讲话,喔!大家劲头就来了,都爱听他上课,他讲得真好。……"怎么个好法,他却讲不出来,又说,"那天,在碧泉渡,一个老财家,就是县党部书记的老家,有一头马,我们有人想把它牵走,以后行军可以驮点东西,有人生病了也可以骑。王特派员不准,可是他却骑上去试了一下。连马鞍都没有,他两脚一蹬就飞跃上去,跑到山上又跑下来。一个老头说,他还没有见过有人骑得那么好的……"他还讲到他的首长枪法如何准,投弹如何远,下棋如何精。启明想,这个口齿迟钝、讲话有点结巴的人,怎么一讲起他的领导,话就多了,也顺畅了。

是有这样一种人,他如果敬仰、爱慕一个人时,就会把这个人视为超人,奉为天仙,为平也是这样的。从前,他爱他的爹,认为他是至高无上的。现在他对王队长是佩服得五体投地的。共产党救了他,他要感恩。而在他心目中,大老王就是共产党,共产党就是大老王,他要死心塌地地保卫大老王。为了大老王的安全他会豁出自己的生命,这一点他自信不疑。

启明却没有这种感情,也没有兴趣听他吹嘘自己的领导,反而认为为平有点拍马屁。

"听你这样讲起来,你们王队长是神仙了。"

"嘿!那倒不是的。"原来为平也还不搞绝对化,对好朋友也会悄悄背后议论起他的队长,说他也有一个毛病,就是不肯洗脚,他在屋里脱鞋子,在门外都闻到臭味,寒冬腊月跟他打通铺都给他臭脚熏醒了。为平跟他爹每天从地里归来,不管有没有热水,总要洗洗脚才上床的。这个大老王,行军一夜,到了宿营地,你就把热水端到他跟前,他都不肯洗脚,嫌麻烦,还说你们这些南方人穷讲究,他偏又爱穿那双胶鞋。为平当然知道他责任重,比别人辛苦,人家休息了,他还要去查哨、商量什么、布置什么的,做不完的事。但是不管怎么说脚总是要洗的,有一次他就是硬把已经躺倒在地铺上的大老王拖起来洗脚。想起那一次大老王也哭笑不得、无可奈何地老老实实地起来把脚洗了,为平就忍俊不禁。他们之间在感情上已经有一种像父子一样的关系了。

"他听你的吗?"

那年代

为平点点头，说："听的，只要你讲得对。我们这里兴提意见，再大的领导，有不对的地方，大家都可以提意见。"启明赞赏地点点头。

　　他又拍拍为平的枪，说："这是什么牌子的？"

　　为平笑了，摇摇头。他只听说枪有各种型号、口径，从来没有听说过枪还有什么牌子的。他摸着枪套，说："人家都管它叫快慢机，这个弹夹里可以装二十发子弹，可以打连发。"

　　"你的枪呢？"启明认为这个小兵腊子顶多不过扛一支长枪。

　　为平红了脸，顿了顿，笑说："我哪有枪？我们这里还有不少人没有枪呢。"

　　启明说："掏出来，我看看。"

　　"枪不能玩的。"为平把枪捋到腰后，严肃地说，"上次，我在门外抹澡，把枪搁在屋里桌子上，给指导员看见了，在开会时批评了我，说我'蚂蚁打屁'……"

　　"什么什么？'蚂蚁打屁'？"启明对这里的这些新鲜词语特别有兴趣。他记下了这个有趣的比喻，不过没有理解它的含义，只能估量着把手枪这样重要的东西到处乱放，好像蚂蚁放一个屁一样不当回事儿。

　　"谁知道呢？"为平抚着枪，说，"横竖总是不好的意思。这支枪，我也只管擦拭、保管，不归我用的。玩枪，王特派员会批评的。"

　　启明马上又记下"批评"这个词，问道："批评你就是骂你一顿了？"

　　为平又笑了，他很高兴这个小聪明像一个小学生一样在处处向他求教，他说："不是。我们这里不兴骂人的。批评就是……就是……就是说你一顿。如果枪走火了，那还要关禁闭的。"

　　"关禁闭"，启明又飞快地记住了这个新鲜名词，并且问道："那就是坐班房了？"

　　这一回是为平哈哈大笑了，摇头说："不是的。关禁闭就是找一间空房子，叫你在里面待着、反省、检讨错误（又是两个新名词），不准乱跑。"

　　"有人看管吗？"

　　"有时有，有时没有。"

　　"那要是逃了呢？"

　　为平反问："逃到哪里去？干革命是靠自觉的，离开这里不是自己找死吗。"为平说的是真心话。他已经失去了一个家，几乎走投无路了，幸好找到了这个大家；如果再失去这个大家，那只有死路一条了。

　　"那么，你也是共产党了？"

167

为平红了一下脸,说:"哪那么容易?我们全队一起才七八个党员。"

这时启明发现为平的右脚脚脖上缠着肮脏的绷带,他指着问道:"你的脚怎么啦?"

为平抿着嘴,只笑不答。在启明的追问下,为平很不情愿地说:"那天真倒霉。打听好了师管区有一车军用物资要经过卧牛岭,王队长带我们武工队去伏击(启明又记下了'伏击'这个词),那天下半夜就出发,天明前我们就隐蔽好了。一直等到快八点了,才开来一辆汽车,满满的一车当兵的,王队长把它放过去了。隔了一会儿,又来了一辆汽车,很重,是用油布盖着的,上面只有两个当兵的押车,队长下令打。我们才开火,他妈的,后面还有一辆汽车,都是当兵的,前面放过去的那辆车又掉转头来,把我们两头堵着打。那天真打得窝囊。情报搞不准真害人……"

那年代

启明插嘴问道:"什么情报?"

为平反问道:"你今天来干什么的,不就是送情报来的吗?"

启明恍然大悟,原来这封信,确切地说,那个小纸片原来就是情报。他又问下去:"后来呢?"

为平说:"特派员下令交替掩护着向路南的山里撤退,让我去二区队传命令……"

启明又插嘴问道:"你是干什么的?"

为平说:"我是通信员。"

启明说:"我还以为你是勤务兵。"他觉得"通信员"这个称呼就很好听,"勤务兵"听起来有点像侍候人的人。

为平继续说:"……我把命令传给区队长的时候,有一些敌人离我才……(他在现场指了指)那棵小槐树到这里这么一点远,我们边打边撤,一发子弹打在我跟前的石头上,这脚是给石头渣子崩的。"

"疼吗?"

"那时一点都不觉得,一口气撤到七里堡,跑得气都喘不过来,才把敌人甩掉了。到那里我才知道负了一点伤,流了好大一摊血,现在已经好了。你看倒霉不倒霉,一支枪也没有捞到。"他扭着脚脖子,呵呵笑了。那么轻松、快活地讲着这些生死攸关的经历,仿佛在参加一场游戏,没有注意到启明是怎样地惊讶和羡慕。

沉默片刻，启明又问："上一次那些军队来打你们时，你们都在哪里？"

"王特派员早带我们转移进了大山，他们不敢进。夜里，我们派了几个人到山上，一会儿这边放一枪，一会儿那边放一枪，叫他们不得安生。就这样磨了几天后，我们打了他们一下，那一次打得不错，还给我们逮到一个副连长。"说完，为平得意地笑了。

启明问道："不是说你们的损失也不小吗？"

为平说："打仗还能不死人吗？不过我们还好，有大老王指挥，只有两个人轻伤。听说，青山区武工队那边伤亡大，他们那个队长是知识分子，光会讲，打仗不行。"为平自己没有读过几年书，现在也学会了附和别人贬低知识分子了，启明却是始终尊敬那些读书人的。

启明曾经想象，为平经历过那场悲惨的变故后，会变成一个痴痴呆呆、木头木脑的人。可是这一次，从见到他到现在，他一直是容光焕发、笑吟吟的，而且也明显比过去会说话了。看到他这种样子，启明也高兴，并且说："你现在讲话不结巴了，比以前好多了。"他也得意地笑了笑，说："结巴的人，怎么当通讯员？刚来时我们队长把我拗了几次，要我讲话慢一点，不要急。慢慢地就练得不太结巴了。"启明又问道："你今天怎么这样高兴？"刚发问，马上又自己回答了自己："这还用问吗？我们终于又见面了，我自己不也是喜出望外吗？"

可是，为平的回答又是令人意外的。他抿着嘴，又笑了笑，然后把上身靠向启明，悄悄地说："我告诉你一个好消息，大军快来了，咱们这里快解放了。"

"喔！"启明也很高兴。"大军"不就是北方的共产党大部队吗？在高兴中，他又想，他们——何以正这些共产党和为平这些过去和他一样的少年，他们高兴和发愁的事，和他启明不一样了。他回想自己不久前和洪元下棋，他吃了人家一个车和一个炮，高兴得几乎是得意忘形了，为了不让洪元悔棋，他们还吵了起来。为了一盘棋的输赢，为了这么一点点小事，他和人吵架、记仇、烦恼——哎呀！他觉得自己还是没有出息啊。这个一向认为自己处处比别人行的人，突然觉到了自己矮小了。

启明又想起那一次对孙万倾的报复行为，虽然那时他就知道不顶用，是小孩子做的事，现在更觉得是微不足道的，但是在那以后，他还一直想把这事告诉为平，现在见了面了，却几乎忘了。于是，他当作一个笑话，绘声绘色地把那天晚上怎样用弹弓打孙万倾的事讲述了一遍。启明以为为平听了会很开心的，可是，为平默默地听着，几乎无动于衷，没有一点点开心的表现，反而严肃地说：

"以后可不要搞这些名堂。"

"怎么呢?"

"没有用的。"为平有过切身体会,他还放过火,但那样做顶什么用呢? 给人抓住就完了。

启明说:"我没有打准,打准了虽然打不死他,起码不叫他痛一下吗?"

为平又结结巴巴说了这样一些道理:压迫、剥削穷苦老百姓的不是一个孙万倾,他们是一个阶级。被剥削、被压迫的也不只是我一家,是千千万万的穷苦农民。靠一个人是解决不了问题的,只有千千万万人团结起来,推翻代表这个阶级利益的政府、制度,穷苦人才能翻身解放。

"怎么个团结法呢?"

"我们这不就是团结起来了吗? 全国都有,都是共产党领导的。"

启明何尝不知道他那个小孩玩具的作用,他是没有别的办法啊! 听了为平讲的,他更明白了,对为平也更是羡慕不已,又多少产生一点嫉妒心理。过去,读书的时候,不论功课,不论口齿,不论天资,说为平不如他,一点也不能算是骄傲自满吧,为平过去也承认他聪明。现在,为平懂得的很多道理,他却一点也不知道。他又问道:"你讲的这些是从哪里听来的?"

"上政治课就是讲的这些道理。"为平突然想起什么又呵呵笑了起来,说,"前天,大老王给大家讲了一课,讲得真笑人……"为平回想起来倒忍不住又嘿嘿笑了一阵,突然他停了笑,认真地说,"他说,人,是不能只顾自己的。如果每一个人都只顾自己,那还能不给人欺负,不给人当猪当羊让人宰杀啦……"为平接下去又说:"那些年,才几百个日本兵一来,那些保安部队就跑得像兔子一样,全城几万人也只顾自己逃难,给日本人像鸡一样撵过来撵过去,捉一个,宰一个……"说到这里,他忍俊不禁又嘿嘿笑着重复那几句他认为好笑的比喻,"'跑得像兔子一样''像鸡一样,给撵过来撵过去'——那些年真是这样。我们全家是逃到萍湖的,在那里,一听到有人喊日本人来了,大家都只顾自己没命地向山沟里跑。向狼蕨丛里钻。要是也像现在这样,把大家组织起来拧成一股绳,跟日本人干,有多少日本人打不赢?"

启明觉得虽然那些比喻,他并不认为有多么高明、多么好笑,但是为平转达的这些道理都是非常对的。……他又一次涌起一个强烈的要求,他一定要参加共产党,像为平这样,不顾自己的生死安危,为了解放千千万万受苦受难的老百姓,他愿意去吃苦、去拼命。

哎呀，这才是真正的生活，一种有远大的志向、高尚的目标，虽然很苦，很险，但是充满了信心，他下定决心了。

正讲得起劲时，突然背后有人叫道："为平！你那双被鞋已经给你补好了，你不去拿去？"

两人转身往后看，背后站着一个十六七岁的大姑娘，臂上挽了一篮待洗的衣裳，顽皮地笑着。

"知道了，知道了。'送佛送到殿'嘛，你给捎来不好吗？"为平见了姑娘，没话也会找到话讲了。

"一双臭鞋子，给你补了两次了，还要给你送来，还要不要给你穿到脚上？"

"那更好。"为平涎着脸，蹬掉一只鞋子，抬起那又宽又大的像锄头板一样的大脚掌，扭着脚趾说。

"想好事呢。去！跟我去，帮我把这篮衣服汰一汰。"姑娘在下命令。

"以后帮你。这一会儿我有客人在。"

姑娘溜了启明一眼，仿佛这才注意到他，不高兴地提了篮子，踏进卵石河床到河心那水沟边去了。

"你们住在这里很久了？"启明觉得很奇怪。

"……"顿了顿，为平说，"昨天才到这里。"

"那怎么这样熟？"

为平看着姑娘的身影，心不在焉地说："以前在这里宿营过好几次。这一带群众基础好（群众基础——又是一个新鲜名词），以前每次来，我们都住在她家。农忙时，帮她们割割稻子、栽栽秧，就熟了……"他突然情不自禁地冒出一句，"长得还挺好的。割稻她割我不赢，栽秧我还栽她不过呢。"

启明注意到那姑娘也不时转头朝这里张望，也感觉到身边这个老实朋友，在这上面一向是不那么老实的。他悄声问道："你们是相好？"

为平迅速挺了一下身子，抬起下巴，把眼睛瞥到一边去，半晌说："你可别乱说，指导员听到了，要把我批得趴下去为止。"又说，"咱们回吧。"

两人站起来往回走。进到队部，正好大老王准备叫他们。他把一个字条和一个小蒲包，蒲包里面有一个还是热的当干粮的饭团递给启明，说："信藏好，还藏到老地方，一到家就交给何以正。"

启明缩手说："我……我要求留在里面这里，不回去了。"

大老王很是诧异，他疑惑地盯着为平责问道："他怎么不回去了呢？"

为平瞪着莫名其妙的眼,启明却一本正经地说:"我不走了,我想和你们一起干。"

大老王说:"是何以正说的吗?你家里同意吗?"

何以正虽然没有这样说,但是家里同意不同意,难道我还是小孩子吗?他不高兴地说:"我自己的事我自己做主,为什么要家里同意?"

大老王只好耐心地劝说他、告诉他,传递情报比参加武工队更重要(这一点,启明已略有所悟),又很明确地指出,参加武工队也必须完成当前这项任务,以后再经何以正他们介绍才行。这样足足扯皮了十来分钟,才说服启明改变了决心,为平被指派把启明送出村口。

两人又高高兴兴地向村外走去。突然,为平把一个暖乎乎的硬东西塞到启明手中,启明一惊,原来是一个银圆。为平说:"送给你。上次从县党部书记老家的夹壁里抄出一箱银圆,给我们每个人发了一个,这还是我来这里第一次。"

启明忙说:"我不要。"看到为平穿得那么破,特别是鞋子,他坚决不要。

为平说:"我们虽然苦些,其实也不算苦,好歹有饭大家吃,不用发愁。只是天天行军,没有鞋子穿,银圆也没有用,这些地方,有用的东西也买不到。"

他把银圆塞进启明的衣兜,启明坚决推托了,并说:"你在这里,除了鞋子,还需要什么东西?"

为平说:"不需要,有的吃就行了。"

启明看着为平那露出脚趾和后跟的破布鞋,说:"我把我这双鞋子跟你的换了穿,好吗?"

为平马上说:"不要,不要,你的鞋子给我穿也太小了。"并提醒说,"你可要小心鞋帮里的信。"

为平最发愁的就是鞋子。几乎天天要转移营地,晴天、雨天就一双布鞋,行军就穿草鞋,有时还得打赤脚,布鞋只有在宿营后洗了脚才穿的。他常常想到他爹给他的那双力士鞋,不知道还在不在,那是他爹留给他唯一的纪念了。

启明突然想起来,把口袋里一支带橡皮头的有大半截长的铅笔掏出来,说:"这个,你有用吗?"

为平像见到宝贝一样眉开眼笑地夺了过来,说:"好,好,我正想要一支铅笔。我们常常学政治、学文化,就缺这个。"

启明又说:"你还有什么要办的事没有?"

为平犹豫了一下,挨近启明轻轻地说:"我家屋后的柴仓拐角的地方,埋着

一支手枪。要能取得来,你给想法取出来,以后再来时,给我带来。来不了,就交给何以正,告诉他,这是王老大的兄弟托我爹藏的,我爹说不定就是为这个事情死的。一定要悄悄地,除了你和何以正不要让别人知道,要是有危险,就不要动它,以后再说。"

启明要他说细些,为平就蹲在地上,一边画一边说着埋枪的详细位置,说完了就用脚把它擦了。

启明认真地看了并记住了,说:"好,我一定想法给你把这事办妥。"

"我爹留给我一双力士鞋,如果还在屋里,也给我带来。"启明点点头。他们继续向前走去。

为平又想起来,说:"那天,在县党部书记老家,我还碰到了孙洪福……"

"喔唷!"启明睁大眼睛惊奇地问,"他怎么会在那里?"

"县党部书记和孙家是亲戚。他恐怕是放暑假到那里做客,玩的。我倒没有注意。可他一看到我就吓得跟三岁的小孩子一样哇地大哭起来,真笑人。"为平摇摇头,嘿嘿笑了。

"你呢?"

"我没有理他。"

"你不揍他两下子?"

为平不以为然地说:"揍他干什么?"那次,当他看到被吓得浑身颤抖、号啕大哭的孙洪福时,他记起有过要杀死他的念头,那是在狂暴中产生的。可这时他只觉得这个当官的儿子也挺可怜的。这跟他有什么关系呢? 为平想过去告诉他,不要害怕,没有他的事的。但是,想起他从前那么骄横、那么仗势欺人,为平嫌恶地想:"管他的,让他哭去吧。"

为平在讲完这一过程时,启明突然情不自禁地把下巴搁到为平那宽厚的塌肩膀头上,这个亲昵的动作是表示自认为比人矮了一辈,因为他由衷地产生了敬佩。过去他只对何以正有过敬佩,也有这样的动作;现在他对他的这位同学,只比他大一岁的朋友的博大胸怀产生了由衷的敬佩。他的这个朋友对害得他家破人亡的仇人的儿子(这个仇人的儿子也曾经伤害过他,使他受处罚并且从此失学),他却仍旧像一个大哥哥照看那些小同学一样照看这个"当官的儿子"。

为平确实已经不那么只看重自家仇了,他现在不只是要替自己报仇,不单是要打倒孙万倾,他要打倒的是以孙万倾为代表的整个地主阶级。他要消灭的是这种制度,而不仅仅是哪一个人。

是的，难道仅仅只是一个孙万倾吗，他应启明的贫困、失学、失业、忧虑难道也是孙万倾的缘故吗？用电刑整死向宗华叔叔的是警备司令部，在警备司令部后面还有一个庞大的国家机器。

这时已经走到村口了。为平停了下来，说："你路上要小心，我不送了。我们走远了是要请假的，再见吧。"然后他伸出了手。启明愣了一下，马上就懂了，也伸出了手，热情地握了握(这种道别时的握手和说再见的礼节，那时还只流行在一些有文化知识的大人和办公事的外地人中。在这闭塞的地方，人们在道别时只点点头说声"您走好啊！"和见面时"你吃过了吗？"的问候相对应)。

启明飞快地向梅溪镇走去，没走几步看见路边一处岩石缝下面有一窟碧清的泉水，他蹲下来，用手掬水喝了几大口，又洗了洗脸和手，掏出那饭团吃了，觉得清爽多了。走了有半里路了，忽然，后面有人叫唤，他回过头，看见为平从另一条小路上赶来，他的头上冒着热气，满脸通红的，笑着快步赶来。

启明站住了，问道："还有什么事？"

为平说："没事。"他们并肩又走了一程。为平笑道："刚才，特派员批评了我，说是我挑唆你，要把你留下来的。我说我真的没有，他不信。"两人都笑了。

为平又说："你到城里，天快暗了，城门口的兵会盘查得更紧的。"

启明说："我来的时候，他们连看也没有看我一眼。他要盘问，我就说从亲戚家回来，说打柴回来也行，只是来不及打一捆柴了。"

为平摇摇头，说："人家要认真问起来，你就答不上来了。实在不行，你就从我家后面，我们钻过的那个水窖洞那里进去。"

启明嗯嗯地点着头。

为平又说："你脱鞋时，可要记着鞋帮里的东西，千万不要搞丢了。"

这些都是一向自认为比别人聪明的启明没有想到的。他乖乖地点着头又连声说："嗯！嗯！嗯！"

为平还是有些不放心，但也终于第二次站住了。于是，两人怀着深深的感情，恋恋不舍地分手了。

启明走了几十步，回头看了一眼，见为平还在原地。见启明回头，为平举起一只手挥了挥。他跟从前大不一样了，一举一动都显得老练和有教养。

启明从草窝里找回了杠子，回到城里时，天有些暗了。城门口的哨兵已经撤了，不断有人进出，他就大模大样地进了城。

他径直走到何以正家里，这时何以正还躲在家里等候启明的归来。启明把

大老王的信交给了他,并马上提出要参加武工队。

何以正想着启明的妈妈,对这事非常为难。他踌躇了半晌,思索该怎样回答,突然灵机一动,他笑道:"你不愿意跟我一起干吗?"

启明瞪着眼说:"怎么不愿意?当然愿意了。"

"那你为什么非要到那边不可呢?你给这里送情报,当交通员不好吗?你要知道,这个工作很重要,不是随便哪个人都能做的。"

启明这个非常强烈、非常迫切的要求一下子就给平息了。他想:"当然可以,只要能给共产党做事,又能够和以正在一起,还能有机会再见到为平,那当然愿意了。"

以正转对他妈说:"我现在就走了。"他妈说:"你换下来的衣服洗了还没有干呢。"

以正说:"等不及了。"他转身对启明说,"你以后有空来帮我妈妈做点事,我的换洗衣服干了,你给我送一下。我在下江门外的槐树荫里最前面的一栋房子,是一个姓杨的家里。"他不等启明走就急急忙忙地先走了。

启明回到家里,门外漆黑。妈妈站在门外等候着他,看见他回来了,她嘘了一口气,平静地说:"饭还是温的,赶紧吃吧!"

第十六章　夜闯凶宅

启明到棠梨庄走了一遭后,身上有了一些变化。当他回到原来的生活中去时,他变得宽容了,变得沉默寡言了,沉思使他那闪烁的瞳仁也变得柔和了。对那些一向熟悉的并且习以为常的事,他好像总要重新掂量一番。工厂里那些兴致勃勃的谈天说地,他依旧有兴趣去听,却很少插嘴了。他俨然一个脱离了世俗爱好的人,对那些为了一点小事吵吵嚷嚷的人,对那些听胡编乱造的古代故事听得那么忘神的人,对那些爱打扮、以时髦服饰或新奇玩意儿招摇过市而得意的小青年,竟会产生一丝怜悯情绪,甚至会觉得可笑,尽管他也正在这个年龄,不久前也喜爱、也追求过。

他曾经爱慕过很多人、很多事,在他们这个年龄,应该生活在不断更替的爱慕、追求和憧憬之中,使他们获得不断向上的力量,也使得这极端贫困、劳累的生活变得多彩而富于乐趣。

现在,他回顾了曾经爱慕过、追求过的这些东西时,发现很多只像一阵轻烟,过眼就消失了。他意识到,任何一个只顾自己、只关心个人鼻尖下得失的人,也就是说,一个不顾别人、不顾大众的利益、不顾长远的利益的人,尽管他身上也总有值得人爱慕的东西,但是归根结底总是很平庸、很俗气的。当然,这些,他也只是模糊地觉得,却说不出来。

因为这种观念,他总在想着做一些不是仅仅以自己的快活为导向的事。眼下,他念念不忘的是尽快把为平家老屋后面埋在地下的那支枪取出来。这事,他瞒着以正,不愿叫以正去冒这个险。他一定要自己去干,先取来再说。如果还有机会去那边,就带给为平,不行就交给以正,叫他吓一跳,让他知道,我应启明原来也不是一个只顾自己,只贪图自己快活的人。

他决定先去勘察一下,再筹划怎么行动。说干就干,下了夜班后,他睡了一会,吃了妈妈温在锅里的番薯丝饭,就朝下江门走去。

路上看见洪元走在前面,想起那次下棋引起的争吵,启明禁不住心里在吃

那年代

吃地笑了,他高兴地喊道:"洪元!"

洪元回头看了一眼,见是启明,他刷地红了脖子,拧过头去,没有理睬,悻悻地继续走他的。

启明赶上去,笑着说:"怎么啦?还为一盘棋生气吗?那是跟你闹着玩的嘛。"

这就是道歉,就是表示和好,还有什么可说的呢?看见启明那笑吟吟的脸,洪元马上也笑了起来,说:"哪里哪里,没有的事。你要到哪里去?"

启明说:"我去看看我下江门那个朋友为平回来了没有。"

"哪个为平?"

"就是那个给警备司令部整死了的向宗华的儿子。"

洪元脸上的笑容突然消失了,说:"喔唷!你还要到那个地方去?是想找死去吗?"

"怎么啦?"启明有点莫名其妙。不过他知道无论什么事情,一到洪元嘴里都变成真了,他从来对洪元讲出来的话只信一半,就这样也算很对得起他了。

"不要去,不要去,我也不想陪你去。"洪元是认真的,他给以忠告后就绘声绘色地讲了那个地方新近出鬼的传说,那里已经成了这一带人们谈虎色变的凶宅了。

因为说是一天里一家就冤枉死了三口(也有说是全家四口死绝了)而冤魂是不散的,几个月前就出现了这栋城墙边的独立房屋内种种怪异、可怖的现象:有人深夜里听见那里有女人在啼哭,有人看见那幢屋的窗户上有亮光,一晃一晃的。特别是今年夏天,一个郊区中学的校役来下江门外买菜,在拂晓前挑了一担青菜趁早凉赶回去。因为天没有大亮,路也不熟,误入了那条荒径,走到那栋房屋时,看见墙角上贴墙一动不动地站着个女人,穿白衣服的。这个人起初还只觉得奇怪,冒问了一声:"谁啊?"不想这个女人就朝他走了过来。原来是个鬼,脸色煞白,披头散发。这个人撂下菜担子,皇天救命地喊着,没命地跑了出来,跑到上江门。上江门路口有一家做烧饼、油条的也刚起来生火,看见这个人气也透不过来,话也说不出来,已经吓得半死了。后来听说这个人回去没几天就死了。还有,就在前天,有人听见那里有人喊了一声,好像喊的"救命",就没有声气了。这些传说不胫而走,越说越真,所以这个地方天不黑就没有人敢走近了。

启明怜悯地摇摇头,笑道:"迷信,哪里会有鬼嘛。"如果真的有鬼,把向宗华这样好的人说成死后变成一个害人的、令人可怕可憎的鬼，那简直是对他的亵渎。

洪元点着头说："迷信？那你去试试看，人家亲眼看到、亲耳听到的。人吓死了还会是假的？"

启明说："不是说那里有人看管着的吗？"

洪元说："那是的，我也看到过一个保丁在那里转，但天一黑就离得远远的了。"

这倒真是一个机会，看来现在下手还正是时候。启明说："那就算了吧。今天晚上我有点急事，可能会迟到，你替我顶替一下好吗？"

洪元说："那是可以的。"

虽然学校的先生都确定无疑地说，世界上根本没有鬼，启明也是坚信这一点的。但是一到黑夜笼罩这个世界时，他的坚信就打了折扣。

万一有呢？他犹豫起来了。可是，当他冒出一点点想白天去试试看的念头时，马上就被另一个念头压了下去：要很谨慎啊！为这支枪，一个人已经豁出了自己的生命，一个家已经搞得家破人亡了。不能只靠运气，要万无一失。白天一定不能去。

怕鬼？笑话。想起那些为了劳苦人民的解放给政府拉出来枪毙的人，想到那个建阳县的青年被拉出来枪毙还东张西望的无畏精神，他对自己有点生气，他想做共产党，现在却又怕起鬼来了，简直笑话。他鼓励自己说：不要怕，哪里有什么鬼呢？如果真的有鬼也不错啊，死了还可以当一个鬼，这比死了什么都不存在了要好多了，他还就怕人死了不能变鬼呢。今天晚上，上工前把这事情做了。

回到家里，他衣服也没有脱就躺了下去。他想再躺一会儿，但是睡不着。他想，如果有两个人一起去就更好，这时他首先想到的就是来福，在这种事上，来福是最信得过的。虽然他胆小，家里管得又严，很难出来。试试看吧！他马上起来，锁上门去找来福去。

来福正坐在他家门前的竹椅上，聚精会神地看一本《亚森陆频伪公爵》，一本升学指导一类的厚书则压在下面，以便随时可以拿出来做幌子。另一种类型的洋侠客也挤进他的生活了。

为了不惊动他的妈妈，启明悄悄走近他，拍了拍他的肩头。来福一惊，忙不

那年代

迭地把那本什么《伪公爵》的书向一边藏,不过看到是启明时,他放心了,也很高兴,现在这是他唯一的好的朋友了。

启明示意他别出声,招呼他跟着来。来福狐疑地跟着启明绕过房子,走进后面的李树林里。不等启明开口,来福边走边用教训的口气说:"启明!你可不要胡来。那天晚上,东岳宫开大会时,你用弹弓打汽灯,那样做不好的。"他知道启明胆子大,他担心他出事。

启明吃一惊,问道:"你怎么知道的?"

"有人看到了。"

"谁?"

"横竖有人看到了,我交代他不要讲出去。你可不要再做这种事了。"在启明面前,来福很少能这样居高临下地提出告诫。

启明忖度了半晌,想:看到就让他看到吧,还能把我怎么样? 最多当我调皮捣乱罢了,还能把我当共产党? 再说共产党也不会用弹弓跟政府作对的。管他呢,对来福的忠告,他倒是点点头,感激来福的关切,心里却在苦笑,想:哪里还会再用弹弓做这种事呢。

走到一处塘边,启明张望了一下周围,没有人。他轻轻地对来福说:"哎! 今天夜里,我们一起到为平屋里去一趟,你干不干?"

"怎么,为平回来了?"来福惊喜地问道。

"不是的。"启明挨得更近,对着来福的耳朵说,"是这样的,为平家屋后边地下埋的有一支手枪,我们晚上一起去把它挖出来……"

来福马上就认定启明是在骗人,他对别人把他当小孩子糊弄是很反感的,何况是启明。他不等启明再说下去就把嘴一瘪,哼了一声,反唇相讥说:"挖出来卖了好买东西吃,是吗?"

启明也笑了,认真地说:"不跟你开玩笑。你不是说桥头上有人看管着的吗? 听说现在看管的人天一黑都不敢在那里,都离得远远的。说那里出鬼了。我有一个办法,咱们晚上从我们钻过的那个水窨洞钻进去,绝对不会给人发现。"又说,"不要怕,你是不是也听说了,说那里闹鬼? 那都是瞎说、迷信。有的人就喜欢编一点事儿出来吓唬人,我是不相信的。怎么样,去不去?"启明热切地盯着来福。

"……"来福半晌拿不定主意,他仍旧怀疑这不会是真的。关于那里闹鬼的传说,他倒也听说过。

启明又说:"去不去随你。不过你要不去,这事无论如何都不要讲出去。讲出去不得了,为平爸就为这个事情给人整死的。"

来福觉得启明确实是很认真的,而且这样重要的事他只来找他,说明还是把他看成是最好的朋友和最可信的人,于是他也认真起来了。他问道:"你怎么知道为平家屋后边地底下埋有枪呢?"

"……"启明愣了一下,这个小聪明事先就没有想到来福必定会提出这个问题的。现在,如果不说出真相,来福不但不信,不会跟他同去,弄不好还会把这个事情讲出去,现在是收也收不回来了。于是,他忘了为平的叮咛,贴近来福的耳朵把自己去了棠梨庄,见到为平的事告诉了来福。

来福的眼睛亮了。为平在那里,他跑掉了,他没有被人害了。在他心里压了这么久的一块大石头总算落了地。"哎呀!"他摇摇头,长长地嘘了一口气。在高兴之余,他又无法克制地产生一丝委屈和嫉妒。这样的事,他一直被蒙在鼓里,不说没有能去看为平,直到今天,还是逼着启明说出来的。在他们三个好朋友中,他真的变成了多余的人了。

"去不去?"

来福的骄矜、他的不服气,还有他对自己胆小、无能的羞耻感,使他奋然下定了去的决心。他也装出很平常的神情,唔了一声,点点头,好像他是不经意地做出了这一重要的决定。让他们知道,我张来福绝对不是一个怂包。

启明喜出望外地笑了,说:"这样,晚上咱们从上江门出去,沿城墙外边走,绕到水窨洞口,从那里钻过去,就可以到屋后面,谁也看不到我们。搞到枪,我们还是从水窨洞钻出来,今天晚上就去,你看怎么样?"

来福说:"行!晚上,天一黑,我们就到上江门城门口碰头,谁先到,谁等着,要带一只电筒吧?"

启明说:"要带的,我有一个电筒。我还带一把小镢头,你也带一把柴刀什么的,总要有一点准备。"

想到这是一次要和一种未知的东西进行打斗的活动,他心中涌起一股勇壮的感情,虽然只是准备,他也多半认为不会有什么事的。

来福点了点头。在光天化日之下,他也表现出令人钦佩的勇气。确实,有什么可怕的?都是人们迷信,越害怕越疑神疑鬼。世界上哪有鬼呢?他突然也可怜起那些信鬼、怕鬼的大人了。瞧瞧我们,我们才不怕,什么鬼不鬼的,我们偏要晚上去那里。来福为自己决定参加这次冒险行动而兴奋。

这事就这样说定了。

来福又问："枪起出来了又怎么办？"

启明说："以后我再去为平那里，把它带给为平。"

"为平在那里好吗？"

"那当然好啰，我们坐下来吧。"启明已经站了一通宵了，这时觉得两腿酸麻。两人并排坐在塘边一棵乌柏树露出地面的树根上。启明把去棠梨庄所看到的共产党和为平的情况和自己的感受详细地讲给来福听。他当然没有讲是谁派他去，去干什么，来福也没有问这些，只问上一次那些军队开来打共产党时他们怎么过的。

"他们进了大山，听说没有吃什么大亏。"

"乖乖！"来福摇头叹道，"当共产党，抓住了可是要枪毙的。"

"嗯！"启明赞同了并且很随意地说，"可是都怕枪毙，穷老百姓不都得像鸡一样，给人逮一个宰一个吗？人是不能只顾自己的。"

来福嘿然，觉得为平、启明走得离他越来越远了。这样下去，总有一天他怕会成为路人了。想到这里，他更坚定了今晚无论如何都要参加这次行动的决心。吃了晚饭，他谁也不打招呼就走，回来就说到同学家玩去了，要骂就让她们骂……

他又嘘了一口气，摇着头苦笑着说："我呢，还钻到孙家去找为平。"他也说得很随便。为了那一次小小的行动，他有过很激烈的思想斗争，这当然不好意思说的。

"是吗？"启明笑了起来，问道，"你真的去了，是什么时候？"

来福讲了那次闯进孙家大院的经过，这还是启明建议他去的，当他把这一行动当一件大事去做时，启明恐怕早就忘记了他对来福的托付。

听着听着，启明的耳朵竖起来了。为平他们有很多人没有枪，为平也一样，去了快一年了，连一支枪也没有捞到，看起来挺神气的，背的却是他们队长的枪，连看都不敢叫看一下。听来福无意间讲到孙家那些枪的事，启明动了心思。

他突然节外生枝地谈起了另外一个事情，说："哎！你还记得不？那年，那个教童子军的胡柴爿讲的，说是有一个军官学校招生，口试时，有一个考试官要人回答军校大门有几个台阶，大楼的楼梯有几级，走廊上有几个门。很多考生稀里糊涂的，说不出来，只有一个人答得清清楚楚的。"

来福说："记得，不就是在三年级的时候吗？可记这些有什么用呢？"

启明说："这不是有用没有用，是看一个人对周围的事有心没有心。有的人什么也不经心（本来这里还有一句'你来福就是这样一种人'，被启明省略了），有的人却事事留意，这样的人有用的。"启明胡诌些连他自己也未必相信的理由，接着就问道，"我倒要考考你。你这次到孙家转了一圈，走过的地方是不是都记住了？"

来福笑了，自信地说："这还难倒我了吗。我虽然只走了一遍，走过的地方到现在都记得清清楚楚的。当然了，几个台阶，我是没有去记的。"

他从来没有像上次闯孙家那么专心致志地走路，边走边记方位和那些房子、过道、天井的特征。那时他就怕迷了路，进去出不来。

启明笑了，摇摇头说："你别吹，你这个人我还不知道吗？走路都不知道在想什么，好几次把路走过了，还走错了。有一次你到学校里去还走过了呢，有没有这样的事？你说。"抓住把柄了，启明哈哈大笑，说，"你当我不知道。"

其实，来福不但走过了路，他还常常一边走，一边想入非非，以致情不自禁地自言自语起来——这是启明碰到过的。不过不提了，来福脸皮薄，提起来会脸红的。如果是过去，启明说什么也要图个痛快，不管人家听了心里快活不快活。

来福也笑了，他默认了，那是以前的事，现在他胸有成竹地说："你不信，我画给你看。"他拿出一张夹在《升学指导》里的白纸，从兜里掏出铅笔，在启明眼皮下一边画，一边解说给启明听："看着，这是大门，朝南，有几个台阶我没有记它……"

来福在绘画时，口张着，下颚跟着执笔的手在动，在使劲，非常可笑。可启明没有笑，他专心听他继续说着。

"……这是影壁，影壁两边的门，右手边一个是开的。这是天井，两边有两排石凳，上面摆着一盆盆兰花，两边是厢房。上去就是正厅，这是……"他一气画着、说着，于是到了关键的地方了。

"……这是一个小花园，这是一栋北屋，这一边是一栋西屋，都是两层的很漂亮的新洋房，地板是金漆的，比我们家的桌子还干净。这里有两棵石榴树，这里还有一口井。这里又是一个小门，过了门是一个更小的院子。北边是一栋三开间的小平房，很旧很旧，可是窗棂、梁、柱墩都是雕花的。南边，是一栋新盖的小砖瓦屋，两小间，门朝北，有一个小窗，很高，而且是带铁栅的。我那时还以为这儿一定是关人的，为平说不定就给关在这里，其实是他们存放枪和子弹的库

房……"

"这围墙很高吗?"启明指着图问道。

"很高。"

"这里还有没有门直通外面的?"

"就这一个小门进出,平时好像都是用大铁锁锁起来的。"

"它跟外面哪里是挨着的?"启明问得已经出格了。可是单纯的来福却为自己依旧很清晰地回忆当时走过的地方,并且能够把它画出来而得意,一点也没有识破这位狡黠的朋友的用意,也没有想到自己在被糊弄。

来福也确实画得蛮好。启明想不到他以前不怎么看重的这位朋友,多读了几年书,还就是不一样,竟能把恁大一个大院的平面图画得这样清清楚楚、一目了然。他是怎么也画不出来的。他盯着图,着迷一样,半晌,说:"横竖我也没有去过,还不由着你乱画了。"说完半真半假地笑了。

"怎么乱画的!"来福用铅笔捣捣图,歪着头说,"我连这里的地上有两个带把的烟头('过滤嘴'的词儿那时还没有出来)现在都记得。你要不信,以后你能进去的时候拿这个图对照着看,一点都不会差。"

"好的。"启明把这张图取来小心地折起来,放进兜里,意犹未尽,他又问道,"你有没有在那里看到孙万倾?"

来福又补述了他和李家寿吵架的经过,当然,他没有看到孙万倾。李家寿说的那个"先生",他也没有想过会是什么人。

讲完了,两人沉默了半晌,各想各的事。来福还不想走,他很难得见到启明,他现在很喜欢能和启明待在一起。他看着启明那沉思默想的侧影和连连打着哈欠,昏昏欲睡的样子,想:他竟敢到共产党那里去。如果给政府抓住了,会对他客气吗?可他几乎一点都不怕。在讲到这些事的时候,也是平平常常的,一点也没有矜夸的口气。可是来福的生活实在太平淡了,就像面前的一塘水,就连漂浮在水面上的星星点点的浮萍也几乎是纹丝不动的。他捡起一块石子向塘里扔了进去,咚的一声响,在激起涟漪的塘水中,几星浮萍也只在原地晃动了几下又静止了。池底映出满塘的晴空,好像一个令人头眩的万丈深潭。他情不自禁地哼了起来:

　　　山那边呀,好地方,
　　　一片稻田黄又黄,

你要吃饭得劳动呀……

没人为你做牛羊……

来福的嗓子很好,而且是用喉音唱的,唱出一种男子汉的韵味,唱得很好听。(这个歌还有一半的歌词是:"大鲤鱼呀满池塘,织青布做衣裳,年年不会闹灾荒。"歌词作者向往的是农业社会主义。凭着织青布做衣裳的生产力,怎么能做到年年不会闹灾荒呢? 真正的社会主义是无法建立在这样的基础上的。)

启明惊讶地说:"咦! 你怎么会唱这个歌子?"

来福说:"那边中学里都在唱这个歌子。"

启明点点头,说:"有一个歌子,你会不会唱?"

"什么歌名?"

"什么歌名不知道,中间有一句是'几时归来呀……什么的,很好听的。"

来福马上唱了起来:"望穿秋水,不见伊人的情影……"

"就是,就是这个歌子。"启明静静地听他唱完,说,"是这个,你唱得很好听。还有一个曲子也很好听……"

"什么曲子?"

"我说不出来。"

那是一个民族器乐曲,连歌词都没有,他更是说不出名目来。他一听到这个曲子,就会想起那一夜和为平看戏归来走在平江边,看到那溶溶的月色和粼粼的水光,并且感觉到身上的衣服重起来了。

唉! 世界上还有很多很多美好的东西没有为他感受过,他还只是把吃饱肚子看成是大事、幸事。

"那就这样,晚上见。"启明说完和来福一起站了起来,并且伸出了右手。来福起先也是一愣,他在同学间也有握手的,想不到启明也会来这一套,他就忙不迭地伸手和启明握手告别。当他握住启明这只粗硬厚重的大手时,仿佛掂量出启明这些年的辛劳,也为自己这细白柔软的小手掌不好意思。

启明匆匆离去后,来福收了书进到屋里。他的心情是平静的,他也要把这次冒险活动当成一个平平常常的事去做。

吃过晚饭,他悄悄走了出来。请假肯定不准,但今晚他是非去不可的。后果怎样,他不愿去想,要想这些是什么事也做不成的。实在不行,他就和启明逃跑,逃到为平那里。三个好朋友,还像那几年一样在一起,为一个高尚的目标同

甘苦共患难,他对自己这个平庸的家实在腻烦透了。

天很快就暗了下来,两个人几乎是同时到了城门口。城门里面的十字路口有几个吃食摊贩,点着油灯,冷冷清清的,也没有什么生意。城门外一片黑暗,借着星光,人们践踏出来的小路依稀可辨。两人蹑手蹑脚地沿着城墙外沙滩上的小路,就是他们曾经在大轰炸后走过的路,向下江门走去。

经过多少个春秋的江水涨落,鹅卵石沙滩上淤积起一片片沙土,上面杂乱地长着茂密的槐树,树丛里有星星点点的萤火虫一闪一闪的,给人阴森森的感觉。来福故作镇定地轻轻哼起一个曲子,被启明制止了。

启明只顾向槐树丛中钻,来福一步不落地跟定他。有启明在一起,他心里踏实,在这种场合下,他就觉得启明是个大人,不是只长他一岁。

走着,走着,离城门远了,没有了灯光,没有了人声,眼前只有影影绰绰的树影,慢慢地一些零星恐怖的回忆像虫子一样飞来,绕着来福转,挥之不去。从前,躲空袭的时候,他们常常在这一带玩,记得这附近有一个土坑,坑里有一副完整的人的骷髅,龇牙咧嘴的骷髅滚在一边,是日本人占领时砍杀的一个人的骸骨。又想到这一带常常看见有抛弃的用破布裹着的死婴,有的死婴还有死后被砍过的刀痕,那是对所谓"讨债鬼"的惩戒。现在,看又看不清,来福心想不要一脚踏上去了。

走了一程,照理说也该到了,可是并没有看见那一个水凼。白天很熟悉的地方,一到黑夜就变得陌生了。在一处林隙的草坪上,两人站住了。启明自语道:"那个水凼跑哪里去了呢?"来福没出声,他更是搞不清,一切都听凭启明做主。启明又说:"我们向城墙边靠一靠。"

两人摸着拨开槐树枝叶向城墙边走去,这时连路也没有了,只有瞎走。

来福说:"走过了吧?"他总得也有一点自己的看法和主张才行,不然要他来干什么呢?

启明说:"我们没有走多远么,再走。"他们继续朝树丛里钻,终于,隐隐看到一个土坑。"到了,就是这里。"启明说。

"不像,不是一个水凼吗?"

"干了,多久没有下雨了。"

来福感觉到启明下去了,并且伸出一只手,抓着自己的肘,搀扶着他踏下土坑,向前摸去,走到城墙根,拨开封口的灌木、藤萝,露出那个黑魆魆的洞口,好像一张巨兽的大口。启明掏出电筒朝里照了一下,电筒没有电了,照不远。里面还是老样子，只是已经干了，还可以看到前面一处半边崩塌的地方，仍旧是潮湿、阴冷，不知道里面可能藏着一个什么东西，一条蛇、一只狼、一个坏人或者一个鬼……不能想，现在是义无反顾了。启明弯腰钻了进去，又向后探手要来福跟着他钻进去。两人几乎像爬行一样，小步小步地用手辅助着慢慢地前行，漆黑中感觉不到身子在移动。砰的一声，启明的头撞到顶盖上一块突出的石头上。

"喔唷！啧啧啧！"他一边抚摸痛处，一边叫来福小心这个地方，声音像在澡堂里一样洪亮得惊人，把自己都吓住了。

来福说："我记得以前没有这样小的。"启明说："你不想想那时我们还在读四年级，现在你小学毕业都半年了。"

他们艰难地爬过那处一侧坍塌的地方，然后拨开挂在洞口的枝叶，爬出了北面的洞口，站了起来，看见了满天繁星。前面不远处，是为平娘吊死在上面的枫杨树，下面可以辨别出那栋经过扩大、修缮过的为平家的住屋的轮廓。以前，他们都多次来过，过去看见它都觉得亲切，现在看来是那么凄惨，简直不堪回首。启明拉着来福的手踏上一侧的斜坡。

突然被一个东西绊了一下，启明又掏出电筒，用手掌遮住光亮，按了一下，大吃一惊——在草窝里露出一只人的脚，一个死人的脚。

来福问道："什么东西？"

启明挡住来福的视线，说："没有什么。"拉着他快步越过那荒芜的番薯地，探步朝后墙摸去。

这里怎么会有死人？不能不使启明惊心，幸亏没有让来福看到。没有臭味，可见才死不久。洪元说，前两天有人听到这里有人叫了一声，恐怕就是这个人叫的。他觉得很可怕，不是因为传说中的鬼，而是这里确确实实杀了人，尸体都没埋。

来福虽然稀里糊涂，这时也更紧张了。他左右张望着，任何一点微小的声音都能拨动他非常紧张、敏感的神经。

摸到屋后，在原来堆柴草的披屋和正屋的拐角处，启明轻声地好像怕惊动屋里什么似的对着来福的耳朵说："就在这里，我挖，你看着两边，看到有人来就碰我一下……"

突然屋里喔唧一声，接着瓦背上有窸窣的走动的声音，两人都猛吃一惊，静听片刻。启明松了一口气，说："没事，是老鼠。"说罢蹲下来，在地上摸着，觉到

那
年
代

墙根有一处地面略微高一些,为了不发出声音,他开始没有使用镢头,而是用手指在地上抠着、扒着。来福则瞪着眼,左右张望着,不停地咽着口水,他听到自己沉重的呼吸声。

过了好一阵子,他弯腰问道:"怎么样,有没有?"启明不吭声。他的手指麻木了,便从腰后拔出镢头,用镢头的口子顶着地面轻轻地刨着。

来福知道没有结果,又说:"没有搞错地方吧?"

启明不理会,又刨了一会,看来还是没有结果。来福又问:"是不是已经给人挖走了?"

启明没有回答,他不能泄气,于是又刨了一阵。

来福有些动摇了。晃动的树影、飒飒的风声,都使他紧张得透不过气来。他觉得不论怎么样总还是家里好,那里有灯光,有人声,有结实的带门闩的门扇,有妈妈和奶奶,有左邻右舍,总之,那里有人世间的安全感。

"没有就算了吧!"来福说。他想,也来过了,也刨过了,没有刨到,那有什么办法呢?说不定已经给别人挖走了。你再挖,还能挖出第二支枪来吗?

启明停了手,犹豫了一下,还是继续刨下去,既然来了,不能半途而废。位置可能挖偏了,再向两边挖大一些,他顽强地挖着。

来福觉得启明那简单重复的一摇一晃的动作突然有了变化,听他从鼻孔里轻哼了一声,探手过来,抓住来福的手,拉了过去。来福的手指触到了一个什么东西,不是枪,但马上也明白了是包在枪外面的油布,他高兴了,还真的有枪。

启明把枪轻拍几下揣进怀里,马上把挖出来的土推回坑里。正在这个时候,突然听到后门那边有人轻声讲话,有撬拨门闩并轻轻推开门的声音,一会儿窗上出现微弱的光亮。来福一下子瘫到启明身上,启明蹲不住,一屁股坐到地上,两人仿佛血液都凝固了,心里掀起了暴风雨。他们紧挨在一起,互相捏着出汗的手,吓得一下子不知如何是好。

正当启明拉起浑身发抖,牙齿咯咯作响的来福的手,企图向水窖洞溜去,可是迟了,一个低声喝:"谁?"另一个伸开两手同时扭住了两人,来福哼地几乎哭了。

"不要出声,不要出声。"那人急忙低声说。就在这时,正在挣扎的启明认出了何以正,说道:"是以正哥?"

"是启明?你们到这里干什么?"另一个人则轻声说,"不要在这里讲话,到屋里说,到屋里说。"启明拉着来福的手跟着他们向后门走去。

这时,后门口站着一个人,是女的,手上拿着刚吹灭的蜡烛,说:"是哪一个?把我给吓死了。"启明认得,是玉山小学最漂亮的女老师,叫李珍兰。

来福抓着启明的手还在哆嗦,他不敢进去。以正说:"进去吧,不要怕。"看大家都这样镇定,来福也就跟他们摸进屋里。那个女的随手关上门,重新点上手中的蜡烛,然后把蜡烛放在一个竖起的纸板箱里,把箱子摆到地上。这样除了地面有一些光亮,其他地方都只能辨出一个影子。

何以正审问道:"你们两个深更半夜跑这里来干什么?"

来福看了启明一眼,启明则搂着仍在颤抖的来福的肩头,看着李珍兰和那个陌生人一眼,不肯说。

何以正说:"没有关系的,讲吧。"

启明还是不肯说。何以正仿佛有所察觉,也就不再问了,只说:"你们两个,今天晚上在这里看到的,不能对外讲出去。不管对什么人,都不能讲。"

启明马上点点头唔了一声,他知道,这主要不是对他讲的。

何以正又转向张来福。来福还在颤抖不息,这时也低声说:"知道的。"

突然那个陌生男人指着来福笑着说:"我认得你,几年不见都长这么高了。"来福一脸茫然。

启明反问以正道:"那你们到这里来干什么?"

何以正笑笑,没有回答。

启明又问:"你们不怕吗?"

何以正嗤了一声,没有回答,却说:"你们两个也算胆大了,晚上竟敢钻到这里来,你们就不怕鬼吗?"三个大人都笑了起来。

何以正又说:"这个把月,到处都纷纷扬扬地传说有个买菜的人在这里碰到一个吊死鬼……"他笑笑,接着说,"这倒给我们提供了方便。不过两江口那个女疯子,晚上应该把她拴起来的,却让她夜里到处乱闯,是吓坏了不少人的。"

李珍兰苦笑说:"不要讲了,不要讲了。"她看起来也给讲得发怵了。

启明俯下身去,用他那不很亮的手电筒朝床下搜寻什么。何以正问他:"你找什么东西?"

"看看,有没有一双力士鞋……"不过没有。

何以正说:"有用的东西都给清理掉了。"又对那两个人说,"我把他们两个送出去再回来。"

启明说:"前面不是有人看守着的吗?"

那年代

何以正说："那你们是怎么进来的？"

启明说："我们是从水窖洞爬进来的。"

以正惊讶地笑了笑，然后说："早就没有人看管了，一栋空屋，有用的东西都收拾走了，大门上了锁，贴了封条；后门是从里面闩着的，拿小刀一拨就开了。这儿哪里有个水窖洞？"

启明指了指，说："就在那城墙脚下。"

三人出了门，上了桥，启明就停下来，把取枪的事讲了出来。

何以正点头说："我估计你们也是为这事来的。这样的事，你应该先告诉我的。"

启明又把水窖洞口有一个死人的事告诉了以正。以正和来福都吃一惊，来福怀疑启明在撒谎。

何以正问："是什么样的？"启明回答说是穿蓝裤子的。

"是男的还是女的？"

启明说，只看见一只脚，像个男人的脚。

"枪呢？"以正轻声问。

"在我身上。"

"给我。"

"这是为平的。"启明慢慢掏出揣在怀里的还裹着油布的手枪。

以正接过来揣进怀里，说："这哪里是为平的枪，是……"他没有讲下去。

以正一直把他们送到环城路能看到上江门十字路口那有灯光、有人影的人世间就站下了。

启明一直紧紧地挽着来福的胳臂，对来福陪着他受到那么大的惊吓而有些不忍。这时他和气地对来福说："你一个人回去行吗？我马上要去上班。"

来福点点头，说："你有空再来找我玩。"

启明说："会的。"他借着微弱的灯光把来福袖子上、裤脚上的土拍了拍，目送来福走了。他又对以正说："我跟你再到那栋屋那边去一下。"

"还有什么事吗？"

"这里不好说。"

他们又转身向回走，走到石桥上，启明才站下来，紧挨着以正低声说："以正哥！为平那里枪很少，不少人还没有枪，为平也没有，他们想枪都想死了。"

"那边的事我还不知道吗？……"因为只有启明在跟前，以正开始严厉起来

189

了,批评说,"你们来取枪怎么可以瞒着我呢? 要是出了事还得了吗? 做事不能这样自以为是的。"

"我怕你……"启明嗫嚅着说了半句就不说了,又解释道,"原来听说这前头有人看守的,我们个头小一些,可以从水窖洞钻过来……"

启明的半句"我怕你……"却突然感动了何以正,他抬手搭在启明肩上,和蔼地说:"我们和那边是一起的。这支手枪不能拿去,这里要用它。"

启明说:"我知道,为平也讲过,交给你也可以。我不是说这个,我是说,孙家大院里有很多枪,来福亲眼看到的,要把它们搞来多好。"他把上午从来福口中探出来的情况讲给以正听,并把来福绘的那张图掏出来递给以正,还说,那图上他用铅笔画了一个圈的就是那栋库房。

以正一言不发,很认真地听启明讲完后,深情地握着启明的手,站了半晌,然后和蔼地说:"这确实很重要,我们会认真考虑的,你赶快上工去吧。"

目送启明消失在黑暗中,以正仍在桥上站了一会儿,手上拿着这张沉重的小纸片。

向宗华牺牲后,何以正他们知道这个铁汉子在酷刑下,除了直声号叫外就是一句话"我不知道"。他没有吐露一点秘密地死在突击审讯的现场,那支枪没有落在敌人手中;又认定枪仍在这栋屋里。他们几个已经两次在深更半夜潜进这栋屋里翻箱倒柜地寻找,堆着的柴火都已经翻过一遍,床下的土也刨了几处,一点结果也没有。期间听说孙家要拍卖这栋屋来抵债,又因为被公认是凶宅没有人过问。最近又有传言,说要拆掉卖屋料。今天夜里,他们将做最后一番努力,准备把接着老屋新扩展出来的这间房的空斗山墙上的每一块砖头都敲打一下看有没有松动的,里面有没有藏着那支手枪。如果仍旧没有,也就死心了。不想,枪却从启明手中得到了。

看着启明离去的方向,何以正又摇摇头,笑了笑。从内心说,他不希望启明在这些事上多插手,虽然启明是那么热切地要参加这些活动。

第十七章　奇袭孙家大院

何以正在那一次大逮捕后一直隐蔽在下江门外槐树荫里的一个农民家的楼上，启明是很少几个知道他这个隐蔽地点的人之一。他不让启明常去他的这个住处。启明也克制自己，每隔三五天才悄悄地在晚上或其他不为人注意的时候溜去看他。

以正这个住处，启明觉得有点眼熟。直到注意到门前这棵大毛栗树，才恍然大悟。好在这一家老小没有人知道他才是五年前那一次公然盗窃行为的策划者。

每一次去，以正总是笑容可掬地接待他，岂止当朋友，是当战友了。他不再回避启明提出的各种问题，并且尽自己有限的知识给他作一些不太有把握的解释。

以正在用功读书，桌子上、枕头边都摆着书。启明瞄过几眼，有《社会发展史》《共产党宣言》《劳工问题》《思想方法》《红色中国之挑战》，还有很多小册子，不知道从哪里搞来的，里面都说些什么。最引起启明注意的是一本很小的袖珍字典，只有两个洋火盒那么大，可以装在口袋里。以前以正跟他讲到过这本字典，显然，他在阅读这些著作时要借助这本小字典。

有一天，在以正住处，启明碰到他正和一个穿黑色棉大衣，戴眼镜，皮肤白皙，样子很斯文的中年人谈天。见到启明，以正跟那个被称为老秦的人介绍说："他就是我给你汇报时提到的应启明。"

老秦"喔！"了一声，仿佛"久仰大名，如雷贯耳"，马上笑着站了起来伸出手，他伸的竟是左手，启明也忙不迭地伸手和他握手。老秦拉过一张板凳，对启明说："请坐，请坐。"启明简直受宠若惊，疑心他是不是搞错了人了，因为从来还没有一个大人这样对待过他，何况老秦还显然是个很有知识、有文化的领导人。

何以正接着说："上次那个情报，因为很急，一时找不到人送，只好叫李珍兰去。李珍兰走到城门口就给几个当兵的缠住了，她也不沉着，两句话一盘问就紧张起来，说话结结巴巴的，给一个当兵的打了一个巴掌，要把她带走。幸亏给在城门口开杂货铺的她舅舅看见了，赶忙去替她说话，证明是他的外甥女，是玉山小学的教师，这才放了她，好险。"

李珍兰给人打耳光，而且是给那些启明最厌恶、最瞧不起的丘八打了耳光，他听了，一种激愤、怜悯之情油然而生。他很想马上跑去看看她，帮她做一点什么事。虽然人家不一定在乎他的同情和帮助。他总认为，这些有风险的事应该由他们这些男人去做的。这位脸儿有点孩子气的漂亮女老师，娇艳得像一朵鲜花，她在启明的心目中是神圣的、不可触摸的。他把她奉若神明，不愿意看到她受到哪怕一点点委屈，更何况是伤害。被当兵的打耳光，这真是……真是……"罪过"（启明使用了一个老婆婆嘴里的常用词）。

在启明这样想的时候，老秦却笑着说："嗨！恐怕是李珍兰长得漂亮了些，那些当兵的才缠住不放呢。"

启明发现何以正脸上闪过一片红晕。

何以正接着说："后来才找他妈妈商量，叫他去。靠他才顺顺当当完成了传递任务。"

老秦点头说："前天，老王在汇报中讲到这次提供的情报，不但准确，还及时。他们根据这个情报采取的行动非常成功。"他又拍拍启明的背说，"这也有你的一份功劳了，同志！"

启明浑身涌起一股暖流，他细细地反复地咀嚼"同志"这个称呼的醇厚味道。

何以正又讲到那天夜里启明和来福两个人到向宗华老屋取枪的事，又赞赏地对启明说："你们的胆子也忒大了，那地方一到黄昏很多大人都不敢走近，你们倒钻水窖洞进去了。"

启明得意地笑了，问道："那个死人到底是谁？"

何以正说："不是你先看见的吗？"

启明惭愧地说："我只看了一眼，赶紧走开了，没有看清楚。"

何以正用一种常见的、似笑非笑的神情，抬头看了老秦一眼，哼了一声，说："一条狗。"

"狗？"启明惊愕地反问道，并且马上肯定地说，"不是的，不是的，是一个人。我看得清清楚楚的，穿着鞋子的。"

何以正和老秦都笑了起来。

启明又问："怎么呢？"

何以正一挥手，不讲了。启明也马上有所悟了，就不再问了，他绝对不勉强何以正讲他不愿意讲的事。

当着启明的面，何以正继续对老秦说："对这个人，现在回想起来，我们不够谨慎。过去，我们觉得这个人办事很泼辣，还认为他保留那个三青团的头衔，有利于了解他们内部的动向，也有利于掩护他自己，所以一直支持他这样做。要说三青团，抗战时我在兵工厂也参加的，那时主要还是宣传抗战的。现在看来，他那时就是一个脚踏两只船的人，当他知道了他的岳父被我们地下党镇压了，加上八十一师一来那个气焰，他以为我们没有指望了，就投靠了敌人。

"通过上层，我们还了解到，他掌握的我们的底细，并没有全捅出去。第一次告密，他只出卖了陆部长，另一个不是我们的人，是一次在牌桌上和他打过架的，他也给点出来了，这个人也吃了不少苦头，后来也给秘密处决了。那陆向明还比我小一岁，真坚强；被枪毙后，他老家不管，还是我找到他生前几个朋友出面把他收殓了。郑这个人这样做，我们分析，倒不是还给我们留一点情面，是为了手头上还握得一些筹码，好和当局讨价还价。所以，那个时期，我们支部的处境是危险极了。"

"决定干掉他后，我还很埋怨我们那个二杆子，怎么干到那个地方，也不收拾一下，后来才知道，错怪了。那天黄昏，那家伙就在那栋房子周围转，鬼头鬼脑的，可能是嗅到我们什么了，正好，找上门的，我们那几位就一下子把他收拾了。"

老秦说："这样一个人突然失踪了，他家里人能不找吗？"

何以正说："这个人本来就是一个来去无踪的人，那天他跟别人讲过，要去建阳一趟，人不见了，别人、他家里人也都以为他在建阳，到现在还没有人有疑问。我知道后，第二天就带人去把尸体就地掩埋了。"

老秦说："你说的那个二杆子指的谁？"

何以正说："罗福贵，住在鼓楼桥头。"

老秦皱起眉头直视以正，自言自语地说："罗福贵？我记得……"

何以正马上补充说："在税务局混过几年，后来把差事给丢了。当然吃了几年空手饭的人，毛病要多一些，可他是诚心诚意要参加我们的，出身又是贫民。处置郑这样的事，谁去做？也只有他敢。"

老秦点着头说："是的。队伍发展了，人多了，鱼龙混杂的现象是难免的。"

又说，"最近，政府里、军队里都有人暗地跟我们挂钩，想替我们做一点事，也为他们自己留一条后路。当然，这也应该看成是好事。"

启明乖乖地像个懂事的孩子挨坐在老秦一旁，觉得他们虽然没有撵他走，表明了对他的信赖，但讲话中却有很多显然是互相约定的暗语，他听不懂，也知道不该问，而且应该识相点自觉离开，所以在他们讲到这里停顿下来后就起身说："那，我走了。"

何以正说："你稍等一下，我正要找你，有几个事要问你。来福那次在孙家有没有看见过孙万倾？"

启明知道他那天夜里提出的倡议，已经引起他们的关注了。他很高兴，马上回答："没有，我问过张来福，他说没有看见。以前，我倒常常在街上碰到过。后来，他还在东岳宫露了一次面，好像八十一师部队走了以后就没有再看到过他了。我听有人说，是他家里人传出来的，说孙万倾到外地治病去了，说病得还不轻……"

老秦很仔细听启明讲的，这时点点头对何以正说："有可能接下来又会传出来说他已经病死在外地了，你相信不？"

何以正瞪着眼，马上有所悟地说："可能的，如果现在这种形势继续发展下去，他觉得需要消失了。这个人不能轻看他。"

老秦又问启明："你上夜班回来，从师管区那里过吗？"

启明点点头。

"有没有碰到过巡逻队？"

"以前碰到过。师管区大门外的街道两头最近用麻袋码了两个工事，现在每天晚上天一黑就把他们大门前的街两头的木栅栏门关上，里面架起铁丝网，不让老百姓走近，要老百姓绕路，他们的人也很少出来。就在前些天夜里，住在师管区围墙外的增禄家的一头老母猪没有圈好，夜里去拱栅栏门，哨兵喊了几声口令没有回答就开了枪，警备司令部的何副司令翻墙头逃跑，把腿摔断了……"

"是吗？"老秦惊喜地瞪着眼问道，并且马上爆发出一阵大笑，把眼镜都笑歪了。

何以正笑着说："有这样的事，我也听说了。"

"那，昨天汇报，你就没有讲到这个事。你以为这只是一个供人笑笑的事？这是一个很重要的情况。"老秦一边擦眼泪，一边不无批评地说，"这种形势对我

们下一步行动是很有利的。"

何以正有点讪讪的，又问启明："来福说的那个打了他两个巴掌的人是不是那个李家寿?"

"就是他。"

何以正对老秦说："就是那个镇队副，孙万倾的打手，很坏。"他转对启明说，"你明天下工后，给我办几件事。"

"好的。"启明迅速回答，并张大亮晶晶的眼睛，直视着以正。

"你下工后，先别忙休息。吃了饭先去两江口找一个叫王有林的，他的家是村子最靠后的一栋屋，那里的人都叫他老大。他在孙家当过好几年长工，左手是给李家寿吊残废了的。你悄悄告诉他，请他到杨联玉家里来一趟，就说我有事找他。第二件事是，孙家去年年初安装了一部电话，你悄悄绕孙家大院看看，电话线是从哪里进去的，如果要割断它，从哪里下手最方便、最安全。第三件事是，你到忠靖王庙的钟楼上看一下，那里地势最高，离孙家不远，能不能看到孙家里面。"

启明说："就是看得到，也看不清，要有一个万里镜就好了。"

何以正说："哪有什么万里镜的? 那叫望远镜。你先去看看，如果能看到一些，还要你带人去看。这几件事，你看行吗?"

"怎么不行呢?"启明反问道，他笑得两眼放出了光芒。

何以正问老秦还有什么，老秦摇摇头。

从何以正那里回来，启明真是喜悦之情横溢，他从来没有这样高兴过。他觉得自己很幸运，有幸遇到何以正、老秦这样的人，有幸在他所爱慕、所向往的事业中担任起一个角色来。

第二天清晨，启明下工后只告诉妈妈自己有事，就在路上买了两个烧饼，一边啃，一边向两江口跑。在两江口找到了王有林转告了何以正的话。回来后又很仔细地绕孙家大院勘察了一番，又到忠靖王庙的钟楼上看了一下。中午，他实在困极了，就和衣倒在床上睡了几个钟头，然后到杨联玉家去。

上了楼，何以正不在。老秦两手捧着头，上身俯在桌子上一张用铅笔画的、注记了很多符号的街区图上，这张图下面压着一张露出一角的是来福画的那张图。桌子一旁摆着一个碗，空的，上面横着一双筷子，筷子上还搁着一小块吃剩下来的麦饼。见了启明，他说："你坐一会儿，等何以正回来一起汇报一下。"

楼上很静，从窗口看出去，满目是一派没有生机的冬天景象。大片的稻茬田上空无一人,卵石河滩扩大了,泛着单调的灰白色,把平江挤成一条小河沟,失去了往日的喧哗,静静地流淌着不多的江水。再远处,可以看见屏山山脉和主峰上那朦胧的塔影。

启明把目光收回来,从一侧观察老秦。老秦像一尊石像一样一动不动地俯在那张图上,只用他左手的手指使劲地拧着他的眉心。启明产生了一种难以克制的欲望,想了解这么多人愿意为之献身的这个事业的道理。

"老秦!"他开口打扰了,而且斗胆像以正那样称呼他,他原来以为应该称他"秦先生"的。

"唔!"老秦仍然盯在图上。

"你很忙吗?"

"有什么事吗?"他抬起头来。

"你给我讲讲共产党是干什么的。"

老秦摘下眼镜,伸了一个懒腰,觉得也需要休息一会了。他把启明拉到自己的长凳上并排坐着,从大衣口袋里掏出一把花生撒在桌子上,说:"吃!吃!"自己就剥起来了。在老秦再次让他吃时,启明虽然也想吃,却客气地说:"不,你自己吃,我不吃。"

老秦一边剥着,一边吃着,一边思索着,舒展开的眉心又皱起来了。他启明是常常在口袋里放一些零食的,但是像老秦这样显然是有本事、有学问的大人,竟也在大衣口袋里装着花生,而且吃得那么香,启明憋不住想笑,但是克制住了。他瞄了一眼那块吃剩的麦饼,觉得他们这些玩命的人生活却是那么清苦,这更添了一份敬仰之情。

老秦问道:"你读了几年书?"

启明说:"五年。"

老秦剥着花生,嚼着。这个半生从事革命的人,虽然也在戎马倥偬中读过一些马克思的著作,但是到这时为止,他能够知道的还只是:共产主义是人类社会发展的必然趋势。阻碍生产力发展的因素被不断排除了,生产手段的机械化、电气化、自动化……的结果,生产力达到今天无法想象的高度,因此人们的生活需求都能充分得到满足;人们的聪明才智都能充分得到发挥。那时候,生产资料的私有已经没有意义了,没有剥削,没有压迫,人们都有机会接受很高的教育,人人都很高尚的品德,没有你争我斗、尔虞我诈,相处都很和谐……那时候没有国界了,全世界各民族融为一体了,资源共享了,因此不会再有战争了;

那年代

当然到达共产主义的路是险恶的而且是漫长的,只能循着社会发展的规律前进,这之间不但要面对强大的敌人,更要面对几千年封建社会在人们身上,包括革命队伍里成员身上那深深的烙印⋯⋯

这一些讲给一个小学五年文化的启明,他能听得进去吗?

他在继续思索⋯⋯

老秦终于开口了,他说:"你们读书时有没有读过这样一首诗?"他掏出别在衣襟上的钢笔,再顺手拿过一张旧报纸,在边上写着:

> 春种一粒粟,
> 秋收万颗子。
> 四海无闲田,
> 农夫犹饿死。

他是用左手写字的。写字时,人坐得很端正,字也写得很工整、很好看,一笔一画,一丝不苟。

启明摇摇头,他没有读过这首诗。

"懂吗?"

启明点点头。

"这是唐诗,唐朝一个诗人写的诗。唐朝,知道吗?"

启明点头说:"薛仁贵不就是唐朝的吗?"唐朝将近三百年历史,启明也算知道了一个薛仁贵了,当然还有唐太宗、徐茂公、程咬金、秦琼⋯⋯。

"对了!对了!"老秦笑了起来,接着说,"写这首诗的时候已经过去了一千多年了,到了现在,还是没有改变,我们这个社会都停滞了。现在,很多农民没有田,田是地主的,他们租种地主的田,劳苦一年下来,交了租子,剩下的都不够自己吃的,碰到灾荒年景还有饿死人的。"启明想起为平家也必须在米饭里掺番薯丝的事,想起为平说的,张井洼的田要是自家的就好了的话。

老秦又说:"这里的下江门有一个农民叫向宗华⋯⋯"

启明笑了,说:"向宗华是我一个同学的爸爸。"

"哦!你和向为平是同学?"老秦还一直奇怪,启明怎么会知道那支手枪的事的。他接着说，"他家的事你都知道吗？"

启明点点头。

"那么能干的一个农民累死累活混不下去了，走投无路了，帮我们做了一些事，被政府发现了，搞得家破人亡，他自己也死得很惨……"

"现在的政府是维护地主利益的，不推翻它，农民不能翻身，社会生产力不能解放，延续了一千多年的状况还得继续延续下去，这是不行的。"

他的话开始深奥起来了，启明全神贯注地倾听着。他接着说："只有通过革命才能改变它，共产党当前就是要把这种不合理的社会制度加以变革，使生产力得到解放，使人人能过上好一些的生活。将来呢，生产力高速发展了，那时候，干活不像现在这样累死累活，生活也不只是喂饱肚子。"

启明懂了一些，又没有全懂。他小心地问道："能做得到吗？"

他点点头，笑着说："那当然能了！"他说这话的口气仿佛十拿九稳的一样。"这不是单单靠一些人的好心、同情心，这是有科学理论作指导的，这是社会发展的规律……"

越说越深了，正在启明希望能够听到更多这方面的道理而且力争把它搞懂时，楼梯响动，何以正上来了，后面跟上来一个人。人还没有露面，先听到他大声地说："联玉！你这架梯子给我再蹬几下就会塌了。"

楼下的杨联玉说："你走路还要使那么大的劲干什么？又不是蹬捣臼，真正有功夫的人，走路是没有声音的。"这时一个三十多岁的汉子笑吟吟地上来了。他脚步虽重，行动却很矫健，他敞着前襟，两手插在前襟口袋里，头上斜扣着一个小斗笠，显得俏皮而潇洒。

何以正把他介绍给启明时说："他叫王新民。"又对王新民说，"他就是应启明。"

"哦！应启明，你上次到棠梨庄，我正好不在。"王新民和启明握握手，他那粗短的手臂和厚大的手掌，握起来很有力。启明知道，这种手，打起人来是很痛的。

他握着启明的手不放，正所谓一见如故，他对老秦说："把这位派给我当个帮手好不好？"

"再说吧！"老秦敷衍着，给正高兴的启明浇了一头冷水。

觉察到启明的眼光正从上到下地移到他的腰上，他马上笑起来说："枪，拿到了，没有带在身上，真多谢你了。"

在老秦的示意下,启明把对孙家大院和忠靖王庙的勘察结果做了汇报。从老秦和何以正笑吟吟的脸上,可以看出他们很满意。

　　汇报完后,王新民拍了拍启明的背,说:"那,你还得陪我再到这几个地方看看,怎么样?"

　　"走吧。"启明站了起来。

　　"这样,你在前面带路,尽量不要走大街,我在你后面一二十步的地方跟着,你可不要只顾自己走,把我给丢了。"

　　启明说:"有数了。"于是他们一前一后走了出来。

　　忠靖王庙是全县城内的制高点。年节一过,这里就冷清了,除了初一、十五还有几个老奶奶去上几炷香,其他时候人们都把菩萨给冷落了,尽管他仍旧横眉竖眼的。所以启明把王新民带到庙门口时,这里冷冷清清的,看不到一个人。

　　庙一侧的高阜上有几棵数人合围的大樟树,在大樟树覆盖下是一座破败的钟楼,里面是一架缺胳膊少腿的楼梯,上面是一口积满灰尘的黑沉沉的大钟。通向钟楼的小径就在眼下。

　　启明给王新民指了指孙家大院那很显眼的门楼。

　　"这地方可以吗?"启明问道。

　　王新明看了半晌,苦笑着摇摇头说:"看到一点瓦背,也只有这里还能看到一点点,要是坐飞机从上面看下来就看得很清楚了。你注意下面,如果有人走动,提醒我一下。"

　　"好的。你坐过飞机吗?"

　　"没——有。哪来的飞机给我们这些人坐呢? 我是打个比方。"

　　因为看不出个结果,王新民说:"我们歇一会儿吧。"他蹲下来,从口袋里掏出一包土制的香烟,抽出一支,点上火抽了起来。

　　"老王,你认识向为平吗?"

　　"向为平? 嘿嘿,昨天晚上我们还打通铺睡在一起呢。你认识他?"

　　启明不知道,向宗华正是为了保护王新民被整死的,王新民对向为平有一种特殊的感情。

　　"我们是老同学、老朋友。他在你们那里怎么样?"启明想听听别人对他朋友的评价。

　　王新民漫不经心地说:"不错。"又加重口气说,"很好。"

　　"很老实的,喔?"启明想诱导王新民再讲一点他朋友的好处。

"不光老实,"王新民吸一口烟,继续说,"很能吃苦耐劳,打仗很勇敢,特别是忠诚、很坚定。大老王把他选来带在身边当通信员,真算选对了人了。"

听到这些夸奖为平的话,启明很高兴,并且认为,他如果也参加武工队,他也能做得到,还可以做得更好。

"他这一次会不会来?"

王新民笑了笑,说:"他想啊,想死了,昨天还缠着大老王说,孙家大院,没有人比他更熟了,说他跟他老爹到大院里送过几次租谷。我倒很想带他来参加这次行动,可是大老王不准,我看他都快要哭了。"

启明也笑了,有点遗憾,也有点开心。为平参加不了这次活动,他看来笃定能参加了。他又问道:"老王,你会骑马吗?"

"不会,还没有骑过一次呢。"王新民说,"我们那里只有我们队长会骑,骑得也不错。他是北方人。"

这真是美中不足,像他这样的人,会骑马多好。骑着马,两手拿两支手枪,左右开弓,多神气,启明在哪里见过这样的画儿。

"你打枪一定很准吧?"启明认为像王新民这种人,这是理所当然的。

王新民漫不经心地说:"马马虎虎。"

"那边,那个树梢,"启明指着楼前面约五十步开外的一棵杨树,问道,"能打上吗?"

王新民转头顺着启明手指的方向看了一眼,说:"不行,那棵树的树干还差不多。"

启明不知道枪法是靠子弹练出来的,这些武工队员身上的几发子弹跟宝贝一样,哪里舍得用来练枪法。启明有些失望。树干,他用弹弓也许还能打上。不过,他不信王新民的话,怀疑他有意不让别人知道他的本事。

是啊!他想,越是半吊子的人,越喜欢露一手。他自己就喜欢卖弄点小本事、小聪明,而搞这种行当的人是不应该把聪明、本事露在外面的。

他喜欢这种人。

行动的日子临近了,启明一直处于兴奋和期待中。他想象即将到来的这一天,他将和以正、老秦、王新民,还有很多武工队员(唯独没有为平)一起并肩攻打孙家大院。他将表现出无与伦比的勇敢和机智。他们抄了孙万倾的老窝,打死了孙万倾,缴获了全部枪支、弹药,他也搞到了一支快慢机。然后,把谷仓打

那年代

开,把里面的谷子统统分给那些嗷嗷待哺的穷人。最后,他们都撤回到棠梨庄,他呢,当然也跟了去了……。

这一天黄昏,李珍兰装着顺路的样子经过启明家时进去看了看,见启明一人在家,她笑嘻嘻地说:"吃了吗,启明?"

对她的降临寒舍,第一次听到她叫自己的名字(他以为她是不知道他叫启明的),他兴奋得有些手足无措,哎呀!真是"蓬荜生辉"啊!他慌忙从桌子下拉出一张长凳,叫她坐。发现自己衣衫褴褛的样子,他红了脸,赶快扣上衬衣的扣子,把趿拉着的鞋跟拔了上来。

她装着没有看见这一切,笑嘻嘻地说:"别客气,我不坐了。你妈还没有回来吗?"

她的声音也是很好听的,带一点鼻音,很柔和,很悦耳。

启明赶快回答说:"快了,你坐一会儿,她很快就会回来了。"他有点不知所措了。

他变得有些迟钝了。

"不是,我不是找她的。"启明应该想到,她到这里来找他妈干啥呢。她始终是笑吟吟的,接着说,"明天早上,你下班后,请你到杨联玉家去一趟,就这事,不要忘了。我走了。"

"嗯!"启明送出门去,说,"你走好,再见。"

她点点头,说:"再见。"然后走了。启明目送她那好看的身影走出巷口。

看来要动手了,启明这一夜都记挂着这件事。这一个夜班,他觉得特别长,特别令人厌烦。他心神不宁,差一点把大拇指铡掉半个。

他不断提醒自己,现在不要去想它,要集中心思做活,不要有任何一点反常的表现让周围人觉察到。

拂晓,下起雨来。早春的雨潇潇地下着。一下班,他就赶紧跑杨联玉家去了。

楼上,人都在。老秦、何以正、王新民、杨联玉围着油灯在讨论什么。见到启明,何以正示意他在一旁坐下。

王新民说:"……第一组七人都是我挑选的,组长是张林,天黑前分散进城找地方隐蔽,晚上八点在玉山小学操场东南角集合。第二组五人,组长王振海,现在在岭下甄那儿,天一暗,全部到这里待命。大老王他们天黑带武工队其他人员在望府岗接应。大老王有一个要求,要不断向他们通报情况。"不见老秦插话,他又说,"那个李家寿,我们已经派人监视着。他这段时间正跟乐云楼一个婊子搞得火热,已经有半个多月了,天天夜里在那里混。我们准备天一黑,先把他逮起来,搞到钥匙后,把人先扣住不放。在孙家,我们还准备有意无意透露一点他和我们做交易的意思。事成以后,把钥匙还给他,放他回去。"

老秦笑了笑,说:"很好,就看你们搞得像不像,能不能把他们给蒙住。我听说这个人是很精明的,还有点功夫,会几路拳术的。"

王新民也笑道:"这是捎带的,我们当然要搞得像真的一样,就是蒙不住也没有啥。就这,完了。"

老秦点点头。

杨联玉接上去说:"城里其他没有变化,只是新近路过一个部队,团部驻扎在东岳宫。这是刚才听说的。"

"光是听说?"老秦张了他一眼。

"我马上去亲眼看一下,再问问清楚。"

老秦沉默了片刻。他吹灭了灯,看着窗外的满天朝霞,说:"原计划不能改动了。这次行动,当然,力求不开火,只要对方不抵抗,也力求不伤人。路过的部队,只要不去惹它,通常是不愿意过问当地的事的。当然,我们必须做好他们插手的准备。"

何以正提醒老秦说:"应启明的任务,你给他交代一下吧。"

老秦转头看了启明一眼,仿佛刚认识,需要重新掂量一番。他说:"你的任务就是在我们的武工队进入孙家大院前,切断孙家的电话线。今天白天,你要睡好觉,是不是可以请个病假?"

启明马上说:"我明天改为早班,今天夜里我都可以不去上工。"

"那更好。今天晚上你先找你的朋友去玩,玩到十点半,你出来。这是一个怀表,已经校好了,给你用,不要拨弄它,剪刀或者钳子自己带,电筒尽量不要用。十点五十分,记住,十点五十分,不能早,也不能迟,你到上真殿弄你勘察选定的那个地方把电话线剪断。那个位置选得很好,很僻静,估计那个时候也不会有人从那里走的。剪断的电话线,注意,不要拖在地上,最好把剪断的两个线头打个结,在枝枝叶叶里面不容易被人发现。然后,你什么也不要管,马上回去睡你的觉,哪里也不要去。明天早班照常去上工。"

没有了,就这些?启明大失所望。他有点不服,有点情绪,他在心里嘀咕:要不是我,你们还不知道孙家有枪呢,现在倒把我给撇到一边去了。

那年代

"你搞清了没有？"老秦盯着他。

启明悻悻地歪着头，顿了顿，很不愿意地嗯了一声。

老秦不放心，又很严厉地说："应启明！现在我不把你当一个普通老百姓看待，我把你看成是个革命战士。我这是向你下达命令，你必须明确回答，明白不明白，能不能完成，不能有一点含糊。"这个看来文质彬彬的人，这个时候突然表现出一个老军人的气度。

委屈的启明说："你让我参加一起去，不好吗？"

"不行！"老秦断然说，"你只要一露面，这里你就站不住了，懂吗？"马上他又用温和的口气补充说，"我们不愿意让你在这个时候就暴露身份。这里还需要你的，懂吗？"

令启明失望的是何以正，这个备受大家推崇的人，这个一直被启明奉为楷模的人，在老秦面前显得很拘谨，像个小学生一样，在这次动刀动枪的行动中，他一点主张都没有，都由老秦一个人说了算。

这时，总算难为他了，看见启明投来那祈求的目光，他向老秦身边歪了过去，说："或者让他完成任务后到这里来。王特派员那边是需要有人向他们通报情况的，多一个通讯员做机动要好一些，这里的路，他熟，水性也好。你看怎样？"

"那后天早上他还能上工吗？"

启明马上应道："可以的。"

老秦终于开恩了，说："也行吧！完成任务后到这里来。"又对大家说，"今天是阴历廿五，月亮要下半夜两点才有一点儿。我们十一点动手，搞得顺利的话，争取三个钟头内撤出城去。怎么样？大家看，还有什么地方没有考虑周到的？"

沉默了一阵，只有王新民说："也就这些了，该想的都想到了。临时还会出什么事，不可能都预料到，那只有靠忠靖王菩萨保佑了。"说完笑了，大家也笑了。在笑声中，老秦一边擦眼镜片，一边说："他妈的，你王新民还信佛呢。"

都是说着玩的，包括老秦冒出来的粗话。他仿佛有意说这么一句粗话，以缩小他和部下之间在气质上的距离。

妈妈已经去碁坊了。启明开开门，胡乱吃了温在锅里的泡饭。他睡了一会儿，只一会儿，又突然惊醒了，再也睡不着了。他心神不定，待在家里闷得慌，想再去一趟上真殿弄，他一定要把这次任务完成得万无一失。又认为去多了也不妥，他已经去了三次了，去的次数多了会使人起疑的。他虽然很困，却总是睡不着,为了养精蓄锐,他还是躺到床上,强制自己闭上眼睛。这样地折腾了很长时间才终于睡去了。

睡梦中他也在参加这次行动,整个梦境都是颠三倒四的,令人焦躁不安,总是很不顺利。到时间了,他揣着工具,摸黑去上真殿弄,竟连上真殿弄也找不到了。这不可能,时间快到了,他急得直转。后来,他总算找到了上真殿弄,可是那棵大树怎么会没有了?看起来又不像是上真殿弄。后来总算找到了那棵树了,他爬了上去,可是,见鬼了,上面没有电话线。白天看得清清楚楚的电话线,夜里摸不到了。怀表在兜里咋咋咋咋地直响,时间一秒一秒不停息地过去了,他没有完成这样一个很简单的任务。他绝望了,这一次行动会全坏在他一个人身上。那边弄口响过一阵杂乱的脚步声,是一队当兵的,在小跑步前进,发出枪支磕碰的声音。这一定是孙家给警备司令部拨通了电话。完了完了,王新民他们遭殃了。启明竟哭了起来,也马上醒了。

"还好,还好!"他嘘了一口气,庆幸只是一个梦。

天暗了,一屋子烟,妈妈已经下工回来,正蹲在灶前吹火。灶口的火光映出她那稀薄、枯黄的头发和平静、衰老的脸庞。启明想:到了共产主义社会,她哪里要这样辛苦呢?到那时候,我要让她好好休息,让她每餐吃的都是干饭、荤菜。

吃了晚饭,启明按照老秦的要求先找熟人、朋友玩一阵。他要这样做的用意是不言而喻的,觉得老秦想得确实周到。他到隔壁找洪元,洪元不在。他们之间因为志趣不一样,所以平日里工余时间里也很少在一起玩。

到吉余家看看,洪元总是在他家进出的。

在临水巷的吉余家果然看见了洪元和一些他的朋友。有挑着油担沿街卖茶油的林宝、做烧饼的小四子、做挂面的坤祥,一共五六个少年围在桌子上押宝。洪元一定是赢了,这时正兴高采烈,见了启明,他笑了笑,说:"来来来,来玩玩。"招呼过后就只顾自己了。

桌子上有一张皱皱巴巴的画了格子的牛皮纸,每一格里画着点数。吉余手里有一个小碟子,碟子上有一颗骰子,用一个酒盅罩着。他摇了几下,大家就下注,当然,赌注都很小,对上点子的就算赢。待到兜里两个小钱输光了,就站一旁帮别人出主意,替别人操心,或者回家睡觉。他们就这样消磨晚间的时光。

每一盘的结果,都有输赢,都有人高兴,有人懊恼。赢了的人,尝到了甜头,就想再赢。输了的人,觉得亏心,要想法捞回来,更是欲罢不能。这就是为什么

那年代

像马志谦这样的堂堂男子汉,被何以正当那么多人的面说了仍不能改悔。

小伙子们的赌注都很小,从花生米到零花钱,成家后,赌成性了就会把买米的钱拿去赌。输了买米的钱就两口子打架,甚至酿成跳河、上吊的悲剧。启明想:这种不好的东西,在共产主义社会是一定不会有的。

虽然兜里有一个怀表,启明不能当众拿出来看。吉余家壁上有一个不知道哪个老祖宗留下的破挂钟,才九点钟,恐怕不准。他踱到一边,悄悄掏出怀表,借微光看了一眼,九点二十,还有一阵子。他又回到桌子边。

大家都只顾赌博,对局外人是不关心的。启明觉得他应该走进局内,让大家都注意到,今天晚上,他应启明也在这里混。口袋里有一张五万元的钞票,是这个月留下来的,他挤了进去,把这张唯一的钞票压在随便一个方格里。

大家起哄了。这个启明,这个读过几年书,认识几个字,会看懂小说的,一向有点自命不凡的人,也看得眼红了,也来参加了。大家都有点高兴,洪元更高兴,也替他担心。不会就是不会,怎么可以把老本压一注的呢?

偏偏压对了,五万元不费吹灰之力变成了十万元。洪元倒像自己赢了一样开心。他告诉启明,不要这样,要把钱分两处,一处大一些,一处小一些,这样保险。其实都一样的,启明并不听他的,也不想赢钱,如果赢了,他知道不好脱身的。他倒希望赶快输了拉倒。想输,在场的小伙子如果知道启明竟是这样想的,准会认为他是疯了。于是,他把这十万元做一注又随便压在一个格子里。

输了,统统没有了,启明笑了,不是苦笑,是真心笑了。而洪元却跌足长叹,好像他自己输了一样。他很喜欢跟启明在一起玩,希望启明能够融入自己这一伙里。第一次赌钱,尝不到甜头,就再也不想干了。

启明大声地咋呼:"哎呀! 倒霉,倒霉,不干了,太迟了,明天要上工的。"又对洪元说,"你明天不想上工了?"

洪元说:"还早呢,我再玩一会儿。"

"那我要回去睡觉了。"没人理会,启明慢步走了出来。

路上已经没有灯光了,也见不到人。星光下,雨后的石板路面泛着光亮,他轻轻走着。

这项任务,从勘察地点到筹划做法,都是他一个人。现在也是按他的主张办的,这一点他很高兴。

他拐进上真殿弄,巷弄夹在两侧的高山墙里比街上更黑,他像沉进黑暗、寂静的海洋里,探步走去,感觉不到自己在前进。现在他已经走到他选定的这棵大槐树跟前了，他左右看了一下，没有声音，没有人影，他探手触摸到树干。白天下的雨，树干下的泥土没有干透，踏上去，软乎乎的，他爬上树去。

应该说，树上比树下更隐蔽。他记得很清楚，踏在第三个树丫上，一抬手就可以碰到电话线。他伸手探了探，碰到线了。他两手抓住线的两边，向中间拽了拽，很重。白天看来很稀松，满以为打一个结再剪断就行了，看来不行。他用牙齿咬住一头，用左手拽着一头，腾出右手，从兜里掏出钳子，咔地剪断了电话线。他原以为剪断这有电的东西，手一定会麻一下，但其实一点感觉也没有。他把钳子放回口袋里，腾出右手，把左手拽着的线头缠到靠近的一个树枝上。再把咬在嘴上的线头缠到另一根树枝上。完了，这太简单、太容易了。他轻轻地滑下树来，心想，现在王新民他们可以放心干了。

走出弄口时，有人打着电筒经过，是两个人，电筒光在他脸上晃了一下过去了，一个对另一个低语："深更半夜的，是干什么的？"

启明朝下江门急急走去，快到城门口时，突然传来一声断喝："口令！"

启明吃一惊，刺眼的电筒光亮定在他脸上使他睁不开眼。

"老百姓。"他赶紧回答，并且站住了，看到城门口有几个持枪的兵。

"干什么的？"

启明指了指城门，说："我回家，我家在城外。"

"深更半夜的，你在城里干什么？"一个兵端着枪走了过来。启明有点紧张了，他想到口袋里还装着钳子和电筒。

还好，他看了一眼，说："看你这个贼头贼脑的样子也不是一个好东西。"喝道，"返回去，这里夜里不准通行。"

启明转身走了，朝为平家的老屋方向快步走去，心想：糟糕了，他们察觉了我们这次行动了吗？启明心怦怦地跳着，他跑过那片菜园地，越过环城路，插入小路，越过石桥，绕过那栋老屋，钻进水窖洞。这一冬干旱，水窖洞也没有水了。他打着电筒钻到城墙外，向杨联玉家跑去。

"谁！"路口有人压低声音喝道。

"是我，应启明。"

对方没有吭气。启明推门而入，仓皇地向站在灯下的老秦、何以正说："不好，城门口有几个当兵的把守着。"

他们显然也知道了。何以正问道："你怎么过来的？"

"我从水窖洞钻过来的，电话线已经剪断了。"他掏出怀表摆在桌子上。

杨联玉对着启明,指了指自己的嘴。启明用手一擦,全是血,嘴角拉开了一个口子。

在众目睽睽之下,老秦紧抿着嘴,一声不吭。突然,他看了桌上的怀表一眼,说:"已经动手了。要设法通知王新民,不管得手没得手,都不要朝下江门撤。马上通知他们,叫小丁。"

何以正说:"小丁到岭下甄还没有回来。"

"我去吧。"启明做出马上要走的样子。

"……"老秦看了启明一眼,没有表态。

"不走下江门,其他城门恐怕也不行。"何以正小心地提醒他。

"……"老秦恶狠狠地蹙着眉头,气氛更紧张了,静得可以听到桌子上的怀表咋咋咋咋地疾走。

"那,只有翻城墙了……"杨联玉咕哝着。何以正说:"那不行,城墙上面是透空的,马上月亮要上来了,老远的地方都可以看得清清楚楚。"老秦仍旧没有表明态度。

"还是我去吧。"启明又提出要求,"我还是从水窖洞钻过去拦着他们,把他们先带到为平家屋后,把东西卸在那里,我有办法把东西拖出城外,这里去人拿就是了。"

何以正对还在犹豫的老秦着急地轻轻地说:"启明这个办法是可行的,定下来吧。"

老秦转头对向以正说:"你带一个人跟启明去,马上走。联玉!叫这里的人跟我到城门外潜伏下来,监视这些哨兵,实在不行就开火。"

启明跟何以正出了门,何以正跟站在路口的一个人说了几句,这个人向沙滩跑过去,一会儿带上一个人跑了过来。何以正招呼来的这个人说:"跟我来。"三人在启明的带领下,沿着城墙外边那年打土坷垃仗时走过的小路跑着。

"我到哪里可以拦住他们呢?"启明喘着气,轻声问道。

"李家湖西北角菜园地里有个灰寮,知道吗?"

"知道。"

"你就在那条小路边找个地方躲起来,他们就朝那条小路撤退。"何以正说完,又问道,"那个水窖洞,我钻得过去吗?"

"不行,"启明以权威口气断然说,"我这样的个头,爬起来也很吃力。那里面有一处已经塌了半边,我也是硬爬过来的。"

找到了洞口，启明说声"我去了"，就踩进沟里，摸到洞口，掏出电筒，弯腰钻了进去。虽然把身子弓得像只猫，头还老是碰到顶上的石头，撞得很痛，他也顾不得了。他钻出洞口，绕过那栋屋，跑过石桥，走出那条小路，跨过环城路，又进入那片菜园地，跑到菜园北侧的灰寮边，气喘吁吁地蹲到灰寮的阴影里。汗水沿鬓角向下滴，身上的汗气从领口向上冒，他做了几次深呼吸。

静静的，没有声音，这起码说明没有开火。好像过了很长时间没有动静。难道天快亮了吗？怎么刚才还是黑黢黢的？现在亮多了，不知几时一弯残月从后方露了出来。汗湿透了的衬衣贴在身上，冰冷的。

看到人影了，怎么只有一个？细看一下，隔十几步后面还有几个，近了，可以听到枪支摩擦的声音和喘气声。

启明突然站了出来，迎着前面这个人轻声说："老王！王新民在吗？"

这一伙人无疑大吃一惊，迅速向路两旁闪开，并且都亮出了短枪。

为首的一个恶狠狠地压低声音喝道："你是谁？"仿佛随时扑上来要把他撕得粉碎一样。

启明沉静地说："我找王新民。"

王新民上来了。

"谁，启明吗？"

启明挨近王新民说："前面城门口有兵把守，老秦要你们把东西卸到为平屋后的水窨洞口，我给你们带路。"

"好的。"于是启明带着他们疾步穿过菜园，越过环城路，插入那条小径。

在桥上，一个光着身子哆哆嗦嗦的人在迎候他们，是何以正，他不知怎么也爬过来了。

他们把缴获的枪支、弹药卸到水窨洞口两侧的茅草丛中，并且向桥头派出一个警戒。其他人都分散隐蔽到城墙根的灌木、杂草中。启明跟着王新民、何以正从后门进入为平家那栋屋里。

在暗中，何以正悄声向王新民介绍了新发生的情况，他问王新民："你们搞得顺利吗？"

王新民捂着嘴笑着说："全靠那个李家寿。说这个人很强横，把枪口顶到他的腰上就老实得很，叫道：'同志，同志，不要开枪，不要开枪。'他怎么知道我们的人互相称同志的。还说，他早就想把孙家这一笔货告诉我们的，就是找不到门路。我说，那好，那就请你帮个忙吧。他给我们喊开了大门，还领我们到那小

院子开锁、取枪。孙万倾肯定在里面，我们先不去动他。以后慢慢给你们讲，现在就看下一步了。"

"还有几个人没有跟上来？要不要去接一下？"何以正注意到只有五个人跟过来。

王新民说："不用了，那两个负责掩护我们。我们走后，他们押着李家寿朝另外的方向撤走了。"又问道，"哪里有个洞？我们连人带枪都从洞里过去不行吗？"

"不行，你看我，"何以正用一身泥水向他证明，并说，"刚才我差一点给卡在里面，进也进不去，退也退不回，真把我急死了，带着枪更不行。还是交给启明慢慢拖过去吧。"

"那边洞口有人接应吗？"

"有的。"

王新民对启明说："你先动手把这些东西搬过去。"又对何以正说，"如果人员也能从这个洞里过去就最好，不行的话就只有来硬的，我估计也不过两三个人罢了，不难对付的。能不能找到一把小锹？"

何以正说："锄头、钉耙这屋里倒有，锹是没有的。"

这边，启明开始了非常艰难、劳累，又是令人非常兴奋的倒运工作。他也脱了上衣，一趟一趟的，几乎像爬行的一样，把七支长枪、四支短枪和四箱子弹全部拖了过去，藏在树丛中。那一头那个人知道了这边的情况后，马上跑回去向老秦报告了。

启明把最后一批枪、弹拖过去时，他已经一点力气也没有了，只觉得肚子很饿、腰很酸，站也站不住了，只想找个地方躺下去。当他最后往回爬时，却在那处崩塌的地方碰到了王新民。

王新民也是脱了上衣爬在里面。他要启明用他的那个电筒照着，他仔细勘察了一番，然后掏出别在腰上的锄头板，把塌下来堵住半壁的泥土刨开，拓宽，加深。

"怎么，都要从这里过吗？"启明问他。

"试试看吧，要是都能够从这里爬过去，那就最省力。"他气喘吁吁地说，使用这很不称手的工具，用力地掘着、掏着，在这窄小的洞穴里磕手碰脚地干着，显得很吃力。启明也一手按着电筒，腾出一只手帮着把掘出来的土扒到一边。估摸着差不多了，王新民要启明退回去。当启明退回到那一头时，王新民爬过那崩塌的地方,爬出了洞口。他一站起来,就高兴地一把搂住启明,搂得很紧,对着启明的耳朵说:"赶快爬过去,告诉何以正,人可以过来。大家都脱了上衣,一个一个地先小个子,后大个子,按照我平时训练大家的'低姿匍匐前进'的动作过来。那个地方还在滑土,要很小心。"启明仿佛看见了他那炯炯的眼睛,又听他热情洋溢地说,"今天晚上全靠的你,真是谢谢,谢谢了。"

以后的事就简单了。武工队员和何以正都从水窖洞里过去了,他们都脱了外衣,把衣服卷成一团用带子拖着,哆哆嗦嗦地爬过了这个小隧道。

老秦也带人来接应了。大老王带着一只空帆船事先就停泊在杨联玉家南边沙滩外的江边,它装上全部战利品和武工队员拉起风帆,顺水顺风地悄然离去。

这里,启明坚持着等这些人全部去了才爬回来,避开大街,沿菜园边、小巷溜回家里。

推开门,桌上油灯犹明,妈妈披衣靠在床上。这时的启明脸色苍白、眼窝深陷,一身汗水和泥水,像个泥猴子一样,但眼睛发亮,神色兴奋。见了妈妈,他咧了咧嘴,不出声地笑了笑。

妈妈严厉地问他:"你在吉余那里?"她那干枯的眼里渗出了泪水。

启明摇摇头,笑着做了一个鬼脸。

"在何以正那里?"

他笑着点点头,妈妈的脸色温和了,不再问了。她帮启明换下全湿透的衣裤,用干毛巾帮他擦干身子,把他安顿到床上,给他盖上被子,自己就生火熬粥了。

启明浑身酸痛,躺在被窝里颤抖不已,好半晌才缓过来。疲劳、酸疼和刚过去的紧张、危险感,使他觉得特别快乐。在他不长的一生中还没有过像这一夜这样使他激动、兴奋的。他很想托人请一个假,哪怕只睡两个钟头。经过一番思想斗争,他还是认为无论如何都必须挣扎着去把这一天的活儿坚持下来。不但要干下来,而且要干得跟平时完全一样,不能有一点点异常的表现。

他在床上迷迷糊糊地睡了个把钟点就起来了,洗了脸,吃了饭,强拖着疲劳至极的身子上工去了。这也是他一生中干得最苦的一天活儿。

第十八章　出离了人世间

应启明有点纳闷,发生了这样重大的事情,两天过去了,没有人提起,好像压根儿就没有发生过。

到了第三天,厂里才出现一些交头接耳的议论。启明是背对着他们小组干活的,他非常注意背后的人们在谈论着什么。

"这几天你们可听到什么风声没有? 我听说大前天,共产党都进过城了。"是马志谦提了一个话头。

老六这个素来消息灵通的人嘿了一声,说:"我也是昨天晚上才听说的。其实只有七八个人,那天夜里到孙家去了。听说蛮客气的,一口一个'孙镇长'。问:'孙镇长在家吗?'说:'听说孙镇长这里有几支枪,我们借去用一下。'孙家的人都吓瘫了。他们也不等人家说有还是没有,也不用指点,几个人分头把几个门看住,不让孙家的人出去,其他人就进去把枪给扛出来了,倒像在他们自己家里一样,连孙家自己家里人都不知道,有多少支枪,有多少箱子弹,藏在哪里,钥匙在谁手上,他们倒都是一清二楚的……"

接着就七嘴八舌地谈论起来了。

"昨天,李家寿在陈家埠给逮住了,抓进去了,说是他带领这一班人来搞枪的。"

"孙万倾这个家伙,八十一师开走以后一直没有露脸,都说他到外地治病去了,还说病得挺重的。其实他什么病也没有,哪里也没有去,就躲在他自己家里。出事前一天,有人给他打过电话,要他这几天提防着一点,可能会有麻烦。这家伙也很鬼,说那一天,他好几次从楼上的窗户里看出去,都看到有个陌生的人在他家门外转,他就有些警觉。那天,他还给警备司令部摇了电话。警备司令部一个值班的,说他疑神疑鬼,没有理他。他也总不放心,又把新近驻在东岳宫那个部队的团长请到他家里吃了一顿,托他关照一下,还派人给那个部队送去三百大洋。三百大洋也没有白送,那个部队那几天晚上在几个城门口都派了当兵的。就这样，夜里，共产党还是照样进了孙家大院。孙万倾一听大门那里嚷嚷，觉得不对，马上摇电话，可电话不灵了，线断了。他一看不妙，就钻地道走了。"

"直到现在还搞不清楚，那天夜里共产党是从哪里进来的，又是怎么出城的。东岳宫那个团长说，真是见了鬼了，哪有这样的事？就这样，神不知鬼不觉的，也没有放一枪，也没有伤一个人，左邻右舍也没有听到什么动静，就把几十管枪、几十箱子弹，统统给拾掇走了，你们看，神不神？"

"警备司令部离孙家也不远，共产党就敢在他们眼皮子底下干。"

"听说警备司令部那天夜里是知道这件事的，就是不敢出来，还把那些巡逻队都收回去了。"

"听孙家的人说，就在这些人进门前半个钟点，他们还有人打过电话，就在这些人进了门之后，电话线给掐断了。"

"孙家大屋，门窗关严了，不动枪动炮还真不容易进呢！"

"哪里还难得住这些人？那里面就有会飞檐走壁的。那个院墙算什么？一个飞腿就进去了。"

开始变成故事了。

"听说，他们搜孙家的时候，找到了孙家的地道口子，他们就把枪、子弹从地道里运出城去，整整搬了一夜。不但有枪，听说还有炮呢。"

启明再也憋不住了，笑了起来，他转过身来插嘴说："不但有炮，我听说还有飞机呢。"

好几个人都一起笑起来反对启明，说他胡说八道，说，怎么会有飞机呢？难道孙家大院里还有飞机场吗？至于炮，小炮嘛，那种一根管子，前面有两条腿支着的（60 迫击炮），还是可能有的。

又一个人低声说："十八都那边，上次有个熟人来我家讲，那里面有很多能人，要文有文，要武有武。对老百姓都讲道理，很客气，普通老百姓家的东西，他们一根草也不动，不小心碰破一个瓦盆也要赔了才走。"

洪元也不知道是听说的，还是他自己编的，蹙着鼻子，告诉启明说，那天夜里的共产党里面，有一个人会点穴的。孙家那个老头才开开门，那个人在他身上点了一下，那个老头就像菩萨一样僵在那里，也不会出声了，也不会动了。他们搞完了，走的时候，那个人还对老头说："难为你了，我们走了，你把门关好。"说完一点，那老头又活起来了。

启明也只好点点头,装出吃惊的样子,相信这是真的,很有兴趣地听他瞎吹。总之,真正参与了这次行动,也多少知道一点内情的人却装成什么也不知道,只能不露声色地听局外人,真真假假、添油加醋地叙说这件事。他表现得很平静,而且觉得很开心。

这种夸张和吹嘘多半也是出于一种赞赏,人们总是希望所赞赏的人是非凡的。这也反映出一种民意。

启明觉得这些来执行任务的经过挑选的武工队员,从本事上讲,他并没有看出有多么神奇。当然,他对老秦这个头儿是很敬佩的。他很有学问,人品也很好。启明一想起他从兜里掏花生的情景,就忍俊不禁,就觉得亲切。那一把花生蓦地缩小了他们之间的距离,那年龄、经历、知识上的距离。他一面让启明吃,一面自己也剥着吃,吃得那么香,说明他们的生活是清苦的。他对那次行动的组织、计划是周密的,他要启明在执行任务前先找熟人玩,想得很细。但是,当意外情况突然出现时,启明看得出来他那过分的沉着却是装出来的,一点也没有掩盖住内心的慌乱。虽然看起来他做事很果断,但是一紧张,他的反应也有些迟钝,对问题的考虑也并不周到。

至于王新民,看那样子,体力是很好的,他很机智,也很勇敢。可是论枪法,他自己也认为很平常。那天夜里他只带了那么几个人,他们在孙家做的事,当然,事先都充分摸了底,做了准备的,这些启明一无所知,他只认为那是很难的、很危险的。那高院墙,那厚重的大门,当然是他们首先控制了李家寿,由李家寿把他们带进去的,他敢担保他们里面没有一个会飞檐走壁,或者会点穴的人。如果遇到抵抗怎么办?孙万倾这些人都是有枪的人,大院里有大小四个门户,还传说有地道可以通到城外,怎么看住一院子的人,不让逃出一个去通风报信?他们来回路上如果碰到巡逻队怎么对付?就这些还是启明随便想到的,还会有更多想不到的麻烦随时可能冒出来。可是,启明感觉不到他们有一点畏难、犹豫,他们是那么高高兴兴地、一往无前地去了,而且搞得很顺利。如果说,那只是因为运气好,那运气好坏也不能事先知道的。如果他们真是什么星宿下凡,身上有什么得天独厚的神奇的本领,反而算不得什么,但是他们确实没有。

当然,王新民也有不同于一般人的地方。那天拂晓,启明耗尽最后的力气,把最后一批枪、弹拖过去,然后爬回来协助王新民拓宽了那个卡口处,搞得差不多后,王新民要启明退回去,他自己也随后爬了过去,就在南面洞口,有一件事深深地感动了启明:王新民一爬出洞口就突然那么动情地一把搂住了一身泥水的启明,搂得很紧、很有力,对着他的耳朵,轻轻地、热烈地说:"今天晚上全靠的你,真是谢谢,谢谢了。"

启明当时竟反应不过来。这种拥抱在后来看惯了外国电影的人们眼里是不以为怪的,可那时的启明在这种突发的、热情的拥抱中,却没有一点点相应的表示。只觉得这些英雄也和所有人一样有的只是一条鲜活的生命,一个血肉之躯,这些肉体碰到枪弹同样会疼痛、流血、伤残甚至死亡。至于王新民说的那些话,启明开始只是有点莫名其妙。"怎么全靠我呢?"他只不过是把现成的、已经到手了的枪械搬运了一下。接着,他又隐隐有点不快,觉得他们仍旧把他看成只是一个来帮忙的外人。虽然有这种不快,但是,一想到这些人把对老百姓的解放事业当成是他们自己理所当然的本分事,他敬慕的感情就像火焰一样熊熊燃烧起来。

启明对英雄的观念开始改变了。王新民这种人,说他是英雄真还差不多,而这些人都不是神,也不出名,都不是可望而不可即的。

启明曾经自信凡是别人能做到的事,他不信自己做不到,后来,这种自信动摇了。这一次行动,他又寻回了这个丢失良久的自信。如果不是只指本事,(当然本事也很重要)比如,立志做一个高尚的人,做一个一心为大众的人。别人能做得到,他应启明为什么做不到呢?像王新民这样的人,而不是像薛仁贵那样的人,他应启明为什么做不到呢?

人们还在谈论着那天夜里的事。启明平静地听着,只有他的眼睛里闪烁着欣喜、得意的光亮。这时,他突然大声地问老六:"这是大前天夜里的事吗?"不等回答,他转身提醒洪元说,"那天夜里我们不是在吉余家里玩吗?"

在吉余家里玩赌钱的事还能在这里嚷嚷吗?洪元赶紧恼怒地蹙了蹙鼻子,使了一个眼色,示意他不要啰唆。

钱玉坤说:"怎么啦,你们两个小鬼干啥装神弄鬼的?"

启明嘿嘿笑了,偏还要说:"那天夜里,我跟洪元在吉余家里押宝,玩得很迟。"他偏还不知死活地问洪元,"你那天手气好,赢了不少吧?我那十万块钱统统打了个水漂。"

洪元无奈,只好闭嘴不接茬,倒是钱玉坤说:"哦哟!你启明也去玩这些了?"他不说洪元,因为不期望洪元更好些。

启明还天真地说:"我们是小搞搞,玩的。"

钱玉坤说："都是这样，起先都是小搞搞，以后有了多的钱了就可以大搞搞了，最后也像……"他不讲了，因为马志谦就在旁边。

洪元看到启明红了脸，倒暗暗地高兴，心想，活该，看起来精得跟鬼一样，说话还不分个场合，像马志谦一样，人家可是大人。

启明却高兴自己被钱玉坤无端奚落了一下。

又有几天过去了。启明认为这次行动到现在才算顺利了结了。前些天，那种多疑、异常敏感的情绪开始平复下去，他恢复了心理上的平衡，恢复了原有的宁静。他对自己能沉静、机智，不动声色地对待大家谈论这件事而得意。他想，将来有一天，这里解放了，这事总会真相大白，那时这些人将会多么惊讶。可他万万没有想到，这一天下午，他就在工场里被捕了。

当时只觉得喧闹的人声突然停顿了，周围一片静寂，只有机器在轰鸣。他诧异地抬头看了一眼，他心里凉了，好像呼吸都停顿了，心突然怦怦怦地狂跳起来。三个当兵的已经进入大门，大门外还留下一个，端着枪面朝外站着。走在前面的是一个军官，后面跟着战战兢兢的老板。

他威风凛凛地跨着大步，眼睛严厉地扫视着工场。启明的目光和他的目光碰了一下，仿佛撞出了火花。他们无疑是来抓他的，门已经给控制了，他无路可逃，当然也不能逃，不能弄假成真，他必须若无其事地应对他们。

启明努力控制自己的情绪，让奔凑到头部的血液回流。他继续埋头干自己的活儿，大切刀在他手中依旧有节奏地起落着，切成整整齐齐的一方一方的火柴盒片给移到一旁的台子上。这几个当兵的正朝他走来，他没有抬头，但是感觉到了。他听到料子衣服擦过工作台时的窸窣声，接着肩头给重重拍了一下，一个声音说："哎！停下来，停下来。"

启明转头，看到站在一旁的军官，装成一副天真的样子问道："我吗，什么事？"

军官只转身对两个士兵歪一下头，说："带走。"

两个士兵跨上一步分别抓住了启明的两只胳膊给他戴上了手铐。

"干什么，干什么？"他当然知道干什么，但是他还是瞪着吃惊的眼睛，挣扎着、喊着，装出莫名其妙的样子。

一个当兵的猛推他的头，喝道："你要不老实，小心老子揍你。"

老板迷惘地站在一旁。

钱玉坤啪地把手中的家什向工作台上一拍,大声地喊道:"你们要干什么?人家一个小孩子,好好地在干活,你们干啥欺侮他?"

那个军官慌忙环视周围,从腰上打开的手枪套里掏出手枪,枪口朝天举着,恶狠狠地点着头,用嘲讽的口吻高声反问说:"你说这是干什么?啊?是不是想一起去走一趟?"

老板赶紧来圆场,对钱玉坤摇着手说:"你不知道,你不知道,不要管……"钱玉坤僵住了。于是,在所有人惶惑的眼光的注视下,启明被戴着手铐、掐着两臂,推着走出了永利厂的大门。

走在街上,三个人手挽着手,远远看去,倒像是三个好朋友紧挽着手在街上闲荡,那个军官和另一个士兵跟在他们背后。街上的人都吃惊地看着他们走过,几个小孩子远远跟在后面看。启明一路上都在挣扎着、吵嚷着,直到一个兵朝他背上重重打了一拳。

他何尝不知道,这时候对这些人,挣扎叫喊都是没有用的。但是,他如果乖乖地跟着他们走也不妥当,那不就承认自己做了什么事情该被他们抓起来吗?

他给抓进了警备司令部,关进了后院的监狱里。

这是一栋内走廊的砖瓦房改建的,走廊两边全是编了号的牢房。进门这一头还明亮,门窗都安装了圆木栅,从木栅门看进去,每一小间都关着四五个人,有躺着的,有蹲着的,看来还挺有伴的,有人竟还在说笑着。背后的窗栅栏上,有人扒在上面朝外撒尿。再进去,那就不好了,那一头很暗,按的铁栅门,里面是黑洞洞的,背后的窗子用砖头砌死了,留下一个又高又小的方洞。

启明被全身搜了一遍,抽走了他的裤腰带,还要他脱了鞋子,然后光着脚给推进这样的一间单身牢房里,随即背后的铁门就咣当一声关上了,上了大锁。

里面阴暗、潮湿,散发出一股浓重的腥臊气味,这就是从前听人们说的"坐班房"。他木然地站了一会儿,然后坐在铺在地上的稻草上。他的心又重又乱,乱得一团糟。怀着一种从来没有经历过的恐慌,呆呆地坐着,心中一直不停地喊着:"……这糟糕了,这糟糕了,这可是真的发生了。以前都还只是想想的,或者听别人说的,这一下可是真的了,这怎么办呢?"他害怕起来了。又想:"何以正他们在哪里?他们可平安?他们可知道我已经给抓进来了?"呆呆地坐了半晌,慢慢地,他的心平静下来了,开始了有头绪的思考。

人家当然知道他参加了那天夜里的行动,可是他们怎么会知道的呢?他把那天夜里的事细细地捋了一遍。因为事隔不久,经过的细节都还清晰地印在脑

子里:出了吉余家,那天上半夜没有月亮,天空只有稀稀拉拉的几粒星星,很暗。街上看不到一个人影,听不到一点人声,他记得那雨后石板街道下面的阴沟里潺潺的流水声都听得很清楚。进入上真殿弄,两边的高墙夹着窄巷,更是漆黑一团,他是探步向前走去的,好像进了防空洞一样。出来时,在巷口是碰到两个打电筒而过的人,而且电筒光在他脸上晃了一下,很近,还嘀咕了一下,仿佛觉得奇怪。难道正好会是孙家的人,而且是认识他的?他不信世界上会有那么巧的事。再就是在城门口碰到那几个当兵的,这些当兵的更是不可能认识他,他们显然是把他当小偷看待了。那天完事后,回家的路上,他都避开大街。那时,虽近拂晓,有一点月亮影子,天还是很暗,也没有碰到什么人。除了这些,他再也想不起在哪里暴露了自己。除非内部出了坏人,像以正那次讲的“一条狗”。这更是不可能,他想都不愿意朝这方面想,何况武工队的人都安全地、一个不落地撤走了。

老六说,有人事先给孙万倾打过招呼,要他提防着,这好像可以证明说不定就有这样一条狗在我们内部。不过这些传说也不可信的,真有这样的事,孙万倾是不会朝外说的,而且这种人要出卖也先出卖那些重要的像老秦、何以正这些人,我算什么呢?跑跑腿的小兵腊子。

他们要审他时,他怎么应对呢?只能一口咬定,他什么也不知道,什么也没有参加。他可以说那天夜里他在吉余家里押宝,玩得很迟很迟,好几个人都看见的,都可以证明他在那里。如果说时间不对头,那哪能说得清楚?谁还能老是看吉余家那个挂在柱子上的破钟?第二天一早,他是按时去上班的,他们小组的人都知道,都可以证明。要是有人确实看见那天夜里他从上真殿弄出来的呢?那也不能改口,夜里看人,哪能看得那么清楚?何况从那里出来的人一定是去掐电话线的吗?

他死活不承认,他们一定会揍他,对他用刑逼供。他不止一次听到人们讲到警备司令部的种种奇刑,什么压杆子、坐老虎凳、灌辣椒水、用缝衣针敲进指甲盖,还有,把人像鸭儿浮水一样用细麻绳拴了拇指和脚趾吊在梁上,背上还要压上砖头,一块、两块地加上去,直到你招认为止。这都是读小学时就听人讲过的。还有电刑,向宗华那么壮实的一条汉子,几下就给弄死了。他没有挨过,甚至也没有看到过,过去听到别人讲这些事的时候也像听到很平常的事一样,只觉得新奇,并不当回事儿。现在,他却能想象这将是一种什么滋味。想到这里,他又慌起来了,心又重重地坠了下去……

半晌，一种从小就想当一个英雄好汉的志向，使他又奋然地想，随他们怎么折磨他，他死活都要咬定牙关决不说出真相，他要像关公"刮骨疗毒"那样。小学国语课本上有这个故事，他很钦佩关公，也想找机会试一试自己忍耐疼痛的能力。去年夏天，他发了痧，在床上躺了整整一天。妈妈慌了，请来一位郎中给他做放血治疗。那个郎中用一把很锋利的小尖刀在他背上选定一个穴位，戳一个口子，挤一点瘀血出来，又在另一个穴位上戳一个口子，挤一点瘀血出来。那时旁边的人都看得皱眉蹙鼻，他尽管痛得身子痉挛，浑身冒出豆大的汗珠，却咬着牙，除了身子抽搐，他没有哼一声。后来，妈妈用冷水给他擦了擦全身。英雄就应该是好汉，是硬汉，不怕苦，不怕痛，他会做到的。既然躲不了，就不妨试一试。

他要是死活不认，人家会枪毙他吗？他仿佛听人说过，对不满十八岁的人是不判死刑的。但又听说，那是指的平时，现在是什么戡乱非常时期。不久前还听说，八十一师来打共产党时，在大青山脚下，他们逮住一个才十五岁的给武工队送信的小孩子，就毙在路边。而他已经十七岁了，想瞒掉岁把也难，因为他的个头、样子，实打实地说，人家还不定相信。

枪毙，他又一次想起那个共产党人，被架在黄包车上，拉到上江门外的溪滩上，好几百人拥去看，他也去看的。远远看去，溪滩上冒出一股白烟，一声枪响，人仆倒了，像一截木头倒在地上，一动不动，然后不知道埋到哪里去了，永远从这个世界上消失了……

想到这里，他傻了，想不下去了。

从小，当他懂得人总归会死的这个道理时，他害怕过，但又知道那是非常非常遥远的事，这种遥远的感觉直到被捕以前，不想突然却迫在眉睫了。他还年少，他有过很多梦想，一个也没有实现。很多地方他都没有去过，很多东西没有见过，很多事情没有经历过，很多好吃的东西没有吃过。他生长在山区里，是个山里人。过去他虽然为此有过遗憾，但是却相信以后他一定有机会去那些地方，见到那些东西，经历那些事情。他翻那些大地方的旧报纸，看到上面有整版整版的登载着那么多戏院、那么多电影院的广告，那么多五花八门的戏名、电影名，那都是很诱人的。他从来没有看过电影，但是相信以后总会看到的。现在，那些地方他还是没有去过，那些东西他还是没有见过，他仍旧没有走出过山口，不想突然要死了。虽然，不久前，他渴望过要当一个共产党，愿意为劳苦人民的解放吃苦、牺牲，也有过决心，万一被政府抓住了，要枪毙，他也不怕。现在真的

到了这个时候,他伤心起来了,也害怕起来了。

唉!人在对生活产生厌倦时像老蔡那样,人在认为死的威胁还仅仅只是一种可能时,人在自己人中间共同面临死的威胁时,做到勇敢面对还是比较容易的……现在,当他刚懂得一点生活的意义,看到了曙光,其他人都平安地活着,唯独他却给逮去了,要把命送掉了,他真想大哭一场。

我不能就这样死了,我一定要想办法活下去,无论如何都要活下去,要逃,无论如何都要逃出去。他激动起来,扑向外墙,用手指拼命地抠那铁硬的砖头,顽强地抠着、抠着、抠着。指甲麻了,手指磨出血了,毫无结果,连一点砖屑也没有抠下来。他像一只落入陷阱里,经过疯狂的挣扎,耗尽全部力气,仍旧毫无脱险希望的困兽一样,处于一种忧伤的麻木状态之中,不知道过去了多少时间。

传来了脚步声,几个人从铁门外走过去,就在隔壁的号子里,有开锁和铁门的开启声把启明从麻木状态中惊醒过来。一个人呜咽着、号叫着,拖着长长的尾音:"天哪!我冤枉啊,我真的冤枉啊……"

啪!啪!重重的打人的声音,号叫变成了哭泣。接着,砰的,铁门沉重的撞击声。一个人蹒跚着,拖着镣铐,摇头顿足地给几个人推着走过去。是李家寿,没有错,就是他,启明马上站起来趴到铁栅门上朝外看。

这是一个有钱玉坤那样身量的人,样子周正,举止洒脱,穿着也讲究。他也有一辆自行车,是拼凑组装并且重新漆过的,凡是电镀部分则都是新的,所以几乎和新车一样神气。他又有一手娴熟的骑车技能,当他骑车从人群中滋溜而过时,启明也羡慕过他。他精明,有功夫,也很傲,恐怕从来没有给人欺侮过,也没有人敢欺侮他。不知道在孙家他算个什么,但是在全镇,他是镇队副,是一人之下、千人之上的,现在却成了这么个怂样子,咧着嘴,哭哭啼啼,像个娘们。

启明忘了自己的处境,竟情不自禁地摇了摇头。看到这种糟蹋人的现象,他只觉得很不舒服,虽然都说这是一个很霸道、很不好的人。如果要枪毙他,又会是个什么样子呢?启明又联想起很久以前那个被拉出去枪毙时又是哭又是挣扎的人,李家寿恐怕也会是那个样子。不过,这家伙如果死在警备司令部里也确实是冤枉的,这一点,在这里,没有人比启明更清楚了。王新民简直是恶作剧,只是略施小计,恐怕连王新民自己都没有料到会有这样的结果。想到这些,启明又觉得挺开心的。

这里,和中心小学就是隔了一圈围墙,却像是另外一个世界,可以看到外面看不到的种种现象。坐过班房的人被放出来后,好像也没有人讲到这里面的这些现象。在平常生活里，一些人总是极力摆出做人的尊严，并且很仔细、很小心地加以维护，对别人的冒犯有的竟至于睚眦必报。而在这里，在这个警备司令部的监狱里，对抓进来的人，似乎首先要砸烂他们做人的尊严，砸得粉碎，践踏得一败涂地，叫人无法收拾。李家寿已经被收拾到这个程度了。

人和人是多么不一样。在这个纷扰的世界上，真是五花八门，无奇不有。有的人只顾自己快活，为了这，他剥夺别人、压制别人，给别人吃苦头，叫人活不下去；更多的人则是奔忙、争吵、哭闹、忍气吞声，都只为了一个肚子，为了混一碗饭吃。而这世界上竟然还有一些人，这是启明不久前才发现的，他们甘心冒着被枪毙、被杀头、被活埋的风险去为穷苦人的解放吃苦，弄得不好就真的坐班房，受酷刑，最后以自己的死供人们观赏。他们中间有的人本来生活并不错，而且也有灿烂的个人前程。启明为这一伙人不平，也为他们自豪。他们何尝不想叫自己过得快活、平安？他们明知道在做的事有多么凶险，可还是照样干，而且总是高高兴兴地、有滋有味地干，从来不去想自己能从中得到什么好处。

这半年来，启明曾经模模糊糊地爱慕过一种人，也模模糊糊地希望过、追求过一种生活。现在，他蓦地想起来了，他现在正是要做这种人，过这种生活。

他的心境豁然开朗了、轻松了。他咂咂嘴，自语道："没有什么，死就死，人总归是要死的，不就是早一些迟一些吗？"

这样的理论，他不止一次地听别人讲过，有老六那样乐天的人，也有仿佛对生死问题持无所谓态度的年轻人，表现出豁达、无畏的精神。道理也简单，可是讲这种话的人也都知道，他们在这个世界上还有好几十年好活呢。当生命真正所剩无几的时候，这种说法是安慰不了什么的，启明也只是姑且说说罢了。

他又想，要说年纪不大就死了太亏心了。那在同学、同伴中早早死了的也有好几个。他历数一下：防空洞炸塌了，一次就死了三个同学；逃难出去没有回来的听说就有两个，一个是病死的，一个是给日本人开枪打死的；还有一个是归城后得了鼠疫和全家统统死光了的；还有两个，一个是游泳抽筋淹死的，一个是得了绞肠痧（阑尾炎的俗称）疼死的；为平的妹妹才三岁，多么可爱，听说也死了……

他又觉得这样比也不合适。这些已经亡故的人是无奈的，而我，我们，是自己找的，是自愿的。他早就知道做这些事是很危险的，被抓住了是要送命的，虽然参加这次行动时根本没有想过会被抓住，但是知道一旦被抓住是要送命的。我知道，但是我愿意，没有人强迫我、勉强我做这种事，完全是我自己想干、要

干，而且是全身心地投入的。

"死就死吧。"他从心底喊道，"我会是一个硬汉，把我拉出去枪毙时，我会东张西望地给拉到上江门外，给朋友、熟人、同学看，他们将会多么惊讶。"他又一次想到洪元那一伙在吉余家里押宝时那种贪婪的情状，真是可鄙啊！

他安静下来了，心中涌起一股悲壮的情怀，当然，怎么说又总是有些酸酸的，还是觉得委屈。想到从前，很想读书，成绩也很好，可是没有钱，读了半拉子；后来去做工，工场又关门了，过了半年多半饥半饱的日子。现在，连活下去也不成了。我不是坏人，没有做过坏事，没有害过一个人，我只想当一个共产党，为了人人平等，人人有饭吃，这难道不好吗？却得为这个去死，这不公平。可是现在，没有人跟你讲公平，大概真正到了共产主义才能有公平。

唉！他叹了一口气，自语道："不想这些了，得想想眼下的事，总不能老是提着裤子吧。"他从兜里掏出一条脏手帕，从前面两个腰带襻儿中穿过去，系上了。

又是一阵撕心裂肺的号叫声打破了号子里的沉寂："哎哟，哎哟……"李家寿好像一个被撕裂了的人，面色煞白，衣衫破碎，鲜血淋漓。他号叫着，被两个兵架着从地上拖过去。

启明一点也没有如愿的感觉。他摇摇头，心想，在一个正常的合理的社会里，人们对别人的病痛总是同情的，总要想法帮助他解除病痛。可是这里却正相反，这里的人却给本来没有病痛的人施加苛烈的刑法，叫人痛不欲生，把人致残、致死。这是一个罪恶的、不合理的、癫狂了的地方，一定要打碎这个世界，要搞共产主义，那时就不会再有这种事情了。

这第一夜，启明睡着了，睡得呼呼的。他太疲劳了，连噩梦都没有做一个。

第二天，他被戴上手铐押出监狱，他知道要审他了。

突然走进明亮、炫目的晴空下面时，他觉得头有些晕，身子有点像飘起来一样。一阵风吹来，他打了一个冷战。这是早春，凉飕飕的，他是在工场里被抓进来的，穿得很单薄。当他被两个士兵押着走过监狱外的场子时，看见一个穿红毛衣的女孩子正从另一侧的路上走来。在这种地方竟还会有女孩子，启明觉得奇怪，因为奇怪，他又看了一眼。

女孩也看到了启明，她被惊吓住了，浑身哆嗦了一下，就愣住了，瞪着惊恐的眼盯着启明。启明从她那严严地裹着红头巾的脸上看了一眼，突然发现，哦哟！原来是他久违了的小学里的同班同桌的冤家对头张珍英。她长高了，她那红毛衣、红头巾,她那撅起的小嘴,总像一副赌气的样子,还像从前一样,启明现在觉得她其实还是很好看很漂亮的。现在,她那水汪汪的、充满惊恐的眼睛,一副像要哭的样子也是很好看的。

　　而他,从前还无缘无故地欺侮她,无端丑化她,说她难看死了,给她取了一个很难听的,尤其对小姑娘来说是无法忍受的绰号——"牛头",只是因为她那两根小辫子弯弯的,有一点像水牛的角。后来,又不知道是哪个男同学引申开来,叫她"马面",叫她"麻面",越叫越难听。这些虽然是过去了的事,是小孩时的胡闹,现在,回想起那时对女同学毫无必要,也确实是违心的粗野、强横,启明至今想起来还有一点愧疚。如果在其他场合能碰见她,只要她不拿腔作势,他会主动打招呼的,会大大方方地找话跟她讲的。如果她有什么事要他帮忙,他一定会尽力、热心地去做的。总之,他会用友好的态度补偿从前的无礼的。现在,当然不行了,他赤着脚,衣衫褴褛,戴着手铐,被人押着去受审,要吃苦头,他自身都难保了,还顾得了那么多吗? 他只是用柔和的眼光,平静地看着她,不为押送人员觉察地微微点了一下头,默默地、坦然地走了过去。他只是纳闷,她怎么会出现在这些地方呢?

　　他给押进一栋也是内走廊的房子,带进一间大房间里。斑驳的粉墙,墙根上长了青苔,沾满了干了的痰和鼻涕,还有几摊褐色的血迹。肮脏、潮湿的砖地上积了厚厚的烂泥,沾着清除不尽的烟蒂。监狱里是这样,这里也一样,仿佛是另一个世界,破败、龌龊、阴冷,没有欢笑,没有温暖,没有情爱,没有生活的痕迹,甚至没有人气。他在墙壁前站定,面对前面一张简陋的长条桌。一个兵出去报告了一下,就进来三个人,一个戴眼镜的,扎着武装带,穿着一双乌亮的长靴;一个黑皮,小平头,团团脸,大嘴巴,长得粗壮结实,敞着领子,挽着袖子,露出两条长满黑毛的粗胳臂。从脸上尚未消失的兴奋表情看,他们刚停止一场兴高采烈的谈天。眼镜坐到中间位置上,一个拘谨的小个子,大概是书记员,作记录的,坐到一旁。黑皮没有马上坐下来,他站在小个子背后在翻他面前的一沓材料。

　　眼镜是个长条脸,高宽的额角,眼窝深陷,金丝眼镜后面是一对不停眨巴着的眼。

　　一个士兵推了启明一把,喝道:"跪下。"启明踉跄了几步,又站住了。他不愿意。

　　"跪下,听到了没有?"这个兵捣了他一枪托,把他硬按下一条腿来。

"不。"启明从紧抿着的嘴里喷出这一声,挣扎着又站直了。

男子汉"眼泪是金,膝髁头是银"。这大概是钱师傅的话。虽然戏里面的古代人动辄就要下跪,简直是家常便饭,但是在现代人的各种姿势和动作中,他最嫌恶下跪和磕头,这是最可鄙、最屈辱的动作,他自己不肯这样,也不喜欢看见别人这样。为什么要强制别人下跪,要别人比自己矮半截? 他有一次在上江门看枪毙人,要死刑犯跪在地上再开枪,他就很反感,马上要死了,还要侮辱人。他启明,除了小时候跟妈妈到忠靖王庙谢年时,跟着妈妈在神佛前跪过,磕过头,那时他还小,而且是在神佛前,此外他还没有给任何人包括妈妈下跪过。

这个兵火了,还要采取更暴烈的强制手段,这时眼镜厌恶地挥了一下手,示意算了。他不欣赏这种旧衙门里封建式的审问方式,也不愿意在这种形式上一开始就让审问对象产生对立情绪。

互相审视了一番,眼镜弹掉烟灰,随便地问道:"你,是应启明?"

"……嗯!"

"几岁?"

"……十六。"他向来和人应对是敏捷的,现在却学为平的样子,答话前总要顿一下。为平是口齿迟钝,他这时是装迟钝,也表明自己不高兴、不乐意被人抓到这里当犯人。当然,更是为了防止失言。

"住哪里?"

"……胡公庙。"

"胡公庙哪里?"

"……九号。"

"家里有什么人?"

"……妈妈。"

"还有呢?"

启明不吭声了。

"有兄弟姊妹吗?"

"……没有。"

例行的审问程序结束了,小个子也没有记录,恐怕都查过的,上面记的都有。眼镜挺了挺身子,灭掉烟头,抬起头来盯着启明说:"那么,你家里就你母子俩了? 你娘就你一个儿子了? 啊?"好像就是为了引出这么一个话题,"你娘辛辛苦苦十几年把你拉扯大,以后总是指望你的啰,啊?"

装腔作势,启明觉得厌恶,突然打断他的话,喊道:"那你们为什么把我抓进来关在里面? 你让我回去嘛。"

三个人都吃了一惊,都抬头看了启明一眼。

"回去? 当然可以。"眼镜马上接过话题,点着头说,"放你回去也容易,叫你死在这里也不难,关键就看你老实不老实,能不能自动交代做过的坏事。昨天审问的那个关在你隔壁的李家寿,你总是认识的吧,不是鼎鼎有名的镇队副吗?本来嘛,老实交代了,什么事也没有的,可是,蠢啊!"他点着头,又重复地说,"蠢啊!肉头呱唧的,非要吃足了苦头,伤筋动骨了,才老实,真是一个贱骨头。进到这里的人,还有不老实交代的吗? 聪明些的,懂,不等人动手,就痛痛快快地'毛口袋,倒西瓜',有啥说啥,最后不就平平安安地出去了吗? 多好啊。我们就喜欢这种人,聪明、干脆,讲了什么,除了我们这里几个人以外,外面也没有人知道。"

他停顿了一下,观察启明的反应。启明应该装作全神贯注地聆听,并且应该装出很委屈、很害怕的样子,他疏忽了,只是无动于衷地盯着地面,想着他们将给我吃什么苦头呢。

眼镜的口气严厉起来了,接着说:"就这样吧,下面,你把十七号晚上你都做了些什么坏事,统统地、老老实实地给我交代出来。"

"……我不记得十七号是哪一天,我从来没有做过坏事,你要我交代什么?"启明强硬地回答,装出不懂死活的样子。

眼镜死死地盯着启明,微微地点着头,半晌,一言不发,连小个子书记员也觉得蹊跷,悄悄地抬头溜了眼镜一眼。

"哼!"眼镜冷笑着说,"现在给你一个主动交代的机会,你要不识好歹错过了,以后再交代,苦头吃了,还要从重处置,到那时后悔也来不及了。十七号你会记不得? 就是共产党到孙镇长家抢劫那一天,记不得了吗?"

"那些事,我怎么知道? 我又不是共产党。我没有做什么坏事就没有做什么坏事,你要我交代什么呢?"

"没有做坏事?"黑皮咆哮起来了。他早已经瞪着眼按捺不住了,这时站了起来,走出座位。他一向主张先来个下马威,他认为《水浒传》里好几处提到对新来的囚徒先来一百杀威棍是很有道理的。

"你干什么?"启明倒退一步,紧张地盯着他,并且抬起铐着的双手准备防卫。

"干什么?"他一个箭步,一把揪着启明的衣领,领扣都给拉断了。启明挣扎着,用手抵挡着。这个人虽然手劲很大,但是对启明的力气却估计不足,他扇了启明几个嘴巴都打在启明护卫两颊的手上。他大怒,喝令站在启明背后的两个兵扭住启明的两臂,于是啪啪地打嘴巴,左右开弓,扇了他十几下。

启明咬着牙关,头被扇得像拨浪鼓一样,左右猛摔,被打得两眼发黑、两颊发麻、口腔流血。黑皮又踹了他一脚,启明从两个士兵手中脱出,倒退几步,后脑勺砰地撞到墙上,头嗡嗡地响,眼前一片迷雾。他跌坐在地上,只觉得两颊火辣辣地痛,口中一股咸味。喘了半晌,他挣扎着扶着墙要站起来。黑皮两手叉腰,怒目而视,眼镜平静地看着这一幕,小个子咬着笔头,痴痴地看着他,押他进来的一个兵还抿着嘴窃笑了一下。

启明站起来了,喘着,控制不住全身都在颤抖。痛还在其次,一个不相识的人可以随便揍他,这种侮辱他受不了。他喘了一阵,含着泪,冲着黑皮全力喊着:"你为什么打人? 你为什么欺侮人? 你……"他还要逼近黑皮跟前喊,黑皮又猛地给了他一拳,把他推回到墙边。

"打人?"黑皮叉开两腿,站了一会儿,然后回到自己的位置上,点着头,用手指点着地面,说,"这是警备司令部,你不知道吗? 在这里,你还想操蛋。打人,嗨! 你大概还没有看见过用刑吧。"他厉声喝道,"你要不老实,就要枪毙你。"他掏出手枪啪地重重地拍在桌子上。

眼镜劝说:"算了,算了,人还小呢,让他说吧。"

启明歪着头,用铐着的两手抚摸着滚烫的腮帮,心里哼了一声,想:好像别人都没有见过手枪,这样就能把人给吓死啦?

眼镜用平和的口气(启明看出来了,这两个人是事先商量好了的,一个装黑脸,一个装白脸。看出这一点,他对眼镜那平和的口气越来越觉得是装腔作势),说:"你一个十几岁的小孩子,懂得什么? 当共产党有什么好下场? 给共产党卖命还不是受骗上当? 人家造反是为了事成以后可以当官发财。当然,那也是做梦。你呢,有你什么好处呢? 给你个官来当,你当得下来吗?"眼镜的嘴角难以觉察地露出一点嘲讽的神情。黑皮却冷笑了一声,摇摇头。

眼镜接着说:"现在倒好,事情败露了,他们都溜了,一走六二五,把你撂下来了,谁管你死活? 你还执迷不悟。你知道共产党是搞什么名堂的? 所以,我们对你还是客气的,不想一上来就叫你皮肉吃苦,总想开导你,让你自己讲出来。可是你呢,不识相……"

启明想:我哪里是什么共产党呢？他突然对何以正、老秦有点生气。如果真是一个共产党给打了还值。他多次想参加共产党，他们总是答非所问地把问题支开了。至于共产党是干什么的,他在心里嘀咕:好像你都知道。当眼镜讲到这里,启明吐掉口中的血水,委屈地喊了起来:"我哪里是什么共产党嘛!"他流露了真情,不是因为错把他当了共产党。

"哼! 现在要赖,不就迟了吗? 我现在也不想管你是还是不是。你们厂里的人都知道,你是何以正的影子、跟屁虫。何以正这个政府的通缉犯,你不认识吗?"眼镜盯着他,又点起头,慢条斯理地说。

启明抚摸着滚烫的腮帮,把头歪到一边,不愿意理睬他们。

"说!"黑皮又咆哮起来了。他确实生气了,没想到刚才那一顿揍毫无作用,这种事真是少有。

"……何以正……怎么不认识? 我们是一个厂里的……他现在早就不在厂里了。"

"到哪里去了?"眼镜轻轻地问道,连眼皮也没有抬一下,好像这是一个无关紧要的事。

"……我哪里知道? 他是大人,我想跟他交朋友,他不理我……他到哪里去,还能告诉我吗?"启明拧过头,悻悻地说,心里却踏实了,何以正他们已经平安走了。

黑皮悄悄把刚才掏出来的手枪装进腰里的枪套里,他老在看表,脸上的表情是恼怒而厌烦。他坐不住了。启明担心他再来那么一下。

眼镜皱起了眉头,他发觉这个小猎物远比他想象中要难对付得多。他还那么犟,几乎没有一点畏惧,揍了一顿也一样,而且很滑头。

"嘿!"眼镜又点起头来了,他这种点头当然不是赞许,是冰冷的,仿佛同时在鼻腔里发出哼哼的声音,确实使启明感到害怕。如果不是现在这种场合,他真的要喊起来:"你不要这样点头不好吗?"

"你这个家伙,死到临头了还不老实一点。我跟你打开窗子说亮话,你,不要在我面前装疯卖傻,我看你人不大,蛮有心眼的,可要在我面前要花招,还嫩了一点……"

启明心里一沉,他是一直把自己装成一个任性的、不懂事的、不知道天高地厚的小孩,他在哪里流露了自己的机敏呢?

眼镜又说:"你跟何以正只是认识? 他用到你的时候,会派你做这做那;用

不到你的时候,也就顾不得告诉你什么了。还有,我问你,你到下江门外的杨联玉家干什么?你在那里,他们都交代你干什么?"

启明觉得血液向脑部涌去,在几双眼睛的注视下,他俯下头,玩弄着拇指。这些,他们也知道了,这样硬赖反而不好。他注意到连黑皮也翕了翕鼻孔,得意地冷笑了。启明蹙了蹙眉头,马上说:"哪个杨联玉?你们说的可是门外有一棵大毛栗树的那一家?……我是去过几次的。"

"去干什么?"眼镜追问道。

"我去打栗子吃。不是现在,是几年前,读小学的时候打过他们家的栗子。那是树上自己长出来的,也不能算偷吧?"仍旧像那一年,他们那么忌讳"偷"字,虽然自己长出来的理论却和为平的如出一辙。

眼镜突然笑了起来,呵呵呵呵!还笑出了眼泪,好像真有那么好笑,笑得启明身上起鸡皮疙瘩。黑皮则仍旧板着面孔,满脸愠色。

"偷栗子。"他又笑了,"你怎么想得起来的?十七号那一天,以前还有一次,你在上真殿弄进进出出,鬼头鬼脑的干什么?你以为没有人知道,那个电话线不就是你去剪断的吗?是谁指使你干的?说!"

"没有。"一阵恐怖袭来,启明喊了起来,"我没有做这个事。我要剪电话线干什么?"

"哼!要想人家不知道,除非自己不去做。那天夜里,那些人到孙家抢劫,你呢,到上真殿弄破坏通信线路。那天,你穿着力士鞋,是吗?你的一举一动我们都清清楚楚。还想赖吗?现在就看你老实不老实。老实交代了,该杀头的可以不杀,还可以放你回家,我可以向你作担保。大人呢,不行……"说到这里,他又改口说,"当然,大人如果肯老实交代,也要宽待。小孩子家,没有社会经验,容易给人骗去瞎胡闹,做坏事,交代清楚了,保证今后不干了,可以不追究。你要是实在不讲老实话,我们也没有办法……"他眼中射出恶狠狠的光亮,转对黑皮说,"你去,把他毙了算了。"

像唱戏一样,可是黑皮却没有动弹,不肯配合一下。

启明觉得,他们错了,错得可笑,错把我当一个五六岁的小孩子来耍弄、哄骗。他当然不相信,这样一句话就可以把他毙了。也不信他说的,那天夜里的事他们都很清楚。虽然这样,他应该装成很害怕的样子,但是他的两颊肿胀、两腮滚烫,讲话也吃力。他装不起来。喘了一会,他把含在嘴里的血吐掉,然后抬起头来,强打起精神说:"你们一定搞错了,今天是二十四,那天,你们说的十七号,我想起来了,我哪里到过上真殿弄?十七号是礼拜天,是吧?那天,我下班后睡了一天。晚上,我和洪元到吉余家里玩,玩得很迟,你们可以去问去……"

"胡扯!"黑皮大吼一声。

眼镜却说:"讲慢一些,洪元是哪一个,住哪里?记下来。吉余呢……"

启明据实讲了。

"你们玩什么?"

"他们在押宝。"

"我问的是你。"

"我也押了……我是压着玩的。以前,我从来没有赌博过,不信,你们可以问去。就那一天,玩了一个晚上,玩到十点……"

"你怎么知道是十点?你有手表吗?"眼镜警觉地看了他一眼,黑皮却笑了。

"吉余家里有一个闹钟。我输光了,第二天早上要上班,所以看了一下钟,已经十点了,就赶快回家睡觉去。不信,你们可以去问去。"

"除了刚才你说的,还有哪几个人?叫什么名字?住哪里?"

启明历数了几个说得出的名字。

眼镜沉吟了一下。

"还有呢?"

"有的我不认识。"启明觉得轻松了,看来情况有些缓和,他有可能混过来了,因为眼镜没有驳斥他什么,这些家伙也不是不能蒙的。

可是眼镜笑了一声,突然从他那深眼窝里射出两道逼人的眼光,冷冷地说:"听着,今天就暂时问到这里,再给你留一点时间让你好好想想,是活着走出这里,还是死的从这里拖出去,由你自己决定。下一次你再捣鬼,我就不跟你客气了……"他大喝一声,"带走。"

第一次提审就这样结束了。

启明被押回号子里后,脑子的活动停滞了,疲乏得像散了架一样。他勉强地咽下那一碗糙子米饭,躺到木板上。过了一会,脑子又活动起来了。

一进号子,他就被脱了鞋子,他原来以为凡是进号子的人都要脱了鞋子的,就像都要被拿走裤腰带一样。后来,他注意到其他犯人包括李家寿都不是光着脚的,他还纳闷过。现在,他想起来了,那一天夜里是下过雨的,地上是湿的,那棵大槐树下面是不会有人走动的,他一定在那里留下了脚印。不过,他不相信凭一个脚印就能认定是什么人,穿力士鞋的人多着呢,穿同一尺码的鞋子的人

也多着呢。

看来,他白天几次去上真殿弄是被人注意了的。过去,他很少去那个地方,他也确实找不出什么理由要到那个地方去。他一次一次地去了,觉得没有什么关系,现在,麻烦来了。

"我可以说,我想不起来。就是去过那里,也是随便荡荡的,什么事儿都没有。我下工后没事做就东荡荡、西荡荡,这也不是第一次……"他像背台词一样,想着,嘴里不出声地讲着。如果他们再审问他时,他只有这样回答。他想:难道因为我白天无意中荡到那里,而那棵树下的脚印又恰好和我的力士鞋是同一个尺码,那就认定是我剪断电话线的?

最最可怕的是,他们点出了杨联玉,他们知道我常常到他那里去……他怎么也琢磨不透这是一个什么情况,摸不准他们葫芦里还装着什么药,他越想越不安。

审问中的一些话老是在耳边聒噪:"要你死在这里也很容易""不老实交代能活着走出警备司令部的大门吗""你要不老实,还要枪毙你""你这家伙死到临头了,还不老实……"

号子里黑透了,过道里点起一盏马灯。启明疲倦极了,倒头就睡,一闭上眼睛就做梦,一梦就醒,于是又睡,又梦。一个接一个的梦,都是凌乱的、离奇的、恐怖的,醒来后又记不清一个完整、清晰的情节。

第三天上午,启明又被两个兵提出来,但是没有朝原来的审问室走,而是朝前面走去。走到一栋有外走廊的房子前,他们踏上一个很高的阶沿,沿走廊走去,一溜子门,都没有挂牌子。押他的一个兵走到第一个门前时,他整了整军帽、领子,然后喊了一声"报告"。听到室内有人说:"进来。"他推开门,敬了一个军礼,问道:"张科长在这里吗?"得到否定的回答后,他又敬了一个礼,一个后转弯,砰地带上门,然后走向第二个门,又是报告,又是敬礼,又是询问张科长在不在这里,得到的又是否定的回答。他又敬礼,又是后转弯砰地带上门,接着又走向第三个门,结果还是一样。他又走向第四个门。这时的启明竟忘了自己的处境,克制不住地抿着嘴,哼哼哼地笑了起来。押他的另一个兵呵斥道:"还笑得起来。"启明越是要忍住,却越是控制不住,把眼泪都笑出来了。

这第四个门大概总算给找对了,他回头招手,启明也跟着进去了。

这是一间办公室,临窗一张大写字台后面坐了一个军官,高高的个头,白白的有光泽的脸面,样子漂亮而文雅。他面前的写字台上摊着一些文件。他抬头看了一眼启明,那眼光是温和的。

"你就是……"他溜了一眼文件,说,"应启明?"

启明拘谨了,没有马上回答。

"你坐。"他指了指启明背后靠墙的一张方凳。启明没有坐,他不能大模大样地让人以为他是一个见过世面的老油子。

"坐吧,坐吧。"这个人坚持要他坐下来。他一旁的兵也按了他一下,他坐下去了。在这里,遇到这样的人,用这样平等的态度对待他,他有些纳闷,也有一点点警惕。

那人又看了启明一眼,大概看到他那干裂脱皮的嘴唇,便对一个兵说:"给他倒一碗开水吧。"

那个兵出去端来一洋瓷碗开水递给启明。启明看了这位科长一眼,很感激,如获至宝一样,贪婪地大口地喝干了这半碗凉开水,觉得头脑清醒多了,精神也好多了。

张科长微笑着看着启明喝过水,对两个士兵说:"你们两个在门外等一会儿,把门带上。"

两个士兵出去后,他用一种很平和的口气问启明:"你读完五年级后就没有再读书了?"

"嗯!"启明也乖了,也认真回答了,也觉得奇怪,他怎么知道我读到五年级呢。

张科长轻轻叹了一口气,又问道:"你以前就在这旁边的县立中心小学读书的吗?"

"唔!"

"你们学校里有一位老师叫刘善贤的,是吗?"

启明抬起头来连连点头说:"嗯!嗯!他一直是我的级任老师。您认得他吗?"

科长呵呵笑了,笑得很真纯。他把目光移到窗外,窗外有两棵小柳树,细嫩、稀疏的枝条已经抽芽,在微风中摇曳。半晌,他收回目光,说:"不但认识,二十年前读小学的时候,我们是同窗好友,就在这个小学读书。那时读书也真不容易啊,不论刮风下雨、严冬酷暑,每天来回五六里,从来不缺课。小学毕业后,你们刘老师考进简师,简师毕业后,他又回到母校任教。这个人,读书刻苦,为人正直,也是少有的。我呢,高中毕业后进入军界服务,这一晃,快二十年了,真

快……"

他款款谈来，把启明当成老熟人，一点架子都没有，推心置腹地谈着。启明觉得自己仿佛从阴司里回到阳间了，又感觉到人间的真情、温暖了。

他看了看表才使谈话转上正题，他说："我看了看材料，也听了他们对你的介绍。"他挠了挠头，说，"你今年才十六周岁，还没有成年。昨天，你们刘先生也找到我，讲了讲你的事，所以特意找你来。你只有一个娘，身体也不好，听说还咳过血，那是积劳成疾，现在每天还要做十来个钟点的活儿，在这米珠薪桂的年代里也真不容易（他在慢条斯理的谈话中，很自然、很贴切地使用几个成语，透出一股儒雅的风度，使一向对那些披着虎皮的丘八抱厌恶和对立态度的启明不禁肃然起敬）。你爹在你还没有记事的时候就抛下你们母子不顾，到外地另寻新欢（这里，启明没有听懂）。你娘也够可怜的，苦苦地养大了你，总指望以后做不动了靠你赡养她。所以听到你被抓进这里，她已经哭了一天一夜，还昏过去好几次，饭也不肯吃，惨也真是惨。我听刘善贤说，你是一个很孝顺的孩子，你要是出事，那就不是死一个，你娘也一定活不下去的……"

启明突然控制不住涌出了眼泪，他赶紧拭去，他不愿意在人前流泪。

张科长停了一下，让启明歇歇了一阵，然后还是平静地说："我听说，你很聪明，很刻苦，很有志气，过去读书，功课很好，看来你们刘先生还是很喜欢你的。刘善贤这个人有点清高，从来不肯求人，这些年，虽然我们住得很近，他也从来没有找过我一次，这次倒真难为他了，为你的事跑来找我了。"他轻轻地得意地笑了笑。

"你的同学也很器重你。你调皮一些，还喜欢欺侮女同学（他说到这里时，竟禁不住地自己也嘿嘿笑了起来），那也算不得什么。本来，像你这个年纪，家里只要还过得去，现在也应该在读书、求知识，哪里用你们去干活呢？说起来也确实不公平，有的有钱人家的子弟，却不肯读书，读不好书；一些穷苦人家的子弟有志气，想读书，功课又好，偏偏没有钱读书，不但读不成书，连吃饭都难。我从前上学也这样，包一包锅巴带去中午充饥。当然，你们母子生活艰难，你爹是有责任的。我不是批评你爹，确实不应该的，太不应该了，他没有尽到当父亲的责任……"

启明觉得他其实并不了解他爸爸的事，虽然这样，他心还是好的，他同情穷苦人，而且讲的都是实话，令人心服。

他又接着说："你们永利厂金老板也说你这孩子不错，很机灵，很肯做，活儿做得也好，学个东西，一看就会。像你这样的孩子，慢慢地吧，现在苦一些，只要肯干、肯学，大了有了气力了，学会了手艺了，日子也会慢慢好起来的。我们这些人也都是这样过来的。我看你不但机灵，长得也清秀，还多少读过几年书，不错的。"他讲到"清秀"时还抬头看了启明一眼，并不断地点头。

启明想，要说气力和技能，他现在并不比一些大人差。要说慢慢会好起来，他总是想到老蔡师傅那一身烂泥、一身浮萍的尸体。何况，他现在想的还并不是要使自己过得好一些，尽管做到这一点也很难。

接着这位张科长又说："共产党呢？也不能说那里边都是坏人，有些人想得也不坏，总是想叫穷苦人能过上好日子……"

启明惊愕不已，没想到在这里能听到这样的说法，承认共产党是想叫穷苦人能过上好日子。

"但是，他们不懂，中国是中国，苏联是苏联，国情不一样，要照苏联那样搞，非亡国不可。这些道理，跟你说，你一下子也不一定能懂。苏联是居心叵测，他要控制中国，把中国变成他们的附庸。共产党军队有一部分是苏联指挥的，你不知道吧？你也不可能知道这些。"

启明想，我当然没有听说过这些，可是老秦他们会不知道吗？会让苏联来控制中国吗？

"共产党想做的事，其实孙中山先生的三民主义上面都有，只是不像他们那样胡搞。

"我跟你讲这些，就是因为你还小。很多大人都上当，送了命，你一个小孩，上没有爹，只有一个娘起早贪黑地干活，谁管得了你呢？上一次当也不算啥，也难怪。

"要是按照戡乱条例处置，搞不好，会判你死刑的。当然，只要你老实交代了，相信我，不会为难你的；就是那些大人，只要老实交代，承认做错了，也能得到宽待。我看你很聪明，生活对你来说才开始，一定不要自暴自弃。我很不愿意看着你们这样的孩子给糟蹋了，太可惜了。我讲这些你听懂吗？"

启明觉得他后面讲的这些跟眼镜讲的有点像，这些话好像不应该是张科长这样的人讲的。但是他还是顺从地点点头，说："我懂，张科长，你……"

这位张科长马上截断他的话说："那些事，你和审问你的人说去，好好说，说清楚，他们不会为难你的。"

启明支支吾吾地说："我是说……"

张科长注意地抬起头来问道："还有什么,你尽管说,不要怕,我向你保证,不会把你讲出来的话到别的地方讲。我们这里有这个规定,要给你绝对保密,这是我们这里的一条纪律。"

启明说："你跟那个黑黑的长官讲一下,叫他不要打我。我确实不知道,知道的,我早就讲了。"他没有忘记装出一副可怜相,装出什么也不懂的样子。

这个科长脸色刷地阴了下来,他为自己被浪费掉的同情心、苦口婆心而不快,但是他马上恢复了平静的表情,口气有一点变化。他打断启明的话,说:"知道不知道,你自己最清楚,他们也清楚。你实打实地讲,他们不会打你;你不肯讲实话,我……"他停顿片刻,摇摇头叹了一口气,说,"我就爱莫能助了。那恐怕不是打几下了……我不要你现在就讲什么,你也不要早早就把门关死了,什么确实不知道。我前面跟你讲的那些,你回去好好想一想,有没有道理,好好想想再说。当然,听得进听不进还只能靠你自己了。"他好像突然失去了讲话的兴趣,刚才他那眉飞色舞的健谈劲头突然消失了,露出一点厌烦的神情。

他看了一眼启明的反应。启明痴痴地含着泪花。他站起来,打开门,叫站在门外的两个士兵进来把启明送回牢里。

启明走出办公室时,突然想起来了,读小学的时候,他就听同学讲过,张珍英的爸爸是在警备司令部当什么长的。那么,这个张科长看来很可能就是张珍英的爸爸了。可是他从来没有听说过刘先生和张珍英的爸爸有什么关系。

回到号子里,启明马上坐了下来,坐了好一会,然后哼了一声,向后倒了下去。虽然他什么事也没有做,却觉得非常疲劳。马上他又坐了起来,在幽暗中,他看见床板一头有一个包裹,不知道是谁拿进来的。他打了开来,里面是他平日里穿的布衫、卫生衣、长裤,都洗过了,叠得好好的。还有一条新毛巾、一双新胶鞋。这种胶鞋他早就告诉妈妈想买,当时没有钱。他把这些揽到怀里,轻轻地喊了一声"妈",哭了。

下午又把他从号子里提出来进行再一次审问,还在老地方,还是那三个人。长条桌一旁还摆着一副残棋。

这一次,眼镜自始至终很少讲话。他心不在焉,一会儿挠挠痒,一会儿取下眼镜擦擦镜片,一会儿看看窗外,多数时候盯在棋盘上。整个审问几乎全由黑皮主持。

黑皮这一次也不像昨天那样暴跳如雷,那么声色俱厉,倒变得沉着多了。他大概不满足于扮演黑脸的角色。现在,他背靠在藤椅上,双手互握着伸在桌子上,摆出一副自信的样子。

　　看到启明,他嗨了一声,讥讽地笑了笑,摇了摇头,劈头就问道:"怎么样?张科长跟你开导了半天,想过没有,愿不愿意老实交代? 你要明白,我们可是没有工夫跟你慢慢磨的。"

　　启明一看见黑皮就冒火,他永远不会忘记昨天那一顿巴掌。现在,他恼怒地避开黑皮的眼光,顿了一顿,说:"……我不都讲了吗? 你还要我讲什么?"

　　"哦哟!"黑皮装出惊讶的样子,说,"你这个家伙啊……还想在我们面前要小聪明,真是见你的鬼去吧。你到杨联玉家是去偷栗子的? 现在还有栗子等你去偷? 偷栗子偷到人家楼上去了?"

　　启明马上插嘴说:"我说的是从前,我也没有到人家楼上去,是人家一个大人把我拖到楼上要揍我……"

　　话还没有说完,他后脑勺就挨了一掌,背后一个士兵训斥道:"没有叫你答话。"

　　黑皮倒也没有发怒,他哼了一声,又接着说:"那天晚上,不错,你在那个什么余家里赌过钱,那还早得很,后来呢? 后来你去哪里了,干啥去了?"

　　"……"

　　"说!"黑皮火了,喝道。

　　"睡觉去了。"

　　"鬼话。"

　　"我第二天一早还要上班,还要干一天活儿,我哪里有工夫再去做别的事? 你们可以去问,我第二天缺勤了没有。"

　　黑皮觉得,昨天揍了他一顿,看来毫无作用,必须把他这种傲气压下去。他向眼镜一边歪了过去,耳语了几句什么,还笑了笑。眼镜眨眨眼,没有搭腔。黑皮叹了一口气,说:"看来你是要死硬到底了,我也不想费这个口舌。下面就请你尝试一下这里的味道,小小地尝试一下。头脑清醒了,愿意讲真话了呢,就下来,要是还这样犟着,那就对不起,耐心一点在那里待着。"挺和气的,他指了指启明背后的两个兵挥手说,"去吧! 去吧!"

　　启明没有听懂他的话,他还疑惑怎么才问了几句就让他回去了呢。可是两个兵把启明推出门去,却架着他沿走廊向里面走,走到尽头一个大间里。

　　启明一看见这间房子里面的陈设就紧张起来了,知道反复提醒他的那一手,现在要实施了。厚重的门扇,原来的大窗户都用砖头砌死了,只在上面留一

条缝透进暗淡的光亮，嗡嗡回旋的声音，像澡堂里一样。梁上的滑轮、垂下的绳索、厚重的杀猪凳、地上扔着不知道什么用途的器械，他联想到《水浒传》故事中说的人肉作坊大概就是这个样子的。

他被推进门，两个兵就按着他被铐着的两个手腕，用一根细麻绳把他的两个拇指捆起来，捆得很紧。他没有挣扎，却哎哟哎哟地叫起来，说："轻一点，轻一点，不要……不要太紧了……"

这两个兵一点也不比街上常见的那些丘八凶恶，一个矮个子还呵呵地笑了起来，说："你穷咋呼什么？还没有开始呢。"

另一个大个子懒洋洋的，一声不吭，交给他们的这个犯人还几乎是个孩子。他认为，对付这样的孩子，喝几下，哄几下，最多扇他几个巴掌就行了，哪里用得上动大刑呢？叫他这样五大三粗、年近三十的汉子，动手整一个十六七岁的小孩子，他只觉得无聊透顶。他根本就不相信这样的孩子会是共产党。捉不住一个真的，拿个小孩子来撒气，搞严刑逼供，屈打成招，然后毙了好交差，这样的事，他见过，真他妈的作孽。

他们捆了启明的拇指后，就推他，要他站到面前的一张凳子上，启明站了上去。他们又把他被捆着的拇指拴到从梁上垂下来的一根粗绳子上。

启明在心里不断喊着，一定要熬住，无论如何也要熬住……当绳子拉紧的时候，矮个子兵抱着启明的腿向上提了提，然后踢开了下面的凳子，慢慢地放了下来。启明身子悬空了，脚尖离地不过一尺，这一尺对他来说是天差地别的。他哎哟地吼了一声，眼前一阵眩晕，整个世界都扭曲了、昏暗了，所有景物都呈现两个影子，那怎么也想象不出的剧痛使他喘不过气。十指连心啊，虎口要裂开了，拇指要拉断了，他全身肌肉抽得紧紧的，汗水马上湿透了衣裳。

"这一会快活了吧？"这个矮个子兵笑着嘲弄道，"只要你肯老实交代，我们马上把你松下来。"他也来这一套。说完，他转身掸了掸那张杀猪凳，还用袖口擦了擦沾上的泥土，对大个子说，"咱们坐下来歇一会。"

他们并排坐在杀猪凳上，矮个子掏出一包皱皱巴巴的寿桃牌香烟，从里面掏出两支，递给大个子一支，自己叼上一支，又划燃火柴，先给大个子点上，然后给自己点上，一举一动显出勤勉和对朋友的谦恭。

他狠狠吸了一口，然后悠悠地吐着烟圈，摇晃着两条粗壮的短腿，露出连脚背都打了补丁的破袜子，他们拉起了家常。

强忍着苛烈的痛楚，汗水已经糊住了启明的两眼了。

矮个子长长叹了一口气,说:"很长时间没有接到家里的信了。我那儿子背上长了一个背痈,现在不知道怎么样。啧!真愁人。"

"不回去看看?"大个子应付地接了一茬。

"不准。身上也没有钱,回去也没有用。下个月关了饷再说……"

人家穿长筒靴,他的袜子连脚背都打了补丁,可还跟我过不去。在肉体被撕裂的痛苦中,启明脑子里像电光一样闪过这个念头,更增添了几分酸楚。

"你也不成个家?就这样一个人过下去?"小个子同情地反问道。

"嘿!"大个子苦笑了一声。

痛,痛,启明整个思维都集中在这奇烈的痛楚中。他想叫喊了,喊喊可以轻松一些,还可以去火的,他记不得听谁讲过这个。但是,他拼命地忍住了,一种狂暴的情绪支配他。为什么要给他吃这样的苦头?人不当人对待。他是人,从小就靠气力赚饭吃,没有跟人过不去,没有碍过谁,没有伤害过谁,现在却要被人这样对待。他的眼泪掺和着汗水向地上滴落。他从心底喊着:"我给你们讲老实话呢,我给你讲个卵。"

吱的一声,背后有推门的声音,是黑皮的声音,只对那两个士兵说:"就这样,吊在这里。你们饿了轮番去吃饭,早晚这家伙老实了,开口了,你们报告一声再放下来。要不老实,就这样吊着,吊死算屄了。"黑皮说完又匆匆走了。启明明白,他是讲给自己听的,他们将慢慢消遣他。

痛苦在无穷无尽地袭来,延展开去,从拇指到手臂,到肩膀,到颈脖,到腰背,时间仿佛凝固了。

"呵呵!还真可以。这小鬼还真有点硬气。前天那个什么镇队副,个头倒不小,那个怂样子,真叫我看得跟狗屎一样……"矮个子嬉皮笑脸地说。这些话,启明已经一句都听不进去了。他全身不能动弹,只有脑袋在痛楚中上下左右地扭动。小个子又嗳了一声,说:"你挺得过一阵,可你要是这样犟下去,就一直把你吊死为止。"

天哪!启明下意识地从心里呼喊着,极强烈的生存意识使他再痛苦也要熬着。他想象不到,做一个人,活在这个世上竟会有这么可怕的、连一秒钟也难熬的痛楚。

人,大概是被地球上所有动物——千千万万的鸟兽鱼虫所羡慕的吧(假定动物也有人类的情感和思维能力)。启明小时候看到被小孩子追打得汪汪叫的狗、给小孩子撵得扑棱棱乱飞的鸡,他产生过生下来做一个能主宰万物的人的

幸福感和优越感。人,有复杂的感情,有发达、完善的神经。现在,也正是这些使他的痛楚的苛烈程度也超过了芸芸众生。

他的傲气维系不住了,他呻吟了,张大口,喘着粗重的气。他坚持不住了,直声号叫起来,撕心裂肺地号叫起来,一声接一声地号叫起来。他汗涔涔的脸上毫无血色,慢慢地,号叫声微弱下去了,声与声之间的间隙也拉长了。他在迷迷糊糊中也仿佛觉到一只被宰杀的猪,当尖刀从脖子上捅进去时,当殷红的鲜血汩汩地流进大木桶里时,那号叫声也是这样变化的。

这两个兵对这种景象是无动于衷的,因为习惯了,因此是麻木的,他们是没有心肝的。矮个子兵出于一种责任,他站了起来,推了推启明悬空的身子,劝道:"讲了吧!你肯讲,就马上放你下来。其实……"他放低声音说,"现在讲了也不碍什么事的,那些人该逃的早就逃了,逮不到的。"

大个子慌张地张了门口一眼,并且捣了他一肘子,瞪了他一眼。

他笑了,缩了缩脖子,还天真地做了一个鬼脸。

这倒是的,对于已经昏昏绰绰的启明来说,这话不是没有道理的。他是在厂里,在上百人的注视下被抓去的,消息早就传到何以正那里了,他们还能不避一下吗?

"我讲。"启明痛苦地摇着头,用微弱、含糊的声音重说了一句,"我讲。"

小个子高兴地说:"这就对了。"(他特别把"对"拖得长长的,并把"了"说成"暸"音)

两个兵站了起来,大个子说:"我去报告一下,你把他给松下来。"

矮个子兵把凳子踢到启明的脚下。他两脚一踏上凳子,啊!那压在他身上的五行山突然掀翻了,他长长吁了一口气,呻吟着。

那个矮个子兵一边给他解手指上的绳索,一边同情地安慰他说:"好好讲,何必吃这个苦头呢?不说你这样的孩子,就是那些那么结棍的大汉也是吃不消的。"

当然不能讲的,死活都不能讲的,连妈妈都懂得这个道理。启明缓过来后,喘着气,用一种病弱的声音说:"我是讲了的,他们不信,我有什么办法呢?"

"什么?"矮个子兵大怒,他住了手,说,"你这个小滑头,你想耍弄我吗?去你妈的蛋。"他一脚蹬翻了启明脚下的凳子。启明全身向前仆去,他听到咔的一声,右臂尺骨断裂了,像一阵火烘烘地烧了上来,他尽平生最大气力号叫一声。于是,一切痛苦的表情从他那苍白的汗涔涔的脸上顿时消失了,紧蹙着的眉头舒展开了,紧张的脸部肌肉松弛了,他像坠入温热的黑暗中⋯⋯

当他从湿淋淋中晕晕乎乎地苏醒过来时,随着知觉的恢复,疼痛的浪潮一阵一阵袭来。还在老地方,他躺在地上,手腕上的铐子和绳索都解除了,右手像在火上烤着。他仰着头、闭着眼、张着口、辗转呻吟着。喘了一会,两个兵把他架起来,架到那间审问室里。

在激烈的痛苦中,启明仍旧觉得奇怪,好像过去了半年了,可是这三个人却神奇地还在原地。围着棋盘,眼镜和小个子对弈,黑皮观局,都是聚精会神的,只在启明被架进来时,三人的眼光才离开棋盘,回到各自位置上。眼镜把棋盘推到一旁。

黑皮疲倦而厌烦地伸了伸懒腰,马上还是平静、认真而同情地说:"⋯⋯本来,你要肯和我们合作,听我们的,就是连这样的小苦头也是可以不吃的。我们和你前世无冤,今世无仇,没有必要和你一个年轻人过不去,也不愿意叫你吃苦头,我们的谆谆教导(启明记得刘先生讲过,这个成语应该读谆谆教导),你当耳旁风,真拿你没有办法。现在怎么样,头脑清醒一些了吧? 是讲呢,还是顽抗到底?"

"⋯⋯"这时的启明像害过一场大病,脸色蜡黄,两眼痴呆而无神,喘着气,委顿得连表达自己情绪的神气都没有。他站不住,又不愿意蹲下来,只把背倚在背后的墙上,两眼模糊地盯着地面。

"那就是说,你还是要坚持对抗下去了?"

眼镜终于开口了。颠过来,倒过去,还是那些讲过的话,又是他娘已经哭了两天了,又是人家为了当官发财,你又贪图什么? 又是人家一走六二五,谁管你死活⋯⋯他的声音在四壁回旋,带点回音,嗡嗡地响。痛苦一阵阵袭来,启明只祈求他赶快讲完,赶快结束,之后怎么处置都可以,枪毙也行,只要求现在能让他有个地方躺下来。

黑皮打断眼镜的话,说:"别给他啰唆,再叫他尝尝老虎凳的味道。"他一直主张,一开始就要整得这些犯人以后想起了就会打哆嗦,只有这样,一次下来以后就好打交道了。

可是这些软的、硬的,都不能在启明身上引起大的反响了,他还是一副病弱的、昏昏欲睡的样子,无动于衷。又挨了一阵,他蓦地萌发一个念头,然后低声说:"我讲。"

"哦! 那好,讲吧。"黑皮脸色开朗了,他悄悄溜了眼镜一眼。

"……"

"讲吧，"他和气地督促道，"先从那天夜里，你怎样破坏电话线，是谁指使你干的说起。"

"是李家寿。"

"是谁啊？"有些出于大家的意料。

"是李家寿。"

像一颗炸弹爆炸了，三个人都挺起身子，洗耳恭听。他终于说出了背后指使他的人，虽然不是他们所认定的那一些。

"哪个李家寿？"

"就是关在我旁边的那个镇队副。"

"他怎么指使你的？"

启明没有办法了，只好继续编下去。

"那一天……"

"是几号？"

"记不得了。那一天……我休息，上街溜达……在临水巷，他从后面走上来，问我，你是老应的儿子吗？我说是的。他说：'你爸爸这几年有信吗？'我说：'不知道，恐怕没有……'他说：'你们母子俩生活过得怎么样？'我说：'还能怎么样……前一阵，我们的房东还要撵我们走。'他点点头很同情我。他说：'这样吧，你帮我做一样事情，事情倒不难，但是你无论如何都不能给人看到，也无论如何都不能给任何人讲，包括你的妈妈……'我问他什么事情。他说：'今天夜里，你到上真殿弄，那里有一根孙家通出来的电话线，你去把它剪断，绝对不能给人看见。你能帮我做这个事，我给你五百万块钱。'我说：'我不敢，我怕。'他说：'你怕什么，有我呢，孙家，你更不用怕，这就是……孙家叫这样做的。不过说不得，你要说出去，你们母子两个统统活不成。'"启明边想边讲。

"后来呢？"

……启明轻轻抚摸着垂下来的肿胀滚烫的右臂，全身歪在一个兵身上，坚持着，想着。

"说下去。"

"我就照他说的去做了。"

"你说细一些，怎么做的？"

启明痛苦地仰了仰头，摇了摇头，喊道："你们让我歇一下，让我歇一下不行吗?"

"不行,给他一个凳子坐着讲,讲清楚了就送你回去。"

"到了夜里,我去了……爬到电线杆上,把电话线剪断了,我就回来,睡觉了。"

"是电线杆? 你不要胡扯,是电线杆吗?"

……启明以沉默拒绝重复。

"胡说八道。明明是树上的电话线,你偏要说是电线杆上的。"

启明呻吟了一下,说:"唔! 是树上的电话线。"

"你用什么工具剪断电话线的?"

"小刀。"

"刀子现在在哪里?"

"进来时给你们搜去了。"

"他给你钱了吗?"

"没有,后来……这个人就看不见了,我找了几天找不到……我进来的时候才知道,他也给关在这里。"

"他认识你吗? 为什么要找你做这种事情?"

……启明痛苦地仰了仰头,厌恶极了。小时候,不论先生,不论大人都告诉他,要做一个诚实的人,不要撒谎,虽然那些大人都照样撒谎。他在生活里也免不了说几句谎话,但是事后总有不自在的感觉。今天,他这样成大篇地编造假话,毫无愧色,是他们逼的。如果讲真话,那就出卖了何以正、老秦他们了。他们就要给抓进来,刑讯逼供,最后给拉到上江门去枪毙,那他就成了像狗一样被人提起来都摇头的人。

"说呀!"

"我认识他,他一定也认识我,不然怎么会知道我爸爸呢?"

启明在喘,他的头俯得更低,眼前的地面模糊了。他努力提醒自己不能说溜了,而且要记住讲过的话,以后再问的时候,不要驴唇不对马嘴。

"你很不老实,你一直在避开何以正……"好像是眼镜的声音。

启明已经辨不清是谁的声音了,那声音、那光亮、那形状统统融成模糊的一团了。他坐在给他端来的凳子上,身子几乎全倚在一个兵身上,就是那个刚才折磨他还嘲弄他的那个矮个子兵身上。现在,这个兵用他呼吸着的腹部支撑着

启明的背，即使这种时候，启明还有一种恶心的感觉。他觉得自己在发高烧，全身有说不出的难受。这下垂的手臂火辣辣的，像有一种无形的力拉着他的手指，一下、一下地往下拽，每一下都牵动了他全身的每一根神经。

"我说过了，何以正，我很想和他……交朋友，他不理我，我没有办法。"

"那，你为什么还要到他那里去呢？"

"我没有……"仿佛他自己的声音也是从另一个方向传来，很软弱，很轻微。

"明明你是去过他那里，你就是不肯老实讲。"启明昏昏沉沉地摇了摇头。

"……我不知道……"声音在启明耳中消失了，他仿佛梦呓一样自言自语几句含糊不清的话，就丧失了一切知觉，滑出了这个支撑着他身子的兵，訇地倒在地上。

启明被送回号子后，审问室里就发生了一场争论。

黑皮说："要说是孙万倾指使的，这是骗鬼，鬼也不会相信的。"

"难说啊！难说啊！现在的人……"眼镜却平静地、意味深长地说，"现在，鬼也不信的事多着呢。我一开始就想起这种可能，有的人看见共产党军队在几个战场上占了便宜，也想跟共产党拉拉关系，给自己留一条后路。连省主席都敢这样做，谁还能保得住孙万倾不会呢？我看，这也是一个老滑头。这一个案件，我一直认为很蹊跷。我一开始就怀疑是孙万倾一边串通土共来取枪，一边制造一种被抢的假象。为什么那一夜，那么几个土共来劫枪会那么顺当？一点痕迹都没有留下，真是神了。为什么事发的当天不报，第二天还不想报，后来看看封不住口了才报？还抛出一个李家寿当替死鬼。"眼镜眯起眼，迟疑了一下，又说，"当然，这小鬼的交代，也有不少可疑之处……"

黑皮还是摇头，说："我不否认有你所说的那种情况，这样的事，其他人会，孙万倾绝对不会。真要是共产党来了，共产党会放过他，他的妹夫一家也绝对不会放过他，这件事你也清楚。另外，这事如果是孙万倾指使的，他就不会把李家寿抛出来，他不怕李家寿揭他的老底吗？这个小鬼刚才交代说，李家寿告诉他，就是孙家叫这样做的。李家寿这种人头脑会这样简单吗？至于出事以后不敢报，我想，孙家的枪如果没有经过登记，也是非法的，所以出事以后迟迟不报是可能的。"

眼镜说："你不知道，这些地头蛇在当地，胆大妄为得很呢，做事无所顾忌的。可疑的地方当然也不少。孙万倾有这个意思，没有明说，李家寿揣度这意思,做了。”

两人争论了一通,仍旧相持不下,最后都同意据实上报。

启明一点也记不起是怎样回到号子里的。经过这一场磨难,他已经身心交瘁,不想,不吃,不喝,迷迷糊糊、昏昏沉沉地躺着,清醒过来时他只有痛的感觉,浑身都在痛,很难熬,他呻吟起来。他也觉得一点欣慰,他没有说出不该说的话,也觉得惭愧和懊丧,为自己哭了、叫喊了。他成年了,也是大人的模子了,却像小孩子被人打了那样流泪、叫喊,他是早就告别了这种在痛苦和委屈面前任性适情的反应的。当然,他也不信“刮骨疗毒”这样的故事。人在奇烈的痛楚中,可以有不同程度的忍受力,可以克制自己尽量不失去常态——他对自己忍受疼痛的毅力是很自信的,因为他一向把这看成是一个英雄好汉必须具备的条件。至于说关公在没有麻醉的条件下让华佗开刀,他竟能一边跟人下棋,一边还“谈笑自若”(小学的课本上是这样说的)谈笑自若不就是说说笑笑好像什么事也没有吗? 除非他不是人,他身上没有人的神经。如果这样,做到谈笑自若就一点也不算本事了;启明在剖鱼的时候,刮鳞的时候,鱼只会蹦跳,它连哼都不哼一下,眼睛也不眨一下,难道鱼也很英雄吗?

他只要不动,痛楚就会慢慢淡去、隐去,有时又无缘无故地突然激烈起来。他时而清醒过来,时而昏迷过去。在昏迷中,他又身处在各种幻觉之中。

刘先生在黑板上画着,讲解着那很有趣的天体知识:

“……地球是圆的,它绕着太阳转,转一圈是一年……地球自己也在旋转,这就叫自转,自转一周就是一昼夜……全世界的人都生活在这个地球的表面上……”

“要是这样,我做一个大气球,下面挂一个箩,我坐在箩里,把气球放到半空里;待地球转了半圈,我把气放了下来,那不就到了美国了吗? 何必坐飞机呢?”凭着和刘先生的特殊关系,启明是敢问,敢于提出自己的见解的,他还听到有几个同学“是啊! 是啊!”的附和声。

可是刘先生不知道什么时候没有了,其他同学也没有了,都到哪里去了呢?把他一个人撇在这漆黑的荒野上。他突然看见了这个地球,这个大得可怕的地球,载着大山、海洋,滚滚黑色的浊浪在他面前疯狂地旋转起来,越转越快,快得让人头晕眼花起来。那些大山晃动起来了,然后整个整个地倒了下来,向他身上压了下来。

他惊醒了。号子里漆黑一团，他觉得号子里空旷起来了，好像在野地里，这重重的黑暗压在他的身上，使他喘不过气来。他又像是在坟墓里，因为这里冷寂得要命。启明又呻吟起来，他大声地、尽情地呻吟着。确实，呻吟起来会觉得轻松，也给这冷寂的坟墓增添一点人的声响。看守呵斥了他几次，想制止他呻吟，他没有理睬，在呻吟中，他又昏迷过去了。

他要被拉去枪毙了。枪毙那个共产党时，布告上说他"供认不讳"。现在，他也供认不讳，虽然都是编的，可是人家哪里管你是不是编的呢？横竖是你自己交代出来的。他被两个兵架在黄包车上，前面有两个号兵交替吹着凄厉的军号，黄包车在缓慢颠簸着前进。他无心在那拥挤的人群中搜寻他的亲人、伙伴、同学，只祈求老秦、何以正他们来"劫法场"。劫法场的情节，戏曲里多得很，而且总是一劫就成功的。

他已经过了麒麟桥了，又过了民生公司了。快啊，快啊，他在心里呼喊着。又过了孙家祠堂了。于是，上江门的城门洞就赫然呈现在眼前了。他们没有来，他们在很远的地方。完了！他放弃了这最后的希望……于是，他给毙了，变成了鬼。原来还真是有鬼的，总算还能当一个鬼，在漆黑的野地里像轻烟一样浮动着。他只是有些纳闷，照理说，阴司里应该很热闹的，自古以来死了的人千千万万，比阳间活着的人不知道要多多少倍，怎么会这样冷清呢？

他突然醒了过来，并且马上记起了为平和老秦都说过的话：大军很快要来了，这里很快要解放了。他用力挣脱了梦魇，猛睁开眼，眼前可辨的景物和整个世界又在可怖地、疯狂地旋转起来，他赶紧闭上眼睛。半晌，他再睁开眼睛时，平静了，月光透过墙上的小方洞射到地面上，投下一小片淡淡的、柔和的光亮，映着号子里，可以看清一个轮廓。疼痛的感觉轻了一些，他活动了一下手脚和颈脖，马上又是一阵剧痛，但是觉得这手脚、颈脖还都是自己的一部分。

既然月亮光可以透进到这里，从这里也一定可以看见月亮。他忍着痛，慢慢地、小心地挪动身子，一点一点地挪着，把眼睛挪到月亮光下面。看见了，通过小方洞，他看到了月亮，那么高，高得怕人，亘古不变地运行在太空，冷漠地俯视着人世间的一切痛苦、忧伤。

突然，墙根下传来熟悉的蛐蛐的鸣叫声，他仰了仰头，谛听了片刻，是蛐蛐的鸣叫声，矍矍矍矍！……清脆、悦耳。终于有一个活的东西在傍着他，像一个老朋友在诉说着衷肠。

他发狂般地想，赶快啊，大军！赶快啊，大军！赶快啊，赶快啊，我要出去，来迟了怕不行了。他伸出还能活动的左手,在黑暗中挥动着。

　　冲动过去了,他完全清醒了。他吃力地回想着入狱后的这一段日子,算计着今天应该是几号,但是他的努力徒劳了,他记不清受刑后的那一段混沌日子。他张着炯炯的眼睛,让各个时期、各个方面的回忆,像各条小溪的水淙淙地流入波涛翻滚的大江。他想得很远、很多。他又看到了妈妈那枯黄、稀疏的头发。他总也忘不了刚入学的那一年的一个夏夜,他躺在门外的竹床板上睡去了,觉得已经睡了很久了,突然,他醒了,睁开眼是静静的满天灿烂的星空,天上有萤火虫在一明一灭地飞动。他觉得有一阵一阵微风扑来,在暗中,妈妈还坐在一边,用扇子轻轻地给他扇着。

　　他又想到他所敬慕的老秦、何以正现在不知道在哪里,能不能都安全离开。

　　蓦地,他又想起了李珍兰老师,这个一点也没有穆桂英、樊梨花那样有神奇本领的姑娘。不论在哪里,不管是在阴暗简陋的破屋里,还是在发生过惨案并纷传着离奇的恐怖的见鬼的凶宅里,她一出现,她的音容笑貌,就像一片春光降临,使人欢欣。他在低年级时,一位女老师给他们讲过的匹诺曹的故事中,有一个能使木偶变活的仙女。他第一次见到李珍兰时,就联想起那个故事中的仙女大概就是这个样子的。在这暴虐、下作的地狱里,他应启明可以被捕,可以受刑,可以遭受各种屈辱、痛苦。而她,老天哪!他情不自禁地喊起老天了,无论如何,无论如何都不能给逮进这里来,受到亵渎。他看过一出戏,戏里面有一个人愿意代替他的亲人接受刑罚,那个县官就同意了。这大概是胡编乱造的故事,所以只有这一出戏曲里面有这样的情节。如果现实生活里真的允许这样做,如果李珍兰真的也被捕了,他愿意代替她吃各种苦头,受各种屈辱。真的,他愿意。

　　他还想到生活那么清苦,对他曾寄予很大期望,现在还在为他奔走营救的刘老师。他也曾希望将来能报恩,现在看来,这一笔债怕永远不能偿还了。

　　就在这时候,他竟还想起在低年级读书时,也是一位女老师给他们讲过的一个故事:一位公主在森林里迷了路,夜晚到一家人家求宿。她说明了自己的身份,可是没有人能证明她是真正的公主。这一家的老婆婆就给她拾掇了一张床,在床上铺了十条褥子让她睡觉。第二天,公主起床后诉说一夜没有睡好觉,因为床不平,下面有什么硬东西硌得她难受。这时,老婆婆就断定这是一位真正的公主,因为老婆婆在铺床的时候,有意在十条褥子下面悄悄撒了几粒豌豆。

　　这个故事一点也不好听,一点也不有趣,它不像《神灯》《匹诺曹》的故事那

样给他留下深刻印象。但是,现在,在这里,他却记起了这个故事,并且想到,在这个世界上,人和人之间受到的对待会有多么的天差地别。

这以后,启明又被提审一次,还在那个地方,还是那些人,提的还是那些问题。启明则还是照着上一次讲过的话,几乎是不走样地回答了一遍。审问完了,眼镜和黑皮互相瞪着,竟连一句话也说不出来。

于是黑皮像蔫了一样,无可奈何地、有气无力地坚持要启明在一份誊写过的记录稿上签字。启明浏览了一番,字写得很工整,内容仿佛也就是他编的那些。他签了字,还按了手印,隐隐之中也觉得这样做就注定了不堪设想的后果。但是他宁可这样做,这起码掩盖了他不愿意说的事,他也害怕那尝过的苦头再重复一遍。至于"死",他确实不太觉得可怕了,因为还有比死更可怕的事。

他记不清又过了多少天。有一次,一个看守把他带到一间门口挂了白布帘,上面扎了一个红十字的房间里。一个在军装外面紧绷着一件白大褂的医生看了看他的手臂,给他敷了药,把一根木板条用绷带拴到他的小臂上,又用一条三角巾把他的小臂挂在他的脖子上。

回来后,再也没有人来打扰他了,好像把他给忘了。慢慢地,他也觉得自己正在好起来,烧已经退了,饭也能吃了,他在平静地等候着那未知的命运。

就这样,不知道又过了多少天,一个深夜,他听到一阵杂乱的脚步声在仿佛非常空旷的走廊上响了过来,启明惊醒了,接着他的铁门哐啷一声被打开了。

"应启明!"声音在号子里回响。

启明知道不好了,他挣扎着坐了起来,看不清进来几个人,有打电筒的,有提马灯的。

"起来。"一个人命令道,口气倒并不严厉。

启明忍痛爬了起来,人们抓住他的手时,他痛得浑身一震,闭上了眼睛,一副冰冷的手铐铐住了他受伤的手腕。

"走!"有人推他,他们走了出来。启明马上记起老六说过的话:警备司令部夜里成车成车地拉人出去,都毙在十里铺那条岗上。那么,这样看来,完了,走到头了,他等不到那一天的到来了。既然这样,用以与之周旋的假面具,那总是哭丧着脸的一副无辜的面具也可以摘掉了。在微弱的马灯光亮中,他沿走廊蹒跚地走去,发现两旁号子里的人都没有睡,有站着的,有蹲着的,都静静地看着他。启明平静地、从容地走过去,尽量叫自己走得自然一些,就像平时走路那样。

　　走到外面,院子里静静的,满天繁星灿烂,空气非常清新、湿润,他贪婪地做了几次深呼吸。

　　夏夜,他总是睡在门外的竹床上,仰望着浩大、深远的星空,觉得自己像微尘一样渺小。现在,在这个要剥夺他生命的庞大的社会势力面前,他的自卫能力也像微尘一样微不足道。

　　他被几个兵押着走出警备司令部的后门。

　　深夜,街巷寂静无声,只有他们几个的脚步声嗒嗒地响,仿佛在走着齐步。

　　这一段小街的两旁的住户他都很熟悉。这是挑油担子的林宝的家,他老爹叫老林儿,一个瘪嘴巴、长了几根稀疏的黄胡须、整日里笑容可掬的老人,虽然快六十了,还习惯让老幼都称呼他的奶名。这一家姓朱,是一个胖胖的老寡妇,是卖米的,朱伏龙就是她的孙子。这一家的窝棚里住着杀猪的黑狗一家,两口子九年里养了四个孩子,床上睡人,床下养猪,屋里邋遢得踏不进脚,那些猪倒是很乖巧的,大小便都会到大街上去拉。横竖赶集的农民会来收集这些猪粪的。这一家是在鼓楼街摆摊卖腌海产的。这一家是拉黄包车的,是一个被人们称为"赖团鼋"的秃子……总之,不论年迈、年幼,不论健壮的、有残疾的,俊俏的、丑陋的,都能活下去,现在都在安安稳稳地酣睡在温暖的被窝里。启明仿佛听到这些屋里透出甜蜜的鼾声,而他却终于等不到自由的一天,在这浓重的黎明前的黑夜里,怀着冤苦,悲壮地、从容地走向可能是生命的尽头。

第十九章　天亮了

五月的一天,城郊老百姓一觉醒来,惊讶地发现成千上万的军队拥进了这座山区县城。城北的公路上停着一眼望不到尽头的车队。巨大的十轮卡车上挤满了昏昏欲睡的士兵和军用物资。有的驾驶室里还挤着那些军官的太太、少爷。

就这样,来福还是莫名其妙的。

启明在永利厂被警备司令部抓进去了的事是朱伏龙告诉他的。

"我早就说了,这小子要出事,现在怎么样?"他点着头,为自己的卓越预见而得意。

来福马上记起了他说的启明用弹弓打汽灯的事。

"啧!"来福叹了一口气,觉得不能不怨启明自己,搞那些名堂有什么用呢?后来,他越想越觉得不对,事情一定比这些要严重得多。他想到那支手枪,想到启明那些诡秘的行踪,又想到为平爹早上被抓进警备司令部,下午就给活活弄死了。来福的心重重地坠了下去。

不想又轮到启明了,这个这么快活、从小就想当一个名人的好朋友。他们在学校里的时候,说是好朋友,其实关系谈不上很好,他的功课当然比来福好,所以在来福面前,小尾巴总是翘啊翘的,是为平把他们撮合到一起的。可是分开以后这几年,他再在永利厂看到他时,后来在菜场看到他时,觉得启明变化很大。他很辛苦,为了混一碗饭吃,什么事都肯干,什么苦都能吃,而且后来对来福又是那么友爱、那么亲切、那么重感情。

来福觉得透不过气,整整半天没有说一句话,他只想找个没有人的地方哭一下。

他到启明家去过一趟,门是锁的,从来都是这样。白天,他家门很少不是锁着的。这个没有爹的人,谁去管这事呢?难道抓进去了,就随他给抓进去吗?随他们去折磨他吗?

来福也想到如果能找到为平，告诉他这个事，要他们想办法来救救启明，当然他也知道这只是空想，他也不知道为平他们在哪里。

他站在启明家门前发呆，好半天才转身。

在这令人窒息的日子里，来福隐隐产生一种冲动，他想做一件危险的、可怕的事，采取一种反叛行为、一种破坏行为来发泄郁积在胸中的愤怒。如果他手中有一个手榴弹，他要找一个没有人的地方，比如城墙上（还好，还好，他不反社会），他将拉出弦，扔出去，轰的一声响，把城墙炸开一个大缺口。如果他手中有一支枪，他要砰砰砰地把里面的子弹统统打出去，打到天上去，管他什么后果——至于为什么要这样做，他自己也不明白。

他一天到晚是无精打采的，也不知道日子是怎么过去的。

过了几天，又是朱伏龙告诉他，完了！启明已经给毙了，毙在警备司令部里面。看见来福怔怔地瞪着他，朱伏龙肯定地说："真的，我听到好几个大人说的。洋火厂有人给他送东西进去，警备司令部不收，说里面已经没有这个人了。"

来福没有哭，但是他病倒了，在床上躺了一整天，身上滚烫地发起烧来了，说着胡言乱语，有时大喊大叫起来。妈妈慌了，从来没有这样和蔼地无微不至地侍候着他，喂他喝滚烫的生姜汤，用两床被子给他盖得严严实实的，问他饿不饿，想吃什么。她和奶奶议论着，怎么会平白无故地发起烧来的？是不是夜里撞着什么，吓着了？

晚上，妈妈到后面李树园里喊魂："归来哟！归来哟！"声音很凄切。一个当兵的跑来喝问她干什么，她说不干什么。那个当兵的要她走，不要在这里咋呼。

来福夜里出了一身汗，第二天轻松了一些，起来后仍旧有些晕晕乎乎、痴痴呆呆的。

他想：或许朱伏龙瞎说也说不定。他会瞎说的，那一年，大轰炸后，他告诉来福，说一颗炸弹落下来，把一个同学的一只手炸飞了，而且砰地掉到他的跟前，他捡起来看了一看，手上还捏着一支带橡皮头的铅笔。那时，来福听了大吃一惊。可是几天后，他看见那个同学好好的，正在操场上踢皮球。

他到街上闲荡，他的郁闷心情没有松弛过，看到街上有那么多兵在走过，乱哄哄的。他是麻木的、视而不见的，不知道曙光即将出现。

下午，城里乱起来了。久经世故的老人首先觉到了形势不妙，提醒人们小心，溃败下来的军队是军纪涣散，无恶不作的。

天还没有暗，商店都在悄悄地上门板，街上的行人也稀少了。接着，这些军

那年代

队就抓起民夫来了。

有几爿商店的门给砸开了，明火执仗地抢劫了，还听说运来了汽油，准备烧街。

来福突然来劲了。他听讲过，为了叫拿破仑大军站不住脚，俄罗斯人一把大火烧了莫斯科城的故事。他赶紧跑回家里，用一种严峻的神情，把他见到、听到和自己判断的告诉了妈妈、奶奶。她们惊慌起来了，马上闩上大门，手忙脚乱地卷捆被褥，以便一旦房子起火抱出去方便。

街上有人在奔跑，有吆喝声，有枪声，还有砸门的声音。妈妈把趴在楼上窗口往外看的来福拖下来，拖到镬灶间，要他蹲在柴仓里。她认为，这里僻静，地势低洼，战争的经历也使她懂得，一旦打枪，镬灶还可以挡住一面来的流弹。

奶奶到供在碗橱上的祖宗的香炉前点燃一炷香，拜了几拜，念念有词地祷告了几句，恭恭敬敬地把香插进香炉。

外面不断在过兵，人很多，步伐杂乱，一直不停地过。天全黑了，谁家也不敢点灯、烧饭，怕招来麻烦。

夜深了，来福觉得饿，觉得厌烦。想到启明已经不在人世了，想到他说过"人是不能只顾自己的"。十七岁的人，就不顾自己了，为了穷苦人的解放献出了自己的生命，当然，来福仍旧祈求传说是虚假的。为平也在真刀真枪地干，他却蹲这里，蹲在这微温的，有一股松枝、狼蕨和残羹剩饭的馊味的灶下，蹲在妈妈和奶奶之间，像一只小鸡钻在母鸡的翅膀下面，他觉得羞愧。

"去她们的吧，我才不干呢。"他试图站起来，妈妈和奶奶马上就喊了起来："你要干什么？"

他故意挑衅似的，大声说："我要到外面看看。"

"疯了，想死是不是？"妈妈抓住他的胳臂，他挣脱了，就在这时，突然传来了枪炮声。开始在远处，但是很快就近了。枪炮声从稀到密，密得连成了片。从窗口可以看到划破夜空的曳光弹的痕迹。

"哎呀！小老子啊……"妈妈惊恐万状地把来福拖下来，按到柴仓里，来福又挣脱了。他坐到在一旁的小凳子上，一动不动的。这有什么呢？他一点也不觉得可怕。

"南无大慈大悲救苦救难……观世音菩萨……"奶奶不停地结结巴巴地嘟囔着。她们都怕成这个样子了。

到处是枪声、炮声，震得地动山摇，连窗纸都被震得簌簌地响。这样地持续了一阵子,慢慢地枪炮声稀了,只剩下断断续续的、零零星星的枪声。

"嘎嘎嘎嘎嘎。"

好像回音一样"咕咕咕咕咕"。

"嘎嘎嘎。"

"咕咕咕。"

最后沉静下来了,只偶尔有几声冷枪声。

来福悄悄站起来,挨着窗户朝外看。

"哎呀!小老子啊,你给我趴下来。"妈妈低声叫道,来福不睬她。为平、启明早已经过上大人的生活,走大人的路,经历大人的忧患、凶险。他——张来福不能再给她们当小孩子看待了。

外面很黑,辨不清什么,只听到有一支部队稀里哗啦地跑了过来,进到李树林那一头的一栋公房里去了。在那里,有一个人在讲话,叽叽喳喳的,听不清。突然,很多人异口同声地喊了一声什么。

过了一会儿,又听到脚步声和金属器件的摩擦、磕碰声。有几个人影呼哧呼哧地跑来,在坍塌的菜园围墙上架起了机关枪。这边,一个人大声喊道:"缴枪不杀!我们共产党、解放军优待俘虏!"

那边也连声地喊道:"不要开枪。""我们投降。"

"啊!哈哈!"来福大声地叫了起来。这时,他才像大梦初醒一样,原来是共产党来了,启明只要还活着,他就有救了。他的两个最好的朋友都拼将一死地找共产党,他却不费吹灰之力碰上了,他突然爆发出一股力量,欣喜若狂地不顾一切地拉开大门的门闩,撞开门,冲了出去,根本不顾背后传来妈妈、奶奶的一迭声的惊呼。

跑到大街上,他马上看到静静地疾走着的解放大军。他们成两列,拉开距离,沿街道两侧,弓着腰慢跑着前进。有几户人家有人开开门在门缝里张望。

部队在小跑步前进,士兵们身上负荷很重,步伐也很重。朦胧的月光下映出一张张蒙上一层汗水的亮晶晶的脸,虽然疲劳,脸色苍白,仿佛一倒在地上马上就可以睡去,但又执着地不顾一切地强睁着眼,只顾向前奔跑。

一支部队过完了,隔了一会儿,又一支部队过来了。前面一个人走到一家门缝前问道:"老乡,上江门从这里走吗?"

人们没有听懂,来福奋然跑了过去,说:"是从这里走。我带你们去好吗?"

"好好好!"这个军人笑着连连点头。其实就是一条街,直通到头就是上

江门。

"阿福!阿福!"背后传来妈妈的呼唤声。来福装作没有听到,他快步地带着这一队军人向上江门跑去。

经过鼓楼时,来福指着横街说:"这里进去就是他们的警备司令部。"他希望他们会去攻打警备司令部,把启明救出来。可是,这位解放军只唔了一声,便继续带部队向上江门跑。

前面又传来机关枪声,时而腾起跳飞的曳光弹迹,战斗在平江南岸发生了。这位解放军立即下令:"向后传,跑步前进!"口令挨个向后传递,来福也跟着他们快跑起来了,跟这么多人在一起,来福一点都不觉得害怕。

出了城门,可以看到沙滩外的水光衬托下的江北岸人影幢幢。一个人影迎了上来,说:"是张连长吗?七连在前面渡江,一号指示,江水太深,不能徒涉,渡船只搞到一只,还是漏的,叫你们就地稍停一下,听候通知,不要都挤到渡口上去。"

这个张连长马上下令:"向后传,停止前进。"他的话又挨个向后传下去。人们都自动蹲到路两边去了。来福却和张连长一样,无所畏惧地站在路中间。

吱!旁边发出一声陌生的音响,是跳飞的流弹。张连长旁边一个叫老王的一把把来福拉到身后。就在同时,来福听到有人哎哟了一声。张连长问:"怎么啦?"一个人说:"张小民挂花了。"另有一个人说:"没事,没事,擦了一下。"

张连长一边传卫生员上来,一边下令全连向两边疏开队形,注意隐蔽。然后转身,和蔼地对来福说:"小同志!谢谢你了。你回去吧。"暗中,他伸出一只大手和来福握了握。

"你……"来福欲言又止。

"你还有什么事吗?"张连长注意到来福还有什么话要讲。

"警备司令部,你们不去了吗?那里还关着很多人,都是好人。"来福说完流出了眼泪。

"警备司令部?"张连长愣了一下,突然懂了,说,"哦!我们有部队直接插到警备司令部去的,恐怕早就到了。"

这时,江南岸枪声又激烈起来了,还夹着手榴弹的爆炸声。老王在暗中说:"哦哟!前面拼上了,我们渡江后这一路上还没有正儿八经打过仗呢,这里倒拼上了。"

张连长啧地叹了一声,说:"这上不去,真叫人着急,我到前面看一看。"

来福没有马上走,这时突然鼓起勇气对张连长说:"那边,有个地方水浅一些,可以蹚水过去。"那年日本鬼子流窜到这里,也是五月里,水比这时大,逃日本人时,有人等渡船不及就从上游涉水过去,水深只及腰部,来福看到过。

"哦?有多远?"张连长惊喜地问。

"不远,不到两里路。"

"你带我们去好吗?"

"好的。"来福高兴地说,他就是想带他们去才说这个话的。

张连长对老王说:"我带几个人过去侦察一下,你告诉副连长,叫他到这里来代理我一下。你到前面渡口把这事向营一号报告一下。如果上游可以徒涉,我先把我们连拉过去。"

老王急忙说:"你非要自己去不可吗?我去不行吗?上次,一号还批评你擅离指挥位置⋯⋯"

张连长仍旧下令:"一排长!叫一班跟我走。"又对老王说,"这个,我是要亲自去一下的。"他仿佛也说不出什么理由。

说完,来福带着张连长,后面跟着八九个兵,沿城墙外的沙滩向上游跑去。他为自己突然变得这样无所畏惧而高兴。

"你会水吗?"张连长一边跑,一边问他。

"⋯⋯不会。"来福有点不好意思。他必须学会游泳,就在这个夏天,不管她们怎样啰唆。

"不是说你们南方人都会水吗?我倒也是一个旱鸭子。"

天色微明了,天地之间呈现出浑然一体的茄紫色,这是来福从来没有见过的景象。跑过一个埠头时,一只烧过的渡船残骸还冒着烟,横在江边。又跑了百十米,来福指着那哗哗地淌着江水的浅滩说:"就从这里可以蹚过去。"

前面的人一站下来,后面的人就自动疏开蹲到一段堤坎下,并且就开始解绑腿。

张连长点了几个人的名字,要他们把背包、粮袋丢下来,蹚水去勘察这一段江面,看能不能徒涉,还要他们了解一下前面的敌情。

"带电筒了没有?"他问其中一个战士。

"带了。"一个战士举起电筒,晃了一下。

"如果可以徒涉,用电筒朝这里,三下三下地打,还要回来一个人报告一下具体情况。清楚了没有?"

"有数了。"那战士带上几个人上去了。

总之,一切指挥、调度都是紧紧张张的、气喘吁吁的,常常是一句话还没有说完对方就听懂了,就行动了,但是过程却是明了的,一点也不神秘。来福假定自己就是连长,这些做法他作为旁观者都能考虑到。当然,真的要由他当事,他是一紧张就会变得木头木脑的。

就在等待前面的信号的间隙,张连长才想起这孩子自动来帮了这么大的忙,他却忘了问他的名字。

"你叫什么?"

"张来福。"

"在读书吗?"

"……去年高小毕业的。"

"几岁?"

"十六。"

连长叹道:"小了一点。上级也不准许我们直接收人来连队。不然的话,我们连文书牺牲了,你如果愿意,给我们当个文书挺合适的。"

来福笑了笑,知道这只是说说的,他也没有跟他们走的思想准备。

"我们一路上,老乡们讲话,我有时一句也听不懂,你讲话就很好懂。"来福听了很高兴。在学校里,平时如果他这样讲话,同学们还会说他是洋腔怪调,"贵州驴子学马叫"呢。

天亮多了,他这才看清这个连长,他个子魁梧、英武,很像画上的那些军人,可是他讲话的声音却非常柔和,很可亲的。

大家都注视着对岸,突然对岸电筒亮了,三下、三下,一点也不错。这边的人都压低声音发出欢呼,并且一个个都在脱下长裤。张连长马上派人去通知指导员,叫他把连队拉过来。

这时前面跑来黑黝黝的一个人,浑身滴水,高兴地说:"可以,可以。水只到大腿上,岸边没有发现敌情。"

又一会儿,上江门那边的部队过来了。那个被称为老王的指导员见了来福后他的脸上笑开了花。张连长匆匆忙忙和来福再次握手,他的大手掌握着来福柔软的小手,就像握着一只饺子一样,说:"谢谢你,谢谢你,再见了。"于是带上他的部队跑进雾气腾腾的江里。来福目送他的背影消失在晨光熹微的江面上。他知道,这一次是萍水相逢,今后是不可能再见到他们了。

他们的人还没有走完，后面又有部队跟上来了。又来了几个兵，其中一个也不过来福这样年纪，却很老到。他们扛着标杆，捧着卷尺跑进江里，不知道搞什么。一会儿，江面两岸都竖起了几根标杆，这边岸边支起了一个用旧木板胡乱钉起来的牌子，那个小兵用粉笔在牌子上写着"徒涉场"三个大字，下面用小字写着："河宽 170 公尺，最深处 1.2 公尺，流速 0.8 公尺/秒，卵石河底。"来福觉得那些字写得也不怎么样，要是由他来写，他可以写美术字。

马上，这里变成一片人欢马叫的嘈杂场面。虽然江南岸已经沉寂了很长时间，可远处仍有枪炮声不断地传来。这些人却跑着、挤着、嚷着，拼命向那边跑，好像那边很好玩一样。

来福在回来的路上，还看到不少印在地上和涂在墙上的路标，都是指向这个徒涉场的。而这个徒涉场的位置，毫无疑问是他来福提出来，并且引路选定的。他在现实世界而不是在梦幻世界里竟能变得这样勇敢、有用，连他自己都觉得意外。

天大亮了，满天彩霞。他迟疑地向家里走去，知道家里迎候他的是一场暴风雨。

突然，他站住了。一不做，二不休，他转身向警备司令部跑去。

警备司令部大门洞开，门口空无一人，里面是一塌糊涂，文件、纸灰到处飘落。来福也不知道哪里来的一股勇气，不顾一切地向里跑。

"站住！干什么的？"大门一侧的房子里跨出一个持枪的解放军厉声喝道。

来福站住了，声泪俱下地指着里面说："我的朋友应启明给他们关在里面。"

解放军没有听懂来福的意思，他态度和气了一些，说："应启明是谁？你进来，进来慢慢讲。"他把来福招呼到原来的传达室里，里面还有一个背皮挂包的解放军，守着一部电话机。

"你刚才说什么？"他又问道。

"应启明，是我的朋友，给他们关在里面。"来福欷歔着说。

"他多大了？"

"十七岁。"

这个解放军看着那个背皮挂包的解放军说："副连长，有这样的人吗？"

副连长放下手中的电话，说："号子里的，我都看了一遍，没有十多岁的人。"又问来福，"他是为了什么事情给关在这里的？"

"他给游击队送过信，还送过枪。"

持枪的解放军对副连长说:"后院里给枪毙了的七个人,是不是让他去认一认?"

来福一听说枪毙了七个人,眼泪又朝外涌。

说话间,电话铃响了,这位副连长说:"你稍等一下。"就去接电话。来福听他在电话里说:"……线一直架不通。我汇报一下情况:今天拂晓两点四十分,由当地县委派来的老汤当向导,我带二排直接插到这里的警备司令部。进来时,已经迟了,这里的人已经逃光了,没有发生战斗。后面院子里发现七具尸体,是刚枪毙了来不及掩埋的,现在还搞不清身份。据被关押在里面的人说,有两个是才不久从外地押解来的。档案一点也没有找到。关押在监狱里的人,我们继续协助老汤他们正在审查并且移交给他们,由他们处理。"

副连长放下电话,对红着眼抽抽搭搭的来福说:"那你跟我进去看看。"

一看到荒芜、肮脏的后院围墙下横七竖八地躺着七具尸体,仿佛那里面一定有启明,来福又要哭了。他迅速扫了一眼,没有,没有一具是启明那种精干体形的人。他跟着这位副连长逐个看这些可怕的、脸色煞白的、血淋淋的还戴着镣铐的尸体,有的口张着,有的眼睁着,有的身子扭曲着。过去,他见了尸体,总要离得远远的,不敢看,这一次,他走到跟前,挨着看。确实没有启明。看来,朱伏龙说的恐怕是真的,启明早已经给毙了。最后一个蜷着身子,趴在地上,脸朝下,看不清。副连长把尸体翻过来给来福看。来福点点头,表明他认识,是李家寿。额头、鼻子、嘴巴上全是烂泥。从前,见到他那种凶狠、嘲弄的样子全没了,只留下一具软弱、笨拙、任人摆布的躯体。

来福产生了怜悯之情,心里沉甸甸的。尽管很多人都说这是一个坏人,他也确实做了很多坏事,而且他还打过来福两个耳光,可是来福却想起,有一次在一个水果摊前看见过他,一个才不过六七岁的孩子,显然是他的儿子向他讨钱,他说没有,小孩就搜他的口袋,后来在他内衣口袋里搜出一张钞票,儿子高兴地责问他说:"这不是吗?"他笑了,拍拍儿子的后脑勺说:"拿去吧,不要买那些不干净的零食吃。"他在他儿子面前还算是一个慈爱的父亲。

"有认得的吗?"

来福指了指李家寿的尸体。

"他叫什么?"

"李家寿。"

"你写给我看。"

来福在这位副连长递过来的笔记本上写了"李家寿"三个字。

"他是干什么的?"

来福说:"他是……我们这里的镇队副。"又在李家寿名字下面添了"镇队副"三个字。

"那你回吧。这里没有你说的那个……那个……你的朋友。"

来福擦干眼泪,走出了警备司令部。

太阳出来了,这暮春季节灿烂的阳光给刚解放的山区县城增添了新鲜、欢快的气氛。

他硬着头皮回到家里,正如他预料到的,奶奶、妈妈见了,惊喜是次要的,他们大声地问他:"你还回来干什么? 你就死在外面算了……"她们尖声地、轮番地、重复地训斥,一边训斥,一边抹着眼泪,擤着鼻涕,说了足足一个钟头。来福很平静,他视而不见地只想自己的事,回想这半天所经历的这几幕。他坦然地就像碾米厂的工人对待那两台轰轰转动的碾米机一样,他还对自己说:"我就是要这样,我以后还要这样。"

那年代

第二十章 春

　　解放县城的那一夜留下的激动、兴奋也慢慢地平复了,来福又回到原来的生活中去了。他又闷闷不乐了,觉得寂寞。他所期望的一解放就可以见到的好朋友,仍旧连影子也没有出现。看来启明果真死了,没有活到这一天。如果他还活着,他那脾气还能在哪个旮旯里躲得住吗? 启明的样子,特别是他干活时那专注的、疲倦的、厌烦和无可奈何的神情,那见了来福的高兴劲儿,那飞扬的眉眼,总时时出现在来福眼前,使他难以忘怀。他现在很想念为平,很想见到为平,把启明的事告诉他。可都解放了,孙万倾都逃了,这个养儿还躲在哪里呢?

　　其实,启明在,还活着。

　　当然,解放县城那一天夜里,如果他还在警备司令部的号子里,那么,那后院的尸体完全有可能是八具,尽管他才十七岁。

　　一个多月前的那一个黑夜,他被押到一个地方,这个地方他很陌生,从来没有走过。穿过一条不显眼的小径,越过一处高阜,通向一个围墙的小门,前面好像是以前被称为镇台衙门的地方,后来不知道是什么机关。

　　押他的人中有人上去敲门,门马上开了,显然里面有人在等候着的。他们进去了,门也马上从背后关上并上了锁。

　　启明的第一个印象是,围墙很高。他们被引着走下一段斜坡,穿过树影重重的花园,登上一栋洋房的台阶。押送的人员中有一个先跟那个引路的进去了。隔了一会儿,门又开了,有人招呼他们进去。

　　这是一个灯光明亮、陈设讲究的厅堂。呈现在启明眼前的首先是地上铺了一块很大、很好看的大红毯子。这些人也不脱鞋子,就在上面随便踏。启明也只好踏了上去,软乎乎的,很厚。

　　来福曾说,孙家新盖的房子,地板是金漆的,比我们用的桌子还干净。他要是来这里看看,人家地上铺的,比我们床上铺的还讲究十倍呢。

　　这真是不可思议的! 警备司令部的后院,是阴暗、潮湿、肮脏、臭烘烘的牢房,是叫人痛不欲生的酷刑和血淋淋的枪杀。这里,却仍旧有这么华丽、舒适、静谧和安宁的去处。

启明只知道,到了共产主义,人人都将过上很好的生活。他对这个"很好的生活"也只能想象成人人都穿鞋袜,雨天都有雨鞋,三餐都是干饭加荤菜,住的都是方方正正的砖瓦屋,风吹不进,雨漏不下,像孙家大院那样高敞。他怎么也想不到还要把那么好看的一大块厚毯子铺到地上让人随便践踏。

厅里有两个人坐在一张长长的很软的大椅子上,这时都注视着被押进来的启明。

"朱秘书,你还有什么指示?"先进来的那个押送的兵谦恭地问道。

这个朱秘书马上说:"啊!没有什么了。把人交给我们就行了,你们几位可以回去了,麻烦你们了。"

还是那个人答了一声:"是。"并说,"这是他的材料的副本,请您给我打一个收条。"说完递上一个大信封。在朱秘书草草写了一个纸条塞给他后,他敬了一个军礼,三人转身走了,那个带路进来的人也跟了出去并带上了门。

朱秘书和挨着他坐的这个人耳语了几句,这个人拿着那个大信封起身到里面去了。

周围静静的,突然那个秘书指了指启明旁边的椅子说:"坐!"

"又是这一套,就像那个张科长一样。"启明想,不过现在也无须顾忌什么了,坐就坐吧。他看了一眼椅子,坐了上去。

还是静静的。启明知道这个人还在注视着自己,静候着什么。老是被人盯着看总有点不自在,他就俯下头,盯着自己腕上那锃亮、冰凉的铐子。这是副崭新的铐子,上面还凿的有字,他就着这灯光弯腰仔细看了一下,是外国字,那些外国进口的骆驼牌香烟盒上也有同样的外国字。

他平静地、从容地、若无其事地静候着生死未卜的下一步。

刚才进去的那个人出来了。

"怎么样?"朱秘书问道。

那人瞥了启明一眼,然后悄声说:"没有讲什么,只叫照原来商量定的办。特别关照,到最后了,一定要周密、谨慎,可不要麻痹大意。"他特别强调"不可麻痹大意"。说完,他把手中一张地图铺开来,拿电筒照着,两人又指指点点地耳语了一番。

"麻痹大意,麻痹大意……"启明默念了几遍,觉得有点耳熟,蓦地想起为平

那一次在棠梨庄说他们指导员批评他"蚂蚁打屁"的事。显然,不是人家说错了,就是他听错了,把"麻痹大意"听成"蚂蚁打屁",多半是他听错了。又想起他那"抽脚筋"很快活的话,启明又忘了"死到临头"了,想笑了。想到他们——他和为平这些人——文化太低了,知识太少了,这样下去怎么行呢?这次如果能活下去——起码今天不像要枪毙他的样子——他一定要下功夫识字、学文化,增加知识。他仍旧认为,只要肯下功夫,想学的东西都可以学会的,他仍旧有这个自信。他失学后这些年的空闲时间都给糟蹋了,再也没有过学习文化的要求。想到这里,渴望学习和渴望活下去的要求就又变得非常强烈了。他看了看这栋房子,他就坐在靠门这边,这两个人却只顾在地图上指点什么,根本没有注意他,他和他们之间还隔着一张茶几。他透过这虚掩的门隙朝外张望了一下,漆黑。他想冲出去,逃跑,马上,他又放弃了这个想法。墙头太高,他进来时就注意到这一点,他就是手腕没有伤着,不戴铐子,也爬不上去。

这时,朱秘书把地图推给那个人,说:"那就这样,走吧。"他站了起来并掏出腰上的手枪,拉了拉枪机,又把枪装回套里,转身对启明朝门外一指,说,"走。"

走就走,启明站起来在他们前面走出大厅,另一个马上走上一步抓住他的上臂。下了台阶沿一条两旁栽了稠密的冬青树的甬道朝前面走。

前面路旁停了一辆吉普车,里面火光一闪,有一个司机在抽烟等候着。见到他们,司机把一旁的座椅向前扳倒,另一个就钻了进去,然后转头对启明说:"上。"

启明也上去了,小心地护着右臂,然后扳回座椅。这个朱秘书也坐了上去,说了一声:"走。"

启明觉得有趣的是,他们的讲话都力求简单。

车子咕噜咕噜地发动了,起步了,开出了大门。原来这里是专员公署。

启明一生没有坐过汽车,更不用说这种小吉普,不想当了犯人还能坐小车。

车子开到北门时停了下来,前面有路障。一个当兵的挥着小旗子,另一个打着电筒走过来。

"是朱秘书吗?"他喊了起来,"这三更半夜还出差吗?什么事这么急?"

朱秘书动也不动地嘿了一声,很不愿意地说:"有什么办法?叫干啥就干啥呗。半夜三更的,还要去一趟建阳。"

那当兵的走近车子看了一眼。路障升起来了,车子开了过去,一转弯上了公路,车速加快了,风像平江的水流从车外扑面吹来,使人畅快。车子颠颠颤颤地走了好一阵，除了车灯照亮的路面和两旁的树和屋子，其他都看不清。

"停！停！停！"这个秘书连声喊着。车子滑到路边停了下来，车灯熄灭了，一片黑暗。

朱秘书下了车转身扳倒座椅，说："下。"

启明下了车。星光下，是一片空旷的野地，大概是楠山脚下，离城已经有十多里了。刚才听这个秘书说是押送自己去建阳的，他心中一度升起了生的希望。在车上他还迷糊了一阵，现在，他清醒了，他的心又沉了下去。

"车子掉头吗？"司机问道。

"不掉头。"秘书说罢，打着电筒和另一个人掐住启明的两臂说，"走。"于是下了公路，沿一条小路走去。

如果不是戴着手铐，如果不是伤了手腕，拼着一死，启明认为即使他一个人也能对付得了这两个精瘦的大人。现在当然不行了，挣扎已经毫无意义了。

他们走了有半里路，在一个三岔路口站了下来。

到头了，启明激动起来了，他想：难怪谁都不知道为平的亲爹怎么死的，死在哪里。可惜我们的人不知道，否则，总有一天，而且也不用多久是一定会找这些人算账的。

静静的，他们站了下来。

"你知道去两江口的路吗？"当启明等候他们开枪时，却听到这个朱秘书在背后问道，启明以为只是他们互相之间的讲话。

"问你呢，应启明！"那个秘书和蔼地说，并且放开了手。

启明仍旧没有理睬他。"装什么腔呢？"他想，"对一个要死的人，还要逗逗趣吗？"

半晌，朱秘书又说了，声音很低，可是很清楚："这条路可以通往两江口，你现在就直接到两江口去，找一个叫王有林的人，这个人你是知道的，也去过。何以正在那里等你。"说着，他们扳过启明的身子，摸着打开启明的手铐。

"啊？"启明竟反应不过来，他不敢相信这会是真的。

"路上尽量绕开村子，这些村子里到处都有狗，一见到生人就围着叫；天很黑，不要走迷了路。这里到两江口就这一条路，还有七八里，天亮以前一定要走到，不能耽误。"这个人继续告诫着，又说，"你先走，我在你背后朝天开枪，你不用害怕。"

启明还在发愣。

"去吧!"那人把手放在启明肩上,说,"路上走好,到那里先躲一个时期再说。"

也就是说,他得救了。启明转过身来,对着面前的两个人影,怀着对救命之恩的感激,小心地说:"你们能给我留一个大名吗?"他要报答他们。

黑暗中,这个秘书又拍拍他的肩,深情地说:"去吧! 我们后会有期的。"

"那我走了。"

"唔! 走吧,路上一定要小心。"

一忽闪,启明消失在黑暗里。隔了一会儿,背后传来几声枪响。

让一个被铐着的小伙子从两个大人手里逃跑了,放两枪能掩盖这一事实吗? 这个朱秘书也知道,当然不行。若说是执行处决,那还用得上他们动手吗? 那更是说不通,他们两个也只是姑妄行之。其实,掩盖不掩盖都没有太大关系。一年前才委任的专员大人是这个朱秘书的亲舅舅,在法国留学时学的桥梁专业,开明人士,早与共产党有交情。这一年来,他急于要和当地共产党组织取得联系的心情,对朱秘书是不隐瞒的。虽然,他并不知道他的秘书、他的外甥就是共产党。也正是靠了朱秘书的引路,他找到了地下党。放了一个小嫌疑犯——不过是他这一年来做过的好事中的一件小事。而这位朱秘书几乎每天夜里都在收听新华社电台的广播。他知道,既然解放大军已经挺进到长江北岸,到这里还用得了几天吗?

怎么会平白无故地放了他的呢? 启明想起了老秦说过的,政府里、军队里有人找他们拉关系的话。

跑了一阵后,启明还是放慢了步子。他实在跑不动了,每一步都是痛苦难熬的。他咬着牙,一步挨一步的,终于在天色微明时给他挨到了两江口。找到了村子最后面一栋屋时,衣衫已经湿透了,他喘着气,轻轻地叩了一下门。

马上,门啊的一声开了。掌着油灯、站在门里的是王有林。启明呜咽了,这个三天打不湿、四天晒不干的人,对着这个自己人,这个只见过一面的老农民哽咽了。他进到屋里,嗅到所有农家都有的气味:柴草的气味、谷糠的气味、镬灶的气味,他终于回到了人世间了。

何以正不在。自然是事先有过布置,也已经有所准备了,所以也无须说明什么。王有林没有话,他把启明让进屋里,关上门,插上闩,叫醒了睡在里间的独生女素琴,一起把启明安顿在楼上,并且交代他不要下楼,不要站在窗口,三餐饭由素琴给他送上来。

就这样,启明在铺在楼板上的垫席上,搭上一床旧棉絮沉沉睡去。

其间,仿佛有人上来看他、讲他、抚摸他。他还记得王有林陪同一个郎中上来察看他的手腕,给他敷上很厚的草药,还用一段树皮包扎了。还记得素琴几次端饭上来叫醒他吃饭,吃过了,他又倒下去睡。这样,他足足昏睡了一天两夜,完全清醒过来时,已经是第三天了。身上的衣服都已经换洗过了,手也重新包扎过了,他觉得轻松多了。

睡醒后的启明,像大病初愈,没有一点精神。他坐在窗前发呆,仿佛处在一个异样的、从来没有经历过的世界,静得出奇,亮得出奇,暖得出奇。从窗口下面看出去,这是一个被春雨清洗过的碧绿世界,间有盛开着油菜花的田块,香气浓郁得在楼上也能闻到,令人微醺,黄蜂、白蝶在花间忙碌,这世界没有什么变化,倒是这个刚脱离死亡逆境的年轻人,却变得脆弱而敏感起来。当着这春天的景象,他心里产生了莫名其妙的忧伤。

晚上,他睡不着了,听着窗外淅淅沥沥的风雨声,一丝淡淡的忧愁袭上心头,而且他老是觉得警备司令部已经察觉他逃跑了,正在派人四处搜捕,也一定会找到两江口来。夜里,任何一个细微的声音,老鼠的奔跑声、枯树枝掉到瓦背上的声音,都会惊得他屏住气息,全身血液向头部涌上来,这种紧张的情绪常常使他彻夜不眠。他非常想念妈妈,不知道她现在怎么样了,知不知道他已经逃出来了。他们相隔不过十来里路,他却不能去看她,安慰她,让她放心。

他病弱的身体在王有林父女的精心照料下很快强壮起来,他的情绪也好起来了,快活起来了。

身体开始复原时,像熔岩一样旺盛的精力也开始在体内奔突了。在他被束缚在楼上,成天无事可做,日子越来越难熬时,那无处消耗的精力突然转化为对学文化的渴望,而且马上变得急不可耐了。他几次问素琴能不能找到书,素琴开始说没有,家里也没有人识字。后来又想起来说,从前倒有一本书,是三爷撂在这里的,不知道收拾到哪里去了。在启明一而再,再而三地提出来要她找找看时,她也终于找出来了,就在楼上存粮食的大板箱和板壁之间的缝隙里,是一本尘封的、没有封皮、纸张很黄、字很小的线装书。启明的眼睛亮了,他马上拿过来,掸掉厚厚的灰尘看了起来。讲的是李逵、戴宗、宋江、张顺的故事。后来,他才在每一页的边上发现印的有书名,是《绣像水浒全传》。

这本书从前他也看过,那时主要看的是故事情节,看着有趣。现在他主要用来学文化,什么书都可以用来学文化的,要是有一本字典就好了。他明知道

一个没有人识字的人家,是绝不会有字典的,他却仍要问素琴能不能找到一本字典,姑且问问,万一有呢。素琴的回答也是预料之中的,什么叫字典,她都不知道。

自从有了这本破书以后,启明成天趴在垫席上,专心致志地、一字一句地琢磨。这些年,他看了一些章回小说,虽然是看着玩的,也多识了一些字,不过相当多的字他知道大概意思,也懂得怎么用,却不知道正确读音,他总是暂且读半边再说,以后知道了正确读音后再纠正,现在他也只能这样。

王有林从田里回来,一放下锄头,总是先上楼看看启明,仿佛这是他养在楼上的一只心爱的珍禽异兽。他艰难地坐到启明一旁,捏捏他的手臂,搭搭他的额头,然后说:"怎么样,好过些了吗?"启明也总是马上坐起身来,笑着说:"好多了。"

在王有林身上,启明看不到一点点他的亲兄弟王新民那种彪悍的影子。他不但残了一只手,背也驼了,举动显得龙钟而艰难。他脸上的皱纹很深,好像刻在木头上的一样,喜怒哀乐毫无变化,启明从没有见他笑过。

这偶然原因聚到一起的一老一少,都经历过一场深重的灾难,造成一个右臂骨折,还未痊愈,一个左腕骨折,已成残疾。这种共同的遭遇使这个看起来感情麻木的、行动笨拙的老农民,在照看、护理启明时特别尽心。他按照那位郎中的指点,每天到河边采集一些草药,反复漂洗后放在嘴里嚼烂,然后叫上素琴帮忙,小心地解开绑在启明右臂上的蓝粗布带,更换敷在启明臂上的草药。

每天晚上,他都要给启明做一些推拿治疗。不知道从哪里搞来一点白酒,盛在碗里,点上火,然后用他那粗硬的手掌,蘸着这带蓝色火焰的酒给启明疼痛的腰和胯骨揉搓。

刚来时,启明有一次在睡梦中喊叫起来,王有林就夹着被子上来陪他睡觉。启明在睡梦中常常会猛地全身抽搐一下,无端痛苦地呻吟起来。王有林就把他搂在身边,轻轻地给他按摩,嘴里还发出抚慰婴儿的嗯嗯声,直至他再次睡去。一次,启明醒过来了,听到这种嗯嗯的声音简直哭笑不得。

当王有林每次用他那笨拙的右手,抖抖索索地给启明解绷带、敷草药时,启明总是注意到他那已经萎缩的、手掌不能伸展的左腕。启明曾听何以正讲到过,多年前,为了孙万倾老婆放在梳妆台上的一串大珠子不见了,王有林这个忠诚勤劳,深得孙家赏识,因此能自由穿堂入户的长工就成了嫌疑犯。李家寿几个把他在院子里的白果树上悬空吊了两个钟头。到了放学时,珠子却在读中学的老二的裤兜里找出来了。

第二天,孙万倾叫人拿十块大洋给王有林作为补偿。王有林没有收,他托人帮他捆了被褥,送他回到了自己的老屋。

那一晚上,启明趴在席子上,接受王有林的推拿治疗时,打破了惯常的沉默,问道:"老王叔!你在孙家帮了多少年?"

他一边推着,一边默算了一下,说:"头尾总有七年了。"

"他们对你怎么样?"启明总想诱导王有林说出他左臂致残的经过。

王友林嘿了一声。启明以为他不愿意讲了,过了一阵子,他嘲弄地说,"我是去帮人的,还要人家怎么样呢?"

"孙万倾这个人,你说,怎么样?"

王有林没说话,他有点心不在焉。

半晌,启明再提醒他:"说说看,老王叔!孙万倾这个人怎么样?"

"怎么样?"他终于开口了,"我帮过三家,这一家不算最差的,孙万顷这个人,对我 还说得过去的……"

启明听了惊愕不已,这无疑和他所想象和期望的答案是相反的。

"那你的手是怎么给搞残了的呢?"

"……那一天,他不在家。"王有林是平静的,隔一会儿,他又说,"我旧年,有一次进城还碰到过,还是他先跟我打招呼的,说:'今年三月三,城里那么热闹,怎么没有看见你来呢?'我说,我去了。他责怪我为什么不住到他家里。"

"那你为什么不住在他家里?"

不知道是没有觉察启明话里的嘲讽意味,还是不予理会。经过一阵长长的沉默,王有林叹了一口气,说:"我帮过三家人家,孙家不是最刻薄的。"他又重复起来了,"……孙万倾这个人,见人都笑嘻嘻的,有人说他是笑面虎,别的都好说话,就是听不得共产党。一听说哪个是共产党,哪个给共产党做过事,就疯了一样,做事歹毒、缺德得很,连亲外甥也不放过。"看见启明瞪着他,他又说,"没有听说过吗?城隍庙巷的金清林的儿子不就是他的亲外甥吗?"

"没有听说过。你讲给我听听。"启明央求着。

他又停顿了半晌,才说:"金清林的老婆是孙万倾的妹妹,亲的。他的儿子是共产党,那一年从外地回来,到了清阳镇,不敢回家,就给他老子写了一封信。金清林这个人是缺心眼的,又不认得个字,去找孙万倾看信。孙万倾看了信,连夜派了几个人到清阳镇把他外甥抓回来送进警备司令部去。进去没有几天就

给毙了。"

"怎么做得下手呢?"启明叹道。

"这些,他是做得出来的。"

"为什么呢?"

"为什么?"王有林一向毫无表情的脸上也露出嘲讽的神情,说,"他有几千亩上好的田,没有这个,他能过好日子,能当镇长? 共产党来了,他就要完。他甘心吗? 早年,那个时候,日本还没有投降,他外甥有一次回来,跟他讲:'"共产"那是非共产不可的,不单是我们这个小县城,全世界都要共产。靠你们拗是拗不住的。'劝他开明一些,想远一些。说:'田给分了,你的日子会难过一些,以后慢慢地大家都会好起来的。现在,你坐滑竿,两个人抬着,多慢。将来,你可以自己开着小汽车去办事。'可他说……"

"他说什么?"

又是半晌,"……他说……他说:'我宁可坐我的滑竿。要是人人都当上皇帝,那当皇帝还有什么味道呢?'"

"他们一家过得很快活吗?"

"快活?"王有林沉思了一下,摇摇头,说,"我看也没有的。"

"还不快活吗? 这样的财主人家。"

王有林又摇摇头,说:"这样的人家,外头人看起来,不愁吃,不愁穿,就一定是快活的,我知道也不怎。孙家,是啊,大财主,对佃户也会抠,还老喊钱不够花,成天只想着怎么吃得快活、玩得快活,心思也用尽。孙万倾这个人跟别的财主还不一样,他在吃穿用途上舍得花钱,一高兴起来,花哟! 管他娘的,人生一世,不快活快活,不就亏了吗? 可是,我看这一家也很少有安宁的。三天两头,不是这个哭,就是那个闹,再不就是哪一个寻死觅活地要上吊,也真叫人烦心。后代也没有一个成样子的。四个儿子,除了一个还小,还在小学里读书,现在还难说好歹,其他没有一个不是好吃懒做的,真是'上代会算会抠,下代会嫖会偷',一点不假。"

在启明的诱导下,王有林沉睡多年的语言功能苏醒了。他讲话节奏很慢,意思却是清晰的。

停顿了一下,他又嘿了一声,摇着头,说:"孙万倾这么一个人,你恐怕不会相信,他还怕鬼,怕得要死。"

"哦?"启明觉得新鲜、有趣,呵呵笑了。

王有林接着说:"在外头,他又偏要装出那个劲儿。可我最明白,他好几次要我晚上睡到他两口子外边那一间堂屋的竹床上。"

"你不怕吗?"启明问道。

他嘿了一下,说:"有哪一个鬼跟我过不去的吗?"停顿了半晌,王有林又说,"有一天,他老婆回娘家去了。已经半夜了,我都困死了,他却睡不着,把我叫醒,要我进去给他把窗隔扇放下来。我进去放下窗隔扇,插好,他突然叹了一声,对我说:'老王!啧!人总是要死的,想想也真是没趣。'没头没脑地讲了这么一句话。后来,第二天,他又想着要吃斋,后来听说又不干了……"王有林说罢,摇摇头。

那一天,他们竟谈了半夜。

王有林白天都在田里忙着。看见启明一个人在楼上闷得慌,有时简直是心急火燎的,素琴每次端饭上来后,也就不马上下去了,她陪他谈天。自从给他找了那本破书以后,他安静多了。她每次上来,总看见他捧着书,聚精会神地看个不歇。在他全神贯注读书的时候,那总是有点顽皮的神情消失了,看见他紧蹙的眉头,她想,他多么老实、多么用功啊! 所以也不愿打扰他。

可是启明一看见素琴就会高兴起来。

素琴和他同年,也比这个读过书的城里人大方得多。她那娇憨的声音、笑起来那细长微眯的眼睛(启明觉得她那细长微眯的眼睛比那些大眼睛更可爱),以及对城里事的无知和坦诚,使一向不敢接触女孩子、一见到女孩子就局促的启明,一看见她就高兴起来。这种快乐还特别地新鲜和强烈,以至于平时在女孩前面噤若寒蝉的启明,也不知道从哪里来的那么多废话,竟会讲起来没个完。

他们常常谈天,东拉西扯地谈得很开心。他靠在板壁上,伸展开两腿,像一个当哥哥的样子——他从来没有当哥哥的福分——用一种成熟男子的正经口气回答她提出来的各种各样的问题,绝不使用在厂里聊天时那种粗俗的、肆无忌惮的、油腔滑调的而且总是想占人一点便宜的嘲弄口气。素琴总是微笑着,盯着他,对他讲的所有内容都听得津津有味,以至于刚给她阿大吆喝下去,过一会儿又借故悄悄上来了。

启明也常常诱导她讲话。虽然她的口音和用词都土得使人忍俊不禁,讲的都是很琐碎的家务事,但是启明却很喜欢听。比如,她称呼他爹为"阿大",怎么会称呼阿大的呢? 启明觉得有趣。比如她说的三爷,就是三叔叔,具体就是指的王新民。和县城相隔十多里路的地方的话就有很大区别,启明觉得很奇怪。

就这样,启明慢慢地随便起来了,胆子大起来了。他们常常并排坐着,膀子挨着膀子,不约而同地警惕着楼下的动静,一听到楼梯响马上就分开,离得远远的,并且都红了脸。

当话讲完了的时候,也就是说一个新的话题还没有找出来之前,素琴就鼓励启明看书,她一点也不在乎被冷落了,她可以默默地挨着他坐半天。

有一次,在她陪伴启明看书时,她抓起启明空着的左手端详着、摩挲着。启明的手很大、很厚,沉甸甸的,手背的肤色滋润而有光泽,手掌上却是满满的厚趼。她挨个审视着指纹,咕哝着:"一个螺……两个螺……"她要启明换一只手给她。启明只得把书交给左手,把右手递给她。她又审视着,数着:"……七个螺……八个螺……九个螺,差一个是十个。"她欣喜地喊道,"九个螺日后是干什么的?"

启明应付道:"不知道。"

她又自言自语地背诵那首民谣:"一螺贫,二螺富,三螺将就过,四螺卖豆腐,五螺卖酒醋……九螺公,十螺婆。你是……"她笑了起来。

启明哪有心看书呢,他只是拿着书做个样子,却一直在听她讲话,感受她摩挲的手指。这时他才笑着说:"那是乱编的。我是公,那你呢? 你是婆?"

两人哈哈大笑起来。她又玩弄着启明的手指说:"你的大拇指怎么了?"

启明摞下书也瞥了一眼自己的拇指,仿佛也才发现有什么异常似的。那是被绳子勒的,这两个拇指脖子曾经承受过他的全部体重,现在还留下被箍过的伤痕。他笑了笑,把手收回来,掖到腿弯下,随便地说:"没有怎么样……"

素琴也仿佛知道了一点,隔了半晌,她问道:"你是从班房里逃出来的?"她显然已经知道他来以前是关在牢中的。

启明只是笑笑,默认了。其实是别人把他放跑的,如果他这样说,必定又会问他是哪一个好人救了他,放他逃跑的,他就越来越难回答了。

"在班房里,他们打你了?"素琴又问。

启明红了脸。他不愿意讲狱中的经历,不愿意讲自己被吊打受苦的事,那些事总是和失去常态的直声号叫、眼泪和呻吟掺和在一起的。

他摇了摇头,含糊地说:"还好。"说了谎,眼也不敢抬。

一阵沉默后,素琴看了他一眼,说:"你骗我。你来的那一天,多吓人。你以为我不知道?"

启明笑了笑,带点赧然,把眼光移向了窗外。

"你也是共产党吗?"素琴又问道。

启明红了脸,摇摇头。

"人家说,我三爷是共产党。他总是晚上来我们家,人家说,他要是给政府捉住了,就会把他枪毙了的——真是这样的吗?"

启明应了一声,说:"是的。"

"那真吓死人了。他不当共产党不好吗?"

启明又笑了,几年前,他也有过这样的疑问。他淡淡地说:"人是不能只顾自己的。"

"你要是逃不出来,他们会枪毙你吗?"

迟疑了一下,启明仍旧平静地说:"不知道。"

突然,他俩都没有说话。

素琴悄悄瞥了启明一眼,启明眼睛只看着窗外,口里轻轻地嘘着《山那边呀,好地方》的曲调。素琴悄悄地、情不自禁地把头靠在启明的肩头上。启明的心沸腾了,但是他动也不敢动一下,装成这一切都是很自然不过的,没有必要大惊小怪的,直到素琴抬起了头。

因为坐久了一种姿势,启明觉得左侧的腰酸痛,需要调整一下姿势,把重心移到右臀。他慢慢地收回两脚,用左肘支撑着把身子侧过来。他尽量装得轻松自如些,但是坐骨却突然像针扎了一下,他不由得抽搐了一下,并且轻而短促地喔了一下。

"还疼吗?"素琴说,"你翻过身来,我给你推推。"

启明笑了,说:"你哪里会呢?"

"不就那么揉来揉去吗,有什么不会的?"她大在给启明推拿时,她在一旁看,觉得没有什么巧妙的。在她的一再催促下,启明只得翻过身趴到席子上。

"把上衣拉上来。"她命令道。

启明有点不好意思,他还是把衬衣下摆拉了上来。于是,像通了电一样,他感觉到一只小手,虽然因为长年劳动,有点粗糙,却是很轻很轻地在他的腰上、背上揉着、搓着,有点痒。他把脸埋在棉絮里不敢看她,什么话也没有了。他只是警觉地听着楼下的动静,默默地让她揉着、搓着、捏着。他希望就这样一直揉下去……

可是,他们还是听到门口有人走动。素琴马上停止推拿,红了脸,笑了笑,起身下楼去了。

素琴下楼后,启明撂下书,懒懒地仰在这略有点凉意的簟席上,伸展开手脚,感到舒适,感到欣喜,感觉到春天的温馨。回想在牢里的日子,虽然那时候他就知道自己完全有可能被处死,却没有事过以后回想起来那么觉得可怕。他的生还,确实是非常意外的。

素琴上楼越来越勤了。他们相互之间产生了感情,那种莫名其妙的感情。有了这种东西,他们互相觉得对方的一举一动、一言一行,甚至缺陷和弱点都是美好的、使人欣喜的。他学文化的心专注不了,素琴不在的时候,他总是盼着她、等着她,焦急地关注着楼梯的动静。

他意识到自己现在才成为真正的大人了,不再是鬼头鬼脑的小家伙,不是依靠嘴上叼支烟,或者请小朋友吃碗馄饨然后大大方方地付钱——这些只是小小的点缀罢了,也无法点缀成真正的男子汉。

那一次,在棠梨庄,为平和他那房东姑娘眉来眼去地打情骂俏,他还没有体会。现在,他有了体会了。

真正的男子汉应该被一个姑娘喜欢着,并且也喜欢这个姑娘……光这一点吗?那么所有成年男子都可以成为男子汉,只要他没有残疾,又不太丑陋。光这一点不行。还有,真正的男子汉还应该是气量很大,绝不为小事和人赌气啊、吵架啊、打架啊。还不够,真正的男子汉绝不想着要把别人兜里的钱弄到自己兜里来。哎呀!岂止这些呢?还有,更重要的是,真正的男子汉,是不只顾自己的,他总是想着穷苦的、被人欺侮的、被人伤害的人,总是想着要为人人平等、人人能过上好日子出力,必要时敢豁出这一百多斤。

启明在一种令人愉悦的满足中迷迷糊糊睡去了,梦境也是令人惬意的。

楼梯稍有响动,他马上醒了,依旧带着那种热切的期待把目光移向楼梯口。

上来的却是何以正,接着是妈妈。王有林也跟着上来了,何以正在他昏睡时来过。

一看见母亲的白发,启明笑着高声喊了声:"妈!"马上跳了起来,迎了上去。

妈妈笑了,说:"这个贼。"接着就失声呜咽起来。这是预料之中的,可是启明不喜欢出现这种场面,特别当着别人面前,这有点叫人尴尬。他拉着妈妈的袖口,把她按到竹椅上,抢先爆发出那欢天喜地的情绪,嘻嘻哈哈地又说又笑,感染得妈妈也破涕为笑了。王有林也安慰说:"现在好多了。那天夜里刚到的时候,脸都是浮的,手肿得跟葫芦一样,看到都有点吓人。"

妈妈带来了换洗衣裳,只停留一会儿就走了。她已经亲眼看见了儿子了,这就够欢天喜地了，放心了。她懂得，她在这里停留时间太久，对启明的安全是不利的。王有林父女把她送出门口，她一再道谢，走得很平静。

何以正陪着启明谈了半天话，他们谈到了启明这次被捕的事。何以正说："杨联玉那边，时间一长，总免不了引起外面的注意。特别是那天夜里，进进出出的人那么多，我知道那里不安全了。就在你被抓去的前一天夜里，有人在他家门缝下面塞进一张纸条，要我们避一下……"

"谁呢？谁塞进的纸条呢？"启明觉得很奇怪、很神秘。

"不知道。"何以正顿了顿，继续说，"我和老秦、联玉就走了。估计你的身份没有暴露，如果也走，反而使人起疑，只派人告诉你，不要再去联玉家找我们。可是怎么也想不到会把你给牵进去的。"

启明插嘴说："可是并没有人来告诉我这个事啊。"他想起来那个眼镜几次提到，他们一走六二五，谁管你呢？

何以正叹了一口气，摇摇头，避开这个问题。他派的这个人找到厂里，也看到了启明，当着那么多人，他不敢讲，想等启明下工回到家里再告诉他这个事，不想就在那一天启明被捕了。何以正又说："我们连夜就走了。天明，警备司令部就来抓人，扑了一个空，联玉家给抄翻了，也没有抄到什么东西。他们就把联玉的小女儿抱到楼上，又是喝，又是吓，又是哄，小孩子就把你给说出来了。"

启明说："她又不知道我是干什么的。"

何以正笑着说："怎么不知道呢？她说那个前年正月里要狮子的，从前还偷过他们家栗子的那个人常常到她家里来。"

"天哪！"启明喊了起来，红了脸，并把脸埋进被子里，大家都笑了。这付诸一笑的事，竟使他吃了那么大的苦头，还险些送了命。启明又说："也不单是我去了几次老杨家，他们还知道是我剪了电话线的。我到上真殿弄去过几次，也给人注意到了。"他又问，"那个朱秘书是干什么的？"

"嘿！"何以正又是那么一笑，说，"暂时不该让你知道的，你就别打听了。"

何以正给他带来几包东西，吃的都交给了老大，又递给启明几本书，说："这是老秦叫我带给你的，叫你试着看能不能看懂，有不懂的，以后可以问他。要是统统看不懂，那就算了。我给你带来了这本东西。"说完，从兜里掏出个东西，就是他的那本宝贝似的袖珍字典，就像知道他启明正在盼望能有这样一个东西一样。

王有林留何以正吃饭，还搞来一瓶老酒。王有林问启明会不会喝，启明只

笑了一下,他不但会,这一瓶给他一个人喝还不一定够呢,他很有节制地陪同他们喝了几口。

饭后,酒酣耳热,何以正又陪启明谈了半夜。谈到将来,解放以后,什么义务教育啊、机器种田啊(那时,拖拉机这个名称还没有出来)、电气化啊、各尽所能各取所酬啊,等等的,讲得多美啊,仿佛唾手可得,仿佛一解放,很快就能实现。在油灯光的摇曳下,启明心里暖融融的。讲到深夜,启明要何以正留下来跟他睡一起。何以正说必须在天明前赶到下郑村去,就连夜走了。

后来的人们还有对社会主义美好生活更形象、更现实的描绘,那就是"点灯不用油,耕田不用牛""楼上楼下,电灯、电话"。虽然这些比起向宗华那期望"两条新裤套起穿"是进了一大步了,不过向宗华讲的是顽话,并非社会主义理想。

一天,老王头到城里去了。他一走,素琴就悄悄对启明说:"你想不想下去玩玩?"

启明想啊,他都想死了,可是却说:"你阿大知道了会不会骂?"

她笑着摇摇头,神秘地说:"我这屋后面有一个地方没有人看得到。你跟我来就是了。"

他终于从关了他那么多天的楼上,第一次下了楼。见素琴把大门插上闩,启明说:"要是有人来呢?"素琴说:"放心吧,大家都在田里忙,白天没有人来串门的。"她开了后门,后门外是濒临一处不到两三丈高的小悬崖的顶部,两侧虽然没有围墙什么的,却有竹篱笆隔断,这一块巴掌大的边临悬崖的地方,成了他们家的后院了。

"你来。"素琴提了一大篮待洗的衣服招呼启明跟她从一条不起眼的、弯弯曲曲的、很陡的小石径下去,她不断提醒他小心。他们下到悬崖下的一小片沙滩上,就像是变戏法一样,突然变出这么一个地方。

沙滩很小,是溪水冲积出来的一小片,也许春汛过了,就会和其他沙滩连接成一大片,现在,就像一个孤岛一样,面前是桃花溪那清澈见底的溪水静静地流淌着。这里,江面很宽,江对岸没有看到人,就是有人也看不清。他在楼上待了这么久,竟不知道还有这么好的一个地方。如果有人来抓他,他可以下到这里躲藏,还可以沿着崖边涉水绕过去一段路,在崖下的蓬草、灌木下掩蔽自己。

"怎么样? 好吗?"

"好,真好。"

素琴扔给他一条粗布毛巾，说："你把身子抹抹，再不洗澡，真要长蛆了。抹完后就在这旁边的石头上坐着玩，你好久没有晒过太阳了，真的跟犯人一样，脸色都变白了，也胖了一些。"

"我帮你洗。你哪里来这么多衣服要洗？"

"你那手怎么能洗呢？这里面很多是别人家的衣服。我帮他们洗洗衣服、缝缝补补，他们帮我阿大做一点田里的事。"

"我帮你踩。"启明说。他和妈妈在平江边洗过衣服，把搓过的衣服放在有溪水的鹅卵石上踩一通，代替捶打，再漂洗，很好玩的。

"那行。"

启明脱了鞋子卷起裤腿下到水里，水还很凉，他只能用左手捏着毛巾使劲地把脖子、手臂、腿脚擦了一通。因为有素琴在一旁，他只能解开衣扣，把前胸、后背擦了擦。洗了澡，他一边看着素琴熟练地洗着一大篮衣服，一边在她旁边替她踩衣服。没有事情做了，就在这太阳光下走来走去，伸展着肢体，真快活极了。他又坐在一旁的一块大鹅卵石上，光脚泡在水里，晒着太阳，看着素琴一边洗，一边跟他讲话。啊！生活竟有这么美好，他情不自禁地用沙哑的、变粗了的喉咙模仿来福那样哼起了"山那边呀，好地方，一片稻田黄又黄……"

"你唱得很好听。"

启明禁不住呵呵笑了起来。

"你笑什么？真的很好听，声音好像一个大男人刚睡醒的一样。"

启明笑了一阵，他想，在这个世界上还会有人夸他这个破锣响的声音好听的。

素琴又问道："你以后准备怎么过呢？"

"……等大军来了，我要出去，要参加革命。"

"还回来吗？"

启明只好说："不知道。"他不能骗她，不能编一套好听的话来哄她。他自己都不知道，他如果出去了，还能不能回来。

就这样，他们在这一小片他们自己的乐土上度过了启明这一生永远忘不了的时光。

老王头不能总是到城里去，因此他们到这里来玩也就是这么一次。

十多天后，王有林才允许启明在天黑后下楼坐坐，大门外仍旧不让去。

这一天，晚饭后，西头一家的海友，一个中年农民来串门谈天，见到启明，

说:"哟！来客人啦？从哪里来的？"

王有林说:"我的侄儿,从城里来。"

"几岁啦?"

启明回答:"十六了。"

他啧啧地赞叹道:"城里的孩子是要发得早一些,看起来已经是一条好后生汉子了,你看他这一对眼睛跟新民多么相似。"启明很高兴他把自己当成王新民的儿子。

王有林说:"是我早年去世的哥哥家的儿子。新民还没有成家呢。"

"手怎么啦?"他注意了启明的手是包扎了的。

"不小心摔的。"王有林不经意地替启明回答了。

谈着,谈着,就谈到时局。

海友说:"都说共产党大部队快要来了,你有没有听说?"

"没有,我哪管那些。"王有林摇了摇头。

"哎呀! 还是共产党来了好啊,像这样,人怎么过得下去呢?"

这种话,城里人不敢讲,海友倒脱口而出,毫无戒心。启明很高兴听到这种话,尤其是出自一个普通农民的口中。他感谢他说出这种话,为了报答他的话,启明很想帮他做一点事,更希望共产党来了后,他们这些人确实能过上好的日子。

王有林却说:"嘿! 种田吃饭,哪一个来了还不一样?"

"怎么会一样呢?"启明对王有林说出这样话来觉得很奇怪,他忘了自己的身份,插嘴说,"稻谷是你们种田人种出来的,可是很多种田人搞得没有饭吃,或吃不饱,这样的事总要改变的。"

海友点头叹道:"是啊,是啊,是这样的。"

王有林难得笑了起来——原来他也会笑的——说:"你懂得什么? 乱说一气。"他也第一次对启明使用了责备的口气,说完,深情地抬手拍拍启明的后颈脖。只有这个时候,在油灯光下,启明才觉到王有林那笑盈盈的脸跟王新民其实是很相似的,他年轻的时候一定也很精干的。

海友说:"他说得有道理。跟他叔讲的一个谱儿。很久没有看见新民了,都很忙吗?"

"不知道他们这些人都在忙什么? ……咳!"

海友叹道:"难为这些人,拼死拼活地总在为着我们这些人啊。"

谈了一通,海友回去了,王有林父女也歇去了。启明还不想睡,他走出门外,站在这两江口地势最高的地方。夜色越来越浓了,天地浑然一体地融入了这浓重的黑暗里,虽然启明什么也看不清,却感觉到春天的暖风铺天盖地地扑面而来,他沐浴在这浩荡的春风里,毫无睡意,兴奋地等待着即将出现的曙光。

那年代

第二十一章　小团圆

解放县城的那一夜，启明在两江口就像隔岸观火一样看着这一场对他来说是无比壮丽、雄伟的战斗。其实只是大军派出的一个营的先遣分队企图抢先控制平江，截断溃军退路，以便配合大军围歼的行动；因为道路限制变成了一场遭遇战。其实那使城郊居民惊恐万状的炮声大部分是溃退部队的炮兵仓促的茫无目标的发射的，追击部队只带了两门六〇迫击炮，那是小得不能再小的炮了。

启明惊叹不已，懂得这才能真正打碎旧的不合理的秩序。他兴奋得不得了。这一夜和那一次摞弹弓时的情绪正好相反，也只有现在，他才算真正不用害怕了，真正活下来了，自由了，可以到处走来走去了。他非常遗憾自己不能参加这场战斗。

他觉得自己已经完全好了，要求回城去。王有林起先不同意，说他做不了主，说要问何以正，后来被启明缠得实在有些烦了，只好点头了。

临走前那天早上，王有林叫素琴给启明下一碗米粉干。当素琴把一大碗米粉干端来放在启明面前时，启明笑着对她说："日后有空到城里，到洋火厂找我。"她笑了一下，马上仰起头，把脸转到一边，免得眼泪滚落下来。

启明很感动，只好装作没有看见，埋头吃米粉干。他当然是要走的，他要回去，回到自己的同志和朋友中间去，那是确定无疑的。他避到两江口的第一天就是这样地朝思暮想并且心急如焚地期待这一天。现在，当他真的要走时，他兴奋得几乎手舞足蹈时，又觉得这里已经有了一种从未有过的、使他难解难分的东西。这是他生平第一次交往并且相亲相爱的姑娘。他真诚地希望她以后能过上好日子，能识字，能走到外面见见世面，此外的想法也就没有了。

路上，他充满了喜悦，轻快地向城里走去。他马上要见到何以正、为平、来福、洪元、钱玉坤、老六他们了。哎呀，真想念他们啊！

前面，一个老奶奶，挎着一个很沉的竹篮子，一歪一歪地向前走，走几步，歇一歇，显得很吃力。启明不消几步就撵上了她。

"阿婆！到哪里去？"启明放慢步子问道。

老奶奶挥着汗，摇头叹气说："到紫竹庵去。说好了叫我那个媳妇到这里来接我，这个天诛地灭的女人就是不来。"

"还有好几里路呢！我帮你拿好吗？"

"哦哟！不用，不用，那当不起的。"但是她还是被启明把篮子夺了去。

一路上她都把启明当成知己，向他诉说自己的媳妇。启明只好放慢步子，耐心地听她唠叨。

迎面一个八九岁的小孩子撵着一头猪过来。启明正想帮他拦住这头猪，小孩子却拾起一块碎砖头扔了过来。他原想把砖头扔到猪前头，拦截它，不想却啪地打在启明的右脚掌上。

"哦哟！喷！喷！喷！喷！……"启明叫着，故意皱起眉头，装出一副很痛的样子。

小孩子吓住了，可怜巴巴地盯着启明向他走去，准备挨揍，又准备辩解。老奶奶骂道："这个死不了的，乱扔一气，瞎了眼了。"

启明笑了，走近小孩子的时候，拍拍他的后脑勺，和气地说："你要把我砸伤了，我就赖在你家里吃饭。"

老奶奶显然越来越喜欢启明。她问道："你在城里做什么事的？"

启明突然回答说："我是共产党。"有一点不自然，却没有一点不好意思的感觉。当然，这里也没有人认识他。他不认为自己在撒谎。他当然知道自己不是共产党员，为平那支武工队里也有很多人不是共产党员，但是他们是共产党。每一个武工队员，包括为平，每一个共产党军队里的兵都可以说是共产党，他为什么不能说自己是共产党呢？

"哦哟！"老奶奶信以为真，眉开眼笑地连声说，"你们真好，你们真好，跟那些当兵的共产党一样，对我们这些人都是客客气气的。"

启明暗笑，想："她现在还只知道共产党是客客气气的。"

到了紫竹庵，老奶奶夸奖了共产党一番，又一再说难为了，难为了。

启明觉得特别高兴，脚步也更轻快了。下江门城门洞像一个老熟人一样，站在路上迎候他。

家里，门是锁着的。妈妈还在砻坊没有回。他到厂里看了看，厂里停工了，看门的告诉他，一时还定不了什么时候能开工。转回来时，他碰到了洪元。

"咦！"洪元轻轻地喊了一声，站住了，用惊讶的眼光盯着他。启明笑了笑。

"放你出来了？"洪元仍旧是一脸惊疑，他挨着启明，动情地挽着他的手。启明还是笑笑，谁放我出来呢？还要人家放我吗？现在该我们关他们、放他们了，他觉得三言两语说不清，他也不想对洪元说这些。洪元默默地跟着启明，仿佛自己一下子变小了，温顺得像一只小猫，跟着启明的脚跟转。

"你妈知道你出来了吗？我去告诉她一下。"

"不用了，她会知道的。"

"你没有吃饭吧？我去告诉你妈，叫她回来给你煮饭。"他自愿把自己当成启明忠实的奴仆，总想替他做点什么事。

"不用。我吃过了。今天怎么不开工呢？"

"停了好几天了，开工不开工现在还说不清楚呢。"

"大家都好吗？"

"都好的。你给抓进去后，我好几次到警备司令部后院墙外面叫你的名字，你听到没有？"

"没有。"

"我们凑了一些钱送给你妈妈，还买了一些吃的东西叫云飞到警备司令部看你。人家不让进，只把东西留下来了，你有没有收到？"

"没有。钱玉坤师傅在吗？"

"在。那一天，你给抓进去了，那天晚上，他喝得烂醉，蹲在鼓楼桥头上，还是我和云飞把他送回去的。你现在去哪里？"

"你有事，忙你的。我找何以正去。"

启明觉得，为了这些人，为了这些人能过上好的日子，他就是死在警备司令部里也是情愿的。

他到玉山巷何以正家，何以正也不在家。他妈妈很亲切、很客气地叫他进来坐坐，说何以正到建阳县开会去了，明天会回来的。启明说明天再来，也就不进去了。

走出玉山巷口，路边有一家剃头店。他觉得赶快得剃个头，恁长的头发倒真像个犯人。他进去了，照原来的式样剃了一个小平头，然后容光焕发地走出剃头店。

他向来福家走去。就在路上，他看见来福的背影，一个人，没精打采地朝前走。

"阿福！"启明高兴地大声喊道。

来福转身看到了启明，难道是见鬼了？大白天啊，他呆了，木然地站在那里，泪水涌了出来。

启明满面春风地跑了上去，搭着来福的肩头，推着他朝前走。

"你到哪里去了？"来福拭着泪问道。

"我刚从两江口回来。"启明愉快地说。

"解放军攻城的那一天，你也在两江口？"

"嗯！那天城里打得可真厉害啊。"

这个朱伏龙啊，真会编，就是瞎说，也能说得跟真的一样。看着启明神采奕奕、笑容可掬的样子，来福觉得自己又给人骗了。人家为他难过，还为他伤心落泪，他呢，却在两江口不知道搞什么名堂，恐怕看了不少戏，又有的吹了。现在玩够了，快快活活地归来了，真是见鬼。

来福悄悄拭了泪，说："我都给你吓死了，有人说你给警备司令部捉进去了，还有人说你已经给枪毙了……"

"谁说我给枪毙了？"启明笑着，紧紧抱着来福的肩头，说，"是这样的，我……"

"我也不信。打掉一个汽灯罩还能犯死罪啦？"来福认为，既然没有给枪毙，也不在警备司令部里，县城解放的那一夜还不在城里，还有什么可说的呢？而那一夜，他做过的事，倒要好好讲给这个从来总是小看他的朋友听听。他打断启明的话，继续说，"……那天夜里，打得真吓人。解放军进城时，我就跑去给他们带路。我想带他们去打警备司令部。我以为你那时被关在里面，想去救你。他们一个连长说，他们另外有个部队已经去了。我把他们带到上江门。那时，江南岸正在打，那个子弹就像炭火一样在天上横起飞来飞去，我旁边一个解放军给打伤了。那时，上江门的渡船烧了只剩下一只，那些解放军过不去，都很着急。我带他们到水西门，从那里开了一个徒涉场，部队呼呼啦啦都蹚水过去了……后来，我还跑进警备司令部去找你。那里面，那天给枪毙了七个人……"来福把那一夜的经历详细地讲给启明听，那是他平淡的一生中最富于刺激的一次经历，也是最勇敢的一次表现，是唯一值得回忆、值得讲给别人听的经历。

李家寿也给毙了。真跟讲故事的一样，这样的事很少有人能像启明那样明白这个中原委。他那次实在熬不下来了，怎么会灵机一动咬了他一口，不想这一口把他给咬死了。听着来福眉飞色舞的讲述，启明只是不停地发出"乖乖"的赞叹声。他只插嘴问道："在警备司令部里，你有没有见到张珍英？"

"张珍英,哪个张珍英?"

"我们班里有几个张珍英?"

"你说的是'牛头'?"

"你们还这样叫她的?"

"那不是你这样叫她的吗? 后来没有人再这样叫了。都大了,再这样叫太难听了,也不好意思了。她小学毕业后考进了师范……"讲到这里,来福突然可疑起来,问道,"你问张珍英干啥? 我前些天记不得听哪一个说,她也打听你呢。"

启明说:"不干啥,随便问问。"

"不对吧! 你为什么独独问她呢?"来福盯着启明的脸轻轻地笑着说,"你想她了,是不是的? 你不是说要当和尚吗?"来福又呵呵地笑了起来。

启明也哈哈笑了,说:"你想哪里去了?"他也为自己怎么会提出这样叫人摸不着头脑的奇怪问题而觉得可笑,禁不住也大大方方地笑了一阵。他也不想讲什么来给来福扫兴了,只说:"走! 我们到街上走走、看看。"

两人沿街走去。

来福说:"张珍英现在也不好过了,听说她那在警备司令部的老爹也逃了,撂下她们母女俩,不知道还有没有什么亲眷。"

启明心有所动,觉得应该打听打听她,帮帮她的。

街上其实什么也没有改变,连战争的痕迹也几乎没有一点,但处处却给人以新鲜的感觉。

十字路口有两个解放军战士托枪笔挺地站着,有一股凛然不可侵犯的气概。这些战士都很年轻、很强壮,脸晒得很黑,穿着土黄色的染得很不均匀的像抹布一样的老粗布军装,身上透出一股他们自己已经嗅不出来的汗臭。左胸上佩戴着非常显眼的胸章,白底,红边,黑字:"中国人民解放军"。启明觉得这名称很好听。

他们向来福家走去。

来福家的堂屋里住满了解放军,地铺上整齐地排列着背包,每十来个人围一圈在谈天,讲话不好懂。当启明专心听他们讲话时,觉得他们一个个都能讲出很多革命道理。但是他们不喜欢别人听他们讲话,当启明、来福挨近细听时,就有人挥手,要他们走开,说话却很和气。

外面吹哨子开饭了。来福说:"他们一天是吃两顿的,这一顿叫上午饭。"

两人走出门外看他们开饭。

炊事班一边分菜,一边抬出热气腾腾的馒头,很大的馒头。部队集合整队后,喊口令的这个人——值班排长先指挥唱歌。歌声非常整齐、洪亮。来福集中思想听他们唱的是:"大得好来,大得好来,大得好(这难道是说的馒头吗),四面八方穿旗袍来穿旗袍……"他虽然不免觉得奇怪而可笑,但马上也认定是自己听错了。人家一定不会把"穿旗袍"这样的事编到这样雄壮的歌里唱的。

这个歌的歌词应该是:

> 打得好唉,打得好唉打得好;
> 四面八方传捷报唉传捷报,
> 到处都在打胜仗,嘿! 捷报如同雪花飘;
> 捷报如同雪花飘唉雪花飘,
> 解放大军功劳高唉功劳高,
> 千军万马如猛虎,嘿! 蒋匪兵败如山倒;
> 蒋匪兵败如山倒唉如山倒,师长军长跑不了唉跑不了,
> 丢盔卸甲兵马翻,嘿! 人人高喊打得好……

唱完歌就解散开饭,一个班围一圈,中间是一小洗脸盆菜,都是白菜、猪肉、粉丝,很香。来福悄悄咽了一下口水,并且回想起他们在天后宫看到的那些壮丁开饭的情景。

这时,一个穿着完全跟士兵一样的黑不溜秋的长官从街上走来,后面有一个小兵牵着一匹大洋马。这边一个来福已经知道的叫一号的连长马上放下碗筷高兴地迎了上去,他咽下正嚼着的饭,喊了一声:"三号!"同时敬了一个礼。

那个叫三号的笑着说:"哎呀! 来得早不如来得巧,饿得腰都直不起来了。正好赶上你们开饭,就在你们这里吃一顿好吗?"

好几个人都站起来说:"欢迎,欢迎。"

连长要他到屋里吃,他不肯,要跟大家一起吃。他们就马上让出一个空当邀请他参加,给他借来一张小竹椅,又给他盛来一碗汤。炊事班给这一圈人的菜盆里添了一勺菜。那个小兵给他从箩里拿来一个大馒头。他就挤进来和大家说笑着、吃着。

来福想,他们多么友爱啊。他到现在为止,还只知道他们友爱、和善、上下

一致。

　　启明碰碰来福,说:"你猜,这个人是什么长?"

　　来福说:"恐怕是团长。"

　　启明说:"不止的,起码是个营长。"

　　来福反问他:"是团长大呢,还是营长大?"

　　启明说:"那,当然是营长大了。"

　　"什么?营长比团长大?"来福抿着嘴嘿嘿笑了。这一回也该让他抓着把柄做一点文章了,看他还怎么狡辩,"到底哪个大?你说。"

　　"营长大。"启明答过以后也笑了起来,知道答得恐怕不对。

　　来福笑得喘不过气来,一边笑,一边用手指点着他说:"还强词夺理。你下过军棋没有?军、师、旅、团、营、连、排、班,团长下面才是营长。"

　　对来福的话里使用了"强词夺理"这一成语,启明觉得确切。他以后也要学一些成语掺到话里面。当然启明没有下过军棋,只好承认不懂,对来福得意的样子,他大度地笑了笑,改口说:"唔!对,对。我是说,起码是个旅长。"说完,用右手指在左手掌上写着"團"字的笔画,是十四笔,又掏出那本袖珍字典翻着。翻出来了,是来福说得对,团是军队师或旅以下、营以上的编制单位。

　　"咦!哪里来的?借给我看看。"来福高兴地挨了上去。

　　启明忙不迭地藏进口袋里,说:"人家送我的。这个不能借,我每时每刻都在翻着的。"

　　来福悄悄打了一个手势,说:"我们到别的地方玩玩去。"两人又回到街上。启明问来福:"没有看见为平吗?"

　　"没有。我们找找去。"

　　启明说:"他回到城里,能不来找我们吗?到处是解放军,就是没有为平。"

　　来福说:"他哪里是解放军呢?他们是'土共'。"

　　"土共"是解放前夕那一带老百姓对当地游击队的称呼,意思是说他们是土生土长的共产党,并不带贬义。这时,幸好为平他们不在场。启明、来福不知道为平他们对"土共"这个称呼很反感的。共产党哪有土、洋之分呢?

　　街上押过一队一队的国军俘虏,有披着棉毯的军官,旁边跟着烫头发的却是蓬头垢面的太太,全是一副懊丧的神情。以前在老百姓面前那种凶神恶煞的样子,现在是一点也没有了。在解放军的押送下,一个个都是乖乖的。

　　启明在这些人中间搜寻眼镜和黑皮,没有。

他和来福站在一旁,毫不掩饰地笑着。启明还笑得特别夸张,他想:"你们也会有这样一天。"

东岳宫外的场子上,解放军正在把缴获的武器装车运走。枪支像秫秸一样一捆一捆地码在地上,子弹撒得遍地都是。

多了也就不值钱了。启明叹息地想,那时可真是宝贝啊!他又想:要是在古代,我只要有这么一支枪,就能做一个天下无敌的英雄。什么关公、张飞、薛仁贵;什么青龙偃月刀、丈八蛇矛、方天画戟,我在老远的地方,不等他靠近,"叭!"地一枪就把他撂倒了……蓦地,启明截断了这个思路,觉得没有意思。英雄,英雄只靠一点本事、一点绝招、一件法器……为了皇帝,为了自己升官发财、荣华富贵……这些过去曾经使他爱慕不已但又是高不可攀的英雄事业,现在变得一点趣味也没有了。

看了一阵后,来福又建议到城外找找看。听说大军进城时,游击队在江对岸是堵了一下国军的,来福那天在上江门看到的那个战斗,就是被阻击在南岸的国民党溃军和大军的侦察分队遭遇战,或许可以在城外看到游击队。

两人蹽出城外,渡过平江,走着走着就上了望府岗。望府岗上漫山遍野盛开着杜鹃花,却寂无一人,什么游击队也没有看到。

站在望府岗上,启明回想几年前,也在这里,他曾经是那么愁肠百结地烦恼、焦虑得不知所措。现在,他感觉到,那种生活总要过去了。

来福说:"回去吧,只要一知道为平回来了,我们就一起去看他。"

"好的。"

两人拉着手,飞一样地跑下望府岗,渡过平江,跑到上江门,然后各自回家。

第二天,来福又去找启明玩。见到启明,他诡秘地笑了笑,说:"这个张珍英怎么又打听你了?"又说,"她现在也真的很可怜,听说她妈妈恐怕不行了。"

"怎么啦?"

"她爸不是跟着国民党部队逃跑了吗,把她跟她妈丢下来了,钱恐怕会留下几个。她妈听说得了盲肠炎(阑尾炎),痛得要死了,跟前没有一个亲眷,张珍英她就只会哭。"

"你们不能帮帮她吗?盲肠炎不就是绞肠痧吗,得赶快送医院。你不记得,那一年我们班那个刘寿年刚吃了饭马上跑警报,得了绞肠痧死的。"

"我怎么帮?背她去?我也背不动,那么胖。"

那年代

启明说:"她家住哪里?我们去看看好吗?"

"你去看她?"来福疑惑地笑了笑,虽然已经不是那授受不亲的年代了,总还是觉得有点别扭。"那就去吧。"说罢,就和启明疾步去张珍英家。

张珍英家在孙家祠堂旁一条小巷子里,张来福推开一个小门,是一个厨房,他喊道:"张珍英在吗?"

"嗯!"闻声从卧室出来的是穿着黑学生装的张珍英,看见启明,她显然吃了一惊,眼泪汪汪地喊了一声:"启明!"不带姓,带着一丝温存。

解放后,她之所以念念不忘地打听启明,是急于想知道他是不是活下来了。她知道,自己的爸爸是在一个罪恶的杀人魔窟里做事,不承想启明却突然找上门了。

他们之间从来没有互相喊过对方的名字。启明倒是很平静,觉得张珍英跟在警备司令部见到时的样子大变了:黄黄的脸,一副疲惫愁苦的样子。他就说道:"珍英,来福说你妈得了盲肠炎,那得赶快送医院。"

张珍英流泪了,说:"城里一辆黄包车也找不到,说那些黄包车夫都回去种田了?"启明马上说:"这样吧,我去找架板车来把你妈送医院去好吗?"见张珍英点头,他转身对来福说:"你在这里等着。"说罢,转身就跑出门。

刚跑到巷口正巧碰到洪元,启明拍着手说:"洪元!洪元!麻烦你,麻烦你,你快去找祥生伯伯,他有架板车,借它用一下,拉到我背后这个小门口。很重要,很重要。拜托了。"

洪元惊讶地看着启明,摇头说:"我不去!这老家伙难讲话得很,他不会借的。"

"会借的。"启明说,"你就说是我借的。借不到,你马上回到这里来告诉我,我再想办法。"洪元跑步去了。

启明回到厨房里,见张珍英正在和张来福交谈,就插嘴说:"看看你妈妈好吗?"

张珍英点点头,把启明、张来福引进卧室。她妈仰卧在床上,已经被疼痛折磨得奄奄一息了。张珍英对着她的耳朵轻声说:"妈,他就是我给您说过的应启明,他来把您送到医院去。"

启明也说:"大妈,我送您去医院,好吗?"她妈用模糊的眼睛盯着启明看,无奈地点点头,又对张珍英说:"不是叫你舅舅来吗?"张珍英说:"舅舅?找了,没有找到,等不及了。"启明说:"我们在外面等,你侍弄你妈把衣服穿起来。"说罢,启明、来福就出了卧室,在厨房里等候。

在厨房里,一直没有话讲的来福轻声问启明:"你不上学那么多年,没见过你们有什么往来,怎么一下子就那么熟了?"他总觉得启明这家伙鬼得很,简直是捉摸不透。启明摇摇头,表示他自己也不知道,或者不好说。启明小时候无缘无故地欺侮过她,不久前,他在警备司令部邂逅过她。那时,她对他当时的处境是那么害怕、怜悯;而他在那样的处境中竟还想到那些过去了的小事并且觉得内疚。现在他终于找到这样一个机会帮她做点小事,他很愿意也很高兴。

洪元拉着板车来了,放下板车一进门就兴高采烈地对启明说:"他妈的,这老家伙拍你的马屁,一说是你借的,二话不说就给了,还陪我到路边修车铺借气筒打了打气,交代我们不要搞坏了,用过了马上还给他。"

"来福,找块抹布把车架子抹抹干净。"对启明一向喜欢发号施令的做派很反感的来福,这时也高兴地接受了他的指派,马上找抹布、擦车架。启明进到房里,叫张珍英找条褥子垫到车架上。他扶着坐在床沿上的张珍英妈妈站起来,要她把手搭到自己肩上,他搂着她的胁下,扶着她慢慢地走出房门,走出后门,侍弄她躺到车架上,给她盖上被子。然后对张珍英说:"我们慢慢拉到医院去,你先去买票。"

张来福暗笑着低声问启明:"买什么票,到戏院去吗?……是去挂号。"

张珍英说声"妈,我先去挂号",便小跑步去了。

启明对洪元说:"你回吧,没你的事了,车子用过了我会送回去的。告诉我妈,我有事,不要等我吃饭。"又对张珍英妈说,"大妈,我们走了,路不平,您忍着点。"于是,拉起板车走了,一切举止都显得老练、利落,来福在后面扶着、助推着。

到了医院,张珍英和一个中年男人还有一个穿着白大褂的医生都站在门口等候着。他们一起和启明、来福把板车架抬起来,直接抬进医院的手术室。把张珍英妈妈从车架上抬上手术台后,除医生、护士外,其他人都退到外面,启明和来福就把空车架抬到外边安装到车轱辘上。那个陌生男人竟对启明说:"里面电灯太暗,我去租一盏汽灯来。"倒仿佛启明是他们的当家人。张珍英马上插嘴说:"好的。"并且告诉启明,陌生男人是她舅舅,刚才他自己找到医院来的。来福对启明说:"怎么样,我们也走吧?"启明踌躇了一下,说:"我等一下,看还有什么事情要我帮忙的。你先回吧。"

来福说:"那,我把你借来的板车先给你送回去。"

启明眉开眼笑地说:"你肯拉板车? 你不怕别人笑?"又说,"你可以从西园巷绕到我家那里,再向前过了菜园有一个小门,进去里面住了三家,最里面一家就是借车给我的一个叫祥生伯伯的孤老头子,替我谢谢他。"

"谁笑话? 噢! 就你行;你是劳动人民(这是新流行起来的词语),我是王孙公子?"来福不服气地说。启明赞赏地、大度地笑了。现在,来福确实已经非常佩服启明了,学启明那样什么事都肯做,而且说干就干。他向张珍英点点头,就出门去拉上板车,偏从大街走,昂着头,像启明那样大方、自然地拉着板车走了。

手术室外就剩下启明和张珍英他们俩了,静静的。

"启明,辛苦你了,你坐下来歇一下。"启明点点头,说:"你也歇一下吧。"于是两人一起坐到一旁的一张条凳上,又是静静的。挨着启明,张珍英俯着头,俯得很低,轻轻地说:"……在警备司令部里,我爸有没有打你?"

"没有,他怎么会打我呢?"

"他也没有救你?"她求过她爸。

"嗨! 他倒是挺客气的,只要我交代,但那怎么能呢?"

"他们对你动刑了,是吗?"

启明想,她一定通过她爸爸知道一些情况,迟疑了一下,他点了一下头。

半晌无语。

"你以后准备怎么过?"

"你们有很多同学参军去了,我也去参军。你呢?"

"我走不了,我妈是这个样子;参军,他们也不一定要我。我准备和妈妈搬到屏阳山后的姥姥家过日子。那里有一个村小,我去,可以在村小教教书。"启明点点头。张珍英显然还有很多刻骨铭心的话想说,但他们两个生活在不同的天地里,不会有什么共同语言的,她也知道她的父亲是在一个杀人的魔窟里做事的。在那里,她见到了启明,这个孩童时虽然读书很用功,功课很拔尖却无缘无故欺侮过她的人。几年后,这个站在死亡边缘的年轻人竟那么从容,还友善地对她微微点了一下头,那一瞬间的印象深深地刻在她心里,让她终身难忘,但是她说不出来。

她舅舅提了一盏汽灯来直接进了手术室,张罗好了才退出手术室,然后对张珍英说:"还好,幸亏及时送来了,再迟就不好了。"又对启明说,"你叫应启明是吗? 真谢谢你的帮忙。"说罢,他掏出一块银圆向启明衣兜里塞;启明正不知所措时,张珍英马上出手,抓住舅舅的手,夺下那块银圆,塞回他舅舅的衣兜里。

启明赞许地笑了,并且说:"要没有事,我也回去了。"

于是他们把启明送出医院大门口。

此后,在人生的海洋里,他们再也没有邂逅。

第二天,启明克制不住地想到两江口去一趟。他很想念素琴,想去看看她。下午他已经去了,走到下江门外,又站住了。他从来做事都没有这种说不出口的理由。人家要是问他来干什么,他说什么也是很勉强的,会让人觉得古怪。他想娶她当老婆吗?他想都没有这样想过。他现在这个样子,文不文、武不武的,算什么呢?他只想看到她,听她讲话。当自己讲话时,看她那专注的、津津有味的样子。但是,他又没有干干脆脆地返回来,只在城门口附近徘徊,张望着通向两江口方向的道路,希望突然看见素琴正巧进城来了。虽然明知道这是异想天开,素琴一年里难得进城几次,何况她进城总是在上午。

但是,启明还是犹豫着不走,担心正好他刚走,她却来了,只差一步。万一真是这样,他不白等了吗?

那年代

万一,万一……一个聪明的人突然变得愚蠢了,自己糊弄起自己来了。后来,他总算下了狠心回来了。要是没有这个狠心,他一定会做出还要可笑的事来。这一狠心,他就踩灭了那感情的火星,那随时能引起熊熊火焰的火星,使他后来能毫无挂碍地走上征程。

过了十来天,为平他们回到城里。

为平一回到城里的头等大事就是迫不及待地找他的小妹。他马上请了假,找到了杨联玉家,见到的却是几个陌生面孔。一问,他们回答说这栋屋原来的主人早就搬走了,那次抄家后没多久就搬走了。

搬到哪里去了呢?不知道。他们搬走时有没有带着一个四岁的小女孩?不清楚。新住户是从别处搬到这栋用不多的谷子换来的房子的。他们和杨联玉非亲非故,也没有见到过杨联玉本人。为平只好回来了。他很难过,但是坚信小妹还活着,也相信一定能找到杨叔叔的。

为平回来了。是何以正告诉启明的,说他们在以前的区公所里。启明马上跑去找来福一起去看为平。

两人就在区办事处大门口看到了为平在站岗。

为平还是那一身旧衣服，扎着腰带，也打着绑腿，左臂上套着一个红布袖套，一本正经地持枪，以稍息的姿势在站哨，完全像个军人，又严肃又认真，还真像那么回事儿。来福觉得他已经完全是个大人了，人家也从来没有把他当小孩子看，他更没有认为自己还是一个孩子。

他看到启明和来福，笑了，但他仍岿然不动地站在原地。

启明、来福高兴极了，他们跑了上去。来福笑得两眼湿润了，跑到跟前，想抱着为平的肩头却见为平仍旧是保持原来姿势。来福就站住了，说："你站岗吗？"真是废话。为平点点头。来福说："有空吗？我们等一会儿再来找你玩，好吗？"

为平马上说："不要走，我马上要下哨了。"

刚说着，院子里出来一个持枪的战士来换哨。他们互相敬了一个军礼，这就算交接哨了。

这时为平一下子活跃起来了，他拉着来福、启明的手夹在自己的腋下，说："来！"带他们进了区办事处院子。来福有点胆怯，所以很拘谨，这可是区政府啊！

过了院子，在堂屋上，为平说："等一下。"他进到西边一间，那里有六七个战士都坐在地铺上开会。为平说："班长！我有客人，等一会儿来。"

那个被称为班长的年轻战士也不管人家客人在跟前，不给面子地说："你不要……要抓紧把你保管的武器都擦拭一下。"

为平嗯了一声，出来把启明、来福带到东边套间去。

这里有一张架着门板的床，床上是一块白铺单、一条旧薄被、一个当枕头的小包袱。靠窗是一张方桌，上面有一部像皮挂包一样的电话机。还有两张长凳，桌下摆着一只文件箱。简简单单，干干净净。

为平招呼说："坐吧！"

来福说："你就睡在这里？"

为平又笑了，说："哪里，这是王区长睡的。我睡在那边班里，打地铺的。"

三个最要好的朋友，经历了动乱的，使人悲愤、激怒、焦虑、互相怀念的两个年头，终于又碰到一起了。三人都有说不出的高兴，都有说不尽的话。这些话，以前都在心里酝酿过、自言自语过。

启明问道："王区长就是王特派员吗？"

为平点头说："是的，就是大老王。"

"那个老秦是干什么的?"

"哪个老秦?"为平仰起头来问道。

"穿黑大衣的。"

为平摇摇头。

"戴眼镜的,用左手写字的。"

"噢! 秦秉正。你认识他?"

启明点点头。

为平说:"就是我们县的军管会主任。你看街上贴的县军管会的告示,后面印的不就是他的名字吗? 他的右手是那些年和日本人打仗时负伤的。他后来用左手练写字,字也写得很好的。"

启明愕然,启明又问:"他的名字是哪几个字? 你写给我看看。"

为平说:"'正'就是很正的'正'。"

启明点点头。

"秉,"他用手指在桌子上画着,"一撇,一横,一竖……"

启明马上掏出字典,翻着,很快找到了。读"丙",拿着的意思。又问:"王新民来了没有?"

"王副队长牺牲了。"

"王新民?"

"嗯,我们武工队副队长。"为平不经意地说,像回答一个很普通的问题一样,而对启明来说,却是一个晴天霹雳。他啊地失声喊了起来。

一个参加过几次正儿八经的战斗,有过几次出生入死的经历,并且也曾把自己的生死置之度外的人,在讲到自己战友的牺牲时并不像演戏那样有特殊的表情和腔调。当然,王新民对他的关爱,无异于他的父兄。他的牺牲,为平曾经几天吃不进饭。可是他不可能讲一次,红一次眼,所以,这时的为平是平静的,没有理会启明正张着眼怔怔地瞪着他。

为平接着说:"王副队长是我们武工队的能人,搞爆破更是拿手。国民党军队垮下来的时候,王特派员叫他带一个小组去龙弯,把岭下那座公路桥炸了,堵住国民党军队的车队,配合大军把他们歼灭掉。谁知道,他们赶到龙弯还没有动手,国民党一个车队开来了。龙弯一边是陡岩,一边是平江,沿公路撤,哪有汽车跑得快,结果掩护撤退的王副队长挂花了。"

"什么是挂花了?"启明问道。

"就是负伤了,和另一个战士给敌人逮住了。敌人把他们捆起来,拴在汽车后面在地上拖,一直拖到大桥镇,活活给拖死了。他们两个的坟还在大桥镇村口,王区长说了,要立一块碑,纪念他们。"

启明陷入了沉思。想着这个生龙活虎般的人,这个他刚树立起来的英雄偶像。想着为了这个事业的胜利,多少善良的、聪明能干的人贡献了自己的生命。

来福说:"那个孙万倾抓住了没有?"

为平说:"没有,跑掉了。"

来福拍了一下膝头,嘻了一声,说:"可惜!抓住了把他枪毙了。"

为平说:"要是抓住了,叫你去枪毙他,你敢不敢?"

来福说:"我不会打枪啊!"

为平说:"要是学会了呢,学会打枪不是很容易吗?"

来福知道了,在他们两个心目中,他仍旧是个胆小鬼。顿了顿,他不服地、不高兴地说:"那怎么不敢呢,还怕他吗?"说完,他又想起了那一年在天后宫发过的誓言。

为平点头说:"这些家伙,还有被打败了的国民党军队,都逃到山里去了。大军一走,又出来杀人放火,把我们的人抓住就开膛破腹,跟日本鬼子一样……"

为平一边说,一边把墙上的一支驳壳枪取下来,分解开来,细心地擦拭起来。这支枪,启明是见过的。擦好了,结合好了,他又把自己的步枪分解开来擦拭。

来福说:"外面都说,你们区武工队要进山打土匪去,你也去吗?"

过去人家称他们是土匪,现在该他们称人家是土匪了。

为平笑了笑,想:"还要问吗,这不是正做准备吗?"

为平注意到一向话多的启明这时却一直木然地坐在一旁,就说:"启明!怎么啦?哑巴啦?"

启明从沉思中醒悟过来,他笑了笑,说:"没有什么。"

看着为平手中的枪,来福又说:"那一次,我才跟启明讲到孙家大院里有很多枪,可是没隔多久,游击队也知道了,来了一伙人统统搞走了。"

为平和启明互相看了一眼,都大笑了起来。

来福不知道他们笑什么,又问道:"那天你来了没有?"

为平收了笑,摇摇头,那怨气仿佛现在还没有消掉。突然,他笑着,抱着启明的肩膀,说:"那次行动,我们这个小英雄可立了大功了。"

真是,反过来说,进步也真能使人虚心。这个一向不懂得谦虚的人却马上飞红了脸,挣脱了为平,说:"别,别,别,别乱说,给人笑话的……"

英雄,他认为,薛仁贵这些不能算了,说王新民他们还差不多。王新民倒没有名,这个县城里,谁知道他呢?可是他确实是英雄,起码在启明心目中他是的。而启明,他自信,只要有机会,只要运气好,不给打死,他以后也会成为王新民这样的英雄的。现在,这还只是想想的。虽然这样想,他也窃喜不禁,不管怎么说,这总不是自己吹的,而是别人讲的,他仿佛无意中获得了一种报偿。

"乱说?"为平拧过头来说,"这可不是我说的,这是王区长说的。九支步枪,我手上这一支三八式的就是你们那一次搞来的。"他指着手中正在结合枪机的这一支枪说,"还有三支手枪、一支木壳、四箱七九子弹,转来转去地运到我们那里,大家都高兴得像开了锅了。大老王一边拨拉,一边对王新民说:'这一次干得真漂亮啊!可我们那个小英雄还在警备司令部里吃苦头呢,怎么营救,秦书记有什么打算……'我问他,是哪一个小英雄?他说:'不就是你那个共事多年的那个什么"老"朋友吗……'"

说完,为平和启明就哈哈大笑起来,来福觉得莫名其妙。"怎么?"来福瞪着眼,指了启明一下,说,"你不是说你在两江口吗?"

为平惊讶地说:"哦!这么大个事你还不知道?你看他现在这个熊样子。这一次是吃够了苦头的,也难为你挺住了。"

启明说:"你知道啥?"

为平说:"我们当然知道啰。人家要你供出是谁指使你去割断电话线的,你说是李家寿,是不是?"说完得意地笑了,并且说,"李家寿要是变成鬼,他要找你麻烦的。"

启明嘿了一声,把手搭到来福肩上,说:"他找我?我还正要找他呢,他打了我们来福两个耳巴子,我还没有找他算账呢。"

来福突然都明白了,他又被蒙在鼓里。当他还在幻想世界里过英雄瘾的时候,他的朋友,他曾经并不那么服气的朋友,却真的干出了被人们称为"英雄"的事迹。他看了启明一眼,这才注意到他确实脸色有些苍白,也瘦了,因此眼窝下陷,眼睛显得更大更亮,下巴颏更尖,额上还有一道新愈合的伤口。

启明说:"其实,要说头功,还是来福的,那不就是你告诉我的吗?"他笑了,转对为平说,"你跑了,我们两个到处找你,找不到。我跟来福说,你能不能到孙

家大院去找找看,搞不好很可能关在那里面,你们和孙家还有一点点亲戚关系。后来,他一个人就真的钻进孙家大院去找你。没有找到你,却给他侦察到孙家一个小院子里有一栋藏枪的库房,有很多枪和子弹,他还画了一张图给我,画得清清楚楚的。要不是他,谁知道呢? 这才真是头功呢。"

　　侦察,来福怎么也想不到他无意中撞到孙家藏枪的仓库,看到他们在搬运枪支和子弹,这也算是侦察。虽说是最好的朋友,来福过去对启明却并不怎么喜欢,觉得他傲慢,好耍小聪明,自以为是,喜欢出风头,说话有点强词夺理,不饶人,还有点流里流气的(说他流里流气是来福有一次看见他在街上骑着自行车,嘴角还叼着一支烟),他以前是不服他的。后来,他的看法慢慢地改变了。现在,他发现坐在一旁的启明一点也不是从前他不喜欢的那个样子,他的目光是柔和的,话不多,总是笑盈盈的,对人也谦和了,也很重感情了。来福对启明产生了一种爱慕和敬重。

　　在他们兴高采烈地谈天时,门外好几次有人探头进来,见他们在谈话又退了回去。启明知道这个人是找为平的,知道为平有事,就准备和来福回去,以后再来看他。为平也不挽留,他从床下搁板上取出一个小包裹递给启明,说:"我这个小包裹放在你那里,你替我保管一下。"

　　启明接过包裹,摸摸捏捏地说:"放我那里干啥? 里面有什么好吃的东西?我家里老鼠多得很,咬坏了我不管的。"

　　为平说:"这个启明还是这样,嘴馋得要命。我没有地方搁,放留守处不保险——就是两双力士鞋、一个笔记本、两件布衫、一条毛巾、两双布袜。我回来后再给我。"

　　这又说漏了,精细的来福马上问道:"你们马上要出发吗?"

　　为平笑了笑,不回答。

　　为平把他们两个送出区办事处大门,又跟着走了一程。前面是水西门,他们爬上城墙,迎面是一江春水。这就是不久前来福带领解放军开辟的一个徒涉场。明天拂晓,他们就要出发到江那边的百里大山区去剿匪,这是对解放前夕那次奇袭行动没有让他参加的一种补偿,为平正跃跃欲试。

　　于是,他站住了,说:"我回去了,咱们再见吧!"并和启明、来福握了握手,又笑着说,"要是我不回来了,这里面的东西就送给你们两个,一半一半,给你们做纪念。"说完,他招招手,然后转身走了,向区办事处走去,头也没有回。

　　"要是我不回来了",什么意思? 盯着为平离去的背影,来福突然觉得自己的生活平淡、乏味得无法忍受了。

在回来的路上,来福说:"原来你还真的给警备司令部抓进去了。我还一直以为是朱伏龙瞎编的。"

启明仿佛没有听见,他今天有点心不在焉。

"怎么会把你给抓进去的?"来福拍着启明的肩头问道。

"啧!"启明叹了一口气,轻描淡写地说,"不小心嘛。"

"那一天,游击队进城搞枪,你也参加了?"

启明点点头。

"在里面吃苦头了吧?"

"嘿!那还能叫你快活啦!"

"给你坐老虎凳了吗?"他也听说刑审逼供中有坐老虎凳的,却不知道怎么个坐法。

启明摇摇头。

"讲来我听听不好吗?"

"这有什么好听的?"启明不肯讲。

"要你招出共产党在哪?"

"嗯!"

"你讲了没有?"

启明严肃地说:"那讲得的吗?"

"那你怎么逃出来的?"

"哪能逃得出来的? 有人把我放跑了的。"

"谁呢?"

"不认识的。"

要是从前,不让他讲还不成呢。今天,当来福从来没有这样热心地想要知道他那一段不平凡的而且是非常可怕的经历时,让来福失望的是启明这一阵子却总是心不在焉地敷衍他。

王新民不在人世了,永远永远没有了。启明总还在想着他。想着那一夜,他拥抱着启明讲的那些话,这就像昨天的事一样,不想就在那一次后就永别了,再也见不到了。

他自己有什么好讲的呢? 虽然吃了一些苦头,人总还活着。人家那么一个能干、精壮的人给拴在汽车后面活活拖死了。

那年代

快走到家门口时,来福问道:"启明,我们以后怎么过呢?"他也思考起启明几年前思考过的问题。

"我?"启明胸有成竹地说,"我要……当然啰,我是要去参军去的。"

来福说:"你妈放你去吗?"

启明嘿了一声,说:"谁知道呢? 我一定要去,她也没有办法的。"

是的,人家命都不顾,他还能顾那么多吗?

来福说:"我也要去。"

"你去干什么?"启明冲口而出,没有觉到这话伤人。干什么? 还能是到平江边去捉鱼吗?

"……"来福很着急,也没有介意,他有满肚子的话。要说为什么,似乎有很多理由,又没有一个主要的。当然,有一个理由是明白的,他的好朋友都走上革命的道路,他们都吃过很多苦,经历过很多艰险。他也要参加革命,像他们那样去吃苦,去打仗,不愿意一个人待在家里。他只重复说:"我也要去。"

启明转身看了他一眼。还是那跟面团一样的白嫩的脸、羸弱的体质。他能吃得消革命队伍里的苦头吗? 能经得起残酷战争的考验吗? 他还几乎什么都不懂。启明脸上掠过一丝笑意。

其实呢,只要把他放在那里,他终究是可以的。因为正义感会给他力量的,自尊心引起的不服气也会给他力量的。他有限的几次勇敢行为不就是在这种情况下产生的吗?

来福觉察到了启明那一笑,他还是诚恳的、热烈的、充满深情的,也带一点恳求的口气说:"启明! ……你要走,一定要跟我讲,我也要走,我们一块走。"

这些话,过去启明对何以正也这样讲过,也是怀着爱慕充满深情地讲的,那时何以正几乎无动于衷。现在不想来福也这样地对他说了,他不能那样对待来福,于是高兴地点着头说:"好,好,好。"

于是他们分手了,没有想到后来是天各一方了。

第二十二章　告别少年,告别那年代

启明走了,他终于走出了这被崇山峻岭层层叠叠包裹着的小县城。刚解放地区的年轻人参军是很容易的,只要愿意吃苦耐劳,不管出于什么目的:追求理想、革命、找出路、寻刺激、跑码头、填饱肚子都可以。何况启明还有为了理想敢于豁出这一百多斤的勇气。

共产主义事业,从科学性上讲,他那时并不了解,而从正义性上讲,他和那时的多数年轻人一样是能理解的。因为人们总是同情贫苦的人,同情被欺侮、被剥削、被侵略、被奴役的人们,何况他自己就是其中一员,而这样的人总是大多数。为大多数人利益的事,总能得到大多数人的拥护的,这样的事业是必胜的。他就是基于这种想法去追求这个事业,并且总是充满信心的。

妈妈终于也点头了。当启明告诉她,他已经报名参军了,她愣了好一阵,但是终归还是点了头。虽然她只有这一个儿子。她不能培养他读书,他也只有跟自己一样的命,出去闯荡闯荡,或许还能闯出一条比现在好的路。当然也可能会死在外面,不过她不愿意朝这方面想。她还认为,多少年都熬过来了,现在解放了,难道再一两年就熬不下去了吗?她只想一两年,不知道启明根本就没有想过这一出去还有归期。他不是很顾念妈妈的,他只有病痛时才会想到妈妈,他不去想他这一走,妈妈生活将会更加艰难。他只认为仿佛解放了,什么都好办了,慢慢地都会好起来的。他坚信这一点,所以走得几乎毫无挂碍。("慢慢都会好起来的",这是那年代的人们得以熬过那艰难岁月的信念)

离家前夕,启明站在家门口,那心情是轻松而高兴的,他终于要离开这里了。这租住、生活了十几年的简陋的破屋,几乎没有可留恋的东西。

这间简陋的土墙矮屋,从他记事起是这样,现在还是这样,只是愈加破旧,更加禁不起风雨的侵蚀了,再修修补补也无济于事,只有彻底扒了盖新的。以后,这当然是能做到的。

四年前他失学时,也曾这样地站在门口。那时,他的心情是抑郁的、迷惘

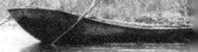

的、不知所措的,眼睛里好像漏了一样,总是盛满泪水,拭不干。现在,他是这样兴奋,兴奋得有点发狂,嘴里总是哼点什么歌曲。那时,他要使劲跳起来才能摸到屋檐,现在他只消一举手就能碰到。门扇上分别贴着"神荼""鬱垒"四个字——到处可以看到这样的字,纸色已经褪成灰白。门框两侧陈旧、破碎、布满灰尘的春联记不清是哪个年代贴上去的,还是那几个字:"天增岁月人增寿","春满乾坤福满门"。他不完全懂得这上面的意思,这巷弄里也不会有人懂得上面的意思。大家都这样,不懂就让它不懂,主要只是给贫苦的生活装点一下。

想起上代,他的父母亲、爷爷、奶奶,还有太公、太婆这些长辈,都是这样饥寒劳累地死熬了他们漫长的一生,对什么也熟视无睹。既然存在,也只能这样,他们无力改变,也没有想法改变,所以也都这样窝窝囊囊地熬过去了。但是,他应启明不能还是这样过下去。

门前,隔一条鹅卵石小路是菜园,卵石砌成的矮墙残缺不全。通过菜园可以看到远方的云山,他看着那悠悠白云衬托下的远山,多少次地产生过要飞出去的愿望。这一回,他真的要飞出去了,去看看山外广大的世界。那外面,有大江、平原、大城市、火车,有各种各样的人、各种各样的生活。

没有什么需要准备的,除了那本袖珍字典,几乎可以不带任何东西,包括身上的衣服,部队里都有的发。一穿上军装,身上的衣服都可以统统留到家里,哈哈,那可真是赤条条一丝不挂地参加了革命了。

该告别的朋友,大多数都告别了,都打了招呼了,让他们知道他要走了。将来还能不能归来,谁知道呢?战争正在进行中,这一代人都亲历过,都知道是怎么一回事,所以告别都带有那么一点点令人惬意的悲壮味道。

他在洪元的陪同下,找到了老六的家,意外地发现钱玉坤也在那里。见了启明来访,两个人从来没有过地都站了起来,很高兴他找到这里来看望他们。钱玉坤还向启明敬了一支烟,启明连忙伸出两手谢绝了。

"戒了吗?"

"我本来就没有上瘾。"

"好的。"钱玉坤把烟放回烟盒。

落座后,他们问了启明什么时候、怎么出来的。启明只简单地回答了这些问题:是一个多月前的深夜,是专员公署几个人把他从警备司令部里要出来,用汽车送到楠山脚下放生的。

钱玉坤迫不及待地问启明:"那一天夜里共产党的人到孙万倾家里借枪,你是不是参加了?"启明点点头,说:"参加了。"

"真的吗?"钱玉坤还不敢相信。

启明又点点头。

"啊!"这真是满座皆惊,接着互相对视后都哈哈大笑起来。启明简直成了他们这里的一个传奇人物了。

老六说:"我们几个到今天为止还一直都说你给警备司令部捉进去是冤枉的,这样看来,你不冤枉了。"

启明笑着承认说:"不冤枉的。"又说,"不过那个李家寿给毙了倒真是冤枉的。"

老六说:"虽说是冤枉的,也该啊。"

洪元简直是一头迷雾,说:"可是那天夜里的事,我到现在还记得清清楚楚的,后来你还提醒过我的。你跟我们在吉余家里玩,我看你回家去的嘛。你走了以后,大家还说了你好一阵。吉余说:'喔哟,今天难为启明也到我这里来玩玩。'他还说,'启明这个人眼睛朝上,不太瞧得起我们这些人。'我那一次还说,可我们钱师傅起先还说他老实呢。后来警备司令部把我们几个人都传去,一个一个地问,凶得很,我们也都说那天夜里你和我们在一起的。你哪里来的工夫去参加他们的事呢?第二天,你不也照常上班的吗?"

启明只是笑笑。

"看不出,一点都看不出。这才是做大事的人。我说他老实还错了吗?他就是老实,这才是真正的老实呢,你个洪元要好好学着点。"钱玉坤感叹着并且从内心佩服这个年轻人。

老六又问道:"在里面,苦头吃煞了吧?"

启明唉了一声,摇摇头,表示了不堪回首,他不想讲。

正说着,外面有人喊:"老六在家吗?"不等答应就进来了,是云飞,一看见启明,他喜出望外地把启明从凳子上拉起来,上下看了一遍,又按下去让他坐,说,"你这个家伙总算又还阳了。"

老六告诉启明,永利厂搞了一个什么工会,云飞他在里面也有些事要做,又问云飞:"什么事这样风风火火的?"

云飞说:"后天总算可以开工了。原先金老板想把这个厂歇了,说没有资金办不下去了,其实就是不放心,怕共产了,想把这个厂的资金抽出去。军代表找他谈了谈,给他说,共产党的政策是'工事牢固,劳资两利'。还给他搞了几大桶

柴油,又给他从云中县联系了一个排的木料,他这才同意办下去。"云飞说罢拉着启明的手问七问八的。

老六说:"怎么又是'工事牢固'呢? 我上次听他们讲的是'公私兼顾'。"

云飞说:"你不要钻空子嘛,牢固、坚固还不是一样的吗?"

启明也听到以正讲过的这些意思,这时也笑着说:"怎么一样的呢? 公私兼顾是说的国家利益、老板的私人利益都照顾到,这跟坚固、牢固沾不上边的。"

大家都哈哈大笑了一阵,云飞也跟着笑了。启明想到,不读书,没有文化怎么当家做主人呢?

钱玉坤又讲到大切刀现在是洪元在用着,启明回来了,是不是仍旧让启明干。

这时启明才宣布,他已经报名参军了,也批准了,后天就要走了,今天来看看师傅们。于是又引起一阵惊愕,经过几秒钟的沉默后,钱玉坤好像终于想通了一样,说:"好的,出去吧,去闯闯天下去。这小小的洋火厂也装不下你这个年轻的。我要是年轻个二十岁,我也要出去的。'树挪死,人挪活'。出去了好好干,以后如能发迹,不要忘记了我们这些穷老哥们。"

"哪能呢?"启明回答说。他这话是包含两个意思的,一个是哪能发迹呢? 发迹不就是升官发财吗? 像薛仁贵那样,这样的道路已经被他摒弃了。一个是哪能忘了这些共过患难的大朋友呢? 他就是为了他们能过上好日子才去过更苦、更险的生活的。

于是大家都依依不舍起来。老六叫老婆去买一点菜来,要留启明在这里吃饭,说:"一个乡下来的亲戚前天送来一块腊肉,舍不得吃,今天晚上我们三个就在这里(他指指水缸盖)喝两盅。你们两个(他指指云飞和洪元)我就不请了。"

想到工厂在停工,大家都是正在困难中,启明马上说:"不,不,不,我妈妈已经烧了我的晚饭了,还要我晚上一定回家吃饭。"

告别他们出来时,几个师傅都把他送出了门,并且说:"我们就不远送了。"启明走了十几步后转过身来看见师傅们还站在门口,他也像不久前为平那样挥挥手,大声说:"再见。"

钱玉坤进来后,说:"奇怪,他什么时候开始变得这样懂事、这样老成的?"

洪元就一直默默地伴着启明跑了一天。最后分手时,启明叮咛说:"洪元,以后不要到吉余那里去玩那些名堂,要想办法去学一点手艺,有工夫也要学学文化,多认几个字也是好的,不认识字,以后怎么过呢? 总不能只是这样过下去。像我们这个年纪，脑子最好使的时候，学什么都记得住。"

"嗯!"洪元有力地点了一下头。

"我走了，你有空要常常看看我妈妈，帮她做点事。"

"嗯!"他又用力点一下头，于是大颗的眼泪从他的眼眶里滚落下来。想到那一年用一竖一点来考试并且奚落失学的启明，他觉得惭愧，现在他承认启明确实比他有志向，有出息。

总之，所有的告别都是快意的。最遗憾的是为平剿匪走了，一直没有消息。上一次三个人匆匆忙忙会了一次面，没有说多少话，尽管都有不同的经历和新的共同的语言了，都以为这一下子又可以常来常往了，没想到他们都要各奔东西了，见不到了。他很想念这个"养儿"，终于熬到了解放了，他希望这个"养儿"能从这次剿匪作战中平安归来，以后能平安活下去，千万千万别给打死了。他死了，他家可真的像他从前最担心过的那样"绝后代了"。启明自己倒不在乎绝不绝后代，比如一棵大树，它这一个小小的枝丫死了，不冒芽了，可是整个大树是活的，还有很多枝枝丫丫照样会冒出新的芽来的。

何以正正在接管发电厂，忙得焦头烂额，几天前又出差到外地去了，见不到了。王有林那里，他应该去一趟，这一回他也有理由去了，但是赶不及了。而且，对素琴，如果只能见一面，还不如不见。他们互相产生了感情，不单是他这一方面，他不傻，还能觉不到吗? 现在，才平静下去的波澜，不要再去搅动它了。

还有一个来福。想到那天分手时他那充满信赖和深情的嘱咐，要启明像何以正那样无动于衷是做不到的。他捧着为平寄存在他家里的小包裹去来福家走了好几趟，都没有看到来福。快黄昏了，他又去了一趟，这是最后一趟了，还是不见来福。他毫不迟疑地对这个白胖的从来不给他好脸色看的女人问道:"来福妈! 来福到哪里去了?"

来福妈正在烧晚饭，见了启明后，因为怎么说也都成年了，所以不论她喜欢不喜欢，这时还是得以礼相待。她客气地叫他进来坐，告诉他，来福到他三姨妈家去了。

启明问她:"来福今天回来不?"

她说:"今天是不回来了的。"

他又问:"他三姨妈家住哪里?"

来福妈警觉起来，问启明有什么事。启明就直率地告诉她，他已经参军了，明天早上要走了，他想问一下来福去不去。来福妈像给针戳了一下，反应迅速

地连连挥手，很不客气地说："你……你……你顾你自己吧，他是不去的。"并且马上回敬启明一个厌恶的脸色。

对于这种无礼，启明淡淡一笑，只从心底涌出一个不以为然，人怎么可以只顾自己呢？

他回来了，捧回那个包裹交给妈妈收藏。想到来福那孤独和寂寞的生活，想到他搞不好一辈子也摆脱不了家庭的羁绊，启明倒产生一点怜悯的心情。

第二天清晨，他走了。他想像平常出门那样，对妈妈说声："妈！我走了噢。"就提着网兜，拿着雨伞轻快地跨出门去。

可是，不行，妈妈要跟他一起去。叫她不要去，她不肯。于是冒着蒙蒙细雨，母子俩默默地沿着泥泞的大街，走到北门汽车站。在停车场里，她站了一会，没有等汽车开走就说："我先回去了。你走好！一到那里就给妈写信回来。"说完，平静地走了，一点也没有叫启明难堪。

他们一批三十多个互不相识的年轻人，在一位带兵的指导员的招呼下登上一辆破旧的木炭车，启明始终是笑盈盈的，他兴奋到了极点。司机在使劲地摇那烧木炭的锅炉下面的鼓风机，启明很担心，怕它开不走。等了很长很长时间，车子总算发动起来了，浑身哆哆嗦嗦地起步了，慢慢地开动起来了。启明嘘了一口气，这才算真正走了。

车窗外面的一切景物在细雨蒙蒙中向后移动了，那些从小熟悉的房子、树、电线杆、打着伞的行人，还有那隐约可辨的屏山塔。他踌躇满志地登上了征程。

别了！少年时代，那虽然贫困却仍能给人以美好回忆的年代。

别了！那从混混沌沌到朦朦胧胧，从有所感到有所悟的彷徨年代。

再见了！养育他的故乡和母亲。

再见了！患难与共的师傅们和他的少年伙伴们。

他毫无离愁别绪地告别了这一切，走了，为终于捕捉到的生活目标而奋斗了。

人不是动物，活着不能只为了谋取衣食。而谋得衣食又仅仅为了活下去，因循一生直到老死，人应该有更高的追求。

而启明此后将不再只是为了自己，更不是只为了每日三餐奔忙了，也不再想要当什么"名人"了。为什么一定要当有名的人呢？那都是小孩子的空想。解放了，人们都很高兴，可有几个人知道默默地、永远地躺在大桥镇新坟里的王新民的名字呢？当然，王新民做的事，他献身的那个事业是永存的，也只有这才是永存的。现在,启明也将为更长远、更广大的目标生活了,也就是说,为了全体劳苦人民的解放,为了子孙后代的幸福去奋斗,为了把社会改革的公道、合理,使人人都能过上美满幸福的生活去奋斗。虽然,等待他的会是更苦,而且总是伴着凶险的生活,但是,他愿意,因为苦的意义不一样了,何况这不是那种看不到尽头的苦了。这就是他曾经渴望过的,但又说不出要领的另一种生活。

哎呀!他曾经想得多么美妙,正是这种美妙的理想支撑着他把生死置之度外,支撑他以苦为乐。虽然,后来的事远非他想的那么好,他也总能从好的方面去解释它,包括自己遭受的毫无意义的磨难,这就是这一代人啊。

旧社会对劳动人民的压迫和剥削是千真万确的。先进的人们要建立一个公平的、人民当家做主的、人人都能过上美好的生活的社会理想并为之抛头颅、洒热血也是千真万确的。只要经历过那个年代,很多人都能树立起这种理想,何况是在这心灵最纯净又是血气方刚的少年时代。

向为平后来怎么样了呢?

他们几个分手后的第二天拂晓,为平随部队渡过平江也一去不复返了。他和启明、来福告别时那种仿佛多此一举的预感竟应验了。

那时,国民党的几百万军队并不是全部被消灭在正面战场上的,尤其是解放战争的后期,相当多的部队开始只是被击溃,逃窜到了山里。

那真是兵败如山倒。当大军继续进军解放全中国时,大军离去的后方,剿灭这些武装的重任就由地方部队旷日持久地担负着。

为平他们是从游击队改编的地方部队。对方主力则是沦为游击队的正规军,不论装备,不论其成员的军事素质,对方都占优势。为平他们为自己的阶级利益作战。对方,尤其是一些逃亡的地主武装也为自己的阶级利益作战,他们对被剥夺了的自古以来就认为是天经地义的东西哪能善罢甘休呢?所以双方都有顽强的作战精神。而且,刚解放的地区,共产党的群众工作优势也不是即刻就能发挥出来的,有的地主武装中竟有他们的长工,他们的东家承诺用已经被剥夺了的土地作报偿,要他们的长工扛枪为他们的东家争夺利益。这就使得这种战斗显得很艰苦、很激烈、很残酷。

为平就牺牲在那一次剿匪战斗中。牺牲得很英勇,虽然他没有看到孙万倾的下场,却看到了孙万倾这个阶级的灭亡——这其实更重要。牺牲时他十八岁,几块手榴弹的弹片嵌进他的胸脯,前襟有几个小窟窿,渗出少量的血。遗体

是完好的,连脸色也一如生前,只像睡着了一样,固执地抿着那厚厚的、微微翘起的、轮廓分明的嘴唇。

战斗结束后,连大老王这样的老兵也红了眼,在他遗体一侧一言不发地、一支接一支地抽着烟,蹲了好半天。

要说大老王对为平的安全毫无考虑是不确切的。剿匪战斗一开始,他就感觉到战斗的激烈程度远远超过了那一次和八十一师的周旋。当他的帽檐被一块迫击炮弹片打穿一个窟窿时他想到过,两位烈士只剩下这一点骨肉,他要为这个孤儿负责的。他已经有决心,待这一次战斗行动一结束,就要变尽方法迫使为平留守后方。大老王也早就注意到为平和他们多次住过的那家房东的女儿眉来眼去的表现,不言而喻的是他们已经有了儿女之情,这在战争年代是不被允许的。但是大老王却很宽容地睁一只眼闭一只眼,他还曾想过,这女孩也不错,跟为平很般配。如果双方真正都愿意,战争结束后去促成这一段婚姻。不想,没有等战斗结束,他就牺牲了。

向宗华曾经说过,说来说去还是我们这些种田的最苦,不说吃的、做的……他们受剥削、受压迫最深,而在这场革命中,他们做出的牺牲最大。如果他们仍旧摆脱不了贫苦,那还算什么革命呢?

那么张来福呢?

就在启明走后的那天下午,来福怀着往常一样宁静的心情从裕岭三姨妈家回到城里。一到家,妈妈迎着他笑道:"好长的腿,怎么走这么快?你吃了午饭没有?"她变得异乎寻常地和蔼、亲热。

来福说是吃过午饭回来的。

妈妈又问:"三姨家做了什么好吃的东西给你吃了?"

来福说是生粉饺子。

"好吃吗?"

"好吃。"

妈妈说:"爱吃生粉饺子还不容易吗?妈什么时候有空也做来给你吃。"

来福又觉到了家庭的温存,他也更温顺了。

他已经很疲倦了,但是一放下雨伞、篮子,就又找了一个借口跑出去了。他要去找启明去。几天没有见到启明,他很想念他,洋火厂一定没有复工,启明也一定闲着。和好朋友们在一起,谈谈一些从来没有涉及的话题:时局啊、志向啊;一些从来没有使用过的词语:"人民""民族""国家""解放"甚至"人类"这个词语也进入了谈话中,于是一种追求高尚的人生,一种成年了的男子汉的自我感觉,也使来福觉得惬意。现在再听奶奶、妈妈一天到晚讲那些琐琐碎碎的家务和那些东家长西家短的谈天,就觉得厌烦极了。

启明的妈妈刚从砻坊归来,这时坐在门槛上剥豆荚。当来福问她启明在不在家时,她吃惊地说:"咦!你还不知道吗?他已经参军走了,今天一早就走了,说是先到建阳县。他前两天还一直在找你,老念叨你。昨天黄昏还去找过你。他说,你讲过的,要跟他一起去的,你怎么又不去了呢?"

"……"简直是晴天霹雳,来福木然站在门外。

"他有一个包袱,叫你碰到时交给为平。"她进去拿出那个为平留下的包袱递给来福。她慈爱地对来福说,"你进来坐坐吧。"

来福接过包袱,摇摇头。他完全没有想到事情会是这样措手不及的。

"为平没有回来吗?"

"要回来了,那还用叫你去交给他吗?"启明妈妈笑了起来。

"包袱先放你这里,我以后来拿。"说完,他掉头就走了。虽然明知道已经晚了,他还是不顾一切地向汽车站跑去。他心里堵得慌,在这决定他一生道路的时刻。他希望汽车或者公路出了变故,启明他们没有走成,这样的事情总是会发生的。但是,车场里空空荡荡的。他站在这空旷、寂然的车场里,心想启明他们当然早就已经到了建阳县了。

他突然觉得非常疲劳,觉得自己是那么孤零零的一个人,好像被世界遗弃了一样。

都走了,他的好朋友,说走就真的走了,都有了另一种生活,都有了各自的一伙战友和事业了。撇下他一个人,待在这温饱、安逸、温情脉脉的窝里,守着奶奶、妈妈,听她们的唠叨,接受她们的关怀。来福是个好强的人,倘在以前,他会哭的。现在,他经历了一些变故,坚强起来了,但心里还是酸酸的。

"不行!我也要出去。"在走回来的路上,他在心底喊着。他知道,如果不能在这翻天覆地的动荡年代走出去,那么他的一生就注定在这山区县城里了,那就是奶奶常常讲到的爷爷、爸爸的道路。小学毕业了,最好还能在中学读几年,学到的那一点语文、算术足够用来记账、算账、写信、看布告了。他就将被送到哪一家商店学生意,或者送到哪个师傅跟前学手艺,三年出师后,自己也开上一爿小铺子(这是指的来福家,倘毫无家底的人家,只有去帮人),再由父母给他物

那年代

色一门子亲事。在亲戚中，找一个家境过得去，长相还可以，老实、勤快的女子（就是那个姑姑家，曾经是流鼻涕的英英）给他当老婆，然后就守着这个小小的家业过一生。想到这样的生活道路，来福烦死了。

他再想象下去：以后呢？多少年以后，像启明这样的老朋友回来了，他们当然很高兴又能聚到一起了。他只能听启明讲那些天南地北的见闻和他们那艰苦卓绝、九死一生的经历，他只有感叹而已。

难道只是这些原因吗？不是的。更重要的是他不愿意做一个庸庸碌碌的人，一个一生只为自己居家过日子的人。他不服气地想："我才不信呢。我们三个，就我只能像一只鸡一样在家门口转转？我一个人也能走。"

几天以后，来福家里也真的出现了他幻想过的那种离家出走的场面，这一回可是真的了：妈妈、奶奶都一把眼泪一把鼻涕地坐着哭，因为来福真的找不到了，他果然逃跑了。几天后，他寄来一封没有地址的信。倒不是怕家里人追来，而是部队在行动，天天都在行军，没有固定住处。

"这真是前世作孽啊！养了这么个没有良心的讨债鬼。"奶奶对前来问询和安慰的亲友哭诉道，"他真的要走，也不会不放他走。可他总要说一声啊……"她在说着她自己也未必相信的话。

当时有很多怀着满腔的革命热情去参军的学生，他们经过艰苦生活的磨炼成长起来了，有的为了理想浴血战场，奉献了自己的生命；也有的入伍后参加第一次行军就垮了，吃不消了，于是悄悄地溜了，开小差回家了，他们中间有的比来福强壮得多。来福的妈妈、奶奶也满有信心地翘首以待来福的归来。时间一天一天地过去了，她们的期待终于落空了。

张来福去当兵真是难为死他了。如果在旧军队里，他这样身体瘦弱、感情脆弱的人，不被打死，也会被拖死的。可是在以艰苦卓绝著称于世的解放军行列里，他却站住了。当然，他小，不但年龄小，个子也小，连队里把他当小兄弟关爱。这倒是其次；他识字，会读报，会写稿子，会写行军总结，会帮人看信、写信，他会画画，虽然画得不算太好，可是，他画一个人，绝对是像一个人的。特别是他会简谱，会教歌子。他绝对是连队的一个人才，虽然行军起来他就变成了连队的包袱，很少有几次行军不掉队的。指导员每次行军前都要指派上士（一个没有军衔的军队里怎么会有"上士"这种称呼呢？他应该称"给养员"。"上士"是沿用旧军队的称呼）跟着他，人高马大的上士会帮他扛背包和米袋。所以他也总能在大部队宿营后一两个钟头歪歪扭扭地到达宿营地。即使这样，如果有一个有一定权力的干部问他,是不是把他调到后方,或者复员回家。疲劳得懒得讲话的他,会毫不犹豫地回答:"不。"

战争没有结束,他坚决不离开部队。当他每天摸黑起来打绑腿时,他突然想起,他曾经是那么鄙视、可怜、害怕那些当兵的,发誓这一生决不当兵,可是他却恰恰当了兵,而且是自愿的,而且……而且不愿意离开。

来福和启明的入伍虽然只是前后脚的差距,但是他们不在一个野战军。他们天各一方,谁也再没有见到谁,谁也不知道谁在哪里。当来福有了自己的事业,有了自己的一伙战友后,对为平和启明的感情也确实淡了。后来,他知道了为平已经牺牲,看了家乡一个同学的来信后,他掉了几滴眼泪,然后就去做他该做的事了。他也从来没有想着去打听一下启明在哪个部队。他要有心去打听是不难的,通过家里,再通过启明妈妈是完全可以打听到的。

张来福的参军,当然是那一股潮流卷进去的。他确实什么也不懂,对共产主义毫无所知。也像紫竹庵的那位老婆婆一样,到那时为止,他只知道那些解放军是和善、友爱、上下一致的,和旧军队,尤其是师管区里是截然不同的。他和大多数的人一样,是先从这种认识开始,然后深入下去的。

最后留在这里的却是为平的那个小包裹。

启明妈妈把它交给何以正,何以正又交给了王特派员。大老王打开包裹翻了一番,里面除了为平交代给启明时说的那些东西外,还有一套斜纹军装。那是解放县城后,从一个军用被服仓库里取出来的一部分被服,分发给衣衫破烂不堪的武工队员。分给为平的,他舍不得穿,都保存下来了,没有留下一句话、一个字。其实,话是有的,就是和启明、来福分手时说的那些话:我不回来了,怎么怎么的。这些话分别刻在启明、来福一生的记忆里。

大老王叫指导员,把这些遗物分给上次剿匪作战中表现最好的几个战士。

那样的年代过去了,三个最好的曾经有过结拜戏言的朋友散伙了,牺牲的牺牲了,没有牺牲的则各奔前程。

后来,战争结束了,启明和来福都很幸运地活了下来。后来有过令人兴奋、鼓舞、自豪的欣欣向荣的年代,也有过令人焦虑不安的年代。总之,也统统都过去了。

终于到了这样一天:人们不再担心自己和别人会成为黑黢黢的还冒着烟

的、蜷着手脚的人形的焦炭；人们不单是吃饱了，吃好了，而且是要减肥了；人们还不单是穿暖了，穿好了，而且是觉得这些衣衫不但穿不破而且穿不旧，从而使人厌弃它们；至于那一听到就会使人仿佛看到溶溶的月色和粼粼的水光的乐曲，会觉得身上的衣服重起来的感觉也没有了，因为听到的次数太多了，而且冬春之间有换季衣服。

接下来，高楼如雨后春笋般遍布大小城市，摩天大楼拔地而起，像足球场那么宽阔的街道上仿佛一夜间冒出那么多小汽车，在上下班的高峰期拥堵得寸步难行，令人怨声载道，就像那年代肮脏的茅坑被小学徒占了当休闲场所一样。

现在人们可以理直气壮地说：今天，是中华民族有史以来最好的年代，主要是在科技的飞跃、生产力的解放、经济的腾飞、人民生活水平的普遍提高和铁腕肃贪上。难道不是吗？什么汉唐盛世，什么康乾盛世，凭着那样低下的、停滞的社会生产力，就是没有战争，没有大的灾患，底层的人们也只能苟活而已。

当然，还是要发展的，路还长着呢。人们的追求不是"两条新裤套起穿"而是天底下"所有人的人生需求都能得到高度满足，所有人的聪明才智都能得到充分发挥"。

是的，人不能只顾自己，要共同为更广大、更美好的目标奋斗。